SUSAN MALLERY

Lazos de amistad

Cualquier forma de reproducción, distribución, comunicación pública o transformación de esta obra solo puede ser realizada con la autorización de sus titulares, salvo excepción prevista por la ley.
Diríjase a CEDRO si necesita reproducir algún fragmento de esta obra.
www.conlicencia.com - Tels.: 91 702 19 70 / 93 272 04 47

Editado por Harlequin Ibérica.
Una división de HarperCollins Ibérica, S.A.
Núñez de Balboa, 56
28001 Madrid

© 2016 Susan Mallery, Inc.
© 2019 Harlequin Ibérica, una división de HarperCollins Ibérica, S.A.
Lazos de amistad, n.º 193 - 1.7.19
Título original: The Friends We Keep
Publicada originalmente por MIRA® Books, Ontario, Canadá

Todos los derechos están reservados incluidos los de reproducción, total o parcial. Esta edición ha sido publicada con autorización de Harlequin Books S.A.
Esta es una obra de ficción. Nombres, caracteres, lugares, y situaciones son producto de la imaginación del autor o son utilizados ficticiamente, y cualquier parecido con personas, vivas o muertas, establecimientos de negocios (comerciales), hechos o situaciones son pura coincidencia.
® Harlequin, HQN y logotipo Harlequin son marcas registradas por Harlequin Enterprises Limited.
® y ™ son marcas registradas por Harlequin Enterprises Limited y sus filiales, utilizadas con licencia. Las marcas que lleven ® están registradas en la Oficina Española de Patentes y Marcas y en otros países.
Imagen de cubierta utilizada con permiso de Harlequin Enterprises Limited. Todos los derechos están reservados.

I.S.B.N.: 978-84-1328-101-8
Depósito legal: M-16129-2019

Para Marla. Que siempre seamos amigas.
Besos

Capítulo 1

¿Tan mal estaba querer hacer pis a solas? Gabriella Schaefer se hizo aquella pregunta por enésima vez durante los dos últimos meses. En realidad, adoraba su vida. Adoraba a su marido, a sus hijas mellizas de cinco años, a sus mascotas, su casa. Sabía que todo eso era un gran don. Una bendición. Sin embargo, de vez en cuando... O, por lo menos, una vez al día, deseaba con desesperación poder ir al baño a solas, como una persona normal. Sentarse y hacer pis sin que la interrumpieran.

No con alguien abriendo la puerta para quejarse de que tenía hambre o de que Kenzie le había quitado la muñeca. No con Andrew entrando con un par de calcetines en cada mano para preguntarle cuál era la mejor elección. No con la pata de un gato mostrándole las almohadillas rosadas por debajo de la puerta, ni con un basset gimiendo suavemente al otro lado, rogando que le dejara pasar. Sola. Oh, poder estar sola aquellos treinta o cuarenta segundos. Poder terminar, tirar de la cadena y lavarse las manos. Sola.

Gabby puso el intermitente, se cambió al carril izquierdo y, después, aminoró la velocidad para girar. Cincuenta y siete días. Quedaban cincuenta y siete días hasta que las mellizas empezaran a ir al jardín de infancia y ella pudiera volver a trabajar. Solo iba a ser media jornada, pero, de todos modos, sería algo mágico. Aunque no le iba a contar a nadie que lo que más le emocionaba era poder hacer pis a solas.

—¿Qué es lo que te hace gracia, mamá? —preguntó Kenzie, desde el asiento trasero—. ¿Por qué sonríes?

—¿Vas a contar un chiste? —preguntó Kennedy—. Yo quiero que lo cuentes.

Con aquella edad, los niños siempre estaban haciendo preguntas. Gabby mantuvo la vista en el tráfico y entró al aparcamiento del centro comercial. Había dos sitios justo enfrente de La cena está en la bolsa. Metió el coche en uno de ellos y apagó el motor.

—Estoy pensando cosas raras —les dijo a las niñas—. No tengo ningún chiste que contar.

Kennedy arrugó la nariz.

—De acuerdo —respondió, en un tono de desilusión.

Las dos niñas sabían que lo que los adultos pensaban que era divertido y lo que realmente era divertido, normalmente, eran dos cosas distintas.

Gabby tomó el bolso, se lo colgó en bandolera y salió del coche. Se acercó a la puerta trasera y la abrió.

—¿Ya estáis?

Las niñas asintieron. Se estaban desabrochando los cinturones de seguridad de las sillas infantiles.

Sacarlas de sus asientos no suponía un problema; lo difícil era volver a meterlas. A pesar de que los asientos eran para niños de hasta veintisiete kilos, ellas querían elevadores en vez de sus sillitas infantiles, que eran para bebés, según la habían informado ya en varias ocasiones. Las sillas infantiles eran más seguras, pero no parecía que eso sirviera como argumento en la discusión.

Andrew y ella iban a tener que encontrar una estrategia mejor, pensó Gabby, mientras ayudaba a Kennedy a saltar al suelo. Kenzie la siguió. No podían seguir teniendo la misma pelea todos los días. Las discusiones cada vez duraban más, y tenía que añadir cinco o diez minutos a cada cosa que hacía para conseguir llegar a tiempo a las citas.

El problema era que las niñas salían a su padre, pensó con humor. Era un ejecutivo de ventas con alta cualificación y el don de la palabra. Y, aunque solo tuvieran cinco años, las mellizas ya empezaban a dar argumentos para librarse de las posibles consecuencias cada vez que se metían en un lío.

−¿Va a estar Tyler? – preguntó Kennedy.

Gabby le apartó el pelo de los ojos. Su flequillo rubio necesitaba un buen corte. Otra vez.

−Sí.

Las niñas aplaudieron. Tyler, el hijo de su amiga Nicole, tenía seis años, y pronto iba a empezar el primer curso. Y, para dos niñas que estaban emocionadas y un poco nerviosas por su comienzo en el jardín de infancia, Tyler se había convertido en un hombre. Sabía muchas cosas, y las dos lo adoraban.

Gabby se estiró por encima de las problemáticas sillitas infantiles para alcanzar las bolsas de color verde brillante con el logo de La cena está en la bolsa. Cada dos semanas se reunía con un par de amigas durante una sesión de tres horas en La cena está en la bolsa y, cuando se iba, tenía seis comidas para su familia. Comidas que se podían meter directamente al horno o asar a la parrilla. Estaban condimentadas, divididas en raciones y listas para su preparación.

La premisa de La cena está en la bolsa era sencilla. Cada sesión duraba unas tres horas. En aquella gran cocina de estilo industrial había ocho puestos, cada uno dedicado a un plato diferente. Siguiendo las instrucciones, se cortaba la carne y se le añadían las especias, y se ponía junto a las verduras en recipientes reciclables, de modo que solo hiciera falta cocinar.

Al principio, se había sentido culpable por haberse apuntado a aquellas sesiones. Era ama de casa y ejercía de madre en el hogar, y debería ser capaz de organizarse para poder cocinar para su familia. Sin embargo, los días se le escapaban, pensó, mientras entregaba las bolsas vacías a sus hijas y las guiaba hacia la tienda. Afortunadamente para ella, la dueña de La cena está en la bolsa era hermana de una buena amiga suya, y el hecho de pensar que estaba apoyando a un negocio local la ayudaba a sentirse menos culpable.

Además, Andrew la animaba a usar aquel servicio. Salían a cenar por lo menos una vez a la semana, así que con las seis comidas que preparaba allí, ya solo tenía que hacer otras seis por su cuenta.

El local era grande y abierto, y los puestos para cocinar estaban instalados en el perímetro del espacio. En la zona central había estanterías industriales llenas de productos. La caja registradora estaba junto a la puerta, donde también había unas baldas para que los clientes dejaran sus pertenencias. Las encimeras eran de acero inoxidable, al igual que los fregaderos.

A la izquierda había una pequeña zona de estar donde los clientes podían sentarse y charlar, si querían. A la derecha había una zona pequeña, dividida en varias partes, pintada en colores brillantes con mesas y sillas para niños con algunos juguetes, un montón de cajas de pinturas de cera y un montón de libros para colorear. Cecelia, la cuidadora, ya estaba allí. A ver a las mellizas, la muchacha, una estudiante de universidad menuda y de pelo rizado, sonrió.

—Me alegro mucho de que hayáis venido hoy —les dijo, saludándolas con la mano—. ¡Nos lo vamos a pasar muy bien!

—¡Cece!

Las mellizas dejaron las bolsas y echaron a correr hacia la cuidadora para abrazarla.

—¿Va a venir Tyler? —preguntó Kenzie, ansiosamente.

—Sí. Seguro que su madre y él vienen más tarde —dijo Cecelia, y se llevó a las niñas hacia una de las mesas—. Vamos a empezar a hacer un dibujo mientras vuestra madre hace la comida —dijo.

Gabby dejó allí a sus hijas y se puso un delantal. Después, tomó la hoja en la que se le indicaba qué puestos debía utilizar, y en qué orden.

La cena está en la bolsa no era una idea original; había muchas empresas como aquella por todo el país. Aunque a ella nunca le había caído del todo bien, tenía que reconocer que Morgan, la dueña del establecimiento, sabía sacarles los dólares a los clientes.

Los niños eran bienvenidos pagando cinco dólares la hora, así que, para ella, eso significaba treinta dólares más por cada sesión, pero era mucho más barato que pagar a una canguro. Con cada uno de los platos se ofrecían vinos diferentes por un precio extra que debía de aportar el mismo margen que marcaban los restaurantes de lujo. Después de las sesiones de cocina, se ofrecían aperitivos y copas de vino, también a cambio de un precio extra.

La hermana de Morgan, Hayley, que era su amiga, iba temprano varios días a la semana para preparar la comida. Ella era la que cortaba los productos y abría los frascos de especias y las latas de tomate. Gabby sabía que Hayley trabajaba a cambio de comidas.

Aunque Hayley decía que ella era la que salía ganando, Gabby tenía serias dudas al respecto, porque parecía que, fuera cual fuera la situación, Morgan siempre era la beneficiada.

Entraron varias mujeres más al local. En cada sesión podían cocinar treinta y dos clientes, aunque casi siempre había unas veinticinco personas. La cena está en la bolsa también abría por las tardes desde los jueves a los domingos, de cuatro a ocho y media. Vio a Hayley y a Nicole y a su hijo Tyler. Nicole dejó al niño con Cecelia y todas se reunieron en el fregadero, lavándose las manos.

—Hola —les dijo Gabby a sus amigas, mientras se abrazaban.

Nicole era una mujer rubia, alta y esbelta, tanto por la genética como por el hecho de que se ganaba la vida dando clases de gimnasia. Gabby siempre se estaba diciendo a sí misma que iba a apuntarse en una de las clases, porque todavía no había perdido doce de los kilos que había engordado durante el embarazo. Sin embargo, como las mellizas iban a empezar a ir a la escuela, tenía que hacer algo para perder aquel peso, porque ya no podría seguir culpando a las niñas.

Hayley también estaba delgada, pero de un modo que preocupaba a Gabby. Su amiga siempre estaba pálida y tenía ojeras; aunque, por una vez, parecía que aquel día tenía mucha energía.

—Estoy muy emocionada con las comidas de hoy —dijo Hayley—. Las verduras estaban fresquísimas, y creo que la nueva receta de enchiladas va a ser un éxito.

—Vaya, estás muy contenta —le comentó Gabby, mientras se ponía un delantal verde con el logotipo de La cena está en la bolsa—. ¿Qué ocurre?

—Nada del otro mundo.

Gabby no supo qué pensar. La vida de Hayley era una montaña rusa de emociones, porque estaba intentando con todas sus fuerzas quedarse embarazada y llevar el embarazo a término. Había tenido el último aborto hacía pocos meses y, en aquel momento, estaba en un periodo de descanso por indicación de los médicos.

Nicole se hizo una coleta.

—¿Seguro? —le preguntó a Hayley—. Porque parece que estás mucho más animada de lo normal.

Hayley se echó a reír.

—Vaya, esa no es una descripción muy halagadora.

Las tres amigas se detuvieron en el primer puesto y tomaron un contenedor de aluminio.

–Es increíble que ya estemos a mediados de julio –comentó Nicole, mientras cubría el fondo de su contenedor con tortillas de maíz–. Quería llevarme a Tyler unos días de vacaciones, pero me parece que no va a poder ser. Entre el trabajo y el tener que cuidarlo, siempre estoy corriendo de un sitio a otro.

–Tienes una empresa –dijo Gabby y, de nuevo, se sintió culpable.

Ella también debería tener su empresa. O volver a trabajar más de veinte horas a la semana. Y hacer las comidas de la familia desde cero, en casa. En realidad, no tenía ni idea de cómo se le pasaban los días. Las mellizas estaban en un campamento de verano desde las ocho de la mañana a la una de la tarde todos los días. Makayla, su hijastra de quince años, estaba en otro campamento diferente, de ocho a cuatro. Ella debería tener tiempo suficiente para hacer los recados, la colada, la comida y, además, hacer algo por el mundo que la rodeaba. Sin embargo, no parecía posible.

–Siempre está Disneyland –le dijo Hayley, mientras ponía los pedazos de pollo en su tartera, preparando las raciones para Rob, su marido, y ella.

–A Tyler le encanta Disneyland –dijo Nicole–. Pero me da la sensación de que eso sería como hacer trampas.

–Da gracias de que esté tan cerca –le dijo Gabby.

El parque de atracciones estaba a cuarenta y ocho kilómetros de Mischief Bay, a menos de una hora en coche, si el tráfico no era demasiado denso.

Gabby rodeó a Nicole con un brazo.

–Podría ser peor. Podría ser *Brad the Dragon Land*. Entonces sí que estarías en un buen aprieto.

Nicole sonrió.

–Tendría la tentación de prenderle fuego.

Hayley y Gabby se echaron a reír.

Brad the Dragon era una saga de libros infantiles muy conocida. A Tyler le encantaba, pero, por algún motivo que Gabby no conocía, Nicole detestaba a aquel personaje y al autor de los libros; decía que había leído un artículo en el que se contaba que Jairus Sterenberg solo lo hacía por dinero y que era una mala persona. Gabby no estaba muy segura de aquellas acusaciones. Además, había muchos padres que estaban totalmente hartos de *Frozen* y de los *Minions*.

–¿Qué tal Hawái? ¿Es tan increíble como se dice? –preguntó Nicole.

Gabby asintió al recordar los diez días que habían pasado Andrew, las mellizas y ella en un bungalow de Maui el mes anterior. Makayla se había quedado con su madre.

–¡Es maravilloso! El tiempo es espléndido y hay muchas cosas que hacer. Las niñas se lo pasaron en grande.

–¿Y qué tal Makayla con su madre mientras vosotros no estabais? –preguntó Hayley.

Gabby suspiró.

–Más o menos. A su madre no le gusta tenerla más de un fin de semana, y eso complica mucho las cosas. No lo entiendo. Makayla tiene quince años. Está claro que es un poco contestona, pero es su hija. Se supone que una debe querer a sus hijos.

–¿Ya ha vuelto contigo? –preguntó Nicole.

–Su madre la trajo a casa la primera noche que volvimos.

–Es una pena que no pudierais llevárosla –comentó Hayley.

–Umm –murmuró Gabby, mientras espolvoreaba con queso el contenedor y le ponía la tapa de plástico. Seguramente, debería querer que Makayla hubiera podido ir con ellos, pero, en realidad, había sentido agradecimiento por aquel descanso de su hijastra.

Terminaron de preparar la primera comida, llevaron las tarteras al frigorífico y se encaminaron al siguiente puesto. Hayley empezó a sacar frascos de especias mientras Gabby y Nicole leían los pasos de la receta.

—El estofado es interesante —dijo Nicole, aunque su tono de voz era dubitativo—. La información de la Crock Pot es buena.

—No lo dices muy convencida —respondió Gabby en voz baja.

—Estamos en verano, y no quiero tener que utilizar la Crock Pot en verano —dijo Nicole, cabeceando—. Un problema típico del primer mundo, ¿no? Pero a Tyler le encanta el estafado, y se lo come muy bien, así que es lo que voy a hacer.

—Esa es la actitud —le dijo Gabby, guiñándole el ojo.

Hayley señaló los frascos de especias.

—Va a quedaros delicioso —les prometió—. Os va a encantar. Y el siguiente puesto va de preparar una parrillada.

—Verdaderamente, estás muy contenta —comentó Nicole—. ¿Qué ha pasado? ¿Te han subido el sueldo?

—No, nada de eso. Gabby también ha mencionado mi buen humor. ¿Es que normalmente estoy insoportable?

—Claro que no —dijo Gabby, rápidamente. Sin embargo, no sabía cómo explicar que, por una vez, Hayley estaba feliz y relajada. Si su amiga no estuviera en un periodo de descanso del tratamiento de fertilidad, pensaría que se había quedado embarazada, pero Hayley tomó una botella de vino, midió media copa y la vertió en su bolsa.

Así pues, no, pensó Gabby; no podía estar embarazada. Pero había algo.

Siguieron recorriendo los puestos y, al terminar, cargaron todas las comidas en las bolsas. Gabby lo llevó todo al coche antes de ir a buscar a las mellizas.

—¿Listas? —preguntó.

Kennedy y Kenzie se miraron y asintieron.

–Han sido muy buenas –dijo Cecelia.

–Hemos sido muy buenas –repitió Kenzie.

–Estoy segura de ello –respondió Gabby.

Las mellizas estaban en aquella edad en la que eran angelicales con todo el mundo salvo con ella. Había leído muchos libros sobre crianza y educación infantil y, por lo que decían los expertos, la necesidad de ser más independientes chocaba con la necesidad de atención maternal. Así pues, mientras que todo el mundo recibía sonrisas y buen comportamiento por parte de las niñas, ella recibía rechazos y lágrimas.

Esperó a que las mellizas abrazaran a Cecelia para despedirse. Con satisfacción, Gabby pensó que estaban creciendo muy deprisa; eran inteligentes, curiosas y afectuosas. Así que, teniendo en cuenta que en su vida todo iba bien, podía gestionar algo de rechazo y algunas lágrimas de vez en cuando.

Aunque las niñas eran mellizas, se parecían tanto que la gente creía que eran gemelas. Las dos tenían los ojos castaños y grandes y el pelo rubio rojizo. Las dos hablaban de un modo muy parecido y eran muy enérgicas.

Sin embargo, también había diferencias entre ellas. La forma de su mentón. Kennedy tenía el pelo más espeso y un poco más rizado. Kenzie era un poco más alta. La escuela iba a ser interesante, pensó Gabby. Kennedy era más extrovertida, pero Kenzie tenía un nivel de paciencia del que carecía su hermana. Ella no sabía cuáles de los rasgos de sus hijas iban a servirles mejor para tener éxito.

Cuando llegaron al coche, les abrió la puerta trasera.

–Entrad.

Las niñas no se movieron.

–Queremos tener elevadores de asiento –dijo Kennedy con firmeza–. Las sillitas son para los bebés. Mamá, nosotras vamos a empezar el jardín de infancia.

–Ya no somos bebés –añadió Kenzie.

–Todavía estáis creciendo –dijo Gabby, intentando mantener el tono más suave posible–. Y yo os quiero mucho. Por eso, quiero que estéis seguras. Por favor, subid a las sillitas para que podamos irnos a casa a preparar la cena para papá.

Las mellizas no se movieron.

Gabby tuvo que contener un suspiro. No iba a permitir que la chantajearan unas niñas de cinco años.

–Boomer y Jasmine también están esperando su cena. Quiero ir a casa. Por favor, subid a vuestras sillitas ahora mismo.

–No –dijo Kennedy, y se cruzó de brazos. Kenzie siguió su ejemplo, como siempre.

–Por cada minuto que tengamos que esperar aquí, vais a perderos quince minutos de televisión –les dijo Gabby. Y eso era grave, porque en la casa de los Schaefer, el tiempo de televisión estaba limitado.

Las niñas se miraron la una a la otra y, después, miraron a su madre. Kenzie se inclinó hacia su hermana.

–Quince minutos es mucho.

Kennedy suspiró. Entonces, las dos subieron a sus sillitas infantiles, mientras Gabby pensaba en que tenía que hablar con su marido para encontrar una solución a aquel problema. O, por lo menos, se tomaría una copa de vino con él y ambos se recordarían que, dentro de diez años, cuando las mellizas quisieran empezar a salir con chicos, aquellos momentos de discusión sobre las sillitas del coche les parecerían los buenos tiempos.

Capítulo 2

–Me he enterado de la noticia –dijo Cecelia, mientras recogía las pinturas que había en la mesa de los niños.

Nicole Lord contuvo un gran suspiro y sonrió forzadamente.

–Ah, claro. ¿A que es estupendo? Estamos todos muy emocionados.

Cecelia se le acercó y bajó la voz.

–No pasa nada. Tyler está allí.

Nicole miró a su hijo, que estaba jugando con Hayley al otro extremo del local. Después, se giró de nuevo hacia la niñera de diecinueve años.

–¿Te lo puedes creer? Yo, no. Qué mala suerte... Tyler está encantado. Está contando los días que le quedan.

–¿Y tú? –le preguntó Cecelia.

Nicole puso los ojos en blanco.

–Yo también estoy contando los días, pero por otros motivos.

–No vas a atacarlo, ni nada por el estilo, ¿no? No quisiera que te detuviesen.

Nicole tenía la tentación de hacerlo. Aunque sabía que no iba a estar bien en la cárcel, se imaginaba a sí misma dándole un buen bofetón a Jairus Sterenberg. O, simplemente, diciéndole tres o cuatro cosas de las que pensaba.

—No le voy a agredir, te lo prometo. A Tyler le encantan sus libros de *Brad the Dragon*, y yo nunca le haría daño a mi hijo.

—¿Y si no se enterara? —bromeó Cecelia. Rápidamente, alzó una mano—. Está bien, está bien. Ya lo dejo. Es solo que le tienes tanto odio a ese hombre, que...

—No le tengo tanto odio —dijo Nicole—. ¿Cómo voy a odiar a alguien a quien no conozco? Es que... lo del imperio que se ha montado... En el artículo que leí sobre él, decía que era una persona horrible y que ganaba dinero a costa de los niños, haciendo *merchandising* con cualquier cosa que se le pasara por la cabeza.

Brad the Dragon había empezado siendo una serie de libros de dibujos y ahora también existía en libros de texto de lectura más avanzada. Y, como productos de *merchandising*, había animales de peluche, ropa, sábanas, juegos... Su autor había hecho una fortuna, pensó Nicole con amargura. Y todo, a costa de niños y padres de todo el mundo.

Además, para empeorar las cosas, había descubierto hacía poco tiempo que el tipo vivía por aquella zona. Jairus Sterenberg, en un gesto que algunas personas podrían interpretar como una muestra de generosidad, había organizado un concurso entre los niños que asistían a los campamentos de verano municipales, y Tyler estaba apuntado a uno de ellos.

Los niños podían participar escribiendo una redacción sobre los motivos por los que les gustaba *Brad the Dragon*. El premio era un libro autografiado y la visita de Jairus Sterenberg en persona a la clase del ganador.

Tyler se había puesto eufórico al enterarse del concurso y había pasado dos semanas perfeccionando su redacción. Nicole lo sabía muy bien, porque le había ayudado. Habían inventado un argumento para una historia en la que Brad conocía a Tyler. Incluso habían hecho algunos dibujos.

–Sé que tú no crees que sea mal tipo –dijo Nicole–, pero... ¿no te parece mal que los niños tengan que escribir una redacción antes de poder conocerlo? ¿Acaso no podía aparecer en el campamento como una persona normal? No, por supuesto que no se iba a rebajar tanto...

Cecelia se echó a reír.

–Tienes mucha energía para meterte con ese pobre hombre.

–No es ningún «pobre hombre».

–Bueno, pero ¿y si no es tan malo como tú crees?

Entonces, me sentiré fatal por haberme metido tanto con él.

–¿Y crees que eso es probable?

Nicole sonrió.

–Ni por asomo.

Confirmó el horario de la semana siguiente con Cecelia y fue a recoger a Tyler. Tenía que reconocer que su odio por el creador de *Brad the Dragon* era algo reciente. Que, en realidad, tal vez estuviera proyectando sus sentimientos hacia un hombre al que no iba a conocer nunca.

Hacía dos años, el que entonces era su marido había dejado el trabajo para empezar a escribir un guion. Sin embargo, no se había dignado a hablar de aquello con ella, ni se lo había mencionado, hasta dos días después de haberlo hecho. No había habido ninguna negociación, ninguna advertencia. Eric había dejado el trabajo sin avisar y la había dejado toda la carga del mantenimiento de la casa mientras él se pasaba el día haciendo surf para aclararse las ideas antes de ponerse a escribir.

Y, justo en aquel momento, *Brad the Dragon* y su *merchandising* habían empezado a parecerle algo molesto. ¿Qué les pasaba a los escritores? ¿Acaso todos tenían que ser unos imbéciles egocéntricos? ¿O solo lo eran aquellos que tenían éxito? Porque Eric había conseguido vender su guion por un millón de dólares. Y, después, la había abandonado.

—¿Nos vamos? —le preguntó a Tyler.

Él abrazó a Hayley por la cintura, y Hayley le devolvió el gesto de cariño. Siempre habían estado muy unidos. Hayley era una buenísima persona.

—Nos vemos la próxima vez —le dijo el niño a Hayley.

—Estoy deseándolo —le dijo Hayley—. Que te lo pases muy bien cuando conozcas a Jairus.

Tyler sonrió tanto, que Nicole pensó que tenía que dolerle la cara.

—Sí, solo quedan cinco días.

Nicole le dio un abrazo a su amiga y la observó. Como de costumbre, Hayley estaba pálida y tenía ojeras. Era como si estuviera luchando contra alguna enfermedad. Nicole sabía que la realidad no era tan desesperante, pero, de todos modos, era dolorosa para su amiga. Hayley estaba recuperándose de otro aborto.

Nicole tomó a Tyler de la mano y lo sacó de la tienda. Mientras lo ayudaba a subir a la sillita infantil, él hablaba sin parar sobre *Brad the Dragon* y sobre la próxima visita de su prolífico autor.

Tal vez no fuera culpa de Jairus, se dijo, mientras cerraba la puerta trasera. Tal vez Jairus fuera un hombre muy agradable que quería a los niños. Lo dudaba, pero esperaba estar equivocada. Porque lo que menos quería era que a Tyler se le rompiera el corazón si descubría que su héroe era un ser imperfecto.

Ella se había ofrecido para estar allí durante la visita, de modo que si Jairus resultaba ser un completo idiota, haría todo lo posible por proteger a Tyler y a los otros niños. Como mínimo, podía hacer tropezar al hombre como por accidente. E insultarlo. Posiblemente, lo golpeara con un peluche de *Brad the Dragon*.

Aquella imagen hizo que sonriera, y se recordó a sí

misma que gran parte de la vida tenía que ver con la perspectiva de las cosas.

«Y estamos aprendiendo a confiar. Y finalmente estamos empezando a vivir».

Hayley Batchelor tamborileó con los dedos en el volante mientras cantaba al son de la música de la radio. Aquella nueva canción de Destiny Mills hacía que bailoteara en el asiento. Cuando el semáforo se puso verde, entró en el cruce y giró a la derecha.

Eran las seis y media de un jueves por la tarde, y había mucho tráfico. Los vecinos se detenían en los caminos de entrada a sus casas y los niños jugaban en los jardines delanteros. El límite de velocidad era solo de cuarenta kilómetros por hora, pero nadie infringía aquella norma. No era ese tipo de barrio.

Hayley se fijó en que la casa de la esquina ya tenía una segunda planta. Llevaba meses de obras, y había sido interesante observar la demolición del edificio y, después, su reconstrucción. Una vez terminada, la casa sería impresionante. La mayor parte del vecindario estaba pasando por aquel proceso de rehabilitación y arreglos. Sabía que había un término para describirlo: gentrificación, tal vez.

Giró en la siguiente esquina y entró en su calle. Allí se veían más señales de la rehabilitación del barrio. Le gustaban la pintura reciente y las puertas principales nuevas. Sin embargo, al detenerse en el camino de entrada de su propia casa, arrugó la nariz. «Hablando de una casa destartalada», pensó, mientras observaba el patio lleno de broza y la pintura desconchada de los cercos de las ventanas. El estuco gris claro todavía estaba en buen estado, pero la casa parecía lo que era: un lugar que llevaba una temporada descuidado.

Ella sabía cuál era el motivo, y era lógico, pero las cosas habían cambiado. Y había llegado el momento de que su casa reflejara esos cambios.

Recogió las bolsas de las comidas de La cena está en la bolsa, se dirigió a la puerta principal y entró.

La casa era pequeña; solo tenía ciento cuarenta metros cuadrados. Recién construida, era una casita de ciento diez metros cuadrados, pero los anteriores propietarios habían añadido una suite principal con un pequeño baño y un vestidor. Ahora, la casa tenía tres dormitorios y dos baños. La parcela tenía un tamaño decente y la ubicación, a solo cuatro manzanas del mar, era magnífica.

La sala de estar conservaba el suelo de madera noble original. Y la casa tenía chimenea, aunque no la usaran mucho, porque en Los Ángeles no hacía demasiado frío en invierno. No obstante, la chimenea era bonita y, de vez en cuando, la temperatura bajaba lo suficiente como para justificar su uso.

Hayley entró en la cocina y dejó las bolsas de comida. Metió dos de las raciones al refrigerador, y colocó el resto ordenadamente en el congelador. Cuando terminó, encendió el horno y sacó ingredientes para hacer una ensalada. Dobló las bolsas, las guardó en un armario del cuarto de la lavadora y se volvió a observar su cocina.

El diseño era bueno. La encimera estaba hecha de baldosas, al estilo de los años cincuenta, en dos tonos de verde. No era exactamente moderna, pero estaba en consonancia con el resto de la casa. La cocina era muy luminosa y tenía mucho espacio de almacenamiento. Los armarios eran de madera maciza, muy bonitos, aunque les iría bien un buen barnizado. También estaría bien renovar los tiradores. Pasó las manos por la puerta de uno de los armarios y se preguntó qué se necesitaría para renovarlas. ¿Podrían hacerlo Rob y ella?

El suelo era de un linóleo triste, pero reemplazarlo sería demasiado caro. El fregadero aún estaba bastante nuevo y, cuando su vieja cocina había dejado de funcionar, habían comprado un modelo bastante mejor.

Si dejaran las baldosas y se concentraran en los armarios... la cocina mejoraría mucho. Además, podían pintar las paredes, y el cambio sería enorme.

Recorrió el corto pasillo que llevaba al baño principal y dos de los dormitorios. Rob y ella habían discutido mucho sobre el baño. También era el original de la casa, con azulejos azules en dos tonos y una bañera enorme. Él quería tirarlo abajo y hacer algo moderno. A ella, sin embargo, le gustaba el carácter de lo que tenían.

Las habitaciones eran fáciles de renovar con una mano de pintura y, quizá, con algunas cortinas a buen precio. El dormitorio de la parte de atrás, el más pequeño de los dos, hacía las veces de despacho. La otra, bueno... Ella no entraba en aquella habitación. Sabía muy bien cómo era: las paredes estaban pintadas de color amarillo claro y el suelo era de madera reluciente. Había una mecedora en una esquina. Por lo demás, estaba vacía.

La ampliación estaba en el otro lado de la casa. En aquella zona, también, la pintura y un cambio de ropa de cama harían maravillas. La casa tenía una buena estructura y estaba en un barrio estupendo. Solo necesitaba renovarse.

Se abrió la puerta principal y se oyeron pasos en el salón.

—Ya he llegado —dijo Rob.

Hayley fue a recibirlo.

—Hola. Yo también acabo de llegar. Tenemos enchiladas para cenar.

Rob medía aproximadamente un metro ochenta centímetros, tenía el pelo castaño claro y los ojos azules. Llevaba gafas y sonreía con facilidad. La gente confiaba instintivamente en él, y a ella le había gustado desde el primer momento en que lo conoció.

En aquel momento, se acercó a él y lo abrazó. Él le dio un beso en la mejilla.

—¿Qué tal has pasado el día? —le preguntó.

—Bien. He ido a La cena está en la bolsa.

—Ya me lo imaginaba. Sabes que me encantan esas enchiladas.

—Pues sí.

Rob la miró con atención a la cara.

—¿Te encuentras bien?

—Sí, muy bien. Fuerte.

Aunque su expresión era dubitativa, sonrió.

—De acuerdo. Hace una noche estupenda. Podríamos comer fuera.

—Buena idea.

Fueron juntos a la cocina. Mientras Rob se lavaba las manos, ella metió la tartera de aluminio en el horno. Después, él sacó dos cervezas de la nevera y dos vasos de uno de los armarios. Las sirvió y le entregó a Hayley uno de los vasos. Salieron al patio y se sentaron.

—¿Y tú? —le preguntó Hayley a su marido—. ¿Qué tal tu día?

—Bien —respondió él—. No ha habido ninguna explosión.

—Eso es toda una ventaja.

Hacía seis meses, Rob había empezado a trabajar como subdirector del concesionario de BMW de Mischief Bay y, en el primer día de trabajo, había habido una explosión en una de las áreas de reparación de vehículos por algo relacionado con la compresión y el calor. Nadie había resultado herido y no se habían producido daños en ningún coche, pero había sido un comienzo de trabajo muy emocionante.

Empezar a trabajar en aquel puesto había sido un gran

paso en su carrera profesional y le había supuesto un buen aumento de sueldo. Aunque trabajaba muchas horas, no tenía que viajar, y a ella le gustaba que estuviera en casa. Además, tenía pagas extra y vacaciones pagadas, aunque para eso último todavía quedaban varios meses. Eso estaría muy bien cuando tuviera el bebé. Rob tenía un segundo trabajo ayudando a un amigo a restaurar coches antiguos los fines de semana. Un trabajo fácil para alguien a quien le encantaban los coches.

–¿Seguro que te encuentras bien?

Hayley se dio cuenta de que él estaba preocupado, y sabía cuál era el motivo. Cuando se miraba al espejo, veía que parecía una persona que tenía problemas médicos. Ese era el precio que tenía que pagar, pensó con tristeza. Y que iba a seguir pagando, pasara lo que pasara, porque su sueño era demasiado importante.

–Estoy bien –le aseguró a Rob, y le dio una patadita en el muslo, suavemente, para aligerar la tensión–. No te preocupes.

–Te quiero.

–Yo también te quiero, y he estado pensando.

Él se detuvo con la cerveza a medio camino hacia los labios.

–¿Y crees que me va a gustar lo que has estado pensando?

–Sí. Hoy, al llegar a casa, estaba mirando el barrio. Tenemos la casa más fea de la zona, y no deberíamos. Esta casa es preciosa, pero con todo lo que está pasando no hemos tenido tiempo para mantenerla como es debido. Me gustaría que habláramos sobre algunos cambios que podemos hacer.

Rob se inclinó hacia ella.

–¿De verdad? Eso es genial. Estoy de acuerdo. La verdad es que la casa llama la atención, y no precisamente de un modo positivo. Tenía miedo de que los vecinos pusieran una queja en el Ayuntamiento. Tengo un montón de ideas.

A ella no le sorprendió lo más mínimo, porque los dos pensaban siempre de forma muy parecida.

—Lo de fuera es fácil de solucionar —dijo Hayley—. Solo necesitamos tiempo.

—Hayley, cariño, pero tú no puedes hacer esfuerzos de ese tipo. El hermano de uno de mis compañeros de trabajo tiene una empresa de jardinería y paisajismo. Creo que el jardín nos lo limpiaría por poco dinero en un par de días y, después, tú y yo podríamos poner algunas plantas nuevas.

Ella no quería gastar dinero limpiando el patio, pero Rob tenía razón. Todavía estaba débil, y él ya tenía dos trabajos.

—No quiero gastar mucho —dijo.

—Yo, tampoco. Le diré a Ray que le pida a su hermano que pase por aquí para darnos un presupuesto. Podemos hacer solo la parte de delante.

—De acuerdo.

El jardín trasero no estaba demasiado mal. Había un patio y algunos árboles, y el resto era césped. Si empezaban a regarlo con más regularidad, se pondría verde enseguida.

—Y ¿qué has pensado para el interior? —le preguntó Rob—. Deberíamos remodelar la cocina.

—Bueno... ¿qué te parecería si empezáramos con la pintura, y algunas cortinas nuevas?

Aunque pensaba que él iba a insistir, la sorprendió, porque asintió.

—Tienes razón. Hacer obra en la cocina es demasiado lío en este momento.

Hayley se sintió culpable, porque a Rob le preocupaba que ella se agobiase. Siempre estaba preocupado. Habían pasado por mucho, y él había estado siempre a su lado. Los intentos de que se quedara embarazada la habían dejado débil, y habían hecho mella en su cuenta corriente. Estaban emocionalmente agotados.

—En la ferretería tienen saldos en la parte trasera —le dijo a su marido—. Podríamos ir después de la cena y ver si tienen alguna pintura que nos guste. Solo necesitaríamos un par de botes de cuatro litros para pintar nuestra habitación y el despacho. Y estaba pensando que también podíamos pintar la cocina.

Rob frunció el ceño.

—¿Te refieres a esos botes de pintura que ha devuelto la gente porque eran horribles?

—No es que fueran horribles, sino que a la gente que los compró no le gustaron, o que la pintura no les encajaba con los colores que ya tenían. Venden los botes de cuatro litros a cinco dólares, más o menos.

—Sé que te hace muy feliz ahorrar hasta el último céntimo, pero creo que podemos permitirnos el lujo de pagar el color que nos guste, aunque sea un poco más caro.

Estaba bromeando. Hayley lo percibió en su tono de voz suave, y lo vio en su sonrisa. Ella se esforzó por mantener la calma y aceptar aquel comentario del mismo modo. Por no gritarle que tenían que ahorrar en la medida de lo posible, porque tener hijos era algo muy caro y, en su caso, quedarse embarazada era aún más caro.

Pero ya habían discutido suficiente sobre eso. Sobre todo. Necesitaba que Rob estuviera de su lado durante los próximos meses. Tenían que ser un equipo. Dentro de un año, las cosas serían diferentes. Tendrían una familia, estaba bien segura de ello. Porque, en aquella ocasión, sabía que iba a haber un milagro.

Capítulo 3

—Mamá, ¿Jasmine y Boomer pueden casarse? —preguntó Kennedy, desde su asiento del coche, el viernes por la tarde.
—No.
—¿Porque no se gustan? —preguntó Kenzie.
—Sí se gustan. Se quieren mucho —respondió Gabby, mientras esperaban en la fila de coches que iba a recoger a los adolescentes del campamento veraniego. Por supuesto, estaba al otro lado del parque, y empezaba al mismo tiempo que el de las mellizas.
Algunas veces, se preguntaba en qué pensaban los organizadores municipales cuando planificaban los horarios y las calles que iban a destinar a un solo sentido, temporalmente, por las mañanas y por las tardes. Quería creer que lo hacían así porque era el mejor modo de que pudieran circular los coches. Que nadie estaba mirando, en secreto, el caos que se creaba, riéndose mientras las madres que tenían hijos de diferentes edades trataban de estar en dos sitios al mismo tiempo.
—No pueden casarse porque Boomer es un perro y Jasmine es una gata, y no existen los matrimonios entre mascotas.
—Pero ¿y si se quieren? —insistió Kenzie, en un tono

soñador. A los cinco años, «quererse mucho» era el final de casi todos los cuentos de hadas. Y «vivieron felices y comieron perdices», que era prácticamente lo mismo.

Gabby se preguntó si no debería encontrar cuentos más modernos para leerles a sus hijas. Historias sobre mujeres directivas, o dueñas de una empresa, o médicas, en vez de leerles cuentos sobre princesas que se comprometían con príncipes porque eran guapas y modosas.

Bueno, ya se encargaría de ese problema en otro momento.

Miró el reloj del salpicadero y soltó un gruñido.

Llegaba cinco minutos tarde porque las mellizas no querían subir a sus sillitas cuando las había recogido. Cada día se resistían más y le hacían perder más tiempo.

Mientras seguía avanzando centímetro a centímetro, se recordó que solo le quedaba una hora, más o menos, hasta que pudiera relajarse. Les daría la cena a las niñas y subiría a su habitación a darse un baño mientras Andrew...

—¡Caray!

Era la palabrota más fuerte que se permitía decir, porque no iba a poder relajarse ni darse un baño. Se le había olvidado que Andrew y ella tenían un evento aquella noche. Algo relacionado con el trabajo, o con la política. No se acordaba... ¿Había recogido los pantalones negros del tinte?

Las niñas siguieron hablando de la boda entre Boomer y Jasmine mientras ella pensaba en qué iba a ponerse aquella noche. Al llegar a la puerta del campamento, vio a Makayla entre los demás niños. Su hijastra tenía unas piernas larguísimas y el pelo rubio y largo. Llevaba una camisa sin mangas y un pantalón corto. Era guapa y, aunque todavía un poco desgarbada, dentro de un par de años tendría aquella belleza natural tan envidiable.

Makayla se parecía mucho a su impresionante madre. Cuando estaba con ellas, se sentía bajita y gorda, aunque ninguna de las dos cosas fuera culpa de Makayla.

Paró junto a la acera y vio acercarse a la adolescente. Se le encogió el estómago mientras trataba de dilucidar cuál era su estado de ánimo. Era viernes de un fin de semana de visita a su madre, y eso significaba que la niña podía estar de cualquier humor.

—Hola —dijo Gabby, alegremente, cuando Makayla abrió la puerta del coche.

—Hola —respondió Makayla. Se sentó en el asiento y se puso el cinturón de seguridad antes de girarse hacia las mellizas.

—Hola, monstruitos.

—¡Makayla! —exclamaron alegremente las niñas.

—Estamos pensando que Boomer y Jasmine deberían casarse —dijo Kennedy—. Con un vestido blanco.

—Umm... No creo que a Boomer le sentara bien un vestido blanco, ¿no?

Las mellizas se echaron a reír. Gabby sonrió al imaginarse a su basset envuelto en tul blanco.

—No, Boomer no —dijo Kenzie—. Jasmine.

—Ah, bueno. Eso es diferente.

A Gabby se le relajó el nudo que tenía en el estómago. Makayla estaba bien. No habría gritos ni portazos aquella semana. Nada de silencios llenos de ira. Se arreglaría para ir a ver a su madre y, después, estaría fuera durante cuarenta y ocho horas. Seguramente, el domingo sería horrible, como de costumbre, pero aún quedaban dos días.

Los altibajos de la adolescencia, en el caso de Makayla, se agudizaban debido a la relación con su madre, que era errática. Algunas veces, Candance quería estar pendiente de su hija y, otras veces, solo la veía como una molestia. Por desgracia, no tenía reparos en decírselo a Makayla.

Gabby intentaba concentrarse en el hecho de que los ataques de rabia y la depresión de Makayla no tenían nada que ver con ella. La niña necesitaba echarle la culpa a alguien, y ella era el blanco más fácil. Cuando las cosas se ponían difíciles, siempre tenía a mano el chocolate y sabía que, al menos, Makayla quería a sus hermanas.

Con el tráfico del viernes por la tarde, le llevó un cuarto de hora recorrer tres manzanas de Pacific Coast Highway, pero, al entrar en su barrio, el número de coches descendió.

Gabby se había criado muy cerca de allí. Sus hermanos y ella habían ido al mismo colegio de primaria al que iban a ir Kennedy y Kenzie. Había ido al mismo instituto que Makayla. Sabía adónde les gustaba ir a los niños cuando salían, cuánto se tardaba exactamente en volver a casa y cuál era el camino más rápido para llegar desde su casa a la playa.

Algunas veces, se preguntaba cómo sería vivir allí después de haberse mudado desde otro sitio. Descubrir Mischief Bay de adulto. Para ella todo era completamente familiar.

Paró delante de casa. Makayla bajó del coche y les abrió la puerta a sus hermanas para ayudarlas a salir mientras ella abría la puerta principal. Boomer ya estaba aullando para darles la bienvenida y rascando para salir. Lo único que le impedía atravesar la puerta con las uñas era la placa de metal que Andrew había atornillado en la madera.

En cuanto se abrió la puerta, Boomer salió corriendo por delante de ella para ir hacia sus chicas. Porque, aunque Boomer quería a toda su manada, Makayla y las mellizas eran sus chicas. Las siguió, hizo todo lo posible porque se mantuvieran en fila y se puso a correr en círculos a su alrededor, ladrando de alegría al verlas, como si hubieran pasado semanas y no solo unas pocas horas.

Makayla y las mellizas se detuvieron a acariciarlo antes de continuar hacia la casa. Boomer salió corriendo hacia la puerta y entró. Las niñas lo siguieron. Gabby se aseguró de que Jasmine no se hubiera escapado y cerró la puerta.

Eran casi las cuatro. Tenía menos de dos horas para preparar la cena, dar de comer a las mascotas, prepararlo todo para que las niñas se acostaran y arreglarse para dejar de ser una madre y ama de casa y convertirse en la glamurosa y encantadora esposa de Andrew Schaefer. Iba a ser bastante difícil.

Fue directamente a la cocina y dejó el bolso sobre la encimera. Miró el calendario de la pared, donde tenía todas las actividades de los miembros de la familia en colores diferentes según la persona. La madre de Makayla iba a ir a recogerla a las seis, Andrew y ella tenían que salir de casa a las seis y cuarto y Cecelia, la canguro, debía llegar a las seis menos cuarto.

—Mamá, ¿puedo ponerme el sombrero granate para cenar esta noche? —preguntó Kenzie, que entró corriendo en la cocina—. Kennedy quiere ponerse el verde. A mí me gusta más el granate, porque tiene plumas y encaje.

—¿Has recogido mis vaqueros oscuros del tinte? —preguntó Makayla, al entrar—. Los necesito para este fin de semana. Mi madre me va a llevar al cine y a cenar fuera, y ya sabes que eso significa que iremos a algún sitio especial.

—Sí, están en tu habitación.

«Cosa que sabrías si te hubieras molestado en mirarlo», pensó Gabby. Sin embargo, no dijo nada. Le parecía absurdo que una niña de quince años tuviera permitido mandar sus vaqueros al tinte, en vez de lavarlos con el resto de su ropa. Sin embargo, Makayla había considerado que era algo muy importante, y Andrew se lo había permitido. Gabby pensaba que, si tenía que adoptar una postura inflexible que causara tensiones en la familia y con su hijastra, no iba a ser por negarse a llevar unos pantalones vaqueros al tinte.

Makayla se sentó en uno de los taburetes de la isla.

—Mi madre me ha dicho que me va a llevar a la peluquería para que me corten el pelo. Puede que me deje flequillo. Hay tiempo suficiente para que me crezca antes de que empiece el colegio. Es decir, si no me gusta cómo me queda.

Mientras hablaba, estiró sus largos brazos sobre la encimera, agarrándose las manos. Kenzie la observaba atentamente, y Gabby supo que, a la mañana siguiente, vería la misma pose durante el desayuno. Porque a las mellizas les encantaba imitar a su hermana mayor.

—A lo mejor vamos a comprar ropa para el instituto. Ella puede enseñarme ropa de otoño que todavía no ha salido a la venta. Ya hemos visto los catálogos, y he elegido algunas cosas.

Candace era directiva de compras de unos grandes almacenes y tenía acceso a muchas cosas, incluidos artículos y marcas que todavía no estaban disponibles para el gran público. Gabby se dijo que era muy agradable que Makayla consiguiera sentirse especial con su madre. Así era como debían ser las cosas.

Makayla encogió exageradamente un hombro.

—Es porque tengo buen ojo para las tendencias de moda.

—Sí, es verdad.

Makayla miró sus pantalones cortos, que le quedaban grandes y le llegaban por la rodilla, y la camiseta, de color azul, grande y con una mancha en la pechera y un agujerito que estaba empezando a agrandarse cerca del bajo.

—¿Quieres que hable con papá para que te mande a una sesión de belleza?

—Gracias. Eres muy amable, pero no.

Se dijo que, en el fondo, las cosas no eran tan horribles. Makayla era una buena niña. Tenía su genio, pero la mayoría de las veces era una cuestión hormonal o algo inducido por la relación con su madre. Quería a sus hermanas y las cuidaba.

Lo que a Gabby le resultaba más difícil era soportar la molesta sensación de que Makayla no fuera un miembro más de la familia. Era más como una huésped a la que había que reverenciar. Como, por ejemplo, el asunto del tinte. ¿En serio? ¿Para unos vaqueros? O el hecho de que Makayla solo cuidara a las gemelas si le apetecía, aunque ella necesitara su ayuda. Además, solo una hora. Nunca una tarde, o una noche. Incluso aquellos pocos minutos de ayuda eran un favor, no eran algo con lo que Gabby pudiera contar, porque no estaba permitido darle órdenes a Makayla.

El síndrome de la segunda esposa, se dijo con firmeza. De vez en cuando, se sentía molesta por tener que enfrentarse al pasado de Andrew. Lo máximo que había tenido que aguantar él era que un antiguo novio suyo le tirara los tejos en la reunión de exalumnos del instituto, y eso no era lo mismo.

—Mamá, creo que Jasmine va a vomitar —gritó Kennedy, desde el piso de arriba.

Makayla y Kenzie subieron corriendo las escaleras. Ella se detuvo para tomar algunas servilletas de papel y subió también.

A las cinco en punto, la casa estaba en aquella delicada transición desde el caos a la calma. La cena estaba en el horno, Makayla estaba haciendo la bolsa de viaje para el fin de semana y las mellizas estaban en la habitación de juegos, decidiendo lo que iban a hacer aquella noche con Cecelia.

—Disfrazarnos —dijo Kennedy, con un pequeño sombrero verde sobre la cabeza—. Y Lego.

–Lego, seguro –dijo Kenzie. Ella llevaba un sombrero lleno de plumas y encaje. Eran adorables. Cabezotas, pero adorables.

Gabby sabía que las noches con la niñera eran más fáciles si todo el mundo tenía las expectativas adecuadas. Por eso, había preparado una comida rica para las niñas y Cecelia y se había cerciorado de que los juguetes, los libros y las películas fueran seleccionados con antelación.

Las niñas eligieron los juguetes y prepararon su mesa infantil para jugar. Eligieron los tres libros que Cecelia les iba a leer a la hora de dormir y varios DVD. Jasmine, que ya había vomitado la bola de pelo, entró en la habitación, se acercó a ella y le dedicó un suave maullido para hacerle saber que todo iba bien en su mundo felino. Boomer la siguió, olfateando la alfombra en busca de migas o de alguna otra cosa.

Las mellizas comenzaron a jugar con las mascotas, y ella aprovechó la distracción para escapar a su habitación. Todavía tenía que ducharse, porque no había tenido tiempo de hacerlo aquella mañana, y lavarse el pelo.

Aunque había llevado el pelo rubio durante un tiempo, con tres niñas era demasiado difícil ir a la peluquería regularmente, así que había vuelto a dejarse el pelo de su color natural, castaño con algunos reflejos rojizos. Estaba pensando en hacerse mechas caoba para celebrar su vuelta a la oficina, pero solo si la peluquera le prometía que no iba a tener que retocárselas más que una vez cada seis meses.

Consiguió entrar en la ducha sin que la llamaran y sin tener que resolver alguna crisis. Sin embargo, cuando terminó, las mellizas, Boomer y Jasmine estaban en el baño, tirados en el suelo, observándola mientras agarraba la toalla.

Kennedy y Kenzie estaban acariciándole las orejas a Boomer, apoyadas en él, con los sombreros torcidos en la cabeza. Jasmine observaba la escena desde la alfombrilla que había junto al lavabo, como si estuviera a cargo. Lo cual, seguramente, era cierto, porque a Jasmine le encantaba controlar las situaciones.

—¿Qué te vas a poner, mamá? —le preguntó Kenzie—. Vas a ir muy guapa.

—Gracias. Todavía no estoy segura.

—Un vestido —dijo Kennedy—. Con zapatos de tacón.

—Y pintalabios —añadió Kenzie.

Gabby se puso la ropa interior y fue al vestidor que compartía con Andrew. La ropa de su marido estaba perfectamente ordenada, mientras que en la suya no había orden ni concierto. ¿Por qué? Era ella quien hacía la colada y colocaba la ropa, así que era ella la que mantenía organizado el guardarropa de Andrew, mientras que no hacía nada para acabar con su propio caos.

Sin embargo, los motivos no eran lo importante en aquel momento. Rebuscó en el perchero un vestido negro que estuviera razonablemente limpio. Era un vestido de manga larga y falda hasta la rodilla. Hacía mucho tiempo que no se lo ponía, así que no sabía si le sentaría bien. Bajó la cremallera del costado y se lo metió por la cabeza. Notó que la tela de las mangas se ponía tirante, y la cintura se le atascó por encima del pecho. Tiró de la falda hacia abajo hasta que consiguió deslizárselo por el cuerpo. Sin embargo, antes de volver a subir la cremallera, ya sabía que iba a haber un problema.

El vestido le quedaba fatal. Le marcaba el estómago y el michelín que tenía por encima de la cintura. La cremallera no cerraba.

¿Cuánto pesaba? Hacía más de un año que no se subía a la báscula. Sabía que había engordado un poco desde que había tenido a las niñas, pero no pensaba que fuera tanto.

Aunque recordó que se tomaba una galleta extra después del desayuno casi todos los días y que tenía algunos dulces escondidos en la mesilla de noche, intentó no perder los nervios. Andrew iba a llegar en cualquier momento. Cecelia, también. Makayla iba a tener una crisis antes de irse a casa de su madre, y las mellizas solo podían entretenerse solas durante periodos de veinte minutos. El tiempo se le estaba acabando.

Se quitó el vestido y lo tiró al suelo. Se puso unos pantalones negros que le valían y buscó algún top que no estuviera descosido, descolorido o que no fuera horrible. No podía quitarse de la cabeza la idea de que se había puesto gorda y nada le quedaba bien.

Al final del armario vio una manga roja. Descolgó la camisa de la percha y exhaló un suspiro de alivio. Aunque el color no era bonito, la camisa era amplia, de seda, y le sentaría bien. La tela era un poco transparente y tenía un bordado dorado un poco feo. No sabía por qué se la había comprado, pero agradecía el hecho de tener algo que ponerse.

Se puso una camiseta negra de tirantes y tomó la camisa roja. Volvió al baño. Las gemelas seguían apoyadas en Boomer. Jasmine ya no estaba allí; la gata tenía un instinto de supervivencia excelente y sabía exactamente cuándo tenía que desaparecer porque iba a producirse una crisis.

Maquillaje, tenacillas del pelo, cena, Makayla, Cecelia, dar de comer a las mascotas, hablar con las gemelas y salir por la puerta. Era posible, se dijo. Improbable, sí, pero posible.

Dejó la camisa extendida sobre un extremo de la bañera. Al verla, Kennedy arrugó la nariz.

—Mamá, has dicho que te ibas a poner un vestido.

—No, eso lo has dicho tú. A mí me gustan los pantalones.

—Estás muy guapa de todos modos —dijo Kenzie con lealtad.

—Gracias, cariño.

—A papá le gustas con vestidos —dijo Kennedy con obstinación—. Y con tacones.

—Me voy a poner zapatos de tacón —respondió Gabby.

—Gabby, ¿dónde están mis pantalones pirata blancos? —preguntó Makayla, desde la puerta del baño—. Los he echado a lavar esta mañana.

Gabby tomó el peine y se hizo la raya para separarse la melena en dos partes y comenzar a alisarse el pelo.

—No lavo la ropa blanca los viernes. La lavo los lunes y los jueves.

—Pero tú sabías que los necesitaba para este fin de semana —dijo Makayla. Su expresión se volvió seria y el volumen de su voz aumentó. Peligro—. No los has lavado a propósito.

Las mellizas se miraron y se quedaron boquiabiertas, a la espera de lo que pudiera suceder.

Todos los viernes que Makayla iba a ver a su madre había una crisis, o una pelea, o algo, pensó Gabby. Y parecía que siempre era ella quien tenía la culpa.

Gabby se giró hacia su hijastra.

—Makayla, sabes que pongo las lavadoras por días. Llevo haciéndolo así desde que viniste a vivir con nosotros, hace dos años. Lavo la ropa blanca los lunes y los jueves. Si tienes alguna petición especial, lo hago encantada, pero no me has dicho nada sobre los pantalones. Yo no podía saber que estaban para lavar.

A Makayla se le llenaron los ojos de lágrimas.

—Podías haber mirado.

Al oír aquella respuesta tan poco razonable, a Gabby se le encogió el pecho. Respiró profundamente, y respondió:

—Y tú podías habérmelo dicho. Yo no puedo leerte el pensamiento. ¿No tienes otros pantalones para llevar?

—No, ¡el fin de semana se ha echado a perder!

—Y eso, ¿por qué?

La pregunta fue formulada desde el dormitorio. Gabby respiró con alivio. Las mellizas se pusieron de pie rápidamente y corrieron hacia su padre, como Boomer.

—¡Papá! ¡Papá! —gritaron, entre los ladridos del perro y las quejas de Makayla sobre sus pantalones blancos.

Gabby se volvió de nuevo hacia el espejo. Sabía que no iba a poder acercarse a Andrew durante los siguientes diez minutos; las mellizas y Makayla siempre acaparaban su atención cuando llegaba a casa. Boomer también necesitaba su momento con el señor de la casa. Incluso Jasmine aparecería para que Andrew le rascara la barbilla.

Gabby terminó de arreglarse el pelo y se maquilló rápidamente. Después, se puso unos pendientes, se calzó unos zapatos de salón con un tacón bajo y salió del dormitorio.

Fue hacia la habitación de Makayla, que estaba doblando unos pantalones de color rosa.

—¿Vas bien? —le preguntó con cuidado de que su voz sonara alegre, no cautelosa.

Makayla asintió sin mirarla.

—De acuerdo. Avísame si necesitas algo.

Gabby corrió hacia la cocina para vigilar la cena. No sabía dónde estaban las mellizas, pero oía sus risitas y la voz de Andrew en algún lugar de la casa.

Boomer y Jasmine aparecieron en la cocina. La gata tricolor se le frotó contra las piernas afectuosamente.

—Sí, ya lo sé —les dijo a las mascotas—. Vosotros sois los siguientes.

Echó la comida de Boomer en su comedero y se lo puso en el suelo. Después, mezcló comida húmeda con un poco de agua para cuidar del tracto urinario de Jasmine. Además, puso un poco de pienso en un cuenco y lo llevó todo al cuarto de la plancha, porque no había manera de que un perro y un gato pudieran comer juntos; el gato no tendría oportunidad de probar su comida.

Jasmine saltó sobre la mesa y maulló hasta que Gabby le puso delante los cuencos.

Cuando les dio de comer a las mascotas, volvió a la cocina y puso la mesa para tres sin dejar de mirar el reloj. Sacó la bandeja de verduras crudas que había cortado en palitos un poco antes. Las mellizas no toleraban las verduras cocidas, pero sí crudas.

Cecelia llamó a la puerta justo a su hora. Las mellizas fueron a recibirla entre gritos de alegría, y Boomer se puso a ladrar para anunciar su llegada. Al abrir la puerta, Gabby sonrió con agradecimiento a la niñera.

—Hola —le dijo con un suspiro—. Espero que te guste la lasaña.

—Me encanta.

Cecelia llevaba una mochila colgada de un hombro. Gabby sabía que, en cuanto las mellizas se quedaran dormidas, ella se pondría a estudiar. Además de trabajar a media jornada en La cena está en la bolsa, Cecelia también trabajaba de niñera e iba a clase a la escuela de verano. Era impresionante.

Gabby volvió a la cocina y le explicó a Cecelia lo que había de cena y cuáles eran los juguetes, libros y películas para aquella noche.

—Tienes nuestros móviles, ¿no? —le preguntó.

—Sí, en los contactos del teléfono —respondió Cecelia—. No te preocupes. Las niñas y yo nos lo vamos a pasar muy bien.

—Ya lo sé. Es solo que no puedo evitarlo.

Gabby miró el reloj.

—Candace llegará en cualquier momento. Tengo que ir a ver a Makayla.

Las mellizas, Boomer y Jasmine la siguieron por el pasillo hasta el vestíbulo, donde estaba la adolescente con su maleta. Tenía una expresión tensa, y estaba muy rígida. Era como si fuera al dentista, y no a pasar el fin de semana a casa de su madre.

Por un momento, Gabby sintió solidaridad. Makayla no lo tenía fácil con su madre. Candace era una madre indiferente hacia su hija y, a menudo, llegaba tarde. Más de una vez había llamado en el último momento para decir que no podía llevársela a pasar el fin de semana con ella. Algunas veces era por un motivo real, como el hecho de que tuviera que hacer un viaje imprevisto de trabajo. Sin embargo, la mayor parte del tiempo no daba explicaciones.

—¿Ha llegado ya? —preguntó Makayla con ansiedad.

—No, todavía no. Solo quería cerciorarme de que tienes todo lo que necesitas.

—Los pantalones pirata blancos, no.

Gabby intentó no reaccionar ante aquella respuesta. Kenzie pasó por delante de ella y miró fijamente a su hermana mayor.

—¿Por qué tienes que irte? —le preguntó.

La tensión desapareció al instante, porque Makayla se agachó, se puso de rodillas y abrió los brazos. Kennedy llegó corriendo, y las dos niñas se abrazaron a su hermana mayor.

—Volveré antes de que os hayáis dado cuenta —les prometió Makayla.

—¿Por qué no nos llevas a nosotras? —le preguntó Kennedy—. Nos portamos bien, te lo prometemos.

—No creo que sea buena idea —dijo Makayla, suavemente.

—¿Por qué no? —preguntó Kenzie.

—¡Porque yo os echaría demasiado de menos! —exclamó Gabby—. Me pondría muy triste si no estáis aquí. Ya me pone triste que se vaya Makayla, así que, ¿qué iba a hacer sin mis monstruitos?

Las mellizas se volvieron hacia ella y la abrazaron. Gabby notó todo su amor inundándole el corazón, y aquello arregló el mundo.

En aquel momento, vio que Makayla las estaba observando con los ojos azules llenos de anhelo. Aquella emoción tan pura la dejó asombrada, pero, antes de que se le ocurriera algo que decir, desapareció.

—Makayla, ya ha llegado tu madre —dijo Andrew, por el pasillo.

—¡Tía Candace! —gritaron las mellizas, y echaron a correr hacia el salón. Makayla las siguió lentamente.

Gabby no quería ir, pero sabía que eso sería una grosería. Aunque, en realidad, Candace no iba a darse cuenta, porque sus encuentros no eran más que conversaciones embarazosas y demasiado amables entre dos personas que no tenían nada en común. Era irónico, teniendo en cuenta que las dos se habían enamorado del mismo hombre.

Gabby no sabía lo que pensaba Candace de ella, pero sí sabía lo que ella pensaba de Candace. Era una mujer alta, delgada y guapa. Además, tenía éxito profesional: era la directora de compras de calzado y bolsos de unos grandes almacenes de lujo.

Tenía un sexto sentido para la moda y un guardarropa deslumbrante, y ni un ápice de celulitis, Gabby estaba segura. Tal vez fuera más baja que Candace, pero siempre tenía la sensación de que ocupaba mucho más espacio que ella.

Respiró profundamente y fue al salón. Andrew estaba al lado de la puerta con Jasmine en brazos. Boomer saltaba de un lado a otro, tratando de que Candace le hiciera caso. Las mellizas parloteaban, y Makayla estaba junto a su madre. Y Candace... bueno, lo único que hacía era ser alta, delgada y guapa. Iba perfectamente vestida con un traje pantalón de color crema, con collares y anillos, y un maquillaje impecable.

Cuando ella entró en el salón, Candace sonrió con malicia.

—Gabby, qué agradable. ¿Vas a salir?

—Sí.

—Tienes el pelo precioso. Bueno, tendrás que cambiarte, así que no te entretenemos más. Makayla, cariño, ¿estás ya lista?

—Mamá ya se ha cambiado —explicó Kenzie—. Ya se ha puesto la camisa para salir.

Candace enarcó una ceja. Al menos, hasta donde le permitió el bótox.

—Ah. Bueno. Estás... muy guapa.

A Gabby le ardieron las mejillas, pero no permitió que el hecho de sentirse avergonzada la detuviera. Llevó a las mellizas a la cocina y ayudó a Cecelia a servir la cena. Cuando oyó que se cerraba la puerta de la casa, exhaló lentamente una bocanada de aire. Una crisis menos aquella noche.

Volvió al salón y vio que Andrew estaba dejando a Jasmine en el sofá.

—Por fin —dijo él—. Hola. ¿Cómo estás?

La besó antes de que pudiera responder. Aunque el beso fue ligero, el abrazo, no. Andrew daba unos buenos abrazos con todo su cuerpo, abrazos que se prolongaban un segundo más. Cuando el mundo daba vueltas a su alrededor, él era su ancla.

—Estoy bien.

Andrew le acarició la mejilla.

—Sé que estás preguntándote cómo es posible que me casara con semejante bruja. No lo sé, no tengo excusa. Lo único que puedo decir es que gracias a Dios, acerté a la segunda.

Además, se le daban bien las palabras, pensó Gabby con agradecimiento. Y la vida. Andrew entendía la vida. Tenía éxito en su profesión; era vicepresidente de ventas de una gran empresa aeroespacial. Viajaba mucho, pero no más de lo que le exigía su puesto. Siempre estaba en casa para los eventos importantes, y nunca había hecho que Gabby sintiera que su trabajo era más importante que el de ella.

En aquel momento, tuvo que resistirse a la tentación de colgarse de su cuello, quejarse de Makayla y de sus pantalones blancos, pedirle que le diera una torta a su exmujer por ser mala con ella. No, aquellos eran sus problemas, y ella tenía que hacerles frente.

–He tenido un buen día –le dijo–. ¿Y tú?

–Muy bueno. Hemos hecho la cifra del trimestre, así que estoy muy contento –respondió Andrew con una sonrisa–. Hasta el lunes, claro, cuando todo vuelva a empezar de nuevo.

Gabby también sonrió. El mero hecho de mirarlo la hacía sonreír. Andrew tenía ocho años más que ella, pero llevaba muy bien su edad. Tenía el pelo oscuro y los ojos azules. Ya le habían salido algunas canas en las sienes, pero eso aumentaba su atractivo. Era distinguido.

–No recuerdo el nombre del patrocinador –susurró ella–. Lo siento. No lo puse en el calendario. Solo puse la fecha y la hora.

Él se inclinó y la besó de nuevo.

–No te dije el nombre. No se trata de ningún patrocinador, mi dulce esposa. He reservado una habitación en la Posada del Puerto. Hay una botella de champán enfriándose para nosotros. Esperaba que pudiéramos estar juntos un par de horas, pedir la cena al servicio de habitaciones y volver a casa.

–Encantada de dar un cheque para esa causa –le dijo ella.

Andrew se echó a reír y la abrazó.

A ella se le llenaron los ojos de lágrimas. De lágrimas de felicidad, se dijo, mientras trataba de contenerlas. Las lágrimas de una mujer a la que le había tocado el mejor marido en suerte.

Capítulo 4

—¡Otra vez! —exclamó Tyler con entusiasmo. No estaba cansado, a pesar de que ya había pasado su hora de acostarse y de que habían tenido un día muy ajetreado—. Léelo otra vez.

Nicole le dio un beso en la coronilla.

—¿Estás dándole demasiadas vueltas? —le preguntó a su hijo.

Él sonrió.

—Sí. Estoy muy emocionado, mamá. Es mejor que la Navidad.

Ojalá fuera cierto, pensó Nicole. No había manera de preparar a un niño de seis años para una gran decepción, pero tenía que intentarlo.

Habían pasado juntos el sábado, algo a lo que todavía se estaba acostumbrando. El divorcio había sido difícil en muchos sentidos, pero no en el financiero. Aunque Eric no veía a menudo a su hijo, sí pagaba la manutención puntualmente. Y esos cheques habían permitido que ella contratara a un par de profesores extra para su gimnasio, Mischief in Motion. Eso le permitía reducir el horario por las tardes y no tener que trabajar los sábados. Dentro de pocos años, Tyler estaría demasiado ocupado con las actividades escolares y con sus amigos, y ya no querría estar tanto tiempo con su madre; hasta ese momento, ella tenía que aprovechar hasta el último minuto de la compañía de su hijo.

Le acarició el pelo.

—Conocer al autor de *Brad the Dragon* va a ser estupendo.

—Ya lo sé. Seguro que es divertido y muy simpático, hace reír a todo el mundo.

Nicole no creía que eso fuera posible. Los autores eran autores por un motivo. Ella nunca podría pasarse todo el día sola, escribiendo en el ordenador. Necesitaba hacer cosas, estar con gente.

Por supuesto, seguramente tenía una idea absurda de lo que era un escritor. Eric escribía guiones, sí, pero también hacía surf la mayoría de las mañanas, tenía reuniones, iba a fiestas y otras cosas de las que ella no estaba segura. Tal vez Jairus fuera igual, trabajara quince minutos al día y el resto lo pasara contando su dinero.

Suspiró. Claramente, tenía que cambiar de actitud. Iba a conocer a aquel hombre dentro de pocos días, y no podía ponerse a gritarle a los tres segundos. Al menos, que ocurriera a las dos horas.

La idea de gritarle a un imbécil hizo que sonriera. Al verlo, Tyler le devolvió la sonrisa.

—Tú también estás emocionada —le dijo.

—Sí, claro —respondió ella. Una madre tenía derecho a decir una pequeña mentira piadosa.

—¿No se te va a olvidar?

—No, no. Voy a dar clase al centro de mayores esa mañana, pero la tarde se la voy a dedicar a *Brad the Dragon*. Solo yo y ya sabes quién.

Mientras hablaba, le hizo cosquillas a Tyler en los costados. Él se retorció y se echó a reír. Después, se tumbó en la cama.

—Otra vez —dijo, señalando el libro—. Voy a intentar no pensar, te lo prometo.

—Solo por ti —murmuró ella.

Tomó el libro y lo abrió por la primera página.

—«Brad the Dragon siempre había tenido mucho interés en las flores».

Leyó automáticamente, porque se sabía de memoria la historia del dragón. Cuando terminó el libro, le dio un beso de buenas noches a Tyler. Él tenía los ojos cerrados y dijo, lentamente:

—Te quiero, mamá.

—Te quiero, chicarrón.

Salió de la habitación y dejó abierta una rendija de la puerta, para que él no se sintiera aislado de ella. O, tal vez, era ella la que necesitaba aquella conexión.

Fue a la cocina a terminar de recoger y poner el lavaplatos. Cuando terminó, se encaminó hacia el salón. Su casa era de estilo español; una preciosidad que había conseguido comprar por poco dinero antes de que empezaran a subir los precios y se formara la burbuja inmobiliaria. La casa tenía arcos y muros muy anchos, muchas ventanas y un maravilloso patio trasero. A ella le encantaba. Le encantaba que Tyler se estuviera criando allí. Aunque algunas veces se sentía un poco sola con respecto a la compañía masculina, bueno, eso no tenía importancia. En el resto de las facetas de la vida era muy afortunada.

Sonó su teléfono, indicando que tenía un nuevo mensaje. Al leerlo, musitó:

—Cabrón...

Leyó el mensaje tres veces y arrojó el móvil al sofá.

—Mentiroso, desgraciado, egoísta.

Tomó de nuevo el teléfono y leyó de nuevo el mensaje: *No puedo ir mañana. Lo siento. La próxima vez, seguro.*

Nicole sintió tristeza y furia a la vez. A la mañana siguiente, iba a tener que decirle a su hijo que su padre no iba a ir a verlo. Tyler no podría salir con Eric, no podría pasar un rato con él.

Y lo cierto era que a Tyler no le iba a importar. Se encogería de hombros y volvería a hacer lo que estuviera haciendo. Porque Eric cancelaba las visitas tan a menudo, que a Tyler cada vez le importaba menos ver a su padre.

Aquella desconexión había empezado antes del divorcio, cuando Eric había empezado a escribir su guion. Se había alejado de su familia. Se pasaba el tiempo haciendo surf, escribiendo, yendo a clases, yendo a reuniones de su grupo de crítica. Después de vender el guion, siempre estaba ocupado con las revisiones y con un nuevo proyecto. Tyler y ella habían pasado a un segundo plano. Cada vez eran menos importantes.

Ella había creído que iba a tener que enfrentarse a él por la custodia del niño, pero Eric solo había pedido algún domingo de vez en cuando. Eso era todo. Y la mayoría de esos días no aparecía para ver a su hijo.

En vez de escribirle una respuesta a su exmarido, le envió un mensaje a Hayley: *Ese cabrón ha vuelto a cancelar la visita a su hijo. ¿Está mal que lo odie tanto?*

Hayley respondió a los pocos segundos: *No, pero si te sientes mejor, yo lo odio en tu nombre. ¿Estás bien?*

Sí, lo superaré. Gracias.

Nicole se hundió en el sofá, flexionó las piernas hasta el pecho y apoyó la cabeza en las rodillas. Si no fuera por sus amigas, no sabía cómo habría sobrevivido el año anterior. Las cosas no debían ser así. Se suponía que Eric, Tyler y ella debían ser una familia. Eso era lo que ella había querido siempre, lo que siempre había esperado.

Nicole no había conocido a su padre, porque él había abandonado a la familia antes de que ella naciera. Cuando Eric era ingeniero informático, ella creía que había encontrado a alguien bueno y estable. A alguien que siempre estaría ahí para su hijo.

Se había equivocado. A Eric no le importaba Tyler.

Ella esperaba que eso cambiara, que se diera cuenta de lo que se estaba perdiendo. Sin embargo, no parecía que Eric tuviera ninguna duda acerca del acuerdo de la custodia. Y Tyler ya nunca decía que echara de menos a su padre.

Cuando Eric despertara y se diera cuenta de lo que se había perdido, ya no habría marcha atrás. Sería demasiado tarde, y Tyler sería inalcanzable para él. Sin embargo, lo peor de todo era que probablemente a Eric no le importase nunca. Que nunca pidiera una segunda oportunidad.

Miró el peluche de Brad the Dragon que había sobre la televisión. El dragón era de color rojo y tenía los ojos azules. Lo fulminó con la mirada.

—Todo esto es culpa tuya —susurró.

Y, aunque sabía que no era cierto, algunas veces era un consuelo tener alguien a quien echarle la culpa.

—¿Por qué Boomer huele a fritos de maíz? —preguntó Kennedy, que estaba en el suelo, junto a su perro.

—No lo sé.

Gabby pensó en responder que eso era mucho mejor que el olor de la mayoría de los perros, pero sabía que no era aconsejable animar a sus hijas a hablar sobre olores. Eso llevaría a una conversación sobre pedos, eructos y otras cosas graciosas, pero también podía provocar momentos incómodos con otras personas. Todavía se estaba recuperando del clásico «Esa señora se ha tirado un pedo» en el supermercado. Había ocurrido tres semanas antes; ella se había quedado avergonzada, la anciana, también, y a las mellizas les había parecido algo divertidísimo. Se lo contaban a todo el mundo. Por ese motivo, trataba de no llevarlas al supermercado más de lo necesario.

Alzó una camiseta rosa.

—Esta es una de mis favoritas –dijo.

Kenzie, que estaba cepillándole el pelo a Jasmine, asintió.

—Mía, también.

Kennedy no se molestó en responder. Aunque ella fuera la que estaba a cargo de la situación normalmente, en cuestión de ropa, la que más participaba era Kenzie. Gabby no estaba segura de cómo ponían las normas, pero las acataba.

—Ya hemos terminado –dijo, mirando los cinco atuendos que habían seleccionado para cada una. Era lo que se pondrían durante aquella semana.

Para crear un poco de orden en el caos, cuando las niñas habían empezado en preescolar, se había propuesto elegir con antelación la ropa que iban a llevar. Ahora lo hacían juntas todos los domingos por la tarde. Era un alivio en medio del ajetreo de las mañanas, y era un momento muy divertido durante el que ellas tres hablaban de cosas de mujeres.

Las mellizas dejaron tranquilos a Boomer y a Jasmine y se acercaron a guardar la ropa en el cajón especial de sus armarios. Cuando terminaron, la miraron con expectación.

—Ahora va papá –dijo Gabby, alegremente.

Kenzie se inclinó y tomó a Jasmine en brazos. La gata le permitió que la llevara hasta el vestidor de la habitación de sus padres. Boomer los siguió y se tendió junto a la puerta. Kennedy se apoyó en él de inmediato, y Kenzie se sentó en medio del suelo, dispuesta a dar sus consejos sobre moda. Jasmine se acomodó a su lado y empezó a acicalarse.

Gabby tomó la hoja de papel que Andrew le dejaba siempre los viernes por la noche. Era su horario de la semana siguiente. Su secretaria le enviaba por correo electrónico su plan viajes cada vez que había algún cambio, pero Andrew se cercioraba de que ella supiera siempre dónde estaba. Había empezado a hacerlo desde sus primeros tiempos de casados. Una vez, cuando estaban en el apartamento en el que vivían mientras esperaban a que se cerrara la compra de la casa, ella le preguntó:

–¿Cuándo vuelves? Es duro que no estés aquí.

Él se giró hacia ella y la miró con preocupación.

–¿Te da miedo estar sola en el apartamento? ¿Quieres que pongamos una alarma?

–No, tonto. Es solo que te echo de menos.

Andrew se había quedado mirándola un largo instante y, ella había visto cómo su confusión se transformaba en comprensión, alivio y amor. Él la había abrazado con tanta fuerza, que ella casi no podía respirar. Pero no importaba; Andrew era más importante que el aire.

A la mañana siguiente, ella había recibido su primer correo electrónico de la secretaria de Andrew. Y, el viernes siguiente, él había llevado a casa su horario de la semana siguiente. Andrew era así; no quería que ella se preocupara por nada.

Desde la noche que se habían conocido hasta la boda había pasado casi un año. Él le había hablado de su primer matrimonio y de lo que creía que había salido mal. Ella habría podido jurar que lo sabía todo sobre él. Sin embargo, hasta aquella noche en su pequeño apartamento, no había entendido realmente lo que él quería decir.

A Candance no le importaba nada. Ella no se había preocupado de saber cuál era su plan de viaje, ni le había preguntado nunca cuándo iba a volver a casa. Casi nunca tenía tiempo para Makayla. Su trabajo era su verdadera pasión. Gabby entendía lo que era amar una carrera profesional, pero no a costa de la gente.

Miró la hoja de papel de Andrew y vio las reuniones que él tenía.

—Papá va a estar en casa toda la semana —les dijo a las gemelas.

—¡Bien!

—¿Podemos hacerle *brownies*? —preguntó Kenzie.

Gabby recordó que no había podido ponerse el vestido negro el viernes anterior. Desde entonces, había estado pensando que tenía que hacer algo al respecto.

—Eh... Claro.

Podía ignorar los bizcochos, pensó. Solo porque hubiera *brownies* en casa no iba a comérselos.

Preparó los trajes y las camisas de Andrew. Les mostró a las niñas un traje gris y una camisa azul claro.

—¿Qué corbata?

Kenzie pensó la respuesta.

—La que tiene rayas azules y rosas.

Gabby la encontró y la colgó junto a la camisa y el traje. Después, siguió seleccionando la ropa. Aunque Andrew era perfectamente capaz de elegir lo que iba a ponerse, a ella le gustaba hacer aquello por él. Era como una especie de conexión, una forma de decirle que estaba pensando en él y que le importaba. Como el hecho de que él le dejara su horario en casa.

Cuando terminaron, bajaron a la cocina. Ella no necesitaba preparar su ropa y Makayla todavía no había vuelto de casa de su madre. Y, aunque la niña hubiera estado en casa, había dejado claro que no quería ni necesitaba aquella ayuda. Después de todo, tenía quince años.

Gabby se preguntó si ella también había sido tan difícil a esa edad. Seguramente, sí; pero eso no le servía para que el regreso de Makayla fuera más llevadero. Los domingos por la noche de los fines de semana que la adolescente pasaba con Candance eran complicados. Las visitas nunca iban bien, y Makayla siempre volvía a casa dolida y enfadada. Necesitaba a alguien que pagara por lo que ella había tenido que soportar y, normalmente, esa persona era ella.

Había intentado hablar con Andrew sobre su mal humor, los comentarios maliciosos y los portazos. Sin embargo, Makayla siempre tenía mucho cuidado de no comportarse de ese modo cuando su padre estaba presente. Además, si Andrew tenía una debilidad, eran sus hijas. No solo Makayla, sino las tres.

Gabby admiraba aquel rasgo de su marido, así que intentaría reaccionar con la mayor ética posible. Ese era el consejo que le había dado su madre cuando ella estaba a punto de casarse con Andrew.

—Es difícil ser la segunda mujer. He visto a varias de mis amigas pasar por eso. Piensa bien las cosas antes de hablar y guíate por la moralidad. Eso te facilitará mucho las cosas.

Gabby agradecía el consejo de su madre y el amor con el que se lo había dado, y lo había puesto en práctica. Intentaba no quejarse de Makayla y tener toda la paciencia que podía. No era perfecta, pero hacía lo posible.

Sonó la secadora. Gabby dejó a las mellizas coloreando en la mesa de la cocina mientras llevaba una cesta de ropa limpia a su habitación. Aunque no era el día de la colada de ropa blanca, había puesto una lavadora especial para los pantalones pirata de Makayla; no sabía si la niña iba a tomárselo como un detalle o como un gesto de antagonismo, pero sí sabía que su intención era buena, así que eso debía ser suficiente.

Andrew entró en la habitación y tomó un calcetín muy pequeño. Sonrió.

—¿Te acuerdas cuando eran aún más pequeños? —le preguntó.

—Sí. Están creciendo muy deprisa. No puedo creerme que ya vayan a empezar el colegio.

—¿Cuántos días?

Ella sonrió. No le estaba preguntando por el tiempo

que quedaba hasta que comenzara el colegio, sino hasta que ella comenzara a trabajar.

–Cincuenta y cuatro días.

–¿Estás contenta?

–Sí, y nerviosa. ¿Y si ya no me acuerdo de cómo había que conservar un puesto de trabajo?

–Claro que sí te acuerdas. Eres trabajadora y eres muy brillante. Tienen suerte de haberte contratado.

Iba a trabajar para una ONG a tiempo parcial. El trabajo no era nada espectacular, ni tampoco el sueldo. Sin embargo, iba a trabajar en el campo de la asistencia jurídica a inmigrantes, algo que ella había elegido, y podría ayudar a gente que no tenía adónde ir. Además, podría ir a hacer pis a solas.

–La que tiene suerte de que la hayan contratado soy yo –le dijo a Andrew.

Llevaba fuera del mercado de trabajo más de cinco años, y eso era mucho tiempo. Aunque había hecho cursos online para mantenerse al corriente de los cambios en las leyes de inmigración, le preocupaba que nadie quisiera contratarla.

–Vas a hacerlo maravillosamente bien –le aseguró él. Dejó el par de calcetines sobre la cama y se sacó algo del bolsillo del pantalón vaquero–. Tengo una cosa para ti.

Le entregó una tarjeta regalo de Nordstrom.

Gabby la tomó y lo miró.

–No lo entiendo.

–Vas a necesitar ropa nueva para trabajar. Todo lo que tienes es de antes de que nacieran las gemelas, y tienen ya cinco años. Quiero que te sientas bien en tu primer día de trabajo.

Un buen detalle, pensó Gabby, y miró la tarjeta que tenía en las manos.

–Tenemos una cuenta abierta en esa tienda.

–Sí, ya lo sé, pero esto es diferente. Puedes comprar lo

que tú quieras sin que yo vea la cuenta. Sabes que no me importa lo que te gastes, pero tú siempre quieres justificar todos los gastos. Esto es para que compres sin ningún sentimiento de culpabilidad.

Ella lo miró a los ojos, y sintió un gran amor por él.

—Andrew, eres muy bueno conmigo.

—Quiero serlo. Te quiero, Gabby.

Tomó la tarjeta de manos de Gabby y la metió en el bolsillo trasero de sus pantalones cortos, y posó las manos en sus caderas.

—¿Cuánto tiempo tenemos antes de que nos invadan? —le preguntó.

Después, la besó profundamente y le pasó la lengua por el labio inferior. Ella notó su pasión, y se excitó al instante. Aquella noche del viernes habían hecho el amor con lentitud y sensualidad, pero Andrew también era espectacular en los encuentros rápidos de tres minutos.

—Depende de cuándo llegue a casa Makayla —respondió ella, mirando hacia la puerta del dormitorio—. Las niñas están coloreando. Cinco minutos, o diez, como mucho.

Él ya le estaba desabotonando los pantalones.

—¿Crees que puedes correrte en tres?

Nunca había tenido problemas para que Andrew la excitara. Incluso antes de sentir el roce de sus dedos en el clítoris. Aquella combinación familiar de calor y dolor hizo que le rodeara el cuello con los brazos. Él la empujó suavemente sobre la cama y se inclinó sobre ella, frotándole la erección en el muslo.

—¡Mamá, mamá, Makayla ya ha llegado! —gritó Kennedy.

Su voz aguda fue más efectiva que la alarma antiincendios. Andrew soltó un juramento en voz baja antes de retirar la mano y ayudarla a que se pusiera de pie.

—Esta noche —le prometió.

Ella se estremeció.

—Estoy impaciente.

Mientras iban hacia el salón, Gabby le comentó:

—Estoy pensando en dar clases con Nicole.

—¿De qué? ¿De punto, o algo de eso?

—No, no. En su gimnasio. Ir a clases de gimnasia.

Él la miró con desconcierto, y ella tuvo ganas de abrazarlo.

—He engordado un poco.

—¿De verdad? A mí no me lo parece, pero si quieres ir a gimnasia, que te lo pases bien.

Ir al gimnasio requería cierta organización. Si no encontraba hora mientras las mellizas estaban en el campamento de verano, tendría que pedirle a Makayla que las cuidara, o contratar a la canguro. Eso significaba un gasto extra, pero a Andrew no le importaba.

Las mellizas estaban baileoteando alrededor de Makayla, compitiendo entre ellas para contarle lo que se había perdido durante el fin de semana. Boomer se unió a la fiesta, porque quería que lo acariciara el miembro de la manada que acababa de volver. Jasmine no estaba por allí, pero, más tarde, se acomodaría en la cama de Makayla y dormiría con ella toda la noche.

Gabby observó a su hijastra y vio que tenía la boca recta y apretada. Parecía que tenía que obligarse a sí misma a interactuar con sus hermanas. Solo el tiempo diría lo malo que iba a ser el regreso de aquella semana, pensó Gabby. Saludó a la adolescente y luego volvió a la habitación para terminar de doblar la ropa.

Cuando conoció a Andrew, él solo tenía a Makayla los fines de semana. Luego, justo antes de que Andrew y ella se casaran, Candace solicitó una modificación de medidas para que tuvieran la custodia compartida de la niña. Unos años después, Candace solicitó otro cambio y, en aquella ocasión, le otorgó a Andrew la custodia.

Makayla iba a quedarse a casa de su madre cada dos fines de semana.

Gabby sabía que no tenía elección. Andrew le preguntaba si estaba bien, pero ella no podía decirle que no. Lógicamente, él quería estar más y más con su hija. El hecho de que estuviera en el trabajo y viajando y fuese ella la que tenía que tratar con la adolescente era irrelevante. Candace rechazaba a su única hija y, por lo tanto, ellos tenían que conseguir que la niña se sintiera querida. Gabby hacía las cosas lo mejor que podía, aunque a veces fuese tan difícil.

Ella quería sentir amor por su hijastra y estaba bastante segura de que, en realidad, sí la quería. Sin embargo, que la niña le cayera bien era todo un desafío. Luchaba contra las emociones lógicas como la ira y el resentimiento, pero, a veces, también sentía celos, porque Andrew ya había sido marido y padre. Porque, por mucho que lo intentara, nunca sería la primera. Siempre habría otra esposa y otra hija antes que ella y las gemelas.

Clasificó la ropa doblada según su dueño y fue dejándola en cada una de las habitaciones. Se detuvo frente a la puerta abierta de Makayla, se preparó para las consecuencias de la visita del fin de semana y, después, gritó alegremente:

—Toc, toc.

Makayla estaba sentada en la cama. La maleta estaba sin abrir en el suelo. La niña alzó la vista cuando Gabby entró en el cuarto.

—Sé que ya es tarde —dijo, mientras ponía los pantalones pirata blancos en el armario—, pero me sentí mal al ver que no podías llevártelos. Si me dices con antelación que necesitas algo, intentaré lavártelo.

Makayla tenía la cabeza agachada y la cara tapada por la melena.

—Claro —murmuró.

—Si quieres, puedo enseñarte a poner las lavadoras.
—No, gracias.

Gabby tuvo ganas de patalear. Makayla ya tenía edad suficiente para lavarse la ropa. Todos los libros sobre adolescentes que había leído decían que era importante que a los niños se les asignaran tareas claramente definidas. Sin embargo, a Andrew no le parecía bien. Él quería que, según sus propias palabras, Makayla tuviera tiempo para ser una niña y que no tuviera que ocuparse de las tareas domésticas. Entonces, le dijo a Gabby que contratara a una asistenta para que ella no pensara que la situación era injusta.

Ella ya tenía una asistenta que iba a casa semanalmente para ocuparse de la limpieza general, y eso hacía que se sintiera culpable. Sin embargo, cuando volviera a trabajar, sería un requisito indispensable. Por lo menos, eso era lo que se decía a sí misma.

Además, el quid de la cuestión no estaba en si tenían asistenta o no; Makayla necesitaba contribuir como un miembro más de la familia. No era suficiente que cuidara de las mellizas cuando estaba de humor y que pusiera la mesa.

—¿Ha ido todo bien con tu madre? —le preguntó a Makayla, y se preparó para la respuesta. Aunque a la niña no le gustaba hablar de los fines de semana, se quejaba cuando nadie se los mencionaba.

—Sí, bien. Me gustaría invitar a mis amigos esta semana. Después del campamento.

Andrew entró en la habitación y se sentó al lado de su hija.

—¿Amigos? ¿Conozco yo a esos amigos? ¿Están en una banda de rock? Porque ya sabes lo que pienso de las bandas de rock.

Al oír eso, Makayla se rio un poco. Cuando la niña se inclinó hacia su padre, la melena se le retiró de la cara, y Gabby se dio cuenta de que había llorado.

Inmediatamente, la molestia que sentía por la vida tan fácil que llevaba Makayla se convirtió en ira hacia Candace. ¿Por qué no podía la madre de Makayla preocuparse un poco por ella? ¿Acaso se iba a morir si era buena con su única hija?

–Bueno, solo tienes que decirme qué día van a venir –le dijo–. Yo tendré ocupadas a las mellizas.

Porque no había nada que pudiera gustarles más a unas niñas de cinco años que estar con su hermana mayor y sus amigos.

–Gracias. A lo mejor, el miércoles. Tenemos que decidirlo.

–¿Cuántos? Voy a hacer galletas.

Gabby había aprendido que, por muy malhumorada que estuviera un adolescente, siempre se podía sobornarlo con unas galletas recién salidas del horno.

–Tres o cuatro. Brittany, Jena y Boyd.

A Gabby se le encendió la alarma.

–Boyd ha venido mucho por aquí últimamente.

Boyd era un chico apocado, de dieciséis años. Ella nunca pensaría que era capaz de hacer nada, pero había visto la película *Juno* varias veces y sabía que las apariencias eran engañosas.

Andrew alzó la vista y se rio.

–Gabby, no pasa nada. Makayla solo tiene quince años. A ella no le gusta Boyd de esa manera, ¿verdad, cariño?

Makayla puso los ojos en blanco.

–Somos un grupo de amigos, Gabby. No es nada de eso.

–Bueno, pero hacedme caso en esto –dijo Gabby, de un modo ligero–. Cuando Boyd esté aquí, todos tenéis que quedaros en el piso de abajo, en la sala de estar. Yo tendré a las mellizas en la habitación de juegos.

Andrew la sorprendió, porque asintió.

–Buena medida cuando va a venir a casa el capitán del equipo de fútbol americano –dijo, y le dio un beso en la cabeza a su hija–. A los deportistas les gustan las chicas guapas y listas. Creo que debería dar unas clases de kárate para poder hacerles frente si alguno se pasa de la raya.

Hizo un movimiento de kárate con el brazo. Makayla se levantó.

–Papá, para. No vas a hacerles llaves de kárate a ninguno de mis novios.

–Hay una solución muy fácil, hija. No te eches novio jamás. Así no le romperás el corazón a tu padre.

Andrew se levantó y siguió a Gabby al pasillo. Ella se giró hacia él.

–Me preocupa lo de Boyd.

–Pues no te preocupes –respondió él, pasándole un brazo por los hombros–. He visto al chico. Seguramente, es gay. Además, es muy joven.

–No, no son tan jóvenes. Siempre y cuando se queden en la sala de estar, no habrá problemas.

–Te preocupas demasiado.

–No puedo evitarlo.

–Lo sé. Y te quiero por ello.

Capítulo 5

Nicole llegaba tarde, y el aparcamiento estaba a rebosar. ¿Acaso todas las familias de Mischief Bay habían decidido aprovechar aquel tiempo tan bueno para ir a la playa?

—¡Por fin!

Vio un sitio al final del carril y aceleró para que nadie se lo quitara. Cuando aparcó, tomó su bolso y salió corriendo hacia el parque.

Ojalá pudiera decir que no era culpa suya. Su clase en el centro de mayores había durado más de lo normal porque se lo estaba pasando bien. Ver a un grupo de ancianos bailando juntos era algo dulce, tenía importancia. Sobre todo, a las parejas que habían estado casadas sesenta y setenta años. Tal vez tuvieran frágiles los huesos, pero su amor era muy fuerte. Ella había quedado absorta en la clase, observándolos, y se había olvidado por completo de que tenía que ir al parque a recoger a Jairus Sterenberg y llevarlo al campamento de Tyler.

Seguramente, un psicólogo tendría muchas cosas que decir con respecto a aquel lapso de memoria tan oportuno. Seguramente, le diría que respondía a la situación con una actitud pasivo-agresiva. Nicole se prometió que más tarde iba a reflexionar largo y tendido sobre ello. Sin embargo, hasta ese momento, iba a correr lo más rápido que pudiera, a pesar de que llevaba tacones de diez centímetros y un vestido morado de bailar tango con una falda muy corta.

Era irónico que fuera corriendo a buscar al autor de *Brad the Dragon*. También lo era que se hubiese ofrecido para ser el enlace entre Jairus Sterenberg y los demás padres. Ciertamente, Tyler se lo había rogado, pero ella sabía que había algo más. La vida era muy burlona, y se encargaba de recordárselo constantemente. Por eso, en aquel momento, ella estaba buscando frenéticamente una limusina (por supuesto, el señor Sterenberg no podía ir conduciendo él mismo) y al hombre que saldría de ella.

Vio que el vehículo negro se acercaba a la acera, y corrió hacia él. La puerta trasera se abrió y salió un tipo. Nicole aminoró la velocidad y empezó a andar. Al final, se detuvo por completo.

Esperó, pensando que tenía que salir alguien más de la limusina. El hombre que estaba allí plantado no podía ser el malvado e infame avariento que ella pensaba.

Medía aproximadamente un metro ochenta centímetros, tenía el pelo y los ojos oscuros, y los pómulos y mandíbula marcados. Su piel era de un ligero color café con leche. No era de una belleza clásica, pero Nicole tenía que admitir que le gustaba su aspecto. Además, tenía los hombros anchos y las caderas estrechas.

Pestañeó, sin saber qué le causaba más sorpresa, si el hecho de que fuera tan atractivo o el hecho de que no tuviera capa negra y cuernos.

No podía ser él, se dijo a sí misma. Era su representante, que había ido a explicar por qué el imbécil no podía estar allí.

Nicole se acercó.

—¿Señor Sterenberg? Hola, soy Nicole y soy...

Él la miró, pestañeó dos veces y alzó ambas manos.

—No, no. Ni hablar. No puedo creerlo. ¿La han mandado ellos? ¿Aquí? ¿En este momento?

¿Qué demonios? Nicole se quedó estupefacta.

—¿Disculpe?

—Mire, este es un mal momento. Estoy seguro de que es usted estupenda, y todo eso —dijo él. Apartó la vista y, tras un instante, volvió a mirarla. Dio un paso atrás—. Mis amigos son geniales. Unos imbéciles, pero geniales. No sé si esto es una broma, pero ya hablaré con ellos más tarde. Pero ahora tengo un compromiso importante.

Sacó la cartera de su bolsillo trasero, y añadió:

—Puedo pagarle. Quiere el dinero, ¿no? O, si ellos ya se lo han pagado, puedo darle una propina, pero tiene que marcharse.

Aunque aquel hombre hablaba en inglés, Nicole no entendía nada. ¿Qué era lo que…?

—Oh, Dios mío… ¿Cree que soy una prostituta?

Él se quedó mirándola fijamente, abriendo mucho los ojos. Varios billetes de veinte dólares le colgaban de los dedos.

—¿No lo es?

—No. Soy la madre que han enviado para acompañarle a la fiesta del campamento.

Él movió la boca, pero no dijo ni una palabra.

—No puede ser. Mire cómo va vestida. Esto no es culpa mía. He estado con un par de amigos míos este fin de semana, y me quejé de que llevo mucho tiempo sin ligar. Ellos me hicieron la broma de que me iban a emparejar con alguien y, al verla… Mire cómo va vestida. No es culpa mía.

—Eso ya lo ha dicho —respondió Nicole con la cabeza alta—. He estado sustituyendo a una amiga mía que es profesora de baile en el centro de mayores —dijo con altivez—. Mi amiga está de vacaciones con su familia, y a ella le gusta bailar con disfraces, porque ayuda. Hoy tocaba el tango.

Él bajó la vista hasta el escote del vestido de Nicole.

—¿Eso es un disfraz? —preguntó.

—Sí, un disfraz. ¿Sabe lo insultante que es esto? Tengo un hijo de seis años que lo adora. Bueno, a usted, no, a Brad the Dragon. Ha escrito una redacción y la ha revisado cien veces. Casi no ha jugado ni ha comido desde que supo lo del concurso, por culpa de sus libros. ¿Sabe cuántos formularios requiere su estúpido concurso? He tenido que rellenarlos todos. He tenido que tomarme tiempo libre del trabajo para poder estar aquí. He dejado a mis alumnos del centro de mayores para venir aquí, y ¿usted cree que soy una prostituta?

—Lo lamento muchísimo.

—No lo creo. Estaba convencida de que es usted un idiota, pero no me esperaba que... —Nicole tomó aire y prosiguió—: Bueno, voy a llevarle al campamento. Y le advierto que sea agradable con los niños. Con todos ellos. Sobre todo con el mío.

—Está usted enfadada.

Ella empezó a caminar hacia la zona del campamento de los niños pequeños, y él la alcanzó con facilidad, porque, claro, no llevaba tacones.

—Ha sido una equivocación. No tenía mala intención, de veras.

—La prostitución es ilegal. Y yo ni siquiera voy vestida de una forma tan sexy. ¿Que no ha tenido mala intención? ¿Qué tipo de hombre supone de primeras que una mujer es prostituta? Es la una de la tarde y estamos en un parque público. ¿Acaso pensaba que iba a chupársela en su coche?

Él se movió con incomodidad.

—Yo no pensé en eso. Y, no, no creo de primeras que las mujeres sean prostitutas.

—¿Solo yo?

—Lo siento, de veras. Muchísimo. Pero tiene que admitir que va vestida de un modo muy provocativo.

—No, claro que no. ¿Es que quiere decir que parezco una fulana?

—No, por favor. Lo siento —repitió él.

—Como debe ser.

—Está claro que no le caigo bien —dijo el señor Sterenberg.

Ella no se dignó a mirarlo.

Recorrieron el camino flanqueado de árboles hacia el edificio principal del campamento. Normalmente, los niños estaban fuera, al aire libre, pero a causa de aquel evento, aquel día no habían salido.

—¿Y por qué estaba convencida de que soy un idiota? —le preguntó él.

—No vamos a tener esa conversación. Lo voy a acompañar al lugar en el que tiene que estar y nada más. No, espere… Voy a hacerle fotos con mi hijo Tyler, y usted va a fingir que es el mejor momento de su vida.

—Sí, señora.

—Esto es muy importante para él.

—Ya lo he entendido.

Llegaron al edificio y ella abrió la puerta. Le señaló un pasillo.

—Sala cinco. Y compórtese como si estuviera muy feliz de estar aquí.

Jairus asintió y entró en la sala. Ella se quedó fuera, mirando por la ventana.

Los niños gritaron con tanta fuerza que pareció que el edificio se iba a desmoronar. Nicole vio a Tyler delante de todo el mundo con los ojos muy abiertos, temblando de emoción. Jairus se acercó a él y dijo algo que ella no pudo oír. Tyler asintió. Jairus le dio la mano. Tyler lo abrazó, y Jairus le devolvió el abrazo. Después, miró hacia atrás, por encima de su hombro, hacia Nicole.

—Lo tengo controlado —le dijo él, formando las palabras con los labios.

Ella fue rápidamente al baño. Cuando se miró al espejo, vio que, en efecto, su maquillaje era un poco exagerado para aquella hora del día, y que el vestido era demasiado llamativo y sexy. Pero había estado dando una clase de tango.

—Una fulana —murmuró, mientras se quitaba el traje. Se puso unos pantalones cortos y una camiseta, y se calzó unas sandalias—. Vaya un idiota. Lo sabía. Es que lo sabía. Ese artículo que leí en internet no decía más que verdades.

Era una pena que fuese tan atractivo. Dios debería haber creado a Jairus mucho más feo. Se lo merecía.

Llevaba toallitas desmaquillantes en el bolso, y se limpió toda la pintura de la cara. Se cepilló el pelo y se hizo una coleta.

Por fin, tenía aspecto de lo que era: una madre. Se suponía que era culpa suya, por llegar tarde. Si hubiera conseguido estar allí diez minutos antes, aquello no habría ocurrido. Sin embargo, Jairus se las iba a pagar de todos modos.

Salió del baño y se encontró con que el grupo estaba yéndose al exterior. Los monitores habían dispuesto varias mesas con globos y bolsas de caramelos, y con una tarta muy grande. Todo era parte del premio. Los niños iban a poder pasar la tarde con Jairus y, además, se llevaban a casa un ejemplar de su nuevo libro. Oh, Dios, ya sabía lo que iban a estar leyendo, durante semanas, antes, durante y después de la cena. Maldito fuera el tal Jairus y su estúpida obra.

Tyler se acercó corriendo a ella.

—¡Ya ha llegado!

—Ya lo sé. Lo he conocido.

—Es muy bueno y muy simpático, y me ha contado secretos de Brad.

—No es posible.

Tyler asintió con seriedad.

Ella se puso de rodillas y le tomó ambas manos.

—Estoy muy orgullosa de ti. Has trabajado mucho para conseguir que esto sucediera. Tus amigos y tú estáis teniendo un día maravilloso, y es por ti.

Él la abrazó.

—Es el mejor día de mi vida, mamá. Y tú me has ayudado.

—Ya lo sé, pero tú eras el que tenías fe. Te quiero, mi niño.

—Yo también te quiero.

Tyler volvió corriendo al lugar donde estaba sentado Jairus, en la hierba, hablando con los niños y respondiendo a sus interminables preguntas sobre Brad y sobre por qué las cosas habían salido como habían salido en las distintas historias. Parecía que disfrutaba de verdad con los niños. Cuando llegó el momento de cortar la tarta, lo hizo él mismo, y se lo sirvió a todos los niños y a los monitores.

Nicole quería pensar que era porque ella lo había asustado, pero tenía la impresión de que sus actos no tenían nada que ver con eso. Estaba demasiado relajado con los niños. Demasiado cómodo. Debía de hacer muchas de aquellas fiestas, pensó, preguntándose si formaban parte de su contrato con la editorial, o si le gustaba interactuar con sus pequeños seguidores.

Pasó la tarde. Nicole se mantuvo al margen del evento, observando, pero sin involucrarse. Aquel era el momento de Tyler. Su hijo estaba feliz con Jairus. Las preguntas no cesaron, pero el escritor las respondió con calma. A pesar de su desastroso comienzo, Nicole tenía que admitir que a Jairus se le daba bien lo que hacía.

Probablemente, estaba muy descansado porque solo tenía que contar todo su dinero.

Después de una hora, más o menos, las bolsas de golosinas fueron terminándose. Jairus leyó un fragmento del nuevo libro para todos y, después, firmó pacientemente todos los ejemplares. Los padres comenzaron a llegar a recoger a sus hijos. Unos pocos fueron a su encuentro. Él les estrechó la mano y posó para las fotos.

Una de las monitoras del campamento se acercó a Nicole

—Es guapísimo —dijo la muchacha, de veintiún años, con un suspiro—. He intentado darle mi número de teléfono, pero no lo ha aceptado.

—Seguramente eres demasiado sana para él —murmuró Nicole.

—¿Eh?

—Nada, nada. Lo siento. Estaba pensando en otra cosa.

—Ha sido estupendo con los niños.

—Sí, es verdad.

Dijo aquellas palabras de mala gana, pero no podía negar la realidad. O a Jairus le encantaban los niños, o era el mejor actor del mundo. Como ella se negaba a admitir que pudiera tener algún tipo de talento, solo podía pensar en que le gustaban los niños. Y eso era un asco.

Quería que fuera malo de verdad. O asqueroso. Salvo por el tropiezo de la prostitución, lo demás lo había hecho muy bien.

Poco a poco, la gente fue marchándose, y el grupo que rodeaba a Jairus disminuyó. Tyler se quedó allí, y Nicole no le metió prisa, porque sabía que era muy importante para él. Se marcharían cuando se fuese Jairus. Tyler quería estar hasta el último minuto con su héroe.

Al final, Jairus le dijo algo a Tyler y se encaminó hacia ella.

—Ahora tienes una expresión menos hostil —le comentó a Nicole, al acercarse.

—No quería asustar a los niños.

—Todavía estás enfadada.

—No. Te agradezco que hayas hecho tan buen trabajo —dijo ella, aunque le resultó difícil.

—Gracias. De veras, lo siento.

Ella lo miró sin decir nada.

Él se metió las manos en los bolsillos del pantalón.

—Esta es la parte en la que dices que en realidad fue gracioso, y que no es para tanto.

—Eso no va a ocurrir.

—¿Puedo invitarte a una taza de café a modo de disculpa?

Ella pensó, distraídamente, que tenía unos ojos preciosos. Obviamente, tenía una mezcla de razas, algo muy común en Los Ángeles. Se preguntó cuáles serían sus ancestros. Un poco de cada cosa, supuso.

—¿Nicole?

—¿Qué? No —dijo ella, y se dio cuenta de que sonaba muy grosero—. Eh... No, gracias.

—¿Podrías darme tu número de teléfono?

Ella se quedó mirándolo.

—¿Por qué?

Él sonrió. Tenía una sonrisa dulce y sexy. Una sonrisa que le provocó un cosquilleo en el estómago y en las rodillas.

¿Cómo? No, ni hablar. No se sentía atraída por el diabólico escritor de *Brad the Dragon*. Lo odiaba. Odio. No interés.

—¿Para que salgamos? No. No te conozco, y tienes amigos que te envían prostitutas.

—Solo he pensado que lo habían hecho. Es diferente.

—Pero el hecho de que hayas pensado que lo habían hecho da a entender que son capaces de hacerlo. Yo no quiero ese tipo de gente cerca de mi hijo. Hoy lo has hecho muy bien en el campamento, y eso era todo lo que yo quería. El resto no tiene importancia.

—Entonces, ¿es un no?
—Efectivamente.
—Pero tienes una pequeña tentación, ¿a que sí?
—¿No tienes que irte a ninguna parte?
—Pues, en realidad, no. Y a mí sí me conoces. A través de mi trabajo.

Ella pensó en las interminables horas que se había pasado leyendo sus libros en voz alta.

—Eso no sirve de recomendación.

Él se echó a reír.

—¿Es que no eres muy fan?
—No te haces una idea.

Él se inclinó hacia ella, y Nicole percibió un olor limpio, como a madera. Agradable.

—Eso me lo dicen un montón de padres, pero los niños me quieren, y yo los quiero a ellos.
—Ahora no intentes ser simpático.
—Yo siempre soy simpático.

«Y tienes mucha labia», pensó ella.

—Eres escritor. A mí no me gustan los escritores. Mira, tienes que irte ya, de verdad.

Él la observó durante unos segundos. Después, asintió.

—Me alegro de haberte conocido, Nicole.

Aunque se alegraba de que ya hubiera terminado todo, una parte muy pequeña de ella lamentó que Jairus se rindiera tan fácilmente. ¿Acaso era algo de los escritores? Porque Eric los había abandonado con mucha facilidad. Aunque, en realidad, no podía compararse un matrimonio con los cinco minutos que había pasado con Jairus, pero, de todos modos…

Él volvió con Tyler. Hablaron unos minutos y, después, se abrazaron. Jairus le susurró algo al niño antes de marcharse.

Tyler tenía el libro nuevo bien agarrado con ambas manos.

—Ha sido el mejor día de mi vida.

Nicole le apartó el pelo de los ojos.

—Me alegro. Ha estado mucho tiempo contigo.

—Sí. Ha dicho que se lo ha pasado muy bien.

—Seguro que sí. ¿Quieres que vayamos a recoger tus cosas y nos marchemos a casa?

Tyler asintió y fue corriendo a la sala donde había dejado su bolsa de la comida. La monitora del campamento se acercó a Nicole.

—Ha preguntado por ti.

—¿Tyler?

—No, Jairus. Quería saber si estás soltera, si tienes novio... Creo que estaba interesado en ti.

Nicole notó un cosquilleo en el estómago, y se dijo que era porque todavía no había comido. Tenía hambre, nada más.

—Espero que no le hayas dicho nada.

—Solo dónde trabajas.

Nicole soltó un gruñido.

—¿Por qué?

—¿Le has visto el trasero? Además, tiene mucho éxito en su profesión.

—No va a pasar nada.

—Pues no lo sé. A mí me ha parecido que tenía bastante interés.

—Lo dices como si fuera algo bueno.

—Por supuesto. Es muy atractivo.

—No es lo que yo estoy buscando.

—Claro, claro. Ya veremos.

Capítulo 6

La sala de espera era familiar para ellos. Hayley no sabía cuánto tiempo habían pasado allí Rob y ella, hablando, manteniendo viva la esperanza. Y también estaban las citas a las que había acudido por su cuenta. Aunque nunca sería un segundo hogar, porque nadie querría algo así, les resultaba familiar. A veces, las noticias eran buenas, y otras veces, no. Ella había llorado en aquella sala. Había tenido grandes esperanzas en aquella sala.

Conocía los cuadros de las paredes. Todos eran paisajes. No había fotos de familias en aquella sala de espera, ni de niños. Eso sería demasiado difícil. Las revistas eran de viajes, cocina o deportes. No había bebés sonrientes ni revistas para padres.

Las citas solían durar mucho, por lo que era raro encontrarse con otra pareja. El proceso de tener un bebé cuando había que recurrir a la ciencia no era fácil.

Rob estaba sentado a su lado con el tobillo izquierdo descansando sobre la rodilla derecha. Movía el pie mientras miraba la revista que había abierto, sin verla realmente. Aunque fuera ella la que tenía que someterse al tratamiento, a él siempre le había disgustado la consulta de la doctora Pearce. O, tal vez, lo que no le gustaba era la razón por la que tenían que estar allí.

Aquel lugar había definido su vida durante los últimos cuatro años. La habían enviado a aquella consulta después de su segundo aborto involuntario. Había habido pruebas y conversaciones. El problema no era que no pudiera quedarse embarazada, era que no podía llevar a término el embarazo. Su cuerpo rechazaba al feto y aunque había muchas explicaciones para ello, no parecía que hubiese ninguna solución.

—No te preocupes —le dijo a Rob—. Puedes relajarte.

—Aquí, no.

Ella le tomó la mano.

—Vamos a tener una buena consulta. Lo presiento.

Él la miró con una expresión de duda, aunque no dijo nada. Alice, una de las enfermeras, los llamó para que entraran a la consulta de la médica.

—¿Cómo se encuentra? —le preguntó la enfermera, mientras recorrían el pasillo.

—Bien. Tomo el hierro todos los días.

Tenía que hacerlo. Con aquel último aborto, había perdido demasiada sangre. Además, tenía hemorragias de vez en cuando. Si fuera Halloween, podría disfrazarse de vampiro fácilmente; no necesitaría maquillarse para aparentar palidez. Aquel pensamiento hizo que sonriera, pero no creía que a Rob fuera a hacerle gracia.

La doctora Pearce ya los estaba esperando. Era una mujer alta de unos cuarenta años, pelirroja y con muchas pecas. Era una persona sensible y compasiva. A Hayley le había caído bien desde el principio. Se mantenía informada de las últimas investigaciones sobre infertilidad y estaba dispuesta a hablar sobre terapias no convencionales.

La doctora Pearce le estrechó la mano a Rob. Después, abrazó a Hayley.

—¿Cómo te encuentras? —le preguntó.

—Bien. Fuerte.

La doctora enarcó las cejas.

—No tienes aspecto de estar fuerte, Hayley.

—Bueno, he mejorado. Estoy comiendo bien y me tomo las vitaminas.

—Bien. Tu cuerpo ha tenido que soportar muchas cosas, y necesita tiempo para recuperarse.

El tiempo no estaba de parte de Hayley. Ella sabía que la fertilidad disminuía en picado con la edad y, como no conocía la historia médica de su familia, no sabía si provenía de una larga línea de mujeres fértiles o de mujeres que habían comenzado la premenopausia a los treinta y cinco años.

Rob y ella se sentaron en las cómodas butacas de los pacientes. La doctora Pearce se puso las gafas y empezó a teclear en el ordenador.

—Tenemos los resultados de los análisis de la última consulta. Son mejores que los anteriores.

Hayley sacó algunos papeles de su bolso.

—Bien, porque quería hablar contigo sobre esto —dijo, y le pasó las hojas—. En Suiza están haciendo un gran trabajo. Esta clínica tiene una tasa muy alta de éxitos con mujeres que no consiguen llevar a término el embarazo. Hay una terapia nueva y una monitorización especial. Es caro, pero ya encontraremos la manera. Siempre la encontramos.

Habló rápidamente, con cuidado de mirar siempre a la médica. Notó que Rob se ponía tenso a su lado. Era la primera vez que él oía hablar de aquella clínica de Suiza. Ella no se lo había contado antes porque no quería oír todos los motivos por los que no era buena idea. Rob no lo entendía. Pensaba que ya habían hecho lo suficiente. Que ya habían sufrido suficiente. Quería que se tomaran un descanso. O que recurrieran a la adopción. Por mucho que ella le explicara que ninguna de las opciones era aceptable, él no quería escuchar.

La doctora Pearce ignoró las hojas y se puso las gafas. Miró a Hayley y a Rob y, después, tomó aire.

–No –dijo en voz baja–. No puedo recomendarte, Hayley. El motivo por el que os he citado hoy es que has llegado al límite. Tu cuerpo ya no puede seguir soportando esto. La última hemorragia fue la peor de todas, y me preocupa tu salud.

–No. Estoy bien. Me siento estupendamente bien –dijo ella. Era una exageración, pero sí se sentía mejor.

–Las medicinas y los tratamientos te han pasado factura –continuó la médica–. Lo siento. Sé que deseas tener un hijo con todas tus fuerzas. Hay otras opciones que no suponen tener que llevar a término el embarazo.

Hayley se quedó helada. No era posible que le estuvieran diciendo aquello.

–Tengo que hacerlo –dijo–. No podemos usar un vientre de alquiler.

Lo habían intentado, pero sus ovarios no habían respondido al tratamiento, y no habían podido conseguir los óvulos.

–Hayley, escucha a la doctora –dijo Rob, tomándola de la mano–. Esa hemorragia fue terrorífica. No puedes poner en riesgo tu salud, cariño. No quiero que mueras.

Ella se soltó y miró fijamente a la médica.

–Quiero ir a Suiza. Ellos lo conseguirán. Ya lo verás.

–No es una opción para ti. Hayley, es muy duro para mí decirte esto, y sé que para ti va a ser muy duro escucharlo: tienes que someterte a una histerectomía. Corres el riesgo de desangrarte. Me temo que la próxima vez que tengas una hemorragia, no podremos pararla.

–No –dijo Hayley.

Quería taparse los oídos. No quería, no podía oír aquello. No iba a rendirse. Había una respuesta. Tenía que haberla.

—No. Tú no lo entiendes. Tengo que tener un hijo. Tengo que tenerlo.

—Cariño, por favor —le dijo Rob, e intentó tomarle la mano de nuevo. Tuvo que contentarse con acariciarle el brazo—. No te preocupes por eso. Vamos a solucionar primero...

Ella lo empujó y se puso de pie.

—¿Una histerectomía? No. No estoy dispuesta.

Eso sería el fin. Ya no podría tener un hijo. No tendría una familia, ni nada que fuera suyo. Y lo necesitaba. Necesitaba el vínculo y la pertenencia. ¿Por qué no podían entenderlo? ¿Por qué se ponían en contra de ella?

Se giró hacia Rob.

—¿Sabías esto? ¿Has hablado con ella? —le preguntó, y se volvió de nuevo hacia la doctora—. ¿Te has puesto en contacto con él a mis espaldas?

—No —dijo la doctora Pearce, rápidamente—. Claro que no. Hayley, sé que esto es terrible para ti. Ojalá pudiera ayudarte, pero no puedo. Tengo que ser muy clara en esto: si vuelves a quedarte embarazada, tendrás una hemorragia y te desangrarás. Te recomiendo que vayas hoy mismo al hospital para que te hagan la cirugía, pero entiendo que tienes que pensarlo. Asimilarlo.

—Quiero ir a Suiza.

Rob se puso en pie y se volvió hacia ella.

—¡No vas a ir a ninguna parte! —le gritó—. No vas a quedarte embarazada. Déjalo ya. Maldita sea, Hayley —dijo con los ojos llenos de lágrimas. Cabeceó y salió de la consulta.

Hayley se quedó mirándolo sin moverse, y se hundió en el asiento.

—Tiene que haber algún modo —susurró.

Se había quedado helada, y tenía un nudo en el estómago.

La médica rodeó el escritorio y se sentó a su lado. Le tomó la mano.

–Esto es horrible –le dijo sin rodeos–. Has hecho todos los esfuerzos posibles por acabar un embarazo, y sé que es muy importante para ti. Lo siento, Hayley. Si a mí me duele lo que está ocurriendo, no puedo imaginarme cómo es para ti. Pero tienes que hacerlo, Hayley. Para salvarte la vida hay que operarte.

Tomó una tarjeta que había en su escritorio.

–Me gustaría que fueras a ver a otra especialista. Está en UCLA. Habla con ella. Pide una segunda opinión, y una tercera. Pero, por favor, no esperes demasiado.

Porque el tiempo nunca estaba de su parte, pensó, y el frío se intensificó hasta que casi no pudo sentir otra cosa.

Asintió.

–De acuerdo. Gracias.

Se puso de pie y recogió la información que había llevado.

–Lo siento –repitió la doctora Pearce–. Hayley, tienes mi número de móvil. Llámame cuando quieras. Lo digo en serio.

–Claro. Lo haré.

Salió de la consulta y volvió a la sala de espera. Rob estaba allí.

–¿Vas a hacerle caso a la doctora Pearce? –le preguntó–. ¿Has oído lo que te ha dicho? No quiero que mueras. Tenemos que parar. Tienes que pedir cita para la operación.

A pesar del frío que sentía, le sorprendió que no le castañetearan los dientes. No sentía las manos ni los pies. El sonido de los latidos del corazón era tan fuerte que la ensordecía, y apenas oía lo que le estaba diciendo su marido.

Tal vez fuera el shock, se dijo. Tal vez aquello fuera una pesadilla.

—Deberíamos irnos ya —le dijo a Rob—. Aquí ya hemos terminado.

Él la observó durante un largo instante.

—Ojalá pudiera creerlo.

Gabby había conocido a Nicole hacía un año, a través de Shannon, la mujer de su hermano. Habían mantenido una conversación trivial y habían terminado yendo juntas a La cena está en la bolsa, y habían trabado amistad. Gabby sabía que Nicole tenía un gimnasio especializado en Pilates. Había visto a su amiga con ropa deportiva y sabía que estaba en muy buena forma. Sin embargo, nada de aquello la había preparado para lo que era una clase en Mischief in Motion.

Hacer Pilates en colchoneta le había parecido una propuesta razonable, algo fácil. Si había una colchoneta de por medio, estaría tumbada. Por lo menos, no iba a tener que correr ni saltar. Sin embargo, cuando llegó a la mitad de su primera clase, se dio cuenta de que la colchoneta solo estaba allí para provocar sufrimiento. No tenía que correr ni que saltar, pero había más dolor de lo que nunca hubiera imaginado. Nicole quería que hiciera cosas para las que el cuerpo humano no estaba diseñado. Por lo menos, el suyo no lo estaba.

—Cinco segundos más —le dijo Nicole, que había dejado de ser su amiga y se había transformado en un sargento de hierro—. Aguantad. Tres, dos, uno, relajaos.

Gabby cayó sobre su espalda. Estaba sudando y temblando. Aunque hubiera terminado el ejercicio, los músculos de su estómago no dejaban de temblar, y eso no podía ser bueno.

Nicole, tan esbelta, tan en buena forma, vestida con unas mallas negras y una camiseta de color rosa, se arrodilló a su lado.

—¿Estás bien? —le preguntó.

—No. No puedo moverme.

—Haz solo lo que puedas. Esta clase es muy avanzada. Cuando terminemos, revisaremos el horario de la semana y encontraremos algo que te vaya mejor.

—¿Te refieres a una clase con gente gorda que no está en forma y se desahoga de sus problemas emocionales comiendo? —preguntó. Estaba intentando ser graciosa, pero le dio la sensación de que, en realidad, resultaba patética.

—Estaba pensando que es mejor una clase para una persona que ha estado muy ocupada con su familia, pero llámalo como quieras —dijo Nicole, y se levantó—. Bueno, a todo el mundo: vamos a terminar con la postura de la tabla.

Todo el mundo se movió para adoptar la posición requerida. Todo el mundo, salvo ella. Intentó sentarse, pero el cuerpo le falló. Además del temblor, empezó a sentir dolor. Rodó y se tendió de costado, y consiguió incorporarse para, al menos, permanecer sentada.

Vio a las otras personas de la clase manteniendo la postura mientras Nicole contaba el tiempo. Tres de los alumnos se rindieron después de un minuto, pero Shannon y Pam continuaron. A los dos minutos, Gabby se quedó boquiabierta. Shannon estaba en muy buena forma, y Pam tenía más de cincuenta años. Estaba estupenda, y era obvio que hacía mucho ejercicio. Gabby pensó que tenía dos opciones: o sentirse inspirada, o sentirse amargada. Por el momento, iba ganando la amargura.

—Tres minutos —dijo Nicole en voz alta.

—¿Terminamos? —preguntó Pam con la voz entrecortada.

—Sí. Uno, dos, tres.

Las dos se desplomaron. Todo el mundo las aplaudió. Gabby se dijo que iba a recordar aquel momento cuando estuviera delante de unas galletas o unos *brownies*. Pensaría en Pam. Aunque se comiera una galleta, tendría a Pam muy presente.

Shannon se puso de pie y se le acercó.

—¿Qué tal estás? —le preguntó su cuñada.

—Ni idea —respondió Gabby.

La otra mujer le tendió la mano para ayudarla a levantarse. Gabby la aceptó y se puso de pie. Le temblaban las piernas y estaba un poco mareada.

—Odio el ejercicio —se dijo, mientras todo el mundo recogía sus cosas y se marchaba.

Nicole le llevó una botella de agua.

—Bebe. Después, ven a mirar el horario.

—Lo has hecho muy bien —le dijo Pam—. Esta clase es difícil. Nicole nos hace trabajar mucho, así que has tenido mucho valor para resistir. Cuando yo empecé, tuve la misma resistencia que un fideo.

—A mí siempre me ha gustado la pasta —dijo Gabby.

La otra mujer se echó a reír y fue hacia su bolso, del que asomó una cabecita. Gabby observó a la delicada crestada china y la comparó con Boomer. No parecían de la misma especie animal.

Lulu tenía aspecto de alienígena, más que de perro. No tenía pelo en el cuerpo, y su piel estaba cubierta de manchas blancas. En la cola, la cabeza y los pies sí tenía pelo, un pelaje blanco y vaporoso. Aquel día llevaba una camiseta azul con corazoncitos.

A pesar de su extraño aspecto, la perrita se portaba muy bien. Boomer debería tomar ejemplo. Aunque sus malos modales no eran culpa suya, pensó Gabby; ella no había dedicado el tiempo suficiente a adiestrarlo. Pam alargó los brazos hacia Lulu, y la perrita saltó hacia ella.

Pam volvió con el grupo, y las amigas se sentaron en las colchonetas. Gabby se unió a ellas. Todavía no tenía que ir a ninguna parte.

—¿Cuándo es tu próximo viaje? —le preguntó Shannon a Pam.

—En septiembre —dijo Pam—. Voy a irme de crucero por España y Portugal con unos amigos.

Shannon se dio unas palmaditas en el regazo y la perrita saltó grácilmente hacia ella.

—Te vas a quedar conmigo, preciosidad, ¿a que sí?

—A Char y a Oliver les debe de encantar —dijo Gabby—. Los mellizos la adoran —añadió. Lulu tenía mucha ropa, y le encantaba que la vistieran—. ¿Cuánto tiempo vas a estar fuera? —le preguntó a Pam.

—Casi dos semanas. El crucero dura una semana, pero después me quedaré en casa de mis amigos.

—¿Ha hablado alguien con Hayley? —preguntó Nicole—. Le dejé un mensaje en el buzón de voz hace dos días, pero no me ha respondido.

—Yo tampoco sé nada de ella. Le escribiré un mensaje en cuanto llegue a casa.

Hubo un momento de silencio. Las mujeres se miraron sin saber qué decir.

—Si hubiera ocurrido algo, nos habríamos enterado —dijo Gabby—. Rob nos habría llamado.

—Y, aunque no nos hubiera llamado, Steven se habría enterado —dijo Pam—. Me habría dicho algo.

A pesar de ser parte del área metropolitana de Los Ángeles, en el fondo, Mischief Bay era un pueblecito. Hayley trabajaba para Steven Eiland, que tenía una empresa de fontanería. Steven era el hijo de Pam.

—Pobre Hayley —dijo Nicole—. Me preocupa.

—A mí, también —dijo Gabby. Sabía que su amiga estaba desesperada por tener un hijo, pero había pasado por unas situaciones horribles.

—Cada uno tiene su propio camino —dijo Pam, estirando las piernas hacia delante.

—Eso es cierto. Lo de los bebés es complicado —dijo

Shannon, y abrazó suavemente a Lulu–. Tal vez yo debiera adoptar un perro.

–Trabajas demasiadas horas –le dijo Pam.

Gabby observó a Shannon y se preguntó si su cuñada se había arrepentido alguna vez de sus decisiones. Shannon tenía una carrera profesional increíble. Era directora general de Operaciones de una gran empresa de software. Sin embargo, tenía cuarenta y un años, y no se había casado hasta el año anterior. Adam, el hermano mayor de Gabby, y ella, no tenían hijos. Adam tenía dos niños de un matrimonio anterior. Shannon y él acababan de terminar el papeleo y el proceso de aprobación para ser padres de acogida. La vida iba a cambiar mucho para ellos e iban a hacer algo verdaderamente bueno y útil, pero Gabby no estaba segura de que fuera suficiente para una mujer que de verdad quisiera tener hijos. Si bien envidiaba a su cuñada por su éxito profesional, no habría renunciado a las mellizas por nada del mundo. Ella siempre había querido las dos cosas: hijos y profesión.

Sin embargo, aquella decisión hacía que se preguntara si tener las dos cosas significaba hacerlo todo mal.

Capítulo 7

Nicole disfrutaba en compañía de sus amigas. En aquellos momentos, el trabajo no le parecía trabajo. En realidad, para ser sincera, salvo por la administración y las nóminas, cosa que detestaba, nada le parecía trabajo. Sabía que era una privilegiada: ser la dueña de Mischief in Motion era un sueño.

Se colocó frente a Pam con las piernas estiradas y las plantas de los pies contra las de su amiga. Se agarraron de las manos y Pam tiró de ella hacia delante, para hacer estiramientos. Nicole dejó que su cuerpo se relajara. Después, se incorporó y tiró de su amiga hacia delante. Pam se inclinó.

–Me estáis agotando –refunfuñó Gabby–. ¿Por qué no lo dejáis ya? La clase ha terminado. Yo todavía tengo que ir arrastrándome hasta el coche.

Nicole sonrió.

–Deberías hacer estiramientos, o mañana vas a tener muchas agujetas.

–Voy a tener agujetas de todos modos.

Pam soltó a Nicole y le dio una palmadita a Gabby en el muslo.

–No te pases a la clase de principiantes. Quédate con nosotras. Somos más divertidas.

–Esta clase me mataría.

–Eso lo dices ahora –respondió Nicole–, pero dentro de pocas semanas estarías a la altura.

Gabby gruñó.

–Pero cómo mientes.

Las otras se echaron a reír.

Nicole sabía que estaba diciendo la verdad. Gabby no estaba en forma y tenía que adelgazar unos cuantos kilos, unos trece para ponerse en forma. Sin embargo, no todo el mundo quería hacer ejercicio. Eso no tenía sentido para ella, que se había pasado toda la vida siendo activa. Sin embargo, cuando Hayley había tratado de que fuera con ella a clases de punto, lo había detestado. Había dejado de ir enseguida, antes de agredir a alguien con una aguja de tejer.

–Como tú quieras –le dijo a su amiga–. Eres bienvenida en cualquiera de mis clases. Esta es más avanzada, pero conoces a todo el mundo. Mi clase de principiantes es más fácil, claro, pero socializan menos.

–Puedes probar la otra –le sugirió Shannon– y averiguar qué quieres hacer.

–Siempre tan razonable –dijo Pam, mientras se ponía en pie–. Me impresionas, señorita –añadió. Después, estiró los brazos y sacudió los hombros–. Tengo que irme. Lulu y yo tenemos muchas cosas que hacer esta tarde. Nos vemos el viernes, chicas.

Pam recogió su bolso y metió a Lulu en él. Gabby la siguió cojeando.

–Date una ducha bien caliente –le recomendó Nicole–. Y tómate un antiinflamatorio.

Gabby gruñó, se despidió con la mano y salió del estudio. Shannon se fue a recoger sus cosas y Nicole fue hacia su despacho. Faltaban un par de horas hasta la próxima clase. Al pasar por delante de la puerta principal del local, vio a un hombre acercándose. Un hombre conocido, de pelo oscuro y preciosos ojos marrones.

Se detuvo sin saber qué hacer. No podía salir corriendo hacia ningún sitio. No tenía dónde esconderse. Bueno, podría atrincherarse en el baño, pero ¿cuánto tiempo?

Se puso una mano sobre el estómago para calmar el cosquilleo que sentía de repente.

—Nicole, ¿estás bien? —preguntó Shannon.

Antes de que ella pudiera responder, Jairus entró en el estudio.

—Hola —dijo él—. Entonces, sí trabajas aquí. No estaba seguro de que la monitora del campamento de Tyler me hubiera dado bien la información.

Shannon caminó con brío hacia él. Aunque llevara unas mallas cortas y una camiseta de deporte, irradiaba control y poder.

—Hola —dijo, tendiéndole la mano—. Soy Shannon. ¿Cómo te llamas?

—Jairus Sterenberg.

Shannon abrió unos ojos como platos.

—¿El autor de *Brad the Dragon*? Vaya, creía que tenías cuernos y rabo —dijo, y miró a Nicole—. ¿Nos cae bien?

—¿Cuernos y rabo? —preguntó Jairus.

Nicole se encogió de hombros.

—No sé. No, no creo. No es tan malvado.

—Sabéis que estoy aquí presente, ¿no?

Shannon lo ignoró.

—¿Se portó bien con los niños?

—Sí, pero todo podría ser una actuación.

Jairus frunció el ceño.

—No es verdad. A mí me gustan los niños. Por eso escribo libros infantiles. Y sigo aquí, por cierto.

Shannon suspiró y lo miró.

—Es obvio que eso no nos importa —le dijo, y se volvió de nuevo hacia Nicole—. Tengo que hacer una llamada. Voy a estar en el coche —añadió, y señaló hacia fuera—. Ahí mismo. Donde pueda verlo todo.

Nicole asintió. Le agradecía aquel sutil mensaje que le había dado a Jairus para que supiera que ella no se iba a quedar a solas con él. Porque estar a solas con él le resultaría muy desconcertante. O incómodo. Aunque fuera emocionante, también habría sido raro.

Nicole miró a Jairus.

—Aquí estás —dijo.

—Sí —respondió él, sonriendo—. Hola.

Tenía una buena sonrisa. Fácil, amigable, atractiva. Ella tuvo ganas de devolvérsela. De ceder a lo que él le fuese a pedir.

No, no y no. Dio un paso atrás y se cruzó de brazos.

—Hola.

Él no se dejó amedrentar por su lenguaje corporal.

—Quería volver a verte.

—¿Por qué?

Él sonrió aún más.

—No es posible que todavía estés enfadada conmigo. Te pedí perdón con sinceridad.

—¿Y cómo sé yo que fue con sinceridad?

—Lo sabes. Yo me quedé mortificado.

Ella no recordaba cuándo era la última vez que había oído a un hombre pronunciar la palabra «mortificado» en una conversación. Um...

—Es verdad. Te disculpaste. Pero ¿para qué has venido?

—Bueno, por si podíamos tomar un café juntos.

—Estoy en el trabajo.

Él miró a su alrededor por el gimnasio.

—No tienes clase.

—Pero la voy a tener.

—Entonces, ¿quieres que salgamos a cenar?

¿Le estaba pidiendo que saliera con él? Aquella era la primera vez que se lo pedían desde que había conocido a Eric, hacía ocho años. No había salido con nadie desde su divorcio. Y tampoco iba a hacerlo ahora, por muy guapo que fuera Jairus y muy bonita que fuera su sonrisa.

—No, gracias.

—¿Por qué no? Soy un buen tipo, Nicole. Tengo un trabajo fijo y me gustan los niños. A tu hijo le parezco increíble.

—No, a Tyler le parece increíble Brad the Dragon. Tú solo eres el médium.

—Ay —dijo él. Dejó de sonreír y se puso una mano sobre el corazón—. ¿Es que sigues enfadada por lo del otro día, o es simplemente que te caigo mal?

—No te conozco lo suficiente como para que me caigas bien o mal, y no, no estoy enfadada. Lo que pasa es que no me interesa.

Él dio un paso hacia ella. El movimiento no fue amenazador, así que ella no se movió. Era como si él estuviera intentando averiguar algo.

—De acuerdo —dijo Jairus, lentamente—. Adiós.

Y se marchó. Así, tan fácil. No miró atrás.

Nicole se quedó observándolo sin saber bien qué sentía. Pensaba que él iba a insistir una vez más en que salieran juntos. Sin embargo, parecía que lo había rechazado con la suficiente claridad.

Shannon entró de nuevo al estudio.

—¿Y bien?

—Se ha ido. Me ha pedido que saliera a cenar con él, le he dicho que no y se ha marchado.

Su cuñada miró hacia atrás. Jairus se estaba marchando. Tenía un BMW negro, un sedán. No era demasiado hortera para estar en Los Ángeles.

—¿Te cae bien? —le preguntó Shannon—. Sé que odias todo lo relacionado con *Brad the Dragon*, pero te estoy hablando del hombre. ¿Ha sido agradable? ¿Has tenido la más mínima tentación de decirle que sí?

—No lo sé. ¿Por qué?

Shannon le acarició el brazo.

—Porque eres mi amiga, y te quiero. Y me preocupo por ti. Hace más de un año que os separasteis Eric y tú. El divorcio se firmó hace varios meses, pero tú no has vuelto a salir con nadie. ¿No te sientes sola? ¿No quieres tener ninguna relación sentimental nunca más?

—No lo sé —dijo Nicole—. No me permito a mí misma pensar en eso.

Shannon la miró comprensivamente.

—Eso me parecía a mí. Pues puede que ya sea hora de que lo averigües.

Cuando Gabby era pequeña, el Lego era un juguete para niños solamente. Por lo menos, en su círculo de amigos. Durante los últimos veinte años, en algún momento, habían creado una línea de Lego para niñas. Mientras pegaba con cuidado el adhesivo a lo que iba a ser una balanza en la consulta del veterinario, pensó que, en realidad, era divertido. Estaba construyendo cosas con sus hijas.

Las instrucciones eran sencillas y visuales. Las mellizas se turnaban para unir las piezas. Ya les habían puesto nombre al perro y al gato, y tenían importantes planes para añadir aquel negocio a su pueblo de Lego.

Terminó con la etiqueta y le entregó la balanza a Kenzie, que la colocó con cuidado en su sitio. Qué manos tan pequeñas tenía, pensó Gabby. A veces era difícil imaginar que las niñas iban a ser mujeres adultas dentro de pocos años. Aunque, en parte, estaba deseando ver la evolución, tenía que admitir que le gustaría que sus hijas siempre fueran sus niñas.

—¿Hay alguien en casa?

La pregunta llegaba desde el piso de abajo. Las tres se miraron y, al instante, las mellizas se pusieron a chillar al unísono y fueron corriendo hacia las escaleras. Gabby las siguió, preguntándose por qué Andrew volvía a casa a las tres de la tarde un miércoles.

—¡Papi! ¡Papi!

Gabby entró en la cocina y se encontró con que su marido tenía a una de las mellizas en cada brazo.

—Me han cancelado la reunión de esta tarde, así que me he venido directamente a casa.

Ella se acercó y le dio un beso. Después, tomó a Kennedy de su brazo y la dejó en el suelo.

—Me gustan las sorpresas —dijo la niña.

—A mí también —dijo Kenzie.

Andrew les guiñó un ojo.

—Sí, hay algunas sorpresas que son muy agradables —dijo mientras se aflojaba la corbata—. He pensado en llevarme a las niñas. Podemos ir a recoger a Makayla y a buscar la cena. ¿Te parece bien?

Le estaba ofreciendo una tarde a solas para hacer lo que quisiera. Aquello era un regalo tan raro y valioso como un diamante azul.

—Estaría muy bien —respondió ella. ¿Qué podía hacer primero? ¿Dormir la siesta? ¿Leer? ¿Darse un baño? Si se daba un baño, también podría leer y tomarse una copa de vino. Eso le sonaba celestial.

—Gracias.

—Por ti, cualquier cosa —respondió él. Dejó a Kenzie en el suelo y tomó su maletín de la encimera—. Ah, se me olvidaba. Este fin de semana van a descubrir las carretillas nuevas. O a revelar. Como se llame. Deberíamos ir a verlo.

Las carretillas eran una tradición interesante de Mischief Bay. Cuando se fundó la ciudad, los delincuentes, en su mayoría beodos, eran trasladados a la cárcel en carretillas. En los últimos diez años, las carretillas se habían convertido en una forma divertida de reunir fondos para obras de caridad. La gente participaba en un sorteo cuyo premio era el privilegio de decorar una carretilla un año. Gabby había conocido a Andrew en el evento de recaudación de fondos para las carretillas.

Ella era joven; había acabado Derecho hacía unos meses. Se había fijado en él de inmediato. Andrew estaba hablando con un grupo de personas, participando en la conversación, pero, también, observándola.

Por supuesto, ella ya había tenido algunos novios. Pero nadie como Andrew. Nadie tan gracioso, tan dulce y tan sensato. Al verlo acercarse con una sonrisa, Gabby se había dado cuenta de que estaba perdida. Y cuanto más lo conocía, más le gustaba. Su relación había transcurrido con naturalidad: citas, enamoramiento, boda. No había habido ningún drama, ninguna pregunta.

Recordó la primera vez que había pasado la noche en su apartamento. Llevaban saliendo cerca de dos meses y, aunque lo deseaba, estaba nerviosa. Sus amantes siempre habían sido chicos de su misma edad, la mayoría de los cuales no eran exactamente expertos. ¿Y si hacía algo mal? Andrew era tan sofisticado… Ella no estaba a su altura.

Cuando terminaron, los dos sin aliento, temblando, él la abrazó.

—Eres tan increíblemente perfecta, que yo… —susurró—. ¿Cómo he tenido tanta suerte de conocerte?

Gabby recordó todo eso en aquel momento. Andrew siempre la había cuidado. Su amor no lo demostraba con grandes gestos, como aquel de la tarjeta de Nordstrom. Eran cosas pequeñas, como llevarse a las niñas aquella tarde.

—Sí, me encantaría ir a ver las carretillas este fin de semana —le dijo.

Las niñas se pusieron a gritar de alegría.

—Voy a cambiarme —le dijo él—. Después, nos vamos, y tú podrás tener la tarde libre.

—Perfecto.

Ella llevó a las niñas a su baño y les puso crema protectora. Después, Kenzie decidió que la ropa que llevaban era perfecta para la excursión. Andrew se reunió con ellas. Se había quitado el traje y se había puesto unos pantalones vaqueros y una camisa de color azul, del mismo color que sus ojos.

Era muy atractivo. Salía a correr un par de mañanas a la semana y, cuando viajaba, siempre hacía ejercicio en el gimnasio de los hoteles. Ella recordó su desastrosa clase en el estudio de Nicole y supo que, seguramente, debería aprovechar aquella tarde libre para salir a caminar o hacer abdominales. Sin embargo, eso no iba a suceder. «Vino, baño y libro, allá voy».

Los cuatro bajaron las escaleras.

—Vais a recoger a Makayla de camino —le recordó ella.

—Prometido.

Gabby le dio un beso a cada una de las niñas y, después, a él.

—¿Qué vais a hacer?

—Las voy a llevar de compras antes de la cena.

—¿Qué vamos a comprar? —preguntó Kennedy.

—¿Algo divertido? —preguntó Kenzie—. Necesitamos más piezas de Lego.

—No es verdad —dijo Gabby con una carcajada—. Si compráis más piezas, tendremos que mudarnos, y ninguno quiere hacer eso.

Las niñas se rieron. Andrew sonrió.

—He pensado en ir a comprar elevadores de asientos para el coche.

Las niñas empezaron a gritar y a bailar.

A Gabby se le cayó el alma a los pies.

—¿Qué? ¿Por qué? Hemos decidido que iban a seguir con las sillas infantiles unos cuantos meses más.

Andrew encogió un hombro.

—También hablamos de poner los elevadores. Vamos, Gabby, todos los días te arman un lío. ¿De verdad quieres estar así unos cuantos meses más?

Sí. Por supuesto que sí. No podían permitir que unas niñas de cinco años les forzaran a tomar una decisión como aquella. Además, no quería que las mellizas asumieran que, si se quejaban lo suficiente, sus padres cederían en cualquier cosa. Eso era dar un mensaje equivocado.

Las dos niñas se quedaron mirándola. Gabby sabía que, si le decía que no, Andrew le haría caso. Sin embargo, ella sería la mala de la película, y las niñas le harían la vida imposible cada vez que intentara subirlas a las sillitas infantiles. «Pero papá dijo que» sería su reproche constante.

Tuvo que reprimir la ira que sentía. Aquello estaba muy mal, pensó. Había tomado la decisión sin contar con ella y se lo había dicho delante de las niñas para que no pudiera negarse. Detestaba que la hubiera puesto en aquella situación.

—¿De veras te parece tan mal? —preguntó él—. El coche es seguro, y ellas van detrás.

—No estás ayudando —le dijo ella.

—Por favor, mamá —le rogó Kennedy.

—Sí, mamá. Por favor, por favor, por favor.

Aquello estaba mal, pensó. Estaba mal que Andrew le hubiera tendido aquella emboscada para que cediera. Porque él sabía que, al final, ella iba a ceder.

—Está bien —dijo.

Las niñas se lanzaron hacia ella. Andrew se inclinó y le dio un beso.

—¿Ha sido tan difícil? —le preguntó—. Bueno, diviértete. Volveremos más o menos a las ocho. Te prometo que las niñas estarán cansadas y muy dispuestas a darse el baño.

Gabby asintió y se despidió. Sabía que la había engañado. Y ella había sido débil. Lo que no entendía era el motivo por el que siempre quedaba todo reducido a dos opciones: rendirse o ser la mala de la película. ¿Dónde estaba el término medio?

El sábado por la mañana, Hayley se despertó antes de que sonara la alarma. No estaba durmiendo bien, lo cual no era de extrañar. Cada segundo de cada día sentía el peso abrumador de la tristeza y la pérdida. Intentaba olvidar, intentaba convencerse de que la doctora Pearce estaba equivocada, pero no podía obviar la fría realidad de las palabras.

No serviría de nada ir a otro especialista. Allí, al menos, no. A no ser que hubiera un milagro, no iba a poder llevar un embarazo a término. Y sentía terror ante la probabilidad de no tener su milagro.

Solo le quedaba Suiza, pensó, mientras salía de la ducha. Al tratar de alcanzar la toalla, tuvo cuidado de aferrarse a la encimera con la otra mano, porque se mareaba muy fácilmente por la pérdida de sangre de su último aborto. Y del anterior. Y por la factura que le habían pasado las medicinas a su organismo.

Se secó y se vistió sin mirarse al espejo. Sabía lo que iba a ver. Un cuerpo huesudo y pálido y unas pronunciadas ojeras. Hacía unas semanas, una señora mayor la había parado en el supermercado, le había apretado la mano y le había dicho que rezaría por su recuperación. Ella tardó más de un minuto en darse cuenta de que la otra mujer creía que tenía cáncer.

No, no era nada tan drástico. Salió del baño, fue a la cocina y encendió la cafetera. Salvo por la obstinada negativa de su cuerpo a llevar a término un feto y su obstinada negativa a aceptarlo, estaba perfectamente.

Mientras se hacía el café, puso la licuadora en el mostrador y comenzó su ritual matutino. Primero, la nutritiva leche de coco y, después, una dosis doble de proteína en polvo. Añadió semillas de lino, aguacate, arándanos y otro tipo de polvos para ayudar a su cuerpo a recuperarse. Después, apretó el interruptor y esperó a que todos los ingredientes se mezclaran y dieran lugar a algo que no se parecía mucho a la comida.

Miró su teléfono y vio que tenía un mensaje de Gabby. Su amiga la estaba saludando. Hayley le respondió y volvió a poner el teléfono en el mostrador.

Rob entró en la cocina.

—Buenos días —le dijo, caminando hacia la cafetera—. ¿Has dormido bien?

—Sí, ¿y tú?

—Como un tronco —respondió él y se sirvió una taza. Tomó un sorbo, y le preguntó—: ¿Vas a ir a trabajar hoy?

—Solo unas horas. No me voy a quedar a las sesiones de cocina.

Ella tenía un segundo trabajo ayudando a su hermana en La cena está en la bolsa. Entraba temprano y preparaba las verduras y la carne. La mayoría del sueldo se lo pagaba en comidas, pero eso estaba bien, porque era un dinero que no tenían que gastar en alimentos. Durante los últimos cuatro años, cada uno de los dólares que no eran necesarios para vivir habían ido a parar a su fondo para bebés. Desafiar a Dios no era barato ni fácil.

—¿Estás bien? —le preguntó Rob.

Tuvo ganas de gritarle que no, que no estaba bien. Estaba destrozada. Había confiado en la doctora Pearce, esperaba que ella la ayudara. Sin embargo, la médica la había traicionado, como su cuerpo. Estaba sola, desesperada y asustada. Solo le quedaba una esperanza, y estaba a miles de kilómetros, en otro continente.

Pero no dijo nada de eso, porque sabía que para el

bienestar de un bebé era primordial que un matrimonio fuera feliz. Rob y ella tenían que permanecer fuertes. Tenían que ser una familia unida.

—Estoy bien. Es muy duro.

—Lo sé, nena —dijo Rob. Se acercó a ella y la abrazó.

Era cálido y sólido, y siempre la había apoyado. Incluso cuando no la entendía, había estado a su lado. No la había juzgado; había conseguido un segundo trabajo para ayudar a pagar los tratamientos, había ido a buscarle caramelos cuando las inyecciones de hormonas le hacían sentir tantas náuseas que no podía comer ni beber, había limpiado coágulos de sangre de sus abortos.

Él no tenía la culpa de no desear tanto como ella tener un hijo biológico. Él no lo entendía. Por mucho que ella se lo explicara, él no podía saber que los padres adoptivos no querían igual a sus hijos adoptados que a los biológicos. Pero ella sí lo sabía. Sabía lo que era ser la otra. La que no encajaba ni física ni emocionalmente.

—Lo siento —le dijo él—. Siento mucho lo que ha ocurrido. ¿Quieres hablar con alguien?

—¿Te refieres a un psicólogo?

—Sí.

Ella se quedó mirándolo. ¿Acaso se había vuelto loco? Eso era muy caro. Aunque tuvieran un seguro médico, habría copagos.

—No, no es necesario.

—Me preocupo por ti.

—No te preocupes. Físicamente me siento muy bien. Cada día estoy más fuerte.

Hayley esperó a que él le dijera que era mentira, pero Rob se quedó callado. Volvió a tomar su taza de café.

—Voy a decirle a Russ que dejo el trabajo.

Ella vertió el batido de proteínas en el vaso alto que utilizaba. Así tuvo algo que hacer y no se giró para gritarle.

—De acuerdo —le dijo.

—Me gustaría que estuviéramos más tiempo juntos, Hayley. Nunca te veo. Los dos estamos trabajando demasiado.

La traducción era que ya no necesitaban el dinero extra. De no ser por los medicamentos para la fertilidad, la fecundación in vitro y los demás métodos que habían intentado, tendrían una buena situación económica. No serían ricos, pero sí estarían cómodos. Podrían vivir bien con un solo trabajo cada uno.

Pensó en la información médica que tenía escondida al fondo de su armario. Y en que buscaba vuelos a Suiza todos los días con la esperanza de encontrar descuentos. En que ya había encontrado un hotel en el que iban a quedarse mientras ella estuviera en la clínica. Estaba cerca y era barato, y ambas cosas estaban bien, porque, aunque Rob solo tuviera que estar allí unos días, ella tendría que quedarse por lo menos dos meses.

—Ahora estoy trabajando en un coche con Russ —prosiguió él—. Cuando lo terminemos, voy a dejarlo.

Ella quería decirle que no podía, pero no lo hizo. Cuando tuviera organizado el viaje a Suiza, él entendería que no podían prescindir de aquel ingreso extra. La apoyaría. Pero, por el momento, solo le dijo:

—Lo que tú consideres mejor.

—Ojalá pudiera creer que lo dices en serio.

Ella le dio un sorbo al batido y miró a Rob.

—Puedes.

—No estoy convencido —dijo él, y se apoyó en la encimera—. ¿Podríamos al menos hablar de la adopción?

—No.

—Un niño...

—Quiero un bebé. Nuestro bebé.

—Hayley, cariño, tus padres te querían. Yo los vi contigo, y te adoraban. El problema no eran tus padres, era Morgan.

—Tú no sabes cómo eran las cosas, Rob. Hemos hablado muchas veces de esto. Mis padres eran gente estupenda. Ellos no podían evitar querer más a su hija biológica que a la que habían adoptado. Lo entiendo y lo acepto, pero no puedo olvidarlo. Quiero un bebé mío. Un bebé que sea nuestro de verdad. Solo nuestro. Entonces, todo irá perfectamente bien.

—Hayley...

—Sí, ya lo sé. Quieres que acepte que eso no va a ocurrir nunca —dijo ella, y miró el reloj—. Tengo que irme. Nos vemos después.

Él no intentó detenerla. Quince minutos después, estaba conduciendo hacia el local de su hermana. Lo que acababa de decirle Rob sobre sus padres y su hermana no era nuevo. Algunas veces, ella casi podía creerlo. El problema era que sus padres ya no estaban allí para que se lo preguntara. Habían muerto en un accidente de tráfico hacía cinco años.

Lo único que tenía ahora eran los sentimientos que había experimentado siempre mientras crecía, cuando todo giraba alrededor de Morgan y ella siempre era la segunda en importancia. Había mil ejemplos. Cuando había ganado el concurso de redacción de cuarto curso del colegio, sus padres le habían dicho que estaban muy orgullosos de ella, pero la cena de celebración se había hecho con los platos favoritos de Morgan, no con los suyos. O, si a las dos les regalaban una muñeca y la de Morgan se rompía o se estropeaba, le daban la de Hayley. Porque Hayley lo entendería.

Algunas veces, lo había entendido, pero en otras ocasiones había tenido que contener las lágrimas hasta quedarse a solas y poder llorar. Porque las cosas nunca habían sido justas.

Llegó a La cena está en la bolsa un poco antes de las ocho en punto. Los primeros clientes de aquel día estaban programados para las diez. La mayor parte de la comida se presentaba relativamente preparada, y su trabajo consistía en dejarlo todo listo. Sacaba los menús del día y las hojas de instrucciones. Picaba los productos frescos que eran más delicados, como los tomates. Distribuía los ingredientes a cada puesto. Y todo eso, en dos horas.

Abrió la puerta principal, entró al local y volvió a cerrar con llave. Después de encender las luces, se puso un delantal y estudió los menús del día.

A las nueve y media, ya tenía preparados seis de los ocho puestos. Todo estaba cortado en cubitos y en su sitio. Oyó que se abría la puerta, y supo que había llegado Morgan.

–Oh, Dios mío, no te lo vas a creer –le dijo su hermana a modo de saludo–. Te juro que mi marido es idiota. Sabe que trabajo todos los sábados por la mañana y, todas las semanas, dice que se le olvida que tiene que cuidar a los niños hasta que yo llegue a casa. Tengo ganas de matarlo.

Hayley siguió trabajando. Revisó los frascos de especias que había sacado de la enorme despensa. La empresa compraba a granel los productos y, después, ella rellenaba frascos de tamaño doméstico para cada uno de los puestos. Lo mismo ocurría con el aceite de oliva.

–¿Pensaba Brent que ibas a llamar a Cecelia para que los cuidara? –le preguntó Hayley.

–No lo sé. No me he quedado a escucharle. Me he marchado. ¿Qué tal estás?

–Bien.

Morgan se acercó al puesto que todavía faltaba por preparar.

–Vas a terminar este, ¿verdad?

–Sí.

Porque Morgan no era capaz de hacer el trabajo.

Cuando sus padres habían muerto, su hermana había invertido la mitad de su pequeña herencia en la compra de la franquicia. Decía que quería una empresa propia. Sin embargo, a la hora de dirigir el negocio, no había querido saber nada. Había contratado a una encargada, pero había resultado ser un desastre. La empresa había estado perdiendo dinero hasta que Brent había revisado los libros de contabilidad y se había dado cuenta de que la mujer estaba robándoles. Le había dicho a Morgan que llevara el negocio o que lo vendiera. Morgan aún se quejaba de aquel ultimátum.

–Los niños también me vuelven loca –prosiguió su hermana. Agarró un tomate cherry y le dio un mordisco–. Amy ha llegado a la edad de quejarse por todo. Todo tiene que girar en torno a ella. Es agotador.

Hayley y Morgan eran muy diferentes. Físicamente, Hayley era menuda, rubia y de estatura media, mientras que Morgan era alta, curvilínea y morena. Era vibrante. Cuando entraba en una habitación, llamaba la atención. Normalmente, era solo para quejarse, pero, de todos modos, la gente se enteraba de que estaba allí.

Hayley era once meses mayor que Morgan. Durante todo el colegio, siempre había oído decir lo mismo: «Hayley era tan lista, tan tranquila... No me imaginaba que Morgan iba a ser tan distinta». Normalmente, aquellas frases eran seguidas por unas risas. Claro, Morgan no aprobaba, pero era sorprendente para los demás. Era terca y difícil, pero convincente. Morgan tenía el don de salirse siempre con la suya. Ojalá ella también hubiera aprendido aquella lección; tal vez, en aquel momento también tendría dos hijos biológicos. Sin embargo, la realidad era que sus órganos reproductivos no funcionaban y que tenía un sobrino y una sobrina.

–Algunas veces, me gustaría que desaparecieran todos y me dejaran en paz –dijo Morgan.

–No lo dices en serio –respondió Hayley–. Tú quieres a tu familia.

–Sí, es solo que... No sé. Supongo que todos queremos lo que no tenemos –respondió Morgan. Se fue hacia el despacho–. Tengo que hacer papeleo antes de que lleguen los idiotas. ¿Vas a terminar todos los puestos?
–Sí.
–Bien. Me alegro de saber que hay alguien en quien se puede confiar.

Capítulo 8

Las risitas del piso de arriba eran muy sonoras. Era asombroso, teniendo en cuenta que había varias capas de madera y yeso, e incluso habitaciones, entre ellos, pensó Gabby. Sin embargo, allí estaba ella, en la cocina, y oía perfectamente las risas de las adolescentes.

Las mellizas estaban viendo una película mientras ella hacía galletas. Las dos niñas habían jugado mucho en el campamento aquel día, y estaban cansadas. Era toda una suerte. Jasmine y Boomer también estaban viendo la película de Disney. Makayla estaba en su habitación con un par de amigas. Y ella estaba haciendo lavadoras, había ido a dar un paseo aquella mañana y todavía no se había comido ninguna galleta. En resumen, había sido un día espectacular.

Puso dos galletas de mantequilla de cacahuete en un plato y se las llevó a las mellizas.

Las niñas le dieron las gracias, y Boomer movió el rabo con entusiasmo.

—Por favor, no le deis mucho —les pidió a las niñas.

Llenó otro plato y lo llevó al piso de arriba. Al acercarse a la puerta de la habitación, se dio cuenta de que no oía nada. Era como si todo el mundo se hubiera marchado, pero ¿cómo no lo había oído? Normalmente, la avisaban cuando se iban; además, hacía unos minutos, había oído las risas.

—Chicas, debéis de tener hambre —dijo al abrir la puerta.

Pero allí no estaban las tres niñas a las que había recibido dos horas antes. Solo estaban Makayla y Boyd, sentados en la cama, besándose.

Al segundo, se apartaron uno del otro. Boyd se puso de pie y retrocedió unos cuantos pasos. Makayla se levantó y se colocó entre el chico y ella.

—¿Qué estás haciendo aquí? ¿Por qué no has llamado?

No, no. Aquello no podía estar sucediendo, pensó Gabby. No podía ser.

—¿Cuándo has entrado? —le preguntó a Boyd, intentando mantener la calma—. No te he visto pasar.

Ni tampoco había visto marcharse a las otras niñas, pensó. ¿Acaso le habían colado allí y habían desaparecido?

—¿Qué ocurre? —preguntó.

—Nada —respondió Makayla, en un tono desafiante, y fulminó a Gabby con la mirada—. Esta es mi habitación.

—Sí, eso ya lo sé. Y tú sabes cuáles son las reglas. Nada de chicos en tu habitación. Boyd, tienes que irte a casa.

Él asintió y pasó por delante de Makayla sin decir nada.

—Lo destrozas todo —le gritó Makayla a Gabby—. ¡Todo!

—Entonces, mi día ya está completo. Nada de chicos en tu habitación, ¿entendido?

Makayla asintió malhumoradamente.

Gabby pensó en decirle que iba a hablar con Andrew más tarde, pero eso no era una amenaza demasiado grave. Sin embargo, tenía que decir algo.

—Y nada de invitar a tus amigas durante el resto de la semana.

Makayla puso los ojos en blanco.

—Lo que tú digas. Iré yo a su casa.

A lo que ella no podía responder nada, porque no tenía permitido castigar a Makayla por su cuenta. Andrew se lo había dejado muy claro. Porque Makayla era su hija, no de los dos. Aunque, por supuesto, ella tampoco podía decir eso. Y la situación estaba abocada al desastre.

No podía castigarla, pero sí podía llevarse las galletas. Era un gesto mezquino, pero era lo único que podía hacer. Se llevó el plato a la cocina.

Un chico en su habitación. Eso no era nada bueno. Makayla era una chica de quince años muy guapa. Tal vez las hormonas todavía no dirigieran sus vidas, pero estaban muy cerca de hacerlo.

Intentó convencerse a sí misma de que estaba reaccionando con exageración, de que todo iba perfectamente. Pero no lo consiguió.

—¿Estás segura? —le preguntó Andrew, unas horas después, cuando Gabby le contó lo que había visto—. No es posible que se estuvieran besando. Boyd no es de esa clase de chicos.

—Sé lo que he visto. Tiene dieciséis años, y todos son de esa clase de chicos. ¿Es que no te acuerdas?

—Sí, pero eso era diferente. Boyd es un poco pardillo.

—Estoy segura de que tiene un pene y de que funciona.

Estaban en su dormitorio. Ella había esperado a que todo el mundo se fuera a la cama para contarle lo que había sucedido.

—Se estaban besando, Andrew. Esto va en serio. No solo ha roto las reglas, algo por lo que debería recibir un castigo, sino que tenemos que hablar con ella. Candace no lo va a hacer. Makayla no tiene ni idea de en qué se está metiendo.

Andrew terminó de lavarse los dientes. Se enjuagó la boca y se irguió.

—Gabby, eres un cielo por preocuparte tanto, pero hazme caso. No pasa nada. A esta edad, los chavales no salen juntos. Siempre van en pandilla.

—Pero, de todos modos, mantienen relaciones sexuales.

Él movió la cabeza.

—Hablaré con ella, y le pondré un castigo por haber metido a un chico a su habitación. ¿Qué te parece justo? ¿El fin de semana sin teléfono?

Gabby asintió.

—Sí, eso me parece bien.

Él se acercó a ella.

—Solo son niños —dijo, y la abrazó—. No tienen ni idea de lo que están haciendo. Yo, por el contrario, sé exactamente lo que te gusta a ti.

Ella se apoyó en él. Mientras lo besaba, una vocecita le decía que el problema era más grave de lo que Andrew pensaba y que, aunque ella fuera tan fácil de distraer, no se iba a solucionar solo.

El Ocean Pacific Park, conocido como POP, había empezado su vida en Santa Monica. El muelle, las pequeñas tiendas y los restaurantes habían perdido el favor de los residentes y los turistas y, hacía unos años, el POP había sido desmantelado y varios vecinos se habían asociado para recoger las piezas y trasladar todo el recinto a unos cuantos kilómetros al sur. Ahora era una gran atracción para los turistas y la gente de la zona. El corazón del parque era un precioso carrusel restaurado.

Nicole estaba con Gabby junto a los caballitos de madera, viendo a las niñas de su amiga y a su hijo dar vueltas y más vueltas.

—A mí me parece preocupante —dijo Gabby, sin apartar la vista de las mellizas.

—Pues claro que lo es —respondió Nicole—. En el instituto conocí a una chica que se quedó embarazada en décimo. En la foto del último curso tenía un bebé en brazos. Una pesadilla.

—Tengo un mal presentimiento —dijo Gabby—. No me gusta nada esto. La preocupación y la falta de control. Makayla necesita más estructura para su vida. Más reglas. Andrew se comporta como si solo la tuviera los fines de semana, pero no es así. Somos sus padres a tiempo completo, y tenemos que comportarnos como tales. Además, ¿y las mellizas? Ellas la toman como ejemplo, y quieren ser como su hermana mayor. Y yo no quiero que aprendan a quedarse embarazadas cuando todavía están en el instituto.

—¿Y no puedes hablar con ella?

—No, no puedo. Makayla y yo no somos enemigas, pero tampoco somos amigas. Ella tiene resentimiento hacia mí, o algo por el estilo. Sinceramente, no sé qué piensa de mí. Casi nunca hablamos. Lo he intentado, pero ella se cierra en banda.

—¿Crees que es por su madre?

—Puede ser. Si yo le cayera bien, estaría siendo desleal. Es muy buena con las mellizas, cosa que le agradezco. Con eso es suficiente.

—No, si está manteniendo ya relaciones sexuales —dijo Nicole.

—Dímelo a mí —respondió Gabby, y cabeceó—. No quiero hablar más de esto. Es demasiado deprimente. Pero te agradezco que me hayas escuchado.

—Entonces, piensa en tu próxima vuelta al trabajo. Eso te hará más feliz.

—Pues sí. Volver al mundo profesional. Estoy impaciente —dijo Gabby, y miró a Nicole—. ¿Fue muy difícil para ti volver a trabajar?

–Un poco. Tyler era más pequeño que las gemelas y tuve que llevarlo a la guardería. Eso no me gustaba. Pero, de todos modos, estuvo muy bien salir de nuevo a trabajar. Por supuesto, yo ya tenía un trabajo esperándome, así que no tuve que enfrentarme a la misma transición que tú.

Nicole había vuelto a trabajar porque Eric y ella necesitaban el dinero. Gabby iba a volver porque quería hacerlo. Nicole no sabía cuánto ganaba Andrew al año, pero, a juzgar por sus coches y por su gran casa, debía de ser bastante.

Ella ni siquiera podía imaginarse cómo habría sido crecer con seguridad financiera. Era hija única de una madre soltera que solo quería que ella fuera famosa. La había llevado a clases de baile y de canto y a audiciones. No tenían mucho dinero, y la escuela había sido algo secundario en comparación con el baile y la interpretación.

Su actual situación financiera le resultaba algo irónico.

–¿En qué estás pensando? Tienes una cara muy rara –le dijo Gabby.

–En nada, en nada.

El tiovivo se detuvo, pero los tres niños se quedaron arriba. Últimamente, cada vez que iban al POP, Tyler decía que ya era muy mayor para montar en los caballitos, pero seguía haciéndolo alegremente. Nicole sabía que llegaría el día en que él lo dijera en serio y, aunque eso significaría que estaba haciéndose mayor, ella iba a echar de menos las cosas de niño que hacían juntos.

Cosas que Eric se perdía todos los días.

Tomó aire.

–Eric ha vuelto a dejar plantado a Tyler. Creo que llevan seis meses sin pasar el día juntos. Me pone furiosa.

–Lo siento. ¿Qué piensa Tyler?

—Eso es lo peor de todo. Creo que ya no le importa. Su padre es solo un concepto, no una persona. No lo echa de menos porque no hay nada que echar de menos. Yo sigo pensando que, en algún momento, Eric va a comprender que está perdiéndose cosas que ya no puede recuperar. Tiempo. Me preocupa que de verdad no le importe nada su hijo. Y me pregunto si es culpa mía.

—¿Cómo va a ser culpa tuya? Eric es su padre.

—Sí, ya lo sé. Es que, como Tyler y yo estamos tan unidos, tal vez Eric se sienta rechazado.

—No. Tyler es su hijo. Él es el responsable de la relación que tenga con el niño.

—Sí, supongo que sí —respondió Nicole. Se mordió el labio—. Algunas veces, me siento culpable por el divorcio.

—¿En qué sentido?

—Porque no sufrí lo bastante. Eric se marchó y eso fue horrible, pero, en el aspecto económico, las cosas van mucho mejor. Tengo la casa y a Tyler. Nuestra vida es estupenda.

—¿Y eso no es bueno?

—Muchas mujeres lo pasan fatal después del divorcio.

—Entonces, ¿crees que deberías sentir más dolor y estar en una peor situación económica porque, si no, eres una mala persona?

—Bueno, dicho así, parece que soy idiota.

—Un poco —le respondió Gabby suavemente—. Nicole, los divorcios son duros, pase lo que pase. Tyler y tú os habéis adaptado estupendamente bien. Agradécelo y no te fustigues. Aunque sé que no me vas a hacer caso, porque tienes muchas reglas sobre las cosas.

—Está bien, sí. Puede que tenga algunos problemas con eso —dijo, y confesó—: Shannon dice que estoy atascada.

—Tiene razón. Es eso, exactamente. A ti ya no te importa Eric, pero tampoco has intentado mirar hacia delante.

—¿Te contó lo de Jairus?

Gabby se quedó mirándola fijamente.

—¿Qué ha pasado con Jairus? Oh, Dios mío, hay algo, ¿verdad?

—Quizá. Sí. No lo sé.

Gabby se echó a reír.

—Te gusta. No me lo puedo creer. Tú, que detestas a *Brad the Dragon* y al tipo que lo creó.

—Es que no me caía bien.

—Vamos, cuéntame lo que ha pasado. Todo. Empieza por el principio. Dijiste «hola», y él te dijo «hola», y...

Nicole soltó un gruñido.

—Creyó que yo era una prostituta.

—¿Cómo?

Nicole le contó cómo había sido su primer encuentro con Jairus Sterenberg y que, después, él le había pedido que salieran a cenar juntos.

—Una de las monitoras le dijo dónde trabajaba yo y apareció en el estudio después de la clase en la que estuviste tú. Shannon estaba allí. Salió a la calle para que pudiéramos hablar, pero no se marchó hasta que él ya se había ido.

—Sí, Shannon es así de protectora. Bueno, y ¿dónde está la parte en la que te has atascado?

—Volvió a pedirme que saliéramos juntos y le dije que no. Según Shannon, estoy evitando tener una relación sentimental.

—Es verdad. Llevas muchos meses divorciada. ¿No quieres volver a intentarlo? ¿Acaso no echas de menos tener a un hombre en tu vida? No solo por el sexo, aunque eso puede ser estupendo, sino tener a tu lado a alguien que se preocupe por ti, que sea más que un amigo.

Nicole se echó a reír.

—¿Por qué no me dices lo que piensas de verdad, por favor?

Gabby se quedó azorada.

—Vaya, he sido demasiado directa.

—No, no. Tienes razón. Te agradezco que hayas sido tan sincera. Lo que pasa es que estoy asustada, porque no me había dado cuenta de que las cosas estaban tan mal con Eric. Bueno, sabía que había problemas, pero no que íbamos directos hacia el divorcio. Después de que se marchara, tuve mucho tiempo para pensar en las cosas que yo había hecho mal. No quiero echarlo todo a perder otra vez.

—Entonces, es mejor no intentarlo, ¿no?

—Es más seguro.

—Pero es que las mejores cosas de la vida no son seguras. Lo que nos impulsa a seguir adelante, lo que más deseamos, eso siempre significa correr algún riesgo. ¿No crees que es lo que hace que las cosas merezcan la pena?

—Eres tan lógica, que...

Gabby sonrió.

—Ojalá. Lo único que sé es que tienes que tomar las decisiones en una posición sólida y, para eso, tienes que entender tus propias motivaciones. Si no sales con nadie porque eres feliz tal y como estás ahora, y no ves qué puede aportar de valor un hombre a tu vida, entonces, fenomenal. Pero si te estás escondiendo, entonces tienes que reflexionar sobre eso. Eres una persona positiva que no rehúye las responsabilidades, que se hace cargo de las cosas. Eso de esconderte no es típico de ti.

Pues últimamente, sí, pensó Nicole. Se había asegurado de que todas las necesidades de Tyler estuvieran cubiertas y se había ocupado de su casa y de su negocio, pero, en lo relacionado con ella misma, era como si condujera con el piloto automático. Gabby tenía razón. Si quería estar sola, era una decisión legítima. Sin embargo, esconderse no era propio de ella.

—Hola, mamá —dijo Gabby cuando se abrió la puerta trasera de la casa de su madre. Entró en la cocina con las niñas y, al instante, las mellizas empezaron a gritar.
—¡Abuela, abuela!
Marie Lewis entró en la estancia. Tenía los brazos abiertos y una expresión de felicidad.
—Mis pequeñajas —dijo, y se agachó para abrazarlas—. Qué sorpresa más estupenda.
Gabby observó a su madre mientras les hacía carantoñas a las niñas. Sabía que, después, las llevaría a la isla de la cocina y habría comida y conversación. Su madre era la abuela perfecta. Era cariñosa y cálida, y tenía la severidad justa para conseguir que todo el mundo se portara bien.
Cuando las gemelas estuvieron sentadas en sus taburetes, Marie abrazó a su hija.
—¿Qué tal estás? —le preguntó.
—Muy bien.
Su madre le dio una palmadita en la mejilla y se giró de nuevo hacia sus nietas. Les sirvió limonada y les puso unas galletas en un plato.
Si Shannon era el ideal, profesionalmente hablando, de Gabby, Marie era el mejor modelo de madre que pudiera imaginar. Aunque había tenido cinco niños, y eso era una garantía para el caos, la casa siempre había marchado a la perfección. Por supuesto, había ruido por doquier, pero no quedaban cosas por hacer constantemente. Ella, con dos niñas y una hijastra adolescente, siempre tenía la sensación de que iba tres pasos por detrás. Sinceramente, no sabía cómo lo había hecho su madre.
Se sentó con las mellizas en la isla. La cocina era

grande, con armarios blancos y algunos azulejos de azules y verdes para dar un toque de color. No era lo que ella habría elegido, pero era bonito.

Gabby observó a su madre. Marie tenía sesenta y un años y seguía con una talla treinta y ocho. Se teñía el pelo, pero, por lo demás, no hacía nada por disimular su edad, y podría pasar por alguien de unos cincuenta años. Gabby esperaba haber heredado sus genes.

—¿Qué tal el campamento? —les preguntó su madre a las niñas—. ¿Lo pasáis bien?

—Todos los días nos lo pasamos bien —respondió Kennedy—. Hacemos manualidades y dibujos y juegos.

—Algunas veces, también aprendemos las letras —añadió Kenzie—. Ya nos las sabemos todas y sabemos leer algunas palabras.

—¿De verdad? Bien hecho. La primera vez que os vi ya me di cuenta de que erais unas niñas muy listas.

Las dos se echaron a reír.

Cuando terminaron la limonada y las galletas, las cuatro salieron al jardín, y las mellizas corrieron hacia el columpio del patio.

—¿Todavía estás deseando volver a trabajar? —le preguntó su madre, mientras observaba a las niñas.

—No te haces una idea.

—No entiendo por qué tienes tantas ganas. Podrías quedarte en casa y tener más hijos.

—No, mamá. Ahora tenemos a Makayla a tiempo completo. Tres son muchas.

—Makayla se habrá ido de casa antes de que te des cuenta y las mellizas ya van a empezar el jardín de infancia. Tener más niños te haría feliz.

—No, mamá, a mí, no. Yo quiero retomar mi profesión.

Marie se posó la mano sobre el pecho, fingiendo consternación.

—Todas mis amigas me felicitan por haber educado a

dos hijas sensatas y profesionales. No tienen ni idea de que desearía que fueran como yo.

Gabby se echó a reír, aunque sabía que su madre estaba diciendo lo que sentía. Ella habría preferido que fueran amas de casa para siempre. Sin embargo, su hermana mayor era veterinaria, y ella era abogada y quería volver a ejercer.

—Supongo que tendrás que pedírselo a alguno de los chicos —dijo.

Marie se echó a reír.

—Creo que eso tampoco va a suceder.

Por un segundo, a Gabby se le pasó por la cabeza contarle a su madre lo que había sucedido con Makayla y Boyd. El instinto le decía que no estaba exagerando al preocuparse tanto, pero Andrew se había empeñado en que todo iba bien, y Makayla había aceptado el castigo sin discusión. Tal vez debería mantener la boca cerrada y dar gracias por no haberlos descubierto haciendo algo peor.

Capítulo 9

Los martes y los jueves, Nicole daba la última clase de la tarde. Cecelia recogía a Tyler del campamento de verano, lo llevaba a casa y empezaba a darle la cena. Ella llegaba después, a las seis. Era un poco tarde, pero mucho mejor que cuando tenía que dar clases hasta las siete o las ocho de la noche.

Durante los primeros meses, después de la separación, tenía niñera por insistencia de Eric. La niñera se había quedado hasta que ella había podido reducir la jornada de trabajo. Prefería cuidar por sí misma de Tyler.

Sonó su teléfono móvil y, al mirar la pantalla, vio que tenía un mensaje de Gabby.

Hola, solo quería saludar, decía su amiga.

Estoy bien. ¿Ha habido más besos?

No, que yo haya visto. ¿Y tú? ¿Ha habido besos en tu caso?

Nicole se echó a reír.

Qué graciosa. Pues no. No y no. ¿Había dicho ya que no?

Ja, ja, ja. Hablamos pronto.

Guardó el teléfono y comprobó que había puesto la música correcta en el reproductor. Antes la había cambiado para su propia sesión de ejercicio, y tenía la sensación de que a sus clientes no les iba a gustar la extraña combinación de rap y country. Como mínimo, era desconcertante.

Entraron varias clientas, y las saludó. Su clase de las cuatro, los martes y jueves, se hacía con colchonetas. El equipo necesario era mínimo. Aquello podría hacer pensar a algunas personas que era fácil y, tal vez, en otros gimnasios sí lo fuera. Pero en Mischief in Motion, no. Se enorgullecía de hacer trabajar muy duramente a la gente, que invertía dinero y tiempo en hacer ejercicio. Y ella se aseguraba de que se marcharan arrastrándose y sabiendo que habían hecho un buen trato.

–Hola, Judie –dijo, a modo de saludo para una chica rubia, de ojos marrones, muy guapa–. ¿Qué tal te va?

–Muy bien. Vengo preparada para que me patees el trasero.

Nicole sonrió.

–Vas a ser tú la que se patee su propio trasero.

–Espero que hables figuradamente, y no literalmente.

–Tendrás que esperar para averiguarlo.

Entró otro par de clientas, seguidas por una persona a la que Nicole no esperaba ver por allí nunca más. Era Jairus, que llevaba unos pantalones cortos y amplios sobre unas mallas de ciclismo, y una camiseta. Llevaba sandalias, pero tenía un par de calcetines de Pilates en la mano.

–He llamado antes –explicó–. Me dijeron que podía participar en la clase si no estaba llena.

Nicole abrió la boca y volvió a cerrarla. No. Aquello no podía estar sucediendo. Él no podía estar allí. No podía estar en una de las clases.

Quiso decirle que estaba completa, pero era obvio que dos de las colchonetas que había colocadas en el suelo estaban vacías. Y, como eran las tres y cincuenta y nueve minutos y la clase empezaba a las cuatro, no era probable que apareciera nadie más.

—¿Has estado alguna vez en una clase de Pilates? —le preguntó.

—No, nunca. Pero corro y hago pesas.

—Eso está muy bien, pero aquí no sirve. Mañana vas a estar muy dolorido.

—No me importa, me arriesgaré.

Tenía el pelo oscuro y rizado, y demasiado largo. Aquel día no se había afeitado. Debería tener un aspecto desastrado, pero no; estaba muy bien.

Ella le señaló una de las colchonetas vacías que había al final de la sala.

—Bueno, vamos a empezar.

Él asintió y atravesó el estudio. Se quitó las sandalias y miró a las seis mujeres que ya estaban sentadas en sus colchonetas.

—Siento invadir la clase de esta forma. Os prometo que no será algo frecuente.

Judie enarcó las cejas.

—Entonces, ¿hacemos como que no estás aquí?

—Eso sería genial.

Nicole se puso en pie delante de la clase. Si se giraba un poco hacia la izquierda, apenas tenía que mirar a Jairus. Además, solo era un estudiante más. Haría lo que hacía siempre.

—Vamos a empezar con el cien —dijo.

Jairus se había puesto los calcetines de Pilates. Miró a las otras mujeres y adoptó la misma posición: espalda apoyada en el suelo, con los brazos rectos y las piernas elevadas con las rodillas flexionadas en un ángulo de noventa grados.

—Estómagos hacia dentro y cabeza arriba —dijo Nicole—. Empezad.

Contó hasta cien dándose una palmadita contra el muslo con cada número, alargando el tiempo, como hacía normalmente. Jairus aguantó bien hasta el cuarenta y siete y, entonces, empezó a renquear. A los ochenta, estaba tendido en el suelo.

La clase continuó. Él hizo todo lo posible por mantener el ritmo. Los círculos con las piernas fueron fáciles para él, aunque no tenía mucho control. La hamaca le resultó un poco más difícil y, casi al final, se cayó hacia un lado.

Varias de las mujeres se echaron a reír. Un par de ellas le dieron consejos. Nicole tuvo que reconocer que se estaba esforzando mucho, y sin quejarse ni una sola vez.

Además, tenía un cuerpo muy decente. Era cierto que hacía ejercicio, porque se le veían los músculos y se notaba que tenía resistencia, aunque no fuera el tipo de resistencia necesaria para los ejercicios que estaban haciendo allí.

A los veinte minutos de la clase, a las demás estudiantes se les olvidó que estaba en la clase. Empezaron a charlar, como de costumbre, sobre sus maridos, los niños y los jefes. Jairus no intervino, lo cual fue una sorpresa para ella. Estaba segura de que iba a dar indicaciones.

–La uve –dijo Nicole, hacia el final de la clase. Lo miró–. Este ejercicio deberías dejarlo.

Él miró a las mujeres. Todas se tendieron boca arriba y extendieron los brazos por encima de la cabeza. Mientras ella contaba, elevaron los miembros con gracilidad, formando una letra uve con los dedos de los pies estirados y los brazos totalmente rectos.

–Buena idea –murmuró Jairus, y se desplomó sobre la colchoneta.

Ella contuvo una sonrisa. La clase terminó al poco tiempo con algunos estiramientos. Todo el mundo aplaudió y se puso en pie.

Jairus se movió con un poco más de lentitud. Un par de mujeres hablaron con él antes de irse. Cuando solo quedaba él, se puso en pie y fue renqueando hasta su pequeño escritorio. Estaba sudando, pero solo un poco.

—Das muy bien la clase —le dijo—. Es estupenda.

—Gracias.

—Es dura.

—Se supone que tiene que serlo.

Él se pasó los dedos por el pelo húmedo.

—Mira, este es mi último intento. Si me dices que no, ya no insistiré más. No me gustaría convertirme en un acosador. Me caes bien, y me gustaría conocerte mejor. Eres interesante, y eso es importante para mí.

—Además, últimamente no te has comido ni un rosco.

Él pestañeó.

—¿Tenías que sacar eso a relucir?

—Sí.

—No eres fácil.

—Sí, eso es cierto —dijo ella, y lo observó—. Me gusta que no recurras a las prostitutas.

—Espero que te guste alguna cosa más porque, si no, tienes que mejorar tus estándares.

Aquello hizo reír a Nicole.

Pensó en lo que le habían dicho Shannon y Gabby: que se estaba escondiendo. Pensó en que hacía mucho tiempo que Eric y ella se habían separado. Pensó en que Jairus le había echado mucho valor en aquella clase. Se había esforzado de verdad. Aquello tenía que valer algo, ¿no?

—¿Salimos a cenar? —le preguntó él.

—Sí, salimos a cenar.

Hayley tomó un vestido del perchero y lo observó. Le molestaba gastar dinero en algo tan tonto como la ropa, pero necesitaba algunas cosas, porque todo lo que tenía estaba muy gastado y viejo. Tanto, que aquella semana se le habían rasgado dos faldas en la lavadora. Las había tirado antes de que las viera Rob; él no entendía por qué no podía ir a una tienda a comprar ropa, como todo el mundo. Creía que, si necesitaban algo, debían comprarlo. Para él, solo era dinero. Para ella, gastar aquel dinero podía significar la diferencia entre tener un hijo o no.

–Bien elegido –le dijo Nicole, desde el otro lado del perchero–. ¿Has visto este?

Le mostró un sencillo vestido azul.

–Me encanta –dijo Hayley, rodeando el largo perchero.

Era la hora de comer, y Nicole y ella estaban pasando ese tiempo en una tienda de ropa de segunda mano. Ella llevaba una camiseta de tirantes y unos pantalones cortos, así que le resultó fácil ponerse el vestido por encima para ver qué opinaba Nicole.

–Te queda muy bien –le dijo su amiga–. El color te favorece. Y solo son cinco dólares. Mejor, imposible.

Hayley se acercó al espejo de la pared y se miró. Estaba demasiado delgada y pálida. Todavía parecía que estaba enferma. No había vuelto a tener el periodo desde su último aborto, así que no estaba ovulando. La doctora Pearce le había advertido que todas aquellas hormonas iban a alterar su ritmo, y tenía razón.

Pero las cosas iban a salir bien. En cuanto consiguiera los cien mil dólares que necesitaba para el tratamiento en Suiza, se quedaría embarazada y llevaría a término el embarazo. Tendría un hijo. Y todo habría merecido la pena.

Nicole se le acercó con otro vestido. Era muy sencillo, de color rojo, sin mangas.

–Con un jersey negro, sería perfecto –le dijo su amiga–. Siete dólares. Otra ganga.

Hayley no quería gastarse más de veinte dólares. Con eso, podría comprarse los dos vestidos y un par de camisetas.

Nicole encontró unas camisas y pantalones cortos para Tyler mientras Hayley rebuscaba entre las camisas de mujer. Había una muy bonita, de color verde, que parecía nueva. Al sacarla de la percha, se le cayó al suelo. Se agachó para recogerla y se levantó demasiado deprisa. Todo empezó a dar vueltas a su alrededor, y tuvo que agarrarse al perchero.

Nicole se acercó rápidamente a ella.

—¿Estás bien?

—Me he mareado un poco —dijo Hayley. Se irguió y respiró lentamente. La habitación dejó de dar vueltas. Sonrió—. Tengo la tensión muy baja. Me mareo con facilidad. No te preocupes.

—Pues claro que me preocupo. Todavía estás recuperándote, ¿no?

Hayley asintió.

—Cada vez tardo más.

Su amiga le apretó la mano.

—¿Ha sido el tercer aborto?

—El quinto.

—¿Tantos? ¿Y no te destroza el cuerpo? —preguntó Nicole. Rápidamente, cabeceó—. Lo siento. No he debido hacerte esa pregunta. ¿Necesitas comer algo? ¿Te vendría bien?

—Tengo un sándwich en la oficina. No te preocupes, se me pasará.

—Yo me he traído una barrita de proteínas —le dijo su amiga—. Si la quieres, pídemela.

—Gracias —respondió Hayley, y alzó la blusa que se había caído—. Me parece bonita.

—A mí, también. Con colores blanco o caqui ahora y con negro en el invierno —dijo Nicole con una sonrisa—. Aquí no hace demasiado frío ni en enero, así que con un jersey fino, te quedará fenomenal.

Hayley se relajó.

—Gracias por no echarme un sermón.
—No es asunto mío.
—Pues la mayoría de la gente no piensa lo mismo.
—El corazón quiere lo que quiere. Tener un hijo biológico es muy importante para ti.

Nicole le estaba diciendo las palabras correctas.

—Pero tú no lo entiendes.
—No tengo por qué entenderlo. No estoy viviendo lo mismo que vives tú.

Nadie lo estaba viviendo. Por lo menos, Nicole entendía eso. Sin embargo, era una de muchos. Casi todo el mundo prefería que ella lo superara y lo dejara atrás. Que aceptara la realidad y adoptara un niño.

Nicole desabotonó la blusa y se la entregó.

—Vamos a ver cómo te queda. Después, pagamos lo que hemos encontrado y nos vamos a trabajar. Podemos darnos el lujo de tomar un café con leche en Latte-Da de camino al trabajo.
—Me costará más que esta camisa.

Nicole sonrió.

—Bueno, por eso es un lujo.

«Gabby, sabemos que nos oyes. Gabby, te queremos. Gabby, baja a la cocina y cómenos».

Gabby no sabía por cuál de las dos cosas estaba más psicótica: si por el hecho de oír a las galletas llamándola desde el piso de abajo, o por querer responder a su llamada.

Era culpa suya; su familia estaba perfectamente conforme con las galletas compradas. Sin embargo, ella se empeñaba en hacerlas y, ahora, toda la casa olía a chocolate y a mantequilla de cacahuete.

Estaba en el sexto día de la dieta. Seis días pasando hambre, sintiéndose molesta y ¿había mencionado ya el hambre? Echaba de menos el azúcar y el pan. Echaba de menos no tener que preocuparse por lo que iba a comer, y la sensación de sentirse llena. Últimamente siempre estaba hambrienta o muerta de hambre.

Se recordó que ya había perdido un kilo y que el peso había empezado a bajar. Iba a ser fuerte. Iba a ser fuerte. Que se oyeran bien sus rugidos. ¿O eran los rugidos de su estómago?

Separó la ropa de la colada por dueño y empezó a doblarla. En teoría, podía llevar la ropa de Makayla a su habitación y la niña se encargaría de doblarla, pero, a veces, no merecía la pena la discusión. Aquello la hacía tan culpable como Andrew a la hora de transmitirle a Makayla mensajes contradictorios, pero era difícil ser fuerte con tanta hambre como sentía.

—Yo puedo hacer eso.

Se giró y vio que su hijastra estaba entrando en la habitación.

—Es ropa mía —dijo Makayla—. Yo la doblo.

—Gracias —dijo Gabby, aunque no podía creerse lo que estaba oyendo.

Makayla llevaba unos pantalones cortos y una camiseta de tirantes, y parecía más pequeña de lo que era en realidad. Y más accesible. Jasmine estaba entre los cojines de la cama, tumbada, y alargó una pata para cazar con las zarpas un calcetín perdido.

—Pronto van a empezar las clases —dijo Gabby, para empezar una conversación—. El segundo curso del instituto es muy importante.

—Sí. Cami ya se va a sacar el carné de conducir.

Cami era una de las amigas de Makayla, y era un poco mayor que el resto de las chicas. Como Makayla había cumplido quince años justo al comienzo del verano, a Andrew y a ella todavía les quedaban unos meses para tener que enfrentarse a aquello. Por suerte, en el estado de

California, el carné de conducir se obtenía gradualmente. Los adolescentes tenían que cumplir ciertos requisitos, así que, aunque Cami se sacara el carné, no podría llevar a sus amigos en coche hasta que pasaran unos meses.

Makayla terminó de doblar su ropa y emparejar sus calcetines. Se sentó en la cama y se puso a darle pellizquitos a la funda del edredón.

–Voy a elegir Geometría para Matemáticas. Todo el mundo dice que es difícil.

–La geometría es rara –dijo Gabby–. Por lo que sé, o la entiendes, o no. Si la entiendes desde el principio, es superfácil. Si no, es muy complicada. Pero a ti siempre se te han dado bien las matemáticas.

–Sí.

Gabby terminó de doblar la ropa de las mellizas. Aunque lo lógico habría sido llevarla a su lugar correspondiente, el instinto le dijo que se quedara donde estaba hasta averiguar qué quería Makayla.

No tenía ni idea de adónde iba aquella conversación. ¿Acaso quería hacerse un piercing en el cuerpo, o un tatuaje? ¿Ir de viaje con una de sus amigas y su familia? ¿Pintar su habitación de morado? No había forma de saberlo. No creía que Makayla estuviera sufriendo acoso escolar. Tenía buenas amigas y era una chica apreciada en el instituto.

Por un segundo, se le pasó por la cabeza mencionar a Boyd y el beso para intentar averiguar hasta dónde habían llegado las cosas. Sin embargo, se contuvo y esperó a que Makayla le contara primero qué era lo que ocurría.

–¿Cuándo supiste que estabas enamorada de mi padre?

Aquella pregunta sí que no se la esperaba.

–Unos dos meses después de empezar a salir con él. Era un tipo estupendo. Amable, divertido y gracioso –respondió Gabby, y sonrió–. Se notaba que te quería mucho, y eso era importante para mí.

Makayla la miró, por fin.

—¿Por qué? Yo creía que las segundas esposas siempre odiaban a los hijos de los primeros matrimonios.

—No, en absoluto. A mí me gustaba cómo era tu padre contigo. Supe que era de esos hombres para quienes la familia es la prioridad.

La respuesta fue algo automático, mientras Gabby procesaba mentalmente lo que le había dicho Makayla. ¿Era ese el problema? ¿Acaso la niña pensaba que ella la odiaba?

Por supuesto, no siempre se llevaban bien, pero la palabra «odio» era muy fuerte. Gabby se angustió al preguntarse si había sido más mezquina de lo que pensaba. ¿Había hecho que la niña se sintiera rechazada?

—Algunas amigas mías tienen madrastras muy malas —dijo Makayla, fijándose de nuevo en el edredón.

—Seguro que eso pasa de vez en cuando.

¿Estaba ella dentro de esa categoría?

—Vosotros teníais pensado tener a las mellizas, ¿verdad? No fue accidental.

—Yo estaba intentando quedarme embarazada —dijo Gabby—. No sabía que iban a ser mellizas.

—Eso sería muy difícil —dijo Makayla. La miró, y volvió a apartar los ojos—. Um... Una amiga mía cree que está embarazada y no sabe cómo asegurarse. Yo le dije... eh... que te lo preguntaría.

Gabby se alegró de estar sentada, porque, si hubiera estado de pie, se habría caído. Se contuvo para no gritar. Para no ponerse a soltar juramentos, algo que no había vuelto a hacer desde que habían nacido las mellizas.

¿Embarazada? ¿Embarazada? Recordó el beso. No parecía que hubieran llegado tan lejos, pensó con histerismo. En todo caso, a ella le había parecido un beso torpe. Tal vez, realmente, solo fuera un amigo.

—¿De cuánto está tu amiga? —le preguntó Gabby.

—De pocos meses. De dos, o tres.

A Makayla se le fue quebrando la voz con cada una de aquellas palabras, hasta que se quedó muda. Al final de la frase, Gabby supo con total certeza que no había ninguna amiga. Makayla estaba embarazada. ¿Qué se suponía que iban a hacer? ¿Que estuviera embarazada era mejor o peor que una adicción a las drogas? ¿Mejor o peor que robar, que ser mala persona o...?

Gabby se puso de pie.

—¿Puedes cuidar a las mellizas, por favor? Tengo que ir a la farmacia.

—Eh... claro.

Gabby se encaminó hacia la puerta, pero se giró.

—Empieza a beber agua. Mucha agua.

Capítulo 10

Los tests de embarazo estaban alineados sobre una toallita de papel en el baño del dormitorio. Todas daban el mismo resultado: positivo. Makayla estaba embarazada.

Gabby estaba junto a la encimera y la niña estaba junto a la bañera. En el baño reinaba un silencio ensordecedor.

—Lo siento —susurró Makayla—. Lo siento.

«Yo, también». Aunque no podía decirlo. No podía decir nada, porque no podía respirar. Tenía el pecho atenazado y le temblaban las piernas. Makayla estaba embarazada. Eso lo cambiaba todo. ¿Qué iban a hacer? Además, tenía que pensar cuándo iba a decírselo a Andrew. Eso sería más tarde. A menos que…

—¿Quieres decírselo tú a tu padre, o se lo digo yo?

—¿Podrías decírselo tú?

«¡No! No puedo».

Pero ella era la adulta. Era la que tenía que mantener la calma, tener sentido común, ser comprensiva. Tenía que ser una roca, cuando lo que en realidad quería era ponerse a gritar.

—Después de que las mellizas estén acostadas —susurró—. Se lo diré entonces y, después, iremos a hablar contigo.

Makayla tenía los ojos llenos de lágrimas, y le temblaban los labios.

—Yo no quería que pasara esto.

—Ya lo sé.

Gabby quería tomar a sus niñas y salir corriendo. No quería tener que preocuparse por aquello, ni enfrentarse a aquello. No quería que sus vidas se vieran alteradas para siempre. Pero, si ella estaba asustada por el futuro, ¿qué estaría sintiendo su hijastra? Solo tenía quince años.

—Se nos ocurrirá algo –dijo con falsos ánimos–. Ya lo verás.

—¿Tú crees?

—Claro que sí.

Gabby se acercó a ella y la abrazó.

—Todo va a ir bien.

Makayla se agarró a ella con fuerza, y eso la sorprendió. La niña empezó a llorar y a temblar. Gabby no se apartó de ella e intentó convencerse de que no estaba mintiendo. De que todo iba a salir bien de verdad.

Sin embargo, en el fondo, sabía que no era cierto.

—Tenemos que hablar.

Andrew no se preocupó demasiado al oírla. Se estiró sobre la cama y respondió con cara de diversión:

—Eso ya me lo he imaginado al ver cómo me traías a rastras al dormitorio. Vamos, ven aquí, y puedes contarme lo que haya pasado mientras te meto mano.

—Va en serio.

A él se le borró la sonrisa de los labios, y se incorporó.

—Tienes toda mi atención, Gabby. ¿De qué se trata? Durante la cena me ha parecido que las niñas estaban bien. Makayla estaba un poco callada. ¿Os habéis peleado?

Ella se retorció las manos.

—¿Gabby?

—Makayla está embarazada. Hemos hecho tres pruebas de embarazo y las tres han dado un resultado positivo.

Andrew se quedó inmóvil. Después, soltó una imprecación, unas palabras llenas de enfado que no iban dirigidas a nadie en particular, pero que, de todos modos, disgustaron a Gabby.

Él se levantó y caminó hacia ella.

—¿Estás segura?

Ella asintió.

—¿Es de Boyd?

—No lo sé. No ha habido tiempo para hablar de eso. Fui a buscar las pruebas a la farmacia y ella se las hizo. Cuando las mellizas terminaron de ver la película, tuve que empezar con la cena.

Estaba temblando, temiendo que él empezara a gritarle y echarle la culpa y decirle todas las cosas que había hecho mal. Aunque Andrew nunca había hecho algo así.

¿Era culpa suya? Ojalá se hubiera esforzado más con Makayla. Ojalá estuvieran más unidas.

Andrew salió de la habitación a grandes zancadas. Gabby lo siguió a toda prisa. Él abrió de par en par la puerta del dormitorio de Makayla. La niña estaba sentada en la cama, apoyada en los cojines, con las rodillas pegadas al pecho. Estaba llorando, y se enjugó las lágrimas cuando entraron.

—¿Es de Boyd? —le preguntó Andrew.

Makayla asintió.

Él se dio la vuelta y salió de la habitación. Gabby se quedó mirándolo. ¿Qué iba a hacer?

—¡Papá, no!

Pero Andrew no escuchó el ruego de su hija. Desapareció, y Gabby oyó que cerraba su despacho de un portazo. Eso era mucho mejor que oír que se abría la puerta del garaje. Por lo menos, no iba a ir a enfrentarse en aquel momento a los padres del adolescente.

Ella no sabía qué hacer. Makayla comenzó a llorar de nuevo. Gabby tomó aire, volvió hacia la cama y se sentó. Makayla se abrazó a su cintura y escondió la cara en su regazo, sin dejar de llorar.

—Todo se arreglará —dijo Gabby, automáticamente, acariciándole la espalda. Así, hundida y llorando, Makayla parecía muy pequeña.

—No, no se va a arreglar. Mi padre me odia.

—Lo sabe desde hace quince segundos. Creo que necesita un poco de tiempo para asimilar la información.

—Tú no me has rechazado al enterarte.

—Tu padre no te ha rechazado, pero necesita asimilar todo esto. Te quiere, y vamos a superar todo esto como una familia.

¿Estaba diciendo lo que tenía que decir? ¿Acaso había algo correcto que decir en aquel momento?

Siguió allí sentada mientras la niña lloraba. Después de unos minutos, Makayla se calmó y se incorporó.

Gabby le acarició la mejilla.

—Estás hecha un desastre. Sigues siendo guapísima, pero un desastre.

Makayla no sonrió.

—¿Qué voy a hacer?

—Lávate la cara y los dientes y acuéstate. El resto puede esperar. No vas a tener al bebé mañana. Yo hablaré esta noche con tu padre y haremos un plan.

Makayla asintió y bajó de la cama. Fue al baño, pero se dio la vuelta para mirar a Gabby.

—¿Te puedes quedar conmigo hasta que me duerma?

Una petición inesperada.

—Por supuesto.

—¿Me odias?

—No.

—¿Estás segura?

—No estoy contenta, si es lo que me estás preguntando. Pero supongo que tú, tampoco. Nos las arreglaremos. A ti no te odia nadie.

Makayla asintió. Por un momento, Gabby temió que le preguntara si la quería. Y, por supuesto, ella diría que sí, pero no estaba segura de que fuera la verdad. Querer a Makayla no era fácil. Aquella niña la irritaba siempre. Y, en aquel preciso instante, no quería hablar de eso precisamente. Sin embargo, Makayla no le hizo aquella pregunta, así que no tuvo necesidad de mentir.

Menos de diez minutos después, Makayla estaba acostada. Gabby se sentó en la silla de su escritorio, cerca de la cama. La única luz que había en la habitación era la que entraba desde el pasillo por la rendija de la puerta.

Pensaba que Andrew iba a volver a decir algo, pero no había vuelto. Mientras Makayla estaba en el baño, ella se había asomado a la habitación de las gemelas y había sacado un par de libros infantiles.

—No irás a leerme un cuento —dijo su hijastra—. Soy demasiado mayor.

—Esto te ayudará a conciliar el sueño.

Gabby abrió el primer libro y empezó a leer en voz alta. Aunque tardó un buen rato, al final, Makayla se quedó dormida. Gabby salió del dormitorio y dejó la luz del pasillo encendida por si la niña se despertaba. Después, bajó las escaleras.

Estaba muy cansada. En pocas horas, todo había cambiado. No sabía cómo iba a terminar todo aquello, pero tenía la sensación de que no iba a terminar bien.

Entró al despacho de Andrew. Él estaba sentado detrás del escritorio, mirando a la pared. Al verla, se levantó y se acercó a ella. Le tomó ambas manos y la miró a los ojos.

—Lo siento. Me equivoqué con lo de Boyd y el beso. Tenía que haberte hecho caso.

Ella sintió un gran alivio.

—Yo no sabía que tuvieran una relación tan íntima. Estamos en un buen lío. Ha sido muy difícil comportarme con normalidad hasta poder contártelo.

—Tenías que hacerlo. No podíamos hablar de esto delante de las mellizas.

La rodeó con un brazo y la llevó hasta el sofá que había debajo de la ventana.

—¿Qué crees que deberíamos hacer?

—Hablar con ella y averiguar cuándo ocurrió todo esto. Hablar con los padres de Boyd. Mostrar un frente común.

Él asintió.

—Sí, es lo más sensato. También tengo que hablar con Makayla mañana a primera hora. Estoy muy disgustado con la situación, pero es mi hija.

Andrew se quedó callado y le apretó la mano a Gabby.

—Soy muy afortunado por tenerte a mi lado, Gabby. Vamos a encontrar una solución para esto y seguiremos adelante juntos.

Exactamente lo que ella quería oír, pensó, mientras sonreía. Siempre y cuando estuvieran unidos, lo superarían.

—Ya sé por qué no quisieron este —dijo Rob, al ver el color turbio, entre granate y marrón, que había a un lado del bote de pintura—. Tuvo que ser un defecto de fabricación.

—Eso espero —dijo Hayley, y señaló otro bote de entre los que había en las estanterías del fondo de la ferretería—. ¿Y este?

—¿Amarillo? No, no me gusta. ¿Sabes? Podríamos comprar un color que nos guste de verdad. Estoy seguro de que podemos permitírnoslo.

Hayley negó con la cabeza.

—Vamos, piensa que estamos en una búsqueda del tesoro. Podemos usar el dinero que ahorremos en otra cosa mejor.

Ella tuvo el presentimiento de que él estaría pensando en cortinas o alfombras nuevas, mientras ella estaba pensando en Suiza, pero aquella mañana se lo estaban pasando muy bien, así que no había ningún motivo para mencionarlo.

—Si no encontramos nada que nos guste, vamos a elegir un color.

—De acuerdo.

Siguieron recorriendo las estanterías de pinturas de saldo.

—Eh, mira este —dijo Rob, mostrándole un bote con una muestra de verde salvia en un lateral—. Es bonito.

Ella se acercó y miró el color. Era perfecto; ni demasiado amarillo, ni demasiado oscuro.

—Me gusta mucho. ¿Cuántas latas hay?

—Tres. Con eso sería suficiente. Antes tenemos que darle una mano de imprimación, porque hace mucho que no se pintan las paredes. Pero podemos pedir que nos tiñan la imprimación —dijo él, mirándola fijamente—. Eso lo hacen gratis, así que no te asustes.

—Yo no me asusto.

—¿Con el dinero? Sí, sí te asustas. Bueno, entonces, ¿va a ser este verde?

—Sí —dijo ella, sonriéndole—. Eres tan manitas...

—Es uno de mis muchos encantos. Venga, vamos a buscar la imprimación.

Después de cargar la pintura en el carrito, fueron a la sección de jardinería. Aquella mañana hacía mucho sol y bastante calor, pese a que estaban debajo de un toldo. Había plantas dispuestas en filas y agrupadas por tipos: de sombra, de flores, vivaces, anuales. Ahora que ya habían limpiado su jardín delantero, era obvio que necesitaban plantas nuevas. Pero había demasiadas opciones.

Hayley miró a Rob.
—No sé nada de plantas, ¿y tú?
—Lo mismo digo.
—Podríamos preguntar.
—Suponiendo que supiéramos cuáles son las preguntas.
—Ah, mira –dijo ella, señalando los rosales–. Esas sí sé lo que son. Pero dan muchísimo trabajo.
—Entonces, no son para nosotros.
Ella suspiró.
—No tengo ni idea. Estoy perdida.
—Pero eres muy guapa, y eso cuenta, ¿no?
Ella fingió que le daba un puñetazo en el antebrazo.
—Qué gracioso. Puede que debiéramos irnos a casa con lo que tenemos y recorrer bien el jardín. Ver qué es lo que se ha muerto, qué es lo que solo necesita unos buenos riegos y pensar en un buen diseño. Después podemos entrar en internet y aprender unas cuantas cosas básicas antes de volver aquí.
—Muy buena idea –dijo él, y la besó–. Así que no estás tan perdida, después de todo.
Volvieron a casa con las pinturas. Ya habían vaciado el dormitorio principal; solo habían dejado la cama y la cómoda. Quitarían las cortinas al día siguiente, por la mañana, justo antes de empezar a pintar. Hayley tomó un rollo de cinta de carrocero.
—Si quieres, yo empiezo con los rodapiés y tú con las ventanas –le dijo.
Rob le quitó la cinta de la mano y la dejó caer al suelo.
—O podemos hacer otra cosa –susurró, justo antes de besarla.
El contacto de sus labios fue agradable, pero la sorprendió. Y, cuando él la rodeó con los brazos, supo exactamente lo que quería.
—No sé si estoy ovulando –dijo ella.

Llevaba varias semanas sin ponerse el termómetro. No habría servido de nada. Se estaba recuperando del aborto y, además, la última inyección de hormonas la había alterado mucho, así que no sabía en qué momento del ciclo estaba.

—No pasa nada —susurró él, mientras le besaba la mandíbula y bajaba hasta el cuello.

Pero ¿y Suiza?, se preguntó. Porque no podía suceder nada antes de eso. Tenía que dejar que su cuerpo se recuperara antes de comenzar con los tratamientos.

—Pero, es que...

Rob se irguió con una expresión de enfado.

—No todo tiene que ser para que te quedes embarazada —le dijo él—. Estamos casados. Antes hacíamos esto por placer.

Ella se sintió culpable. No solo porque no le estaba contando cuáles eran sus planes, sino porque él tenía razón. Antes querían hacer el amor todo el tiempo porque adoraban estar el uno con el otro. Durante su primer año de matrimonio, hacían el amor todos los días y, algunas veces, más. Se reían y se acariciaban con la seguridad de que siempre iban a estar enamorados.

Él se alejó.

—Rob, espera.

La miró durante un largo instante.

—¿Acaso no es verdad que siempre lo haces todo con intención de quedarte embarazada?

—Por supuesto —dijo ella, automáticamente—. Es solo que...

—Ya lo sabía. Me voy al garaje.

Ella dejó que se marchara. Podría haberlo llamado, o haber ido hacia él y haberlo besado. Sin embargo, se sentó en el suelo y se quedó allí, sobre la alfombra.

Le dolía todo el cuerpo. No estaba durmiendo bien. Desear un hijo no era ningún crimen, se dijo, mientras apoyaba la cabeza en las manos. Ella no era una mala persona. Rob tenía que entenderlo.

El problema era que sí lo entendía, pero que el viaje había sido demasiado largo, y la comprensión ya no era suficiente.

Los padres de Boyd también vivían en Mischief Bay, en la zona de Torrance, en una bonita casa de dos pisos edificada en una parcela pequeña. Gabby supuso que, una vez, allí hubo un bungalow pequeño y bonito que había sido demolido para hacer una casa más grande. Estaba sucediendo por todas partes.

El jardín estaba bien cuidado, y la puerta principal, recién pintada. El salón estaba impecable. Gabby pensó en el caos interminable de libros, peluches, juguetes para perros y gatos, libros y muñecas que ella recogía constantemente en su sala de estar. Ni siquiera en tres días conseguiría un orden como aquel.

El salón estaba decorado en colores blanco, azul hielo y gris pálido. Había dos grandes sofás enfrentados. Andrew y ella estaban sentados en uno, mientras que los padres de Boyd se habían sentado en el otro. Los adolescentes estaban sentados en dos sillas. No estaban juntos, pero parecían extrañamente unidos.

Boyd era un chico alto y delgado de dieciséis años, con el pelo oscuro y demasiado largo, y una postura encorvada. Viéndolo, Gabby habría pensado que le gustaban más los videojuegos que los deportes. Sorprendente, porque también habría pensado que a Makayla le gustaban más los chicos atléticos. Pero ¿qué sabía ella? La semana anterior se habría reído de la idea de que su hijastra de quince años pudiera estar embarazada.

Los padres de Boyd, Thomas y Lisa, tenían idénticas expresiones de desaprobación. A Gabby se le pasó por la cabeza, brevemente, que debería haberse tomado una copa antes de hacer aquel viaje. Tal vez, el hecho de estar un poco borracha sirviera para relajar la situación. Después de todo, una risita inapropiada no podía empeorar más las cosas.

Por lo menos, Candace no estaba allí para contribuir al incómodo ambiente. Andrew la había llamado por teléfono, sin decirle lo que ocurría, solo tratando de hablar con ella. Ella le había respondido al mensaje de texto diciendo que estaba viajando por Europa y que no podía ponerse en contacto con él hasta que no volviera a casa.

Gabby miró a su alrededor, los altos jarrones, la vista de la piscina, las cortinas que, probablemente, eran de seda. La diferencia del estilo de vida de las dos familias no tenía nada que ver con el dinero, sino con el hecho de tener niñas de cinco años y mascotas. Gabby resistió el impulso de mirarse la camisa para asegurarse de que no la tenía manchada.

Se dio cuenta del silencio que reinaba en la habitación. Desde las incómodas presentaciones, no había habido ninguna conversación. Ella le tomó la mano a Andrew. Él le dio un ligero apretón y, después, tomó aire.

—Parece que tenemos un problema —dijo.

—Pues sí —respondió Lisa, una mujer morena, delgada y con los ojos pequeños, que fijó su atención en Gabby—. Un problema que ha creado vuestra hija.

Gabby se puso tensa.

—¿Disculpa?

—Si supieras lo que ocurre en tu propia casa, no habría sucedido nada de esto. ¿Es que no tenéis reglas?

Por supuesto que sí tenían reglas, pensó Gabby, sin saber qué decir. Reglas que no se habían respetado.

—No lo hicimos allí —dijo Makayla, rápidamente—. Fue aquí las dos veces.

—Lo mismo digo —le respondió Gabby a Lisa, aunque, en realidad, lo que quería era gritar. ¿Dos veces? ¿Lo habían hecho dos veces y Makayla se había quedado embarazada? Sabía cómo funcionaba el organismo y, por lo tanto, sabía que era posible, pero también era injusto.

Lisa se ruborizó.

—No creo que el lugar tenga importancia.

Claro, pero hacía tres segundos sí la tenía.

—Estoy de acuerdo —intervino Andrew—. Tenemos que hacer un plan sensato.

—Son niños —dijo Thomas, y fulminó a su hijo con la mirada—. Niños irresponsables. No lo entiendo. Hablamos de esto, Boyd. Se suponía que tenías que ponerte un preservativo.

—¿Y no sería mejor que no se acostara con niñas de quince años? —le espetó Gabby, sin saber de dónde habían salido aquellas palabras.

Andrew le apretó la mano.

—Gabby —murmuró.

Ella asintió, porque se daba cuenta de que así no estaba ayudando.

Lisa puso los ojos en blanco.

—No es de Boyd. No esperéis que me crea que era la primera vez de Makayla. Estoy segura de que lo sedujo.

—¿Cómo? —exclamó Gabby, sin poder contenerse.

—Sí era la primera vez —dijo Boyd, rápidamente—. Lo juro. Hubo sangre, y ella lloró. Mamá, no digas eso.

Gabby notó el sabor amargo de la bilis en la garganta. Iba a vomitar allí mismo, en la alfombra gris perla. Aquella mujer era una bruja. La situación ya era lo suficientemente difícil, pero Lisa lo estaba empeorando todo. Se volvió hacia Makayla, que estaba mirándose el regazo, retorciéndose los dedos. Gabby tuvo el impulso de levantarse a abrazarla hasta que pasara todo aquello, pero sabía que no debía.

Andrew carraspeó. Gabby reconoció aquel sonido. Sabía que estaba intentando controlarse.

—Si hemos terminado de repartir las culpas, tal vez podamos empezar a buscar una solución.

—Nosotros tenemos la solución —dijo Boyd, y tomó a Makayla de la mano—. Estamos enamorados.

—Por el amor de Dios, tienes dieciséis años —le dijo Thomas a su hijo—. Eres demasiado joven como para saber lo que es estar enamorado.

—Queremos estar juntos —dijo Boyd con terquedad.

—Y tener a nuestro hijo —añadió Makayla.

No era extraño, pensó Gabby, aunque tuviera el estómago encogido. Sin embargo, ¿cómo iban a poder mantener a un bebé, y criarlo? Había otras opciones. Aunque ella estaba a favor del derecho de las mujeres a elegir, no sabía de cuánto tiempo estaba embarazada Makayla. Si los adolescentes estaban hablando de amor y de quedarse a su hijo, entonces ni siquiera se podría contemplar el aborto. Así pues, otra posibilidad sería la adopción.

—No te vas a casar —le dijo Lisa a su hijo—. Eres demasiado joven.

—Podemos esperar —replicó Boyd, alzando la barbilla—. Makayla y yo vamos a estar juntos.

Gabby tuvo que reconocer que el chico tenía valor por mantenerse firme delante de sus padres. Sin embargo, no parecía que eso sucediera a menudo. ¿Podría seguir siendo fuerte, o ellos influirían en él hasta que se rindiera?

Miró a Makayla. La niña estaba mirando a Boyd con esperanza y amor. Eran tan jóvenes... No sabían a qué se estaban enfrentando.

—Necesitamos tiempo —dijo Andrew—. Ya sabemos lo que quieren estos dos. Gabby y yo necesitamos hablar de todo esto. Supongo, Thomas, que Lisa y tú querréis hacer lo mismo. Vamos a volver a reunirnos dentro de un par de semanas.

Por primera vez desde que habían entrado en aquella casa, Lisa sonrió.

—Es una excelente idea, Andrew. Acabamos de enterarnos y necesitamos tiempo para asimilarlo. ¿Por qué no seguimos en contacto tú y yo?

¿Acaso Thomas y ella eran de menor importancia a la hora de gestionar aquel problema?

Gabby trató de no sentirse molesta. Iba a tener que tratar con Lisa durante los próximos meses, y cabía la posibilidad de que tuviera que verla aún más tiempo si Makayla y Boyd seguían finalmente juntos y se quedaban con su bebé.

Capítulo 11

Pescadores era una conocida marisquería de Mischief Bay. Nicole sabía que había una historia difícil entre aquel establecimiento y The Original Seafood Company, que estaba en la misma calle, un poco más allá. A menudo, la gente pensaba que cualquier parte del área metropolitana de Los Ángeles no tenía rostro ni nombre por su gran tamaño y su población, pero se equivocaban. Había pequeñas zonas, parecidas a pueblos, por toda la ciudad, y Mischief Bay era una de ellas. Había disputas y la gente tomaba partido, iba a un sitio u otro. Luego, con el paso del tiempo, nadie se acordaba de por qué nunca fueron a una tienda o un restaurante en particular, pero seguían cumpliendo esa norma.

Todo aquello era terriblemente interesante y nada relevante, pensó Nicole, mientras salía de su coche. No soltó el abridor de la puerta. Eran los nervios. Cosquilleos, calambres, nervios y náuseas. Ella nunca había sido capaz de automedicarse, más allá de alguna copa de vino, pero aquel le parecía un buen momento para empezar. ¿Conocía a alguien que pudiera recetarle Valium o Xanax? No quería una pastilla entera. Solo la mitad. Algo que le calmara el nerviosismo.

Era sábado por la noche. Una noche tradicional para

las citas. Ella lo sabía, porque solía salir aquel día, pero hacía ocho años y todo un matrimonio. Ahora era una madre divorciada que no sabía qué demonios estaba pensando al aceptar la invitación de Jairus.

Se sentía estúpida y fuera de lugar. Y confundida. Todo estaba mal: su vestido, su pelo... el mero hecho de estar allí. Hacía dos días se había dado cuenta de que no tenía nada que ponerse y le había pedido un traje prestado a su amiga Shannon. Shannon le había dejado un bonito vestido de estampado floral con escote cuadrado, la cintura ajustada y falda de vuelo.

Nicole no conocía el nombre que figuraba en la etiqueta, pero estaba bastante segura de que era un vestido de un diseñador que le habría costado más de un par de meses de hipoteca. Sin embargo, Shannon era muy generosa, y no le había mencionado cuánto costaba. Tampoco había insistido en saber cuál el evento para el que necesitaba el vestido, y había aceptado la pequeña mentira de Nicole: «Me han invitado a una cosa de cliente». Lo cual sonaba como una fiesta en una casa, no como una cita.

Era todo culpa suya, se dijo. Si ese hombre no la hubiera invitado a salir, ahora estaría en casa con Tyler, viendo una película y comiendo palomitas de maíz. Ella estaría cómoda. Contenta. No tendría ganas de vomitar.

–Hola.

Se sobresaltó, craso error con unos tacones de diez centímetros. Al volverse, vio que Jairus caminaba hacia ella. Su primer pensamiento fue que estaba muy guapo. Llevaba una camisa azul oscuro y unos pantalones negros. Seguía teniendo el pelo demasiado largo, pero se había afeitado. Iba sonriendo. Tenía una sonrisa sexy, una sonrisa que decía «me alegro de verte», y eso hizo que ella se sintiera aún más insegura.

–Hola –respondió.

Tenía que soltar la manilla de la puerta porque, en algún momento, él querría que entrara en el restaurante a su lado, y ¿no sería embarazoso ir arrastrando un coche por la puerta?

Jairus ladeó la cabeza.

—¿Estás bien?

—Sí, muy bien —dijo ella. Debería haberse callado, pero siguió hablando—: Estoy nerviosa por esto. Por la cita. Por si no sale bien. Por si te ha molestado quedar aquí conmigo, en vez de irme a recoger a casa. En realidad, no te conozco, así que, ¿por qué iba a confiar en ti? Además, está Tyler. Él adora a B the D, y tú eres... bueno, ya sabes quién eres. No quiero que se haga ideas equivocadas. No sé qué ideas serían, pero...

Se calló, por fin, y sonrió con tirantez. Esperaba dar menos miedo de lo que creía.

—¿B the D? —preguntó él.

—Es el diminutivo de...

—Oh, ya sé lo que es —dijo él, sonriendo de nuevo—. Es muy mono. B the D. Como si fuera su alias.

—No creo que un dragón rojo y rechoncho pueda tener alias.

A él se le borró la sonrisa.

—¿Rechoncho?

—Más o menos.

—No, lo que pasa es que tiene los huesos grandes. Y es un dragón. Los dragones no son delgaduchos. Brad es un dragón muy guapo.

Al ver cómo defendía a una criatura de ficción, a Nicole se le calmaron un poco los nervios.

—Perdona. No quería ser irrespetuosa con Brad.

—No está gordo.

—Sí, lo he entendido. Solo tiene los huesos grandes.

—Y es un dragón.

—Por supuesto. Un dragón guapo y en forma.

Jairus la observó.

—Te estás burlando de mí.

—Un poco, pero no pasa nada.

—Desde tu perspectiva, no, claro. Bueno, ¿quieres que entremos ya?

Sí, quería. Ya le resultaba más fácil respirar, y no tenía el estómago revuelto. Se encaminaron hacia el restaurante.

—Estás guapa —le dijo él, mientras le sujetaba la puerta para que pasara—. Muy guapa.

—Gracias. Um... Tú, también.

Pescadores estaba decorado al estilo náutico, pero no exageradamente. Había algunas anclas y marinas por las paredes, y mucha madera y sogas entre los reservados, pero, aparte de eso, era un restaurante sencillo y elegante. Los manteles eran blancos, los platos eran pesados y los camareros eran tranquilos y agradables.

Nicole y Jairus fueron conducidos a una mesa junto a la ventana con vistas al puerto. En cuanto se sentaron, ella volvió a ponerse nerviosa y tuvo ganas de salir corriendo.

—¿Estás bien? —le preguntó Jairus.

—Sí, más o menos. Yo... eh... no salgo demasiado. Desde el divorcio. No sé si es porque me he vuelto demasiado cuidadosa o porque me estoy aislando. Mis amigas dicen que es lo segundo.

—¿Que te estás aislando?

—Totalmente.

—Sabía que había un motivo por el que no te lanzaste a salir conmigo a la primera oportunidad. Ahora ya sé cuál es.

Ella se echó a reír.

—No eres para tanto.

—Claro que sí. De verdad. Pregúntaselo a quien quieras.

Él tenía una mirada de diversión. Nicole se relajó

un poco. Su camarero se acercó a la mesa y les dijo cuáles eran los platos especiales del día, y tomó nota de las bebidas. Nicole sabía que iba a tener que conducir al final de la velada, así que pidió una copa de chardonnay. Algo que pudiera beber a sorbitos durante varias horas.

—¿Estás divorciada? —le preguntó Jairus cuando el camarero se alejó.

—Sí, Eric... —¿qué podía decirle? ¿Que se marchó sin más? Eso sonaba demasiado dramático, aunque fuera la verdad—. Eric quería ser guionista, así que dejó el trabajo para escribir un guion. El problema es que no me lo dijo antes de hacerlo. Lo dejó y me lo contó dos días después. Fue horrible.

Jairus se inclinó hacia ella.

—Lógicamente. Qué demonios. Erais compañeros. Cuando uno está casado, hay que hablar de esas cosas.

—Según Eric, no me dijo nada porque sabía que yo no iba a apoyarle para que consiguiera sus sueños.

—¿Y tenía razón?

—No hay forma de saberlo. Podría darte argumentos para justificar ambas cosas. Así que lo apoyé mientras escribía y surfeaba.

Jairus soltó un gruñido.

—Vaya. No me digas que está dejando en mal lugar a los escritores.

—Pues sí. Pero resultó que tenía talento, porque vendió su guion por muchísimo dinero. Un par de meses después, se marchó —dijo ella, y se encogió de hombros—. Yo me quedé completamente sorprendida y, al mismo tiempo, no tanto... No sé si eso tiene sentido.

—Sí, sí lo tiene.

—Nos habíamos ido distanciando. Él quería otras cosas. Eso lo he aceptado. La gente cambia. Pero tiene un hijo al que no ve nunca. Paga los gastos de Tyler puntualmente, pero no viene nunca. Puede estar con Tyler un domingo cada quince días, pero más de la mitad de las veces cancela la visita. Es horrible.

−Lo siento.

−Yo, también. Y lo peor es que Tyler ya no habla de él. Es como si no lo echara de menos. Supongo que no puedes echar de menos algo que no recuerdas. Yo tengo la esperanza de que Eric se dé cuenta de lo que se está perdiendo, pero ¿y si eso no sucede?

Se detuvo a tomar aire, y se dio cuenta de lo mucho que había hablado.

−Oh, no −dijo−. Bueno, si antes no te habías convencido de que no tengo citas a menudo, ahora ya lo tendrás bien claro, ¿no?

−No pasa nada.

−Bueno, doy un poco de miedo. Deberías estar buscando la salida más cercana.

−Está detrás de mí, y yo estoy bien.

El camarero se acercó con las bebidas. Jairus le pidió que les concedieran un tiempo a solas antes de volver a anotar lo que iban a cenar. Cuando estuvieron a solas de nuevo, alzó su copa.

−Por tus citas.

−Puede que sea un poco peligroso brindar por eso.

−Yo estoy dispuesto a arriesgarme, si tú también lo estás.

Nicole pensó que era un hombre agradable. Y eso era algo inesperado.

−¿Y tú? −le preguntó−. Cuéntame algo que sea un poco incriminatorio por lo menos a nivel personal. Para que estemos empatados.

Él había pedido un vodka con tónica. Movió el vaso contra el mantel.

−Yo también estoy divorciado.

−Lo siento.

—Son cosas que pasan —dijo él, y apartó la mirada—. Yo tenía una hermana mayor que se llamaba Alice. Tenía síndrome de Down. Le encantaban los libros con ilustraciones, y los leíamos juntos. Un día, cuando yo tenía ocho años, estaba lloviendo, y mi madre no podía llevarnos a la biblioteca a sacar más libros. Así que empecé a dibujar. Y esos garabatos, al final, se convirtieron en Brad.

Jairus sonrió.

—A Alice le encantaba Brad. Ella se inventó algunas de las historias. Nos divertíamos mucho. Yo escribía y dibujaba y ella lo coloreaba. Es la que dijo que tenía que ser de color rojo.

Nicole no podía apartar la vista de él. Nada de lo que le estaba contando se acercaba a lo que ella había pensado. Él no era lo que ella había pensado. No era lo que había leído sobre él en el artículo.

—Yo sabía que, cuando mis padres murieran, sería responsable de cuidar a Alice. Y lo quería. Así que, cuando crecí y empecé a salir con chicas, siempre tenía eso en cuenta.

—Oh, no —susurró ella.

—Sí. Lo has adivinado. En la universidad, empecé a tomarme en serio lo de Brad. Busqué un editor y tuve suerte. Me lo publicó y me pagó bien. Entonces conocí a Mindy, que era dulce, sexy y decía que quería a Alice.

—Pero no la quería.

—No. Mis padres murieron durante un viaje, y Alice vino a vivir con nosotros. A los dos meses, Mindy estaba diciendo que Alice estaría más contenta si viviera con los de su clase. Esas fueron las palabras que utilizó: «los de su clase». Como si no fuera un ser humano. Ese fue el día que terminó nuestro matrimonio, por lo menos, para mí. Seguimos juntos un tiempo, pero, al final, tuve que elegir entre Mindy o mi hermana. Nos separamos, claro. Pero, unos meses después, Alice murió a causa de una neumonía.

—Oh, Jairus. Lo siento mucho. Es terrible.

—Sí, fue muy duro. Ella siempre había tenido problemas de pulmón, pero yo esperaba que tuviera una vida larga y feliz. Estuve con ella hasta el final.

—Por supuesto.

—Mindy volvió.

—¿Qué? —exclamó ella, en voz más alta de lo que hubiera querido. Después, carraspeó—. Disculpa, pero... ¿lo dices en serio? ¿Volviste con ella después de lo que hizo? No podías confiar en ella otra vez. Alice era tu hermana, y la querías —dijo. De repente, se tapó la boca con la mano—. Oh, no. No volviste con ella, ¿a que no? Porque, si volviste...

Él enarcó las cejas.

—¿Acabas de meter la pata?

—Técnicamente, sí, pero tú eres idiota, así que estamos en paz.

A él se le escapó una risotada, y ella también se echó a reír.

—No, no volví con ella.

—Me alegro.

—Se enfadó mucho.

Nicole puso los ojos en blanco.

—Oh, por favor. Lo único que le interesaba era el dinero.

Él volvió a enarcar las cejas.

Ella soltó un juramento mentalmente. ¿De verdad que había perdido la capacidad de comportarse en sociedad? ¿De verdad se le daban tan mal las citas?

—Eh... bueno, lo que quiero decir es que tú eres tan maravilloso, que estoy segura de que estaba loca por ti.

—Mejor. Y, sí, tienes razón. Lo único que le interesaba era el dinero.

—Y tú.

—Sí, claro —respondió él, y le dio un sorbito a su copa—.

Bueno, entonces, has leído algo malo sobre mí en internet, ¿no?

Ella trató de no ruborizarse.

–¿Qué? No. Jamás. Quizá. Sí.

Él sonrió.

–Me lo imaginaba. Mindy le pidió a una amiga que trabaja en una web de cotilleos que lo escribiera. El artículo se hizo viral. Que conste que yo no me paso el día contando mi dinero ni nada por el estilo.

–Me alegro de saberlo –dijo ella. Se miraron un instante, y ella le acarició el dorso de la mano por encima de la mesa–. Siento lo de Alice.

–Yo, también –dijo él. Posó los dedos sobre los de ella–. Brad y yo la echamos de menos.

Nicole retiró cuidadosamente la mano.

–¿Brad y tú? ¿Tú hablas con Brad?

–Claro. Somos socios.

–Eso es... Bueno, es muy agradable.

Él volvió a sonreír.

–Que no, mujer, es una broma.

Ella gruñó.

–Esperaba que no fuera cierto, pero Brad es muy fascinante, así que no podía estar segura.

Pidieron la cena y cenaron. Siguieron conversando de cosas un poco ligeras, dándose información el uno sobre el otro. Jairus era de Mischief Bay y había ido al Instituto de las Artes de California, una escuela fundada por Walt Disney. Nicole le habló de la beca de danza que le había concedido el estado de Arizona y de su desastroso intento de abrirse camino en Nueva York. Cuando, por casualidad, miró el reloj, se quedó asombrada, porque habían pasado tres horas.

–Le he dicho a Cecelia que no iba a llegar tarde –le explicó a Jairus, mientras se levantaban para irse.

–Me lo he pasado muy bien –respondió Jairus, al salir a la calle–. Me gustaría volver a quedar contigo.

Llegaron al coche, y ella se giró hacia él. Se había puesto el sol, y la luz del atardecer era diferente a la plena luz del día, pero Jairus seguía siendo muy guapo. Y, mejor aún, era muy fácil hablar con él. Era un buen tipo, y eso era mucho más importante que ser guapo.

–Yo también me lo he pasado muy bien. Pero tengo que decirte una cosa.

–Soy todo oídos.

Ella suspiró.

–Es Brad.

–¿El dragón?

–Sí. Brad es un poco... eh... Algunas veces, me vuelve loca. Todo ese *merchandising*, y las historias. Sé que es un buen modelo para los niños, pero ha invadido mi vida. ¿Sabías que también hay libros de texto de Brad, para lectores más avanzados?

Jairus sonrió.

–Sí. Los escribí yo.

–Ah, claro. Bueno, pues eso significa que Brad y yo vamos a estar juntos durante unos cuantos años más. No es que lo odie, pero, si estás esperando que me encante por encima de todas las cosas, no es así. Y, si toda tu casa es como un altar dedicado a Brad, tenemos un problema, porque no soy precisamente una admiradora total.

–¿Estás diciendo que no vas a salir conmigo por mi alter ego en dibujo animado?

–Exacto.

–Bien.

Se inclinó hacia ella y la besó. Solo fue un roce de los labios. Sencillo. Fácil. Ella notó una descarga que empezó en los dedos de los pies y siguió hacia arriba por todo su cuerpo. Cuando Jairus se irguió, a Nicole le faltaba un poco el aliento.

–Voy a llamarte –le prometió él.

–De acuerdo.

–Y tú vas a responder.

Ella sonrió.

–Sí.

–Y vamos a hacer esto de nuevo.

–Me gustaría.

Jairus esperó hasta que ella entró en su coche. Después, se despidió con la mano y se alejó. Ella salió del aparcamiento y se dirigió hacia casa. Cuando entraba en la parcela, sonó su teléfono. Aparcó y miró la pantalla.

No estoy llamando. Es demasiado pronto para llamar, porque parecería que estoy ansioso por hacerlo. Solo quería darte las buenas noches. Brad también quiere darte las buenas noches, pero, seguramente, eso no quieres ni oírlo.

Nicole se echó a reír y se puso a escribir un mensaje.

Dile a Brad que siento haberle juzgado tan mal.

Lo entiende. Es un tipo comprensivo y sabe perdonar, escribió él.

Me alegro de saberlo. Lo he pasado muy bien contestó Nicole.

Yo, también. Buenas noches, se despidió Jairus.

Nicole subió el camino hasta la puerta principal. Salir con un hombre no era tan difícil, pensó, alegremente. Por lo menos, ya no.

Andrew sirvió dos vasos de brandy y le dio uno a Gabby. Ella se sentó en el sofá de su despacho. Las niñas estaban acostadas, y la puerta del despacho estaba cerrada para que pudieran hablar en privado. Boomer estaba en la butaca, y Jasmine se había tendido en el respaldo del sofá.

–Vaya sábado –dijo él.

–Sí, ya lo sé –respondió ella, y le dio un pequeño sorbo al brandy. Aunque estaba a régimen, podía hacer una excepción, teniendo en cuenta lo que había sucedido–. Thomas parece un hombre razonable, pero Lisa es horrible.

–Ella es la que lleva la familia, y va a ser difícil –dijo Andrew. Se sentó en el sofá y acarició a Jasmine detrás de las orejas–. Boyd no va a durar mucho.

–¿A qué te refieres?

Él la miró.

–A que Makayla y él no van a estar mucho tiempo juntos.

–Claro que sí. Están enamorados. Él la defendió delante de su madre y, por lo que he visto de Lisa, eso no debe de ser fácil.

Andrew se encogió de hombros.

–¿No has visto que no miraba a Makayla? Ni a ninguno de nosotros. No es más que un chaval que ha dejado embarazada a una chica. Es un salido.

A pesar de todo, Gabby sonrió.

–Hacía mucho tiempo que no oía esa palabra. Ya no lo dice nadie.

–Bueno, pues sea cual sea la palabra, él es el hombre. Sé que dijo todo lo que debía decir, pero no va a aguantar mucho en la relación. Makayla se va a quedar hundida.

Gabby sabía que la niña iba a sufrir, pero, en el fondo, perder a su novio era lo menos grave de todo. Al final, iban a tener que encargarse de un bebé.

–Dentro de dos semanas sabremos más –dijo Andrew–. Pero, mientras…

Gabby asintió.

–Hay que hacer mil cosas.

–Tendré que decírselo a Candace cuando vuelva de viaje.

–Suponiendo que tenga tiempo para la conversación. Seguro que me va a echar la culpa a mí.

–Eso no lo sabes.

—¿De verdad?

—Bueno, sí. Te va a echar la culpa a ti. Yo le voy a dejar bien claro que no sucedió aquí, en nuestra casa.

Gabby se hundió un poco en el sofá.

—Dos veces. ¿Lo has oído? Solo lo hicieron dos veces, y Makayla se quedó embarazada. La pobre Hayley no consigue llevar un embarazo a término y está desesperada por tener un hijo. Es injusto.

En aquel momento, se le pasó por la cabeza que podían darle el bebé a Hayley en adopción, y así resolverían varios problemas a la vez. Sin embargo, era demasiado pronto, por no mencionar que sería muy extraño. Cuando Makayla decidiera dar al bebé en adopción, tendrían que resolver varias cuestiones, tanto legales como emocionales. Y, teniendo al bebé viviendo a un kilómetro de casa, tal vez Makayla no pudiera superar lo que había vivido.

Le dio un sorbito a su brandy.

—Voy a investigar —dijo—. Si tienes razón con respecto a Boyd y el chico se echa atrás, tenemos que estar preparados. Supongo que a ti no te seduce la idea de que se queden juntos y críen ellos al niño, ¿no?

—Dios mío, no. Son demasiado jóvenes.

Ella se relajó un poco. Bien. Por lo menos, pensaban lo mismo con respecto a dar al bebé en adopción.

—Candace no se lo va a tomar muy bien —dijo Gabby—. Aunque no me echara la culpa a mí, va a quedarse horrorizada. Y yo quiero esperar para decírselo a mis padres y a las gemelas. No tienen por qué saberlo todavía.

Andrew suspiró.

—Sé que soy egoísta, pero no puedo evitar pensar en cómo nos afecta esto. En lo que va a decir la gente. Nos van a culpar.

—Somos los padres. Makayla vive con nosotros —respondió Gabby.

En realidad, Andrew iba a tenerlo más fácil que ella. Se iría a trabajar, y ella iba a ser la que tendría que llevar a Makayla al médico y...

—Vaya, tiene que ir al médico —dijo Gabby. Dejó el vaso en una mesita y se sacó el teléfono móvil del bolsillo—. Voy a ponerme una alerta para pedir hora lo más pronto posible. Ni siquiera sabemos de cuánto está.

—¿No lo ha dicho?

—No. Ha dicho que está de dos o tres meses, pero no sé si puedo creerla. Es muy joven y está muy delgada, así que a lo mejor está de cuatro meses. Ya sabes esas historias de adolescentes disimulando el embarazo con camisetas amplias.

Se escribió una nota a sí misma.

—Tienes razón —comentó—. Todo el mundo nos va a juzgar.

A ella, sobre todo. Ella era la madre y, por lo tanto, la que debía llevarse la culpa.

Él puso el vaso en la mesa y la abrazó.

—Yo no podría hacer todo esto sin ti, Gabby. Lo sabes, ¿no? Lo eres todo para mí.

Ella se aferró a él.

—Tú eres mío. Ya daremos con la solución. Vamos a ir paso a paso.

—Siento no haberte hecho caso cuando me dijiste lo de que se estaban besando. Todavía no me lo puedo creer. Es una niña.

Aunque era demasiado tarde para cambiar las cosas, fue agradable oír aquella disculpa. Se relajó contra él. Ya se dejaría invadir por el pánico al día siguiente. En aquel momento, por lo menos tenían el comienzo de un plan, y se tenían el uno al otro. Y, hasta por la mañana, eso era suficiente.

Capítulo 12

—La situación es perfecta —dijo Lindsey Woods, mientras caminaba por el salón. Era una mujer muy atractiva, rubia, de unos cincuenta y tantos años.

—Vamos a pintarla —le dijo Hayley, intentando mantener la calma—. En la cocina vamos a cambiar los tiradores.

—Unos cambios económicos con mucho impacto.

Lindsey entró en la cocina y miró por la ventana trasera.

—Tiene una buena distribución. No está muy nueva, pero supongo que los compradores preferirán renovarla a su gusto. Para ser sincera, es mejor dejar que la antigüedad de la cocina se refleje en el precio que hacer un trabajo cutre y a escondidas. La mayoría de los compradores no se dejan engañar hoy día.

Hayley sonrió y asintió. Estaba nerviosa, porque la visita duraba ya demasiado. Solo tenía una hora de descanso en el trabajo. Sin embargo, Lindsey le había prometido que vería la casa con rapidez. Después, haría un trabajo comparativo con las demás viviendas de la zona y escribiría un informe completo con un plan de marketing, una sugerencia de precio y una lista de arreglos fáciles y baratos para preparar la casa y sacarla a la venta.

Con aquella información, Hayley tendría que convencer a Rob de que era lo mejor que podían hacer.

Lindsey visitó los dormitorios e hizo un tour rápido por el jardín. Cuando volvió a la cocina, asintió.

—Es preciosa, como me habías dicho. La antigüedad de la casa no es problema, porque a los compradores les gusta que tenga encanto, cosa que esta casa sí tiene. Ahora, el mercado está muy activo. Mischief Bay es un sitio muy apreciado y la escuela del distrito es buenísima. Creo que, con unos pocos arreglos, vas a tener muchas ofertas.

Hayley se apoyó contra el marco de la puerta.

—Sería estupendo.

Si hubiera una guerra de ofertas, les beneficiaría mucho. Necesitaban, como mínimo, cien mil dólares de la venta de la casa, pero sería mejor que pudieran utilizar más. Y, cuanto más dinero ganaran con la venta, más dinero podrían dar como entrada para otra vivienda.

Seguramente, no podrían comprar otra en Mischief Bay en aquel momento, pero sí en algún sitio cercano, para que los desplazamientos de Rob al trabajo no fueran muy largos. No le gustaba la idea de tener que irse a un apartamento, pero no podrían evitarlo. La única manera de tener el dinero para el tratamiento en Suiza era vender la casa.

—Tardaré un par de días en tenerlo todo preparado —dijo Lindsey—. ¿Te parece bien el miércoles? Te enviaré el informe por correo electrónico.

—Gracias.

Cuando Hayley iba hacia la puerta principal, oyó el ruido de un coche en el camino de entrada a la casa. ¡No! ¿Por qué había vuelto tan pronto Rob? Se suponía que estaba en el trabajo. Ella había quedado con Lindsey a aquella hora, precisamente, para que él no estuviera presente.

Se abrió la puerta, y Rob entró al vestíbulo.

—¿Hayley? He visto tu coche. ¿Estás bien?

Lindsey se adelantó hacia él, tendiéndole la mano.

—Me alegro de conocerte. Soy Lindsey Woods, Rob.

Rob le estrechó la mano y se ajustó las gafas en la nariz.

—Hayley, ¿qué ocurre?

A Lindsey se le borró la sonrisa de la cara.

—Soy la agente inmobiliaria y he venido a ver la casa. Tu mujer me llamó para ponerla a la venta.

Rob las miró.

—Ah, ya entiendo.

Hayley no supo qué decir. Rob no era idiota, y habría entendido al instante lo que se proponía. Lindsey vaciló un instante, como si percibiera la tensión y no supiera si debía decir algo. Después, volvió a sonreír.

—Bueno, me marcho ya. Hayley, estamos en contacto.

Salió de la casa y cerró la puerta.

Todo quedó en silencio. Hayley oyó el ruido del frigorífico. Esperó a que Rob dijera algo, pero él se quedó callado, y ella se preguntó si estaba esperando a que le pidiera disculpas.

Sabía que estaba mal que hubiera hecho aquello a sus espaldas, pero tampoco iba a vender la casa sin su permiso. Solo quería recabar información. Necesitaban el dinero, él tenía que entenderlo.

—Se me ha olvidado la comida —dijo Rob—. He vuelto a casa a buscarla.

—Ah.

Rob pasó por delante de ella hacia la cocina. Abrió la nevera, sacó la comida y volvió al vestíbulo. Abrió la puerta principal.

—No puedo creer que hayas hecho algo así —le dijo, mirando al jardín—. Sabía que para ti es muy importante tener un bebé, pero nunca pensé que... La doctora fue muy tajante, Hayley. No puedes volver a quedarte embarazada. Tienes que operarte.

—No voy a operarme. No me importa lo que dijera ella. Quiero intentar el tratamiento en Suiza —dijo ella, en un tono suplicante—. Rob, tienes que entender que necesito hacer esto. Para mí, lo más importante es tener un hijo. Siempre lo ha sido. Necesitamos esto.

Él la miró un largo instante.

—Lo que ocurrió cuando tú eras pequeña, cuando estabas creciendo, no tiene nada que ver con nosotros. No necesitamos un bebé para ser felices, Hayley. Nos necesitamos el uno al otro. Necesitamos que nuestro matrimonio funcione.

—Yo necesito al bebé.

—Sí, ya veo que lo necesitas más que ninguna otra cosa —dijo él, y cabeceó—. Nos vemos esta noche.

Hayley esperó a que él se hubiera marchado y, después, se encaminó al trabajo. Se sentía insegura y asustada. Rob nunca gritaba, pero, en aquella ocasión, se había mostrado demasiado calmado y callado. Tenía que estar muy enfadado.

Durante el trayecto de vuelta a casa, aquella tarde, intentaba pensar qué iba a decirle. Tal vez, si admitía que se había equivocado por hablar a escondidas con la agente inmobiliaria, él lo entendiera todo. Si no, tendría que volver a explicarle lo que le había explicado tantas veces: el vacío que sentía, la necesidad de crear un vínculo biológico. Ella no sabía nada de su familia biológica. Nunca había podido averiguar nada de ellos. Era una entidad solitaria en un mar de familias con vínculos de sangre. Ella solo quería lo que la mayoría de la gente daba por sentado.

Solo un hijo. ¿Era pedir demasiado? Un hijo suyo. De los dos.

Al llegar a la parcela, se sorprendió, porque el coche de Rob ya estaba en el camino de entrada.

Eso podía ser bueno o malo. Seguramente, él querría hablar, pero, tal vez, ya había entendido plenamente por qué tenían que hacer aquello. Por qué ella no podía adoptar o acoger un niño, sino que necesitaba tenerlo.

El salón estaba vacío. Oyó ruidos en el dormitorio, y recorrió el pasillo hacia allí.

Había una maleta abierta en la cama y, junto a ella, camisas y pantalones. La maleta estaba parcialmente llena de ropa interior y calcetines. Rob salió del baño con unos pantalones vaqueros y varias camisetas en los brazos.

—Ya has llegado —dijo él—. Me alegro. No quería dejarte una nota.

A ella se le aceleró el corazón. No sintió dolor, sino algo diferente. Un gusto amargo y metálico en la boca, como si fuera sangre.

—Te vas —dijo.

Él empezó a doblar la ropa.

—Sí. Vendré a buscar el resto de mis cosas el fin de semana.

—Rob, no puedes irte así.

—Tengo que hacerlo.

—Pero estamos casados.

«Tú me quieres». Estuvo a punto de decirlo, pero pensó que, tal vez, aquel no era el mejor argumento en aquella situación.

Él dejó la ropa en la cama y se giró hacia ella. Tenía una expresión seria y decidida. No estaba enfadado. Tal vez, solo resignado.

—Te quiero, Hayley. Tienes razón. Estamos casados, y yo creía que éramos un equipo. Pero, lo que has hecho hoy... Eso no puedo perdonártelo.

—No iba a vender la casa sin hablar contigo. Quería tener información para que pudiéramos tomar una decisión juntos. Solo estaba recabando información, de verdad.

—¿Y crees que eso importa? Me mentiste. No querías arreglar la casa para nosotros. Tenías pensado venderla desde el principio. Yo creía que estábamos empezando de nuevo. Hablamos del jardín y de los baños. Pero todo era una mentira. Me has traicionado. Nos has traicionado a los dos.

—No —dijo ella. Tenía los ojos llenos de lágrimas, y pestañeó—. Rob, no te vayas. Quédate. Podemos hablar de esto.

—¿Todavía estás empeñada en quedarte embarazada y tener un hijo?

—Por supuesto.

Él volvió a hacer la maleta.

—Eso me parecía.

—¿Vas a dejarme porque quiera tener un hijo? Eso es terrible.

Él se giró bruscamente hacia ella con los ojos muy abiertos y oscuros.

—No. Te voy a dejar porque no quiero ver cómo te matas. ¿No oíste lo que te dijo la médica? Que vas a morir. Necesitas una histerectomía, Hayley. Si no te operas, corres el riesgo de desangrarte. Todos los días me pregunto si va a ser hoy. Si me van a llamar diciéndome que has muerto, que es demasiado tarde. Todos los días.

Ella se dejó caer sobre la butaca de la esquina.

—No me habías dicho nada.

—Yo no hablo de eso. Me imagino que ya tienes suficiente estrés. Quieres tener un hijo, y lo entiendo. Sé que siempre has pensado que tus padres querían más a Morgan que a ti. No es cierto, pero no sirve de nada que yo te lo diga. Así que lo hemos intentado. Lo hemos intentado todo —dijo él. Entonces, su voz se suavizó—. Hayley, tienes que dejarlo. Tienes que aceptar que hay cosas que tu cuerpo no puede hacer. Nos tenemos el uno al otro, y podemos tener un hijo de otro modo.

—No. Yo necesito a mi propio hijo. Necesito ser parte de algo. Necesito esa conexión.

—Eres parte de nosotros dos.

Ella se quedó mirándolo. Él esperó un segundo. Después, se giró hacia la maleta.

—Claro —dijo, lentamente—. No es suficiente. Ya lo sé. Por eso me voy. Yo quiero tener hijos, pero tú estás por delante de eso. Tú no puedes decir lo mismo y, a causa de tu obsesión, vas a morir. Yo ya no puedo seguir. No puedo quedarme a ver cómo sucede.

—Rob, no. Te necesito.

Él no se molestó en mirarla.

—No, no me necesitas. Puedes conseguir esperma en cualquier sitio —le dijo. Puso la última camisa en la maleta y cerró la cremallera—. Míralo por el lado positivo. Si nos separamos, venderemos la casa. Tal vez con tu mitad puedas pagar lo que quieres.

—Eso es mezquino.

—Puede ser, pero es la verdad —dijo Rob. Miró a su alrededor y, después, la miró a ella—. Si cambias de opinión, llámame. Si no, buena suerte. Espero estar equivocándome. Espero que sigas curándote y que todo salga bien. Pero no creo. Te quiero, de verdad, te quiero mucho. Pero no puedo formar parte de algo que te va a matar. Ya no.

Tomó la maleta y se marchó. Hayley oyó el ruido de la puerta de la casa al cerrarse y, después, el sonido del motor de su coche. Después, el silencio. Un silencio que solo rompieron sus sollozos desesperados.

Los que decían que hacían falta veintiún días para tomar un hábito nunca habían tenido que vérselas con la complicación de una adolescente embarazada, pensó

Gabby, mientras se sentaba en un extremo del sofá del despacho de Andrew. Llevaba a régimen más de tres semanas, y todavía quería comerse la casa entera, preferiblemente, cubierta de chocolate y nata. Y el estrés no la ayudaba.

Por lo menos, era reconfortante saber que iba a terminar la jornada allí con su marido, hablando de lo que estaba sucediendo. Aunque, hasta aquel momento, no había sucedido nada. Sin embargo, aquel tipo de conexión los estaba ayudando a los dos.

Él alzó la botella de brandy. Ella hizo un gesto negativo.

–Todavía estoy yendo a clases al estudio de Nicole. No tiene sentido que haga tanto ejercicio si luego voy a ingerir todas esas calorías.

–Estoy impresionado –dijo él.

–Gracias. Creo que la clase hace que me sienta como si tuviera el control de algo.

Él se sentó a su lado y la tomó de la mano.

–Qué lío.

–Sí, pero vamos a resolverlo –dijo ella.

Era el tercer día después de que se hubieran enterado de que Makayla estaba embarazada, así que todavía les quedaba mucho camino por recorrer, pero, de todos modos, era un comienzo.

–Te agradezco que hayas cancelado el viaje de trabajo para quedarte en casa esta semana. Es de gran ayuda.

–Y es lo menos que puedo hacer. ¿Alguna novedad?

Gabby pensó en su día.

–He pedido cita para ir al médico con Makayla. En la consulta son todo mujeres, así que eso será de ayuda, pero no va a ser fácil.

–Gracias por hacer eso –dijo Andrew–. Candace me envió un mensaje para preguntarme si podía cambiar la visita de esta semana por la semana que viene. Le dije que sí, porque así no tengo que decírselo hasta dentro de quince días.

—Yo habría hecho lo mismo —dijo Gabby, y se apoyó en él. Andrew la rodeó con un brazo.

—Candace le va a decir que aborte.

—Ni siquiera sabemos de cuánto está.

—Seguro que ella le ofrecerá la posibilidad de encontrar un médico que lo haga de todos modos.

Gabby suspiró.

—Makayla tiene quince años. Esto ya es lo suficientemente traumático como para añadir eso. Dice que quiere tener el bebé. No creo que debamos obligarla a que tome otra decisión en este momento.

Ya habría tiempo suficiente para comenzar con el proceso de adopción cuando tuvieran más información.

—Estamos hablando de Candace —dijo él—. La misma mujer que no entendía por qué tenía que dejar de trabajar tres semanas después de tener al bebé. Si no la hubiera sujetado, se habría ido a la oficina al día siguiente del parto.

Gabby lo creía. Candace había cambiado el acuerdo de custodia de su hija para tener que pasar menos tiempo con ella. No sabía lo que iba a pensar del embarazo de Makayla, pero la conversación no iba a ir bien.

—Va a ser mi primer nieto —dijo Andrew con un suspiro—. No es como me lo había imaginado.

Gabby se sentó y lo miró.

—Eso significa que soy...

No pudo decirlo.

Él sonrió.

—No. Es tu hijastra. Es diferente.

—Bueno, no mucho. Tengo treinta y tres años. No es posible que sea abuela. Vamos a dejar de hablar de esto.

—Sí, señora.

Él volvió a abrazarla, y ella se relajó. Abuela. No, no

era posible. No iba a pensar en ello. Por lo menos, aquella noche, no.

El restaurante Gary's Café llevaba abierto toda la vida. Gary, su fundador, había muerto hacía veinte años y, cuando su viuda había vendido el establecimiento, todos se habían preocupado por los posibles cambios. Sin embargo, los nuevos propietarios habían respetado la idea de servir comida estupenda y de conservar el estilo anticuado del local. Así pues, a pesar de los tres lavados de cara y la remodelación completa que le habían hecho al negocio, Gary's Café todavía tenía asientos de vinilo rojo, los platos especiales del día escritos en una pizarra y las mejores hamburguesas de la ciudad.

Mirando el letrero del restaurante, Hayley se dijo que aquella comida con sus amigas iba a ser agradable. Necesitaba aquella distracción. Porque, si dejaba de moverse, de hacer cosas, empezaría a pensar, y pensar significaba que iba a sentir algo. No quería sentir nada.

Rob no había vuelto todavía. Había pasado casi una semana. Él había pasado por casa a recoger sus cosas mientras ella estaba trabajando. No había vuelto a llamarla ni a ponerse en contacto con ella. Se había marchado.

Hayley no podía creerlo. Estaban casados. Eran una pareja. Ella creía que él la quería, pero Rob se había marchado sin mirar atrás.

Sabía que todavía estaba conmocionada y, seguramente, eso era lo mejor. No quería sentir todo el dolor y la confusión que la inundarían cuando asimilara la realidad.

Mientras tomaba su bolso y salía del coche, pensó en lo mucho que lo echaba de menos. La casa se le hacía enorme sin él. La cama era demasiado grande y la noche duraba demasiadas horas.

No podía dormir y no podía comer. Aquella misma madrugada había tenido que reconocer la verdad: que Rob tenía todo el derecho a estar furioso con ella. No por querer tener un hijo a toda costa; esa era su decisión. Pero sí por lo que había hecho con la casa. Hacer aquello a su espalda era horrible, y ella lo sabía.

Cuando entró en el restaurante, vio que Nicole ya estaba allí.

—¿Qué tal va todo? —le preguntó su amiga, mientras le daba un abrazo—. ¿Estás bien?

—Sí, estoy bien. Un poco cansada —dijo Hayley con una sonrisa forzada—. ¿Y tú?

—Estoy bien. Ocupada con el trabajo, como de costumbre —dijo Nicole, y apartó la mirada. Parecía que tenía algo más que decir, pero, antes de que ella pudiera presionarla, apareció Gabby.

Hubo más abrazos. Después, se sentaron en uno de los reservados. El camarero tomó nota de lo que iban a beber y las dejó para que miraran la carta. Hayley se dijo que comer con sus amigas iba a hacer que se sintiera mejor. Su amor y su apoyo la ayudarían, y tenía que comer.

Gabby observó a Nicole.

—¿Qué pasa? —le preguntó—. Aquí hay gato encerrado.

—¿De verdad? ¿Lo notas?

Eso captó la atención de Hayley.

—¿Qué ha pasado?

—He salido a cenar con Jairus.

Hayley no tenía ni idea de quién era Jairus, y se quedó asombrada al saber que su amiga había salido con un hombre. Nicole no había salido con nadie desde su divorcio.

—Ah, no sabía que te gustara nadie.

—¿Quién es Jairus? —preguntó Gabby, al mismo tiempo.

Nicole gruñó.

—¿Vais a obligarme a contarlo?

—Pues sí —dijo Gabby—. ¿De qué me suena ese nombre?

Nicole enarcó las cejas y esperó.

—Jairus... Jairus... Oh, Dios mío, has salido con Brad the Dragon.

—Con el autor de Brad —la corrigió Nicole—. Aunque llevara tanto tiempo fuera del ámbito de la soltería, no he tenido que recurrir a salir con un personaje de ficción.

—¡Has salido con un hombre! —exclamó Gabby, y le dio un abrazo—. Bien hecho. ¿Y qué tal fue? Bah, no importa. Lo importante es que lo has hecho. La segunda vez es mucho más fácil. ¿Qué tal?

Nicole arrugó la nariz.

—Mejor de lo que yo pensaba. Jairus fue muy agradable, y lo pasamos muy bien. Me hizo reír, y eso no me lo esperaba.

—Estupendo —dijo Hayley, que se sintió feliz por su amiga.

—Es algo inesperado —reconoció Nicole—. Estoy un poco desconcertada con todo esto.

—¿Vas a volver a verlo? —le preguntó Hayley.

El camarero les llevó los tés helados que habían pedido. Todo el mundo pidió la hamburguesa de la casa, una hamburguesa con guacamole y beicon.

Nicole esperó hasta que el camarero se hubo marchado, y dijo:

—Sí. Aunque al final no sea nada, me vendrá bien la práctica. Pero me noto muy extraña, eso sí.

—¿Y qué piensa Tyler de todo esto? —le preguntó Gabby.

—No se lo voy a contar todavía. Es demasiado pronto. Además, al ser el escritor de Brad the Dragon, se emocionaría mucho. No quiero que se haga la idea de que Jairus va a formar parte de su vida. Solo ha sido una cita.

Nicole siempre había sido muy sensata, pensó Hayley. Tenía su propio negocio y había gestionado su divorcio con fuerza y dignidad. Nicole nunca se pasaría cinco años persiguiendo un imposible, ni se gastaría miles de dólares tratando de alcanzar un sueño que no iba a convertirse en realidad. Se daría cuenta de que no iba a poder tener hijos y seguiría adelante.

Aunque Hayley admiraba a su amiga por ello, no podía emularla. Además, Nicole no había vivido el mismo pasado que ella.

Pensó en contarles lo que había sucedido con Rob, pero no sabía qué decir. No quería que le ofrecieran comprensión ni consuelo. Tampoco quería romper el escudo protector que había erigido con tanto cuidado a su alrededor. ¿Y si se rompía en tantos pedazos que ya no había forma de recomponerla?

—Bueno —dijo Gabby tomando aliento—. Yo tengo que contaros una cosa, pero no sé cómo. Se trata de Makayla.

—¿Qué le ocurre? ¿Está bien?

—Sí. No. Es que… —Gabby apretó los labios. Se le habían llenado los ojos de lágrimas—. Hayley, siento mucho lo que vas a oír. Ibas a enterarte de todos modos, y prefiero que lo sepas por mí. Pero me cuesta mucho contar esto.

Hayley se apretó el pecho con la mano.

—Me estás asustando.

—No quiero asustarte. Pero, querida, Makayla está embarazada.

Hayley esperó a que Gabby continuara la frase con un «y se está muriendo», pero Gabby no dijo nada más. Ella se sintió aliviada. La noticia era terrible, pero no era lo peor del mundo. ¿Y por qué iba ella a…?

Entonces, lo entendió.

—Oh, Gabby —dijo, y le apretó la mano a su amiga por encima de la mesa—. Eres muy buena por preocuparte por mí, pero el hecho de que Makayla esté embarazada no tiene nada que ver conmigo, aparte de cómo te afecte a ti. ¿Estás bien?

A Gabby se le cayó una lágrima.

—No, pero eso no es lo importante. Es muy injusto. Sé que Rob y tú estáis intentando tener un hijo y tú no puedes llevar a término el embarazo, y mi hijastra de quince años mantiene relaciones sexuales dos veces y se queda embarazada. Es horrible.

—Pues sí, pero no es culpa tuya.

Nicole le dio un empujoncito con el hombro a Gabby.

—Tiene razón. Esto no tiene nada que ver con nosotras, pero estamos aquí contigo.

—Gracias —dijo Gabby—. Os lo agradezco. Estaba preocupada, porque eres mi amiga y no quiero hacerte daño.

—No me has hecho daño.

—¿Seguro que estás bien? Estás más calmada de lo que yo pensaba que ibas a estar.

—Siento un poco de amargura, pero no es nada del otro mundo.

Pensándolo bien, dos semanas antes, aquella noticia la habría dejado hundida. Aunque no era fácil de oír, tampoco la había afectado tanto, después de perder a Rob.

—¿Y cómo estás llevando tú todo este asunto? —le preguntó Nicole a Gabby—. Es un gran cambio.

—Sí, lo es. Una pesadilla. Nos quedamos anonadados al enterarnos. El padre tiene dieciséis años. Makayla y él dicen que están enamorados y que quieren seguir juntos, pase lo que pase, pero nosotros tenemos dudas. La madre del chico es horrible, y eso no ayuda. Y Makayla solo es una niña. No creo que esto pueda tener un final feliz. No sé cómo acabará, pero su vida ha cambiado para siempre.

—¿Va a dar el bebé en adopción? —le preguntó Nicole, mirando a Hayley de reojo.

—No hemos hablado de ello todavía, pero supongo que sí. No puede quedárselo. Tiene que terminar el instituto e ir a la universidad.

—Exacto.

Por un segundo, Hayley se preguntó si Gabby iba a ofrecerle al bebé. Eso resolvería muchos problemas. Pero ella no quería el bebé de otra persona, y Gabby lo sabía.

—Lo siento —dijo—. Siento lo que ha pasado.

—Gracias. Estamos asimilándolo. Andrew está siendo maravilloso. Todavía no se lo hemos contado a nadie, ni a las mellizas. Vamos a esperar. Voy a llevar a Makayla al médico para saber de cuánto está. Yo creo que de unos cuatro meses.

Ella había llegado a los cuatro meses en su primer embarazo. Sin embargo, después de eso, no había superado las doce semanas. Aunque no debía pensar en sus abortos.

—Lo vais a superar —le dijo Hayley a Gabby—. Y Makayla, también. Y aprenderá muchas cosas de lo que ha pasado.

—Eso sería estupendo, pero no las tengo todas conmigo. De todos modos, quería contártelo.

—Me alegro de que lo hayas hecho. Estoy bien.

Gabby le sonrió.

—Espero que sea cierto, pero, si estás mintiendo para protegerme, quiero que sepas que te lo agradezco muchísimo.

Hayley se echó a reír.

—De verdad que no.

Enterarse de aquella noticia no había sido divertido, precisamente, pero, comparado con el hecho de haber perdido a Rob, no tenía ninguna importancia.

Capítulo 13

Ante su segunda cita con Jairus, Nicole sentía un nerviosismo muy diferente al de la primera. En la primera, estaba nerviosa porque hacía mucho tiempo que no salía con un hombre. Las reglas habían cambiado, y ella no tenía práctica. No estaba preparada. Cualquier cosa. Había miles de razones, pero ninguna tenía nada que ver con el hombre en sí.

En aquella ocasión, era distinto. Tenía una sensación de ligera ansiedad, un cosquilleo por todo el cuerpo, le faltaba un poco el aire, y todo era por culpa de Jairus. Eso no le gustaba. No le gustaba en absoluto.

No quería que él le cayera bien. Jairus era el responsable del infierno que era el universo de Brad the Dragon. Pero, después de conocerlo un poco, ¿cómo no iba a gustarle?

Era un hombre muy agradable, divertido y sexy y, cuando sonreía, la hacía temblar.

Estaba sentenciada. Y, peor aún, no tenía nada que ponerse.

Se quedó mirando su armario y gimió. Allí no había nada nuevo ni nada bonito, y no quería pedirle prestado nada a Shannon por segunda vez. Una vez era comprensible. Más veces sería de mal gusto.

Sin embargo, no le parecía adecuado nada de lo que tenía. Había quedado con Jairus para cenar en el McGrath's Pub. En el restaurante iban a hacer una parrillada aquel fin de semana y, aunque pareciera una cena completamente informal, no lo era. Era un evento que se celebraba cada año y para el que hacía falta sacar entradas.

Para aquella cena, necesitaba algo bonito y un poco sexy.

Unos pantalones blancos, una camiseta sin mangas elegante y unas sandalias planas. O un vestidito corto y holgado. Pero lo que ella tenía era un completo vestuario de ropa deportiva, pantalones cortos y camisetas sin mangas, y un vestido de verano que no solo estaba manchado sino que tenía como mínimo seis años. Sinceramente, no recordaba cuándo se había comprado algo por última vez.

—¿Tendrá razón Gabby? —se preguntó a sí misma mientras analizaba su ropa—. ¿Me estaré castigando por el fracaso de mi matrimonio?

Buena pregunta, pero no era nada útil en aquel momento. La ropa, primero, se dijo. El análisis de una misma, más tarde.

Volvió a hundirse en el armario y encontró una falda de tela vaquera blanca que todavía tenía puestas las etiquetas. Era más corta de lo que a ella le gustaba, lo que explicaba que estuviera sin estrenar. Tiró la falda sobre la cama e hizo una segunda ronda de exploración en el armario. Encontró un par de camisetas sin mangas y una camisa, también sin mangas, en color rojo. Se giró para estudiar las opciones.

La camisa era preciosa, pero demasiado escotada. Si bien hacía ejercicio con regularidad y no le importaba que la vieran con ropa ajustada, no iba a enseñarle el pecho a todo el mundo. No obstante, tenía una camiseta blanca de tirantes; si se metía el bajo por la cintura de la falda y se ponía la camisa roja encima, estaría en capas, no enseñaría más de lo correcto.

Crisis de vestuario resuelta.

Entró corriendo al baño y se maquilló. El evento iba a celebrarse en el paseo marítimo, por lo que habría sol, viento y, posiblemente, rocío del mar. Se recogió el pelo, largo y rubio, en una coleta alta, se atusó el flequillo y se aplicó dos capas de laca. Se vistió, y, en el último momento, se acordó de quitar la etiqueta de la falda. Aunque sus sandalias marrones no eran nada del otro mundo, tendrían que valer. Cinco minutos después, Tyler y ella iban hacia el apartamento de Pam.

Pam había ido a vivir allí el año anterior; le había cedido su casa de dos plantas a su hija y se había mudado a un piso frente al mar. Le había comprado el apartamento a su amiga Shannon, que se había casado con Adam y se había ido a vivir con él. Había sido una época divertida de cambios de casa, como si fuera el juego de las sillas musicales.

Nicole dejó el coche en el aparcamiento. Tyler y ella subieron las escaleras hacia la puerta de Pam. Llamó al timbre e, inmediatamente, oyeron ladrar a Lulu.

—No pasa nada, preciosa —dijo Pam. Su voz sonaba amortiguada detrás de la puerta cerrada.

Lulú se quedó en silencio. Nicole sabía que eso significaba que Pam la había tomado en brazos. Nicole tenía la sensación de que, si ella tuviera un perro, no se portaría tan bien como Lulu. Parecía que la pequeña crestada china hablaba inglés tan bien como cualquiera.

—Hola a los dos —dijo Pam, mientras se apartaba de la puerta para que entraran—. Tyler, ¿qué te parece? Pensaba que te iba a gustar mucho la ropa de Lulu.

Como era de una raza que no tenía pelaje, Lulu tenía que estar protegida tanto del sol como del frío. Llevaba protector solar y pequeñas camisas o suéteres, dependiendo de la temporada. Aquel día, Lulu lucía un vestido con estampado de camuflaje.

Tyler se rio mientras acariciaba a la perrita.

—Es una chica.

—Las chicas puede ser soldados —dijo Nicole, automáticamente—. A lo mejor, Lulu no, pero las otras chicas, sí.

—Las que son tan pequeñas, no —dijo Tyler.

—Bueno, eso es cierto.

—Reconozco que Lulu no está hecha para el ejército —dijo Pam, mientras dejaba a la perrita en el suelo. Lulu corrió a su alrededor para saludarlos—, pero tiene un gran corazón.

Tyler se sentó en el suelo del vestíbulo y extendió los brazos. Lulu subió a su regazo, colocó sus diminutas patas delanteras en su pecho y le besó toda la cara. Tyler se rio y la abrazó.

Nicole se olvidó de su nerviosismo un segundo y se deleitó con el hecho de que Tyler fuera tan amable y bueno. Las hormonas y la presión de los compañeros, al final, lo endurecerían, pensó con melancolía. Sin embargo, tenía la esperanza de que esas cualidades sobrevivieran al proceso normal del crecimiento.

—Gracias por cuidármelo esta noche —dijo Nicole.

—Me encanta que venga, y lo sabes. Así puedo practicar para cuando mi nieto sea un poco mayor, por si acaso mi hija Jennifer alguna vez se relaja lo suficiente como para dejarme que lo cuide sin estar encima todo el rato —dijo Pam. Se quedó observándola un instante, y dijo—: Tengo un collar perfecto para esa camisa. Ven conmigo.

Nicole siguió a Pam a su espacioso dormitorio. Las puertas correderas de la terraza se abrían a unas hermosas vistas del océano Pacífico.

Pam volvió a mirar la ropa de Nicole y, después, tomó un grueso collar de plata con piedras rojas con la forma de una margarita.

—Es coral rojo —le dijo Pam, mientras le tendía el collar—. Tengo los pendientes a juego, pero me parece que iba a ser demasiado. Tus pendientes de plata son más sencillos, y son preciosos.

—Gracias —dijo Nicole. Tomó el collar y se lo puso—. Lo protegeré con mi vida, si es necesario.

—No hay necesidad de volverse loca. Solo tienes que traérmelo cuando vuelvas a buscar a Tyler —dijo Pam. Sonrió y le preguntó, en voz baja—: Bueno, y ¿Jairus y tú ya os habéis acostado?

Nicole se ruborizó. Miró hacia la puerta, que estaba entreabierta, y cabeceó.

—Esta es nuestra segunda cita. Hace falta más tiempo.

—No sé —bromeó Pam—. Hoy día, vosotros, la gente joven... Hace treinta años que yo no tengo una primera cita. ¿Cuándo va el sexo? ¿En la tercera, o en la cuarta?

—Me vuelves loca —dijo Nicole, riéndose—. No lo sé, y no va a suceder pronto, lo prometo.

—Eso es muy diferente a decir «no va a suceder nunca». Te gusta.

Nicole volvió a ponerse nerviosa y sintió un nudo en el estómago.

—No quiero hablar de eso.

—O sea, que sí.

Nicole acarició el collar.

—Gracias por prestármelo y por cuidar de Tyler.

—Estoy muy emocionada por que se quede aquí. Vamos a ir a cenar a Gary's Café. Después volveremos aquí para estar un rato con Lulu y ver una película. Y, para que lo sepas, voy a dejar que se quede despierto todo lo que quiera.

Nicole se echó a reír.

—Se habrá quedado dormido en el sofá a las nueve.

—Sí, pero va a ser muy divertido de todos modos. Y

creo que tú también lo vas a pasar muy bien. Aunque no hagáis eso que tú ya sabes.

Nicole se tapó los oídos.

—Te ruego que pares ya.

Le dio un abrazo a su amiga y volvió al salón. Tyler estaba sentado en el suelo, junto al sofá, con Lulu a su lado. El niño estaba leyendo uno de los muchos libros que Pam tenía en casa.

—Adiós, cariño —le dijo.

—Adiós, mamá. Nos vemos luego.

—Sí, hasta luego.

Ella se despidió con la mano y se marchó.

Bajó por las escaleras hasta el portal y salió al paseo marítimo. Desde casa de Pam había un corto paseo hasta McGrath's Pub, así que iba a dejar el coche en al aparcamiento para visitantes del edificio de su amiga, en lugar de recorrer conduciendo una distancia tan corta y tener que buscar sitio cerca del restaurante.

Quince minutos más tarde, vio a Jairus sentado en el murete que había junto al puesto de socorrismo, al lado del restaurante. Estaba mirando en dirección opuesta, así que ella tuvo unos segundos para recuperar el aliento.

Tenía muy buen aspecto. Se le veía alto y en forma, tranquilo. Era un hombre que estaba cómodo en su propia piel. Llevaba pantalones vaqueros, una camisa con las mangas enrolladas hasta los codos, zapatillas náuticas sin calcetines y gafas de sol.

Era un hombre muy atractivo, pensó ella, aunque no sabía qué hacer con esa información. Estaba bastante segura de que le gustaba, y eso la dejaba confundida. La burlona pregunta de Pam sobre el sexo no la había ayudado a mantener su equilibrio emocional. ¿Qué esperaría Jairus de ella? Y ¿qué quería ofrecer ella?

Jairus se giró. Nicole supo que la había visto, porque

se quedó inmóvil un segundo. Sin embargo, como llevaba gafas, ella no podía saber lo que estaba pensando.

Él se irguió mientras ella se acercaba, y se quitó las gafas. Tenía una mirada cálida en los ojos marrones, y una sonrisa en los labios.

—Llegas muy puntual —le dijo. Se inclinó y le dio un beso en la mejilla—. Y estás muy guapa.

—Gracias. Esta noche no vamos a acostarnos.

No quería decir eso, exactamente, pero ya no podía retirar las palabras.

Jairus se quedó mirándola un par de segundos y, después, volvió a sonreír.

—Estoy deseando conocer a tus amigas.

—¿Cómo?

—A tus amigas. Estoy deseando conocerlas. Seguro que son muy divertidas.

—No lo entiendo.

Él la rodeó con un brazo.

—Alguien te ha dicho algo sobre cuánto tiempo se supone que hay que esperar, ¿no? Y tú te has puesto a pensar en las reglas de las citas, y en cuánto tiempo hacía que no tenías que preocuparte por eso. Te has asustado, porque no estás segura de nada de esto.

Ella se apartó.

—¿Cómo sabes tú todo eso? Los tíos no sois tan inteligentes. Para ahora mismo.

Él se echó a reír.

—Lo siento. Soy escritor. Observo a la gente. Pienso en las cosas. No lo puedo evitar.

De repente, se puso serio. Se acercó a ella y le acarició la mejilla.

—Nicole, lo entiendo. Estás nerviosa. Demonios, yo también estoy nervioso. Eres guapísima y, si me estabas haciendo una proposición, la aceptaría encantado. Pero sé que no es así, y no me importa. Puedo esperar.

—¿Y si tienes que esperar mucho? —le preguntó ella con un hilo de voz—. Los dos sabemos que no te van las prostitutas.

Él se rio de nuevo.

—Sobreviviré. Quiero conocerte. Quiero que me conozcas. El resto irá sucediendo a su debido tiempo. No tienes por qué preocuparte. Yo no te voy a presionar.

Ella quería creerlo, porque todo sonaba maravillosamente bien. Y quería que él estuviera mintiendo, porque, si estaba diciendo la verdad, entonces estaba perdida. ¿Cómo iba a mantenerse en una posición de seguridad si él era de verdad tan sincero, decente y agradable?

—Parece que estás preocupada —dijo Jairus.

—Sí, lo estoy, pero también sobreviviré.

Él le señaló el restaurante.

—¿Te apetece que vayamos por esa parrillada?

—Sí.

Se encaminaron hacia el restaurante. Nicole tomó aire y, después, con toda la naturalidad que pudo, le tomó la mano a Jairus. Él entrelazó sus dedos con los de ella, y entraron.

Mientras esperaban a que los llevaran a su mesa, Jairus le dijo:

—Sabes que estoy a punto de sacar un libro.

—Sí. Es muy emocionante.

—Mentirosa. Voy a irme de gira. Eso significa que voy a tener que viajar varias veces durante las próximas semanas. Pero va a haber una firma de libros aquí cerca. He pensado que a lo mejor os gustaría venir a Tyler y a ti. Puedo conseguiros entradas VIP.

Aquello era mucha información, pensó ella.

—¿Hay entradas VIP?

—Por supuesto. Brad es un tipo muy VIP —dijo él, y le apretó suavemente los dedos—. Tyler no tiene por qué saber nada de lo nuestro, Nicole. Solo sería una firma.

¿Había un «lo nuestro»? No estaba segura de qué significaba aquello, pero no podía preguntárselo.

—Eso sería genial —le dijo ella—. A Tyler le encantaría. Muchas gracias.

—De nada —respondió él, guiñándole un ojo—. Has conseguido entrar en el círculo más íntimo de Brad the Dragon, nena. Agárrate fuerte, porque va a ser un viaje trepidante.

Ella todavía se estaba riendo cuando los sentaron en la mesa.

Hayley empezó a limpiar en cuanto los clientes terminaron en uno de los puestos. Aquella había sido otra tarde muy ajetreada en La cena está en la bolsa; mucha gente se había vuelto a casa, feliz con comidas preparadas para su familia. Ella recogió los ingredientes que habían sobrado y anotó lo que hacía falta reponer en la despensa. Al día siguiente iban a hacer las mismas recetas.

No sabía cuánto dinero ganaba su hermana con aquel negocio, pero suponía que le iba razonablemente bien. Sobre todo, teniendo en cuenta que su hermana solo trabajaba treinta horas a la semana.

Cuando se marcharon todos los clientes, Morgan sacó una silla y se sentó.

—Estoy agotada. Ser dueña de un pequeño negocio es una lata. Ojalá me hubiera casado con alguien rico para poder quedarme en casa y no tener responsabilidades.

—Sería agradable —dijo Hayley, sentándose con su hermana. Normalmente, estaba impaciente por llegar a casa, pero aquella noche no tenía ningún motivo para darse prisa—. Que te cuiden.

Morgan soltó un resoplido.

—Como si tú fueras a permitir que ocurriera algo semejante. Siempre estás trabajando.

«Pero no porque quiera», pensó Hayley. Trabajaba tanto para ganar dinero y poder pagar sus tratamientos. A nadie le gustaba trabajar sesenta horas a la semana.

Morgan se inclinó hacia delante, sacó otra silla, posó los pies en ella y suspiró.

—Brent me está volviendo loca. Qué hombre. Está obsesionado con los niños. Ellos tienen demasiadas actividades, y él quiere formar parte de todas ellas. Pero los sábados por la mañana nunca se acuerda de que lo necesito.

—La mayoría de las mujeres estarían muy contentas de que sus maridos se dedicaran tanto a los niños.

—Eso es una tontería. ¿Y yo? ¿Y mis necesidades? Tal vez cometiera un error al elegirlo a él.

A Hayley, Brent le caía muy bien. Era un tipo muy trabajador que quería hacer bien las cosas. Se merecía a alguien que lo hiciera feliz. Por desgracia para él, tenía una mujer cuya primera preocupación era ella misma.

Otra cosa en la que su hermana y ella eran diferentes, pensó Hayley. Morgan siempre había tenido un plan: encontrar un buen chico y casarse. Nunca había tenido ningún interés en hacer una carrera. Quería lo que ella consideraba una vida fácil: ser esposa y madre.

Brent también estaba interesado en formar una familia, pero primero quería terminar la universidad y, tal vez, seguir estudiando para sacarse un doctorado. Había hablado con Morgan sobre sus ambiciones y la había animado a que se formara para conseguir las suyas. Ella había pensado que, en la celebración de su graduación, Brent le pediría que se casara con él. Sin embargo, él le había dicho que lo habían aceptado en varias escuelas de posgrado, incluidas un par de instituciones del Este del país. No solo no le había propuesto matrimonio, sino que había empezado a hablar de que, mientras él estuviera fuera estudiando, podían salir con otras personas.

Morgan se había quedado embarazada a las pocas semanas. Brent había hecho lo correcto: le había comprado un anillo y se había puesto de rodillas. Morgan había fingido que se quedaba anonadada. Después, había aceptado. Se habían casado dos meses después, y Brent nunca había vuelto a mencionar su sueño de sacarse un doctorado.

—Brent es maravilloso y te quiere –le dijo Hayley a su hermana–. Da gracias por lo que tienes.

—¿Por qué? Tú eres la que conseguiste al buen marido. Debería haberle tirado los tejos yo a Rob, en vez de tú.

Hayley se quedó boquiabierta al oír el feo comentario de su hermana. ¿De veras pensaba Morgan que Rob la habría preferido a ella, si hubiera tenido la oportunidad?

Hayley recordó que a Rob nunca le había caído bien su hermana. Que Morgan solo estaba siendo tal y como era siempre. Cuando Rob volviera a casa, ella le contaría aquella conversación y él se reiría. Él la abrazaría y le diría que la quería mucho, y que...

Se le llenaron los ojos de lágrimas, y se dio cuenta de que había cruzado la línea que le permitía mantener el control de sí misma. El anhelo, el dolor y el miedo se desbocaron en su interior. Estaba tan cansada y tan dolida, que tenía la sensación de que se había caído por unas escaleras una y otra vez.

—¿Qué te pasa? –le preguntó su hermana–. Has puesto una cara muy rara.

—Nada. Estoy bien.

—Pues no lo parece. ¿Te has puesto mala? No irás a empezar a sangrar, ¿no?

—No, no es eso –dijo Hayley–. Es que Rob me ha dejado. Se marchó de casa hace unos días.

Por instinto de supervivencia, sabía que contárselo a Morgan era un error. Sin embargo, se preguntó si no lo estaría haciendo deliberadamente, para ahondar en la herida. ¿Acaso sabía que se había portado muy mal con Rob, y que se lo merecía?

Su hermana se incorporó.

—No es posible. No se ha ido. Ese hombre está loco por ti —dijo, y entrecerró los ojos—. ¿Qué le has hecho?

Hayley se lo contó. Le habló de la clínica de Suiza, de lo que le había dicho la médica, de la agente inmobiliaria, de todo. Morgan la escuchó con la boca abierta.

—Eres una idiota. Lo sabes, ¿no? Dios Santo, déjalo ya, Hayley. No puedes tener un hijo. Supéralo y adopta.

Aquello le dolió.

—Tú no lo entiendes.

Morgan puso los ojos en blanco.

—Oh, por favor. Eres muy triste. Pobre niñita adoptada. Tu vida fue un infierno. A mí me querían, y a ti te odiaban.

—A mí no me odiaban. Era diferente para mí —dijo Hayley. Sus padres la querían, pero no tanto como a su hermana. Siempre le habían permitido a Morgan que tuviera todo lo que quería, normalmente, a expensas de ella. Morgan era su hija biológica y ella, no. Era una realidad.

Morgan movió la mano desdeñosamente.

—Deja ya de ser tan dramática. Lo tuyo fue fácil. A ti te eligieron. Yo soy la que les tocó en suerte. ¿Crees que no lo sé? Crece y supéralo ya. Todos tenemos que hacerlo. Si no lo haces, vas a perder lo mejor que te ha ocurrido en la vida. Eso sí sería una idiotez.

Hayley se puso de pie y tomó su bolso.

—Tengo que irme.

—Tengo razón —le gritó Morgan—. Tengo razón, y lo sabes.

Capítulo 14

Gabby había ido a la misma ginecóloga desde que se había graduado en la universidad. La doctora Mansfield era parte de la plantilla médica de una clínica más grande que había en la zona de Mischief Bay. Como tenían tantos pacientes, era difícil conseguir una cita rápida. Tuvieron que pasar casi dos semanas antes de que Makayla fuera a la consulta.

Andrew había pensado en hablar antes con Candace, por si ella quería llevar a su hija al médico, pero Candace había pospuesto las dos últimas visitas, y no podían esperar más. Por ese motivo, era Gabby la que estaba esperando en la recepción de la clínica.

–Gaby Schaefer. Mi hijastra y yo tenemos cita. Makayla es una paciente nueva.

La recepcionista asintió.

–¿Han rellenado ya los formularios?

Gabby le entregó las hojas de papel y su tarjeta del seguro.

–Gracias. Voy a hacer una copia de esto para el copago –dijo la recepcionista. Miró los papeles y, después, a Makayla.

–¿Está embarazada?

Gabby se dijo que no, que su tono de voz no era de

reproche. No había crítica. Sin embargo, se sintió como si todas las demás mujeres de la sala de espera estuvieran mirándola.

—Sí —dijo con toda la calma que pudo.

—Bien —dijo la recepcionista, y señaló con un gesto de la cabeza la puerta que daba al pasillo de las salas de consulta—. Tiene que dar una muestra de orina.

—Ah, de acuerdo —dijo Gabby, y se giró hacia Makayla—. Vas a tener que hacer pis en un frasquito. ¿Lo has hecho alguna vez?

La adolescente la miró con desconcierto, y negó con la cabeza.

—¿Por qué?

—Porque ellos van a confirmar tu embarazo y a hacer otros análisis de cosas que hay en tu orina —le explicó Gabby—. Azúcares, y no sé qué otras cosas. La doctora te lo explicará. Voy a ocuparme de esto y te acompaño. Hay un proceso.

Gabby pasó la tarjeta de crédito y firmó los papeles. En realidad, no estaba segura de hasta qué punto tenía capacidad legal con respecto a Makayla, que era menor de edad. Supuso que podría contar como tutora, porque no era uno de sus progenitores.

Bueno, un problema para otro momento, pensó.

Makayla y ella entraron al baño. Gabby le explicó a la niña lo que tenía que hacer para obtener la muestra de orina, y salió al pasillo a esperar.

Mientras estaba allí, la recepcionista se le acercó con una tablilla.

—Quisiera confirmar un par de cosas. ¿No se conoce la fecha de su último periodo?

Gabby asintió.

—Ella no lo apunta.

—Pero ¿sabe cuál es la fecha de la relación sexual?

Gabby alzó la barbilla.

—Creo que sí.

La recepcionista asintió.

—¿Y su fecha de nacimiento es correcta?

—Sí, el dos de mayo de dos mil uno.

—Eso es todo, muchas gracias.

Palabras amables, pero sí, había cierto tono de voz.

No podía culpar a la otra mujer. Ella misma habría sido muy intransigente a la hora de juzgar a la familia de una quinceañera embarazada. Sin embargo, tenía ganas de decirle que no era culpa suya. Que ella se había empeñado en imponer la norma de que no hubiera chicos en el piso de arriba. Que, cuando había intentado expresar su preocupación por un beso, no le habían hecho caso. Que ella era la madrastra, la que se llevaba todos los sinsabores, pero que no tenía ningún poder de actuación.

Sin embargo, nadie iba a escucharla. Todo el mundo estaba muy ocupado viviendo su propia vida. Solo tenían tiempo de juzgarla y seguir con lo suyo.

Makayla salió del baño. Tenía la muestra de orina en la mano.

—Ponla ahí —le dijo Gabby, señalándole la bandeja de recogida. Makayla la dejó y volvió a su lado.

Regresaron a la sala de espera.

—¿Qué va a pasar en la consulta? —le preguntó Makayla cuando se sentaron.

—La doctora te hará preguntas sobre tu salud y te auscultará. Después, te hará un examen pélvico.

—¿Qué es eso?

Oh, Dios.

—¿Has estado alguna vez en el ginecólogo?

—No. Solo en el pediatra —dijo la niña, con los ojos azules, enormes, llenos de confianza—. ¿Es diferente?

Gabby tuvo que contenerse para no dar un gruñido.

—Sí. La doctora va a tener que examinarte y notar dónde está el bebé.

¿Por qué no se le había ocurrido hacer antes aquellas preguntas? Podrían haber lanzado una búsqueda en internet para que Makayla estuviera más preparada.

Makayla se echó hacia atrás.

—¿Quieres decir que me va a tocar... ahí?

—La doctora Mansfield es muy agradable. Te va a caer muy bien. Fue mi médica cuando yo estaba embarazada de las mellizas.

—Ni hablar —dijo Makayla, y se puso en pie bruscamente—. No voy a hacer eso.

Las otras mujeres que había en la sala de espera se quedaron mirándolas.

Gabby también se levantó.

—Sé que parece muy incómodo, pero es por el bien del bebé. ¿No quieres saber si está bien?

—Sí, supongo que sí.

Volvieron a sentarse. Ojalá pudieran estar en cualquier otro sitio.

—Te van a dar una bata de hospital y una sábana de papel para que te la pongas en el regazo —dijo ella—. Yo puedo quedarme en la consulta, o esperar fuera, como tú quieras —añadió. Miró a la adolescente, y vio que tenía la cabeza agachada—. ¿Makayla?

—Deberías quedarte —susurró la niña. Se le estaban cayendo las lágrimas en el regazo.

Gabby le acarició suavemente la espalda.

—Lo siento. Sé que esto es difícil. Las consultas son cada vez más fáciles, te lo prometo. Pero, la primera vez, todo el mundo está avergonzado. Es algo extraño, pero todas tenemos que hacerlo.

—Gracias. Sé que todo esto merecerá la pena cuando Boyd y yo tengamos a nuestro bebé —dijo Makayla, y levantó la cabeza entre lágrimas—. Seremos una familia.

Eso no era precisamente lo que quería oír Gabby.

Pero irían resolviendo las diferentes crisis cuando se

presentaran. Aquel día solo tenía que acompañar a Makayla en su primera consulta ginecológica. Después, se encargaría del resto.

Hayley llegó con antelación al Latte-Da. Quería conseguir una buena mesa desde la que ver llegar a Rob. No quería llevarse una sorpresa si se acercaba por su espalda.

Pidió un café con leche en el mostrador, y luego se sentó. Sacó un libro para poder fingir que leía. Como si fuera una persona normal, una persona que estaba bien, que había salido un sábado por la mañana para disfrutar de un café con leche y un libro.

La verdad era muy diferente. Estaba cansada, desesperadamente cansada. ¿Cómo iba a ser capaz de dormir en una cama tan vacía? Además, últimamente no comía mucho y, sin la nutrición adecuada, era casi imposible que su cuerpo se recuperara.

Era un completo desastre. Sin Rob, tenía problemas para pasar los días.

Con el estrés que suponía intentar quedarse embarazada y los abortos, había olvidado que, sin su marido, nada tenía importancia. Se había obsesionado tanto con las fases de su ciclo, con las medicinas, con sus ovarios, que había perdido el vínculo con el hombre al que amaba. No sabía en qué momento habían cambiado las cosas, pero habían cambiado. Había ocurrido lentamente, pero el resultado era el mismo. Él se había ido y ella no sabía cómo recuperarlo.

Hayley nunca hubiera pensado que llegarían a aquello. Cuando se conocieron, ella estaba en su segundo año de universidad. Había estado trabajando casi a tiempo completo y solo hacía un par de asignaturas por semestre. Tenía pensado que sus asignaturas principales fueran de Ciencias Empresariales; tal vez, Marketing. Un día, había ido a una fiesta con una amiga y había conocido a Rob.

Había sido un flechazo. Con solo verlo, se había dado cuenta de que era único. Quizá, por su sonrisa, o porque era un tipo muy dulce. Fuera cual fuera la mezcla de la química que había surgido entre ellos y la conversación, se había enamorado perdidamente.

Tuvo cuidado de disimular todo lo que pudo. Cuando él le pidió el número de teléfono, ella se lo dio sin gritar de emoción. Cuando él la invitó a salir, ella fingió que consultaba su agenda para ver si estaba libre.

Salieron la noche siguiente, y la siguiente. En la quinta cita eran amantes, y en la octava ya habían reconocido que estaban enamorados. Al final del segundo mes, ya estaban comprometidos.

Hayley había dejado la universidad. No podía trabajar para mantenerse, ir a la universidad y estar enamorada de Rob, todo a la vez. No había suficientes horas en el día. Así que renunció a los estudios para poder seguir trabajando a tiempo completo. Seis meses después de la boda, la habían ascendido al puesto de asistente personal de John Eiland y le habían subido el sueldo de acuerdo con la nueva responsabilidad.

De inmediato, Rob y ella habían comenzado a ahorrar para comprar una casa. Hicieron un plan: tres años de matrimonio y, después, los hijos. Se había quedado embarazada al mes de empezar a intentarlo. Ambos estaban emocionados y felices. Pero entonces ella perdió el niño.

–Aquí tiene.

–Gracias.

Hayley sonrió a la adolescente que le había llevado el café con leche. Tomó un sorbo y volvió a prestarle atención a su libro. Sin embargo, en lugar de palabras, vio la habitación vacía en su casa. La que iba a ser el cuarto infantil.

Habían sido tan felices, pensó con nostalgia. Antes de que se dieran cuenta de lo difícil que iba a ser tener un hijo. Cuando no sabían que había tantos problemas.

–Hayley.

Estaba tan ensimismada, que finalmente no se dio cuenta de que Rob se acercaba. Alzó la vista y lo vio frente a ella, junto a la mesa.

–Hola. ¿Te apetece un café?

–No, gracias –respondió él y se sentó.

Estaba como siempre. Llevaba el mismo corte de pelo, las mismas gafas. Tenía aspecto de cansado; a ella le pareció que tenía ojeras, pero tal vez solo fuera por la iluminación del local. No estaba muy contento de verla, pero tampoco estaba enfadado.

–¿Qué estás leyendo? –le preguntó él.

Ella elevó el libro para que él pudiera ver la portada, porque ni siquiera sabía lo que había echado en su bolso.

Llevaba sin verlo casi dos semanas y, ahora que estaba delante de él, no sabía qué decirle. Lo más lógico habría sido decirle que le echaba de menos, pero no fue eso lo que salió de su boca.

–¿Qué tal estás?

–Muy ocupado con el trabajo. ¿Y tú?

–Igual –respondió ella–. Creo que deberíamos hablar.

–Sí, estoy de acuerdo.

Todavía llevaba la alianza. Eso era algo positivo, porque ella tenía miedo de que se la hubiera quitado.

–¿Dónde estás viviendo? –le preguntó.

–En una habitación alquilada. En el piso estamos un par de estudiantes de universidad, y yo –dijo Rob, y sonrió brevemente–. Creo que soy un obstáculo para su estilo de vida, pero el cheque les compensa, así que se aguantan.

–Podrías volver –susurró ella–. Te echo de menos. Podríamos ir a un consejero matrimonial, o algo así. Si sirve de algo.

Él la observó con suma atención. Cuando ella terminó de hablar, dijo:

—Te quiero, Hayley. Más de lo que te imaginas. Yo también te echo de menos, y quiero volver a casa. Es mi sitio.

Ella se relajó un poco.

—Eso es maravilloso. Ven a casa, entonces.

—¿Has hablado con la doctora?

—¿A qué te refieres?

—¿Has pedido hora para operarte?

—No. Claro que no. No puedo hacer eso —dijo ella, y se inclinó hacia él—. Rob, por favor, compréndeme. Tener un hijo lo es todo para mí. Tú siempre lo has sabido.

—Sí.

—Entonces, sabes lo maravilloso que será todo cuando tengamos a nuestra familia. Tú también quieres eso.

—Te quiero más a ti —dijo él. Su mirada se había vuelto triste—. Entonces, todavía piensas en irte a Suiza para hacerte el tratamiento.

—Sí. En cuanto reúna el dinero —dijo ella, y alargó el brazo para tomarle la mano—. Quiero que tú formes parte de eso. Quiero que…

Él se zafó de ella y se levantó.

—Adiós, Hayley.

Rob se levantó, se dio la vuelta y salió de la cafetería. Ella se quedó allí con un café frío y un libro que sabía que jamás iba a leer.

—Estás muy guapa, mamá —dijo Kenzie.

Gabby giró sobre sí misma para que la falda larga que llevaba volara a su alrededor.

—Soy una princesa —dijo con teatralidad—. Vosotras sois mis sirvientas y tenéis que obedecer. Tú —le dijo a Boomer—, tráeme el carruaje.

El perro, que llevaba una ridícula chaqueta de rayas amarillas y moradas, movió la cola. Las mellizas se echaron a reír. Jasmine, que había presentido que iba a haber problemas, había huido antes de que comenzara la fiesta de disfraces. Gabby suponía que se había escondido debajo de su cama, y que se quedaría allí hasta que las cosas se calmaran.

Era un viernes por la tarde. Andrew iba a llevar a Makayla a pasar el fin de semana a casa de su madre. Candace sabía que él quería hablar con ella, pero no sabía de qué. Gabby intentó no imaginarse cómo iba a ser la conversación. Andrew se lo contaría todo cuando volviera a casa.

Se ajustó la corona en la cabeza y señaló a Kennedy.

—Tú, haz el ruido del pato —le ordenó.

Kennedy se sentó e hizo el ruido del pato. Kenzie se unió a su hermana, y Boomer aulló. Cuando terminó su turno de dar órdenes, le pasó la corona a Kennedy.

—Te concedo mi poder —le dijo.

Y así era el juego. Cada uno tenía un turno de reinado y podía dar órdenes a los demás. Un poco antes de las cinco, llevó a las niñas al baño.

—Lavaos las manos —les dijo con firmeza—. Después, cepillaos el pelo, y nos vamos.

Elli Davidson, una de las madres del campamento, había invitado a cuatro niñas a cenar. Gabby no sabía por qué. Entendería una comida, o una fiesta de cumpleaños por la tarde, pero ¿una cena? A aquellas horas del día, los niños ya estaban cansados, y era más fácil que se portaran mal. Sin embargo, a ella no la habían consultado; al llegar la invitación, las niñas se habían puesto muy contentas de recibirla.

Veinte minutos después, iban caminando hacia casa de su amiguita, que estaba a solo tres manzanas. Kenzie y Kennedy llevaban cada una una pequeña bolsa de regalo en la mano.

—Es de buena educación llevar un regalito para la anfitriona —les explicó Gabby—, para agradecerle la invitación. Los mayores llevamos flores o vino. Algunas veces, un postre. Podríamos haber elegido lazos para el pelo, o un libro.

—A la señora Davidson le van a gustar las galletas —dijo Kennedy—. Están riquísimas.

Gabby solo podía fiarse de su palabra, porque, a pesar de la crisis de Makayla, ella seguía a régimen. Había perdido casi cuatro kilos, y eso era una victoria fantástica. Estaba yendo a clases dos veces por semana al estudio de Nicole, y comía más verduras de las que debería comer cualquier bípedo. Su humor era un poco mejor que cuando había empezado, pero seguía teniendo mucha hambre. Sin embargo, estaba viendo los resultados, y eso era lo importante.

Quería ir a comprar ropa una semana antes de empezar a trabajar y, con suerte, para entonces tendría una talla menos.

Llegaron a casa de la amiga de las niñas. Gabby pidió a las mellizas que llamaran al timbre. Esperaron a que las invitaran a entrar. Ella saludó a la señora Davidson, confirmó la hora de recogida de las niñas y se aseguró de que la anfitriona tuviera su número de móvil. Después, dejó a las niñas en la sesión de juego y se marchó.

Era última hora de la tarde, y todavía hacía calor. Olía a comida por la calle, y su estómago dio un gruñido. Andrew y ella iban a cenar un par de filetes, y antes había preparado una buena ensalada. Como era viernes, iba a permitirse el lujo de tomar una copa de vino, pero solo una. Y nada de postre. Deprimente.

Sin embargo, se le olvidaron el régimen y el hambre al torcer la esquina y ver que el coche de Andrew ya estaba allí aparcado. Apresuró el paso y entró por la puerta.

—Ya he vuelto —gritó.

–Estoy en la cocina.

Se encontró a Andrew junto a la isla, sirviéndose un vaso de whisky. Tenía aspecto de cansado.

–¿Cómo ha ido? –le preguntó.

–Candace ha estado a la altura –le dijo él, tomando la botella de vino que ella había dejado sobre la encimera.

Gabby asintió.

–¿En el sentido positivo, o negativo?

–Se trata de Candace.

–Así que ha ido mal.

–Soltó juramentos, nos echó la culpa y dijo otras cuantas palabrotas más. Dijo que estaba muy decepcionada y que no tenía tiempo para aquello. Más o menos, lo que esperábamos.

Andrew no la miró mientras hablaba. Gabby sabía que estaba abriendo la botella de vino para no tener que decir lo que no quería decir.

Gabby conocía a Candace lo suficientemente bien como para llenar los vacíos de la narración. Seguramente, la exmujer de Andrew le habría echado la culpa a ella. Se habría quejado de su irresponsabilidad y de la inadecuada supervisión de su hija, y habría dicho que Makayla necesitaba un modelo mejor.

–Siento que haya sido tan difícil.

–Yo, también –dijo él, y le entregó una copa de vino. Salieron al patio–. Qué semanita.

Se sentaron uno al lado del otro. Andrew le hizo un brindis y, después, le dio un sorbito a su vaso.

–No sé lo que ha oído Makayla de la conversación –continuó él.

–Aunque no la hubiera oído, podría haberse imaginado lo que iba a decir su madre. Ojalá Candace la apoyara más.

–Me alegro de que Makayla viva con nosotros. Nos aseguraremos de que las cosas vayan bien durante el embarazo y después.

Gabby asintió. La adopción requería mucha planificación. Había estado investigando en internet y parecía que podrían llevar a cabo el proceso en unos meses. La niña todavía estaba convencida de que Boyd y ella estaban enamorados, así que todavía no había llegado el momento de mencionar las opciones, pero tendrían que mantener pronto aquella conversación.

—Cuando nazca el niño —dijo—, la vida volverá a ser relativamente normal.

—Tendrá que haber ciertos cambios —añadió Andrew, mirándola—. Más normas. Tengo que hacerte más caso.

Ella sonrió.

—Pues sí. Makayla es una niña estupenda, pero necesita tener límites. No puede volver a mantener relaciones sexuales.

Él se echó a reír.

—¿Ahora es cuando tengo que decir que llegamos un poco tarde?

—Sí, puede ser, pero creo que es una buena norma.

Gabby pensó que iba a haber muchas conversaciones y muchas decisiones. ¿Debían procurarle a Makayla algún método anticonceptivo? Ni siquiera tendría dieciséis años cumplidos cuando naciera el bebé. Qué pesadilla.

—¿Has sabido algo de los padres de Boyd? —le preguntó a Andrew.

—No.

—Yo, tampoco. Tengo el presentimiento de que eso no es nada bueno.

—Sí, ya lo sé. Deberíamos buscar apoyo psicológico. Esto va a ser muy estresante para todos. No quiero hacer mal las cosas, y no quiero que tú te lleves todo el agobio.

—Es muy buena idea. Voy a preguntar y a pedir alguna recomendación.

Él sonrió.

—¿Quieres decir que algunas de tus amigas están locas? —preguntó. Entonces, alzó una mano—. Era solo una broma, Gabby. Sé que ir al psicólogo es muy beneficioso.
—Acepto que el comentario haya sido una broma. Y, en cuanto a lo de estar locos, creo que todos tenemos un poco de eso.

Capítulo 15

Hayley estaba en la pequeña habitación pintada de amarillo. Estaba vacía. Ella solo estaba de cuatro meses cuando había tenido el primer aborto, así que no había habido tiempo de ponerse en serio a comprar los muebles del bebé. Allí solo había una habitación vacía y unas paredes pintadas.

Abrió las puertas del armario. No había ropita de bebé, ni mantas, ni sábanas para la cuna. Solo un álbum de fotos que le había hecho su madre.

Lo tomó y se fue al rincón más soleado del cuarto. Se sentó en el suelo y apoyó el álbum en sus rodillas.

Rob y ella habían hablado mucho de su bebé durante aquellos primeros meses. Habían pensado nombres y habían estudiado los diferentes tipos de cunas. Habían intentado imaginarse cómo sería la increíble sensación de tener a su propio hijo.

Todo aquello había terminado con unos calambres inesperados.

Cuando había empezado el aborto, estaba en el trabajo. Había ido al baño y se había dado cuenta de que estaba manchando de sangre las braguitas. Entonces, la mancha se había convertido en un río de sangre y, cuando había llegado a la consulta del médico, el bebé ya había muerto.

Rob y ella se habían quedado destrozados. Habían llorado juntos. Ella había tardado semanas en dejar de sentir el vacío. En aquel momento, sus padres todavía vivían, y su madre había ido a quedarse con ella. Su madre también había tenido abortos, así que la entendía. Le había prometido que las cosas mejorarían y que, aunque Rob y ella no la habían creído, con el tiempo, la herida había cicatrizado. No se había borrado, pero ellos habían podido seguir adelante. Lo habían intentado de nuevo. Después del segundo aborto, se habían dado cuenta de que estaba ocurriendo algo.

En aquel momento, con el sol calentándole la espalda, abrió el libro y vio el anuncio de su nacimiento. Bueno, no exactamente de su nacimiento. El anuncio de que ella iba a casa con sus padres. Había una foto de su padre con ella en brazos, y otra igual de su madre. Había algunas notas manuscritas sobre lo que sentían. Y una carta de su madre.

Mi querida Hayley:

No tengo palabras para describir la alegría que siento al tenerte en casa. Han pasado diez días, y todavía no puedo creer que estés aquí, y que seas nuestra. Todas las noches me despierto dos o tres veces para ir a verte. Me quedo en tu habitación y escucho tu respiración. Eres tan perfecta... Eres maravillosa en todos los sentidos. Tu padre y yo te adoramos. Siempre te querremos, hija querida. Eres nuestro milagro.

Pasó la yema del dedo por encima de las letras. No había sido su milagro durante mucho tiempo. Pocos meses después, su madre se había quedado embarazada y había tenido a Morgan, más o menos, un año después de adoptarla a ella. Morgan había sido un bebé con cólicos, llantos, y se había convertido en una niña difícil, ruidosa e imperiosa.

Hayley fue pasando las páginas del álbum y se vio a sí misma mientras crecía. Había copias de sus notas, certificados y varios premios, e incluso algunas tarjetas de sus padres. También había fotografías. La última era de unas Navidades, meses antes de que murieran sus padres.

Ojalá su madre estuviera allí con ella. Su madre sabría qué decirle respecto a la situación con Rob. Le daría buenos consejos. La abrazaría con fuerza y, durante esos segundos, ella podría creer que todo iba a salir bien.

Sin embargo, en muchas ocasiones, su madre había estado muy ocupada con Morgan como para molestarse con ella. En realidad, eran tonterías; por ejemplo, cuando era el cumpleaños de Hayley, Morgan también tenía un regalo. Si no, le hacía la vida imposible a todo el mundo con sus lloros y sus quejas. Pero, en el cumpleaños de Morgan, se esperaba que ella se comportara discretamente mientras Morgan era el centro de atención.

Morgan siempre había sido la primera en recibir las atenciones, fuera comprando ropa para el colegio o cuando las dos volvían a casa enfermas de la escuela. Nunca eran Hayley y Morgan, siempre eran Morgan y Hayley.

Miró las fotos, las notas y las tarjetas, y se preguntó cómo tenía que aceptar lo que había sucedido. Su hermana le decía que se resignara y lo superara. ¿Era un buen consejo, o solo Morgan, protestando una vez más por no ser el centro del universo?

Cuando sus padres murieron en un accidente de tráfico, Hayley se quedó hundida. Rob también sufrió un duro golpe, pero era él quien se había ocupado de muchos de los detalles. En la lectura del testamento, Morgan se había enfadado al enterarse de que sus padres les habían dejado a cada una la mitad de su modesto patrimonio. Morgan había dicho que ella tenía tres hijos y Hayley no tenía ninguno, y que, por lo tanto, ella debía heredar la mayor parte del dinero. Sin embargo, el abogado había sido firme. El testamento no podía ser impugnado. De ser así, Morgan no conseguiría nada.

Racionalmente, Hayley podía justificar las cosas que habían hecho sus padres en lo relacionado con sus hijas. Pero, emocionalmente, debido a la forma en que se había sentido a menudo, no era capaz de creer que la quisieran tanto como afirmaban. Era la segunda por detrás de su hermana. Era menos que su hermana. Sí, era una persona adulta y tenía que superarlo. Sin embargo, mirando atrás, a los ocho años no entendía por qué Morgan tenía más regalos que ella todas las Navidades. ¿Por qué, cuando Morgan pedía un vestido nuevo, le compraban un vestido nuevo, mientras que a ella le decían que se conformara con los que tenía? ¿Por qué a Morgan le leían dos cuentos para dormir, y a ella solo uno? ¿Por qué Morgan no recibía un castigo por ciertas cosas, cuando ella, sí? No sabía cuál era el mensaje que querían transmitir, pero el que ella había recibido estaba bien claro: Morgan era más importante. Y a ella solo se le había ocurrido una explicación.

En medio de todo aquello, en algún momento, se había formado una necesidad: el ardiente deseo de tener un hijo. Un hijo al que ella amaría como debía ser amado. Un niño que nunca se quedaría despierto por las noches, preguntándose por qué Morgan importaba mucho más.

Rob había tratado de entender, pero, para él, la adopción era una solución fácil. Ellos querían tener hijos, y había miles de niños buscando familia. Problema resuelto.

Pero ella no podía hacerlo. No podía arriesgarse a que alguien se sintiera como se había sentido ella. Había sido demasiado doloroso. ¿Y si sus padres no habían actuado así solo porque Morgan era una niña difícil y exigente? ¿Y si había sido porque, al final, era más fácil para ellos querer a Morgan?

Hayley suponía que el problema estaba realmente en eso, en el miedo a que, si adoptaba un hijo, podía descubrir que sus padres no la habían querido porque no era realmente suya. ¿Y si ella tampoco era capaz de querer a un hijo adoptado? Si no lo sabía con certeza, podía mantener la ilusión, pero, si se confirmaba esa horrible verdad, corría el riesgo de perderlo todo.

Cerró el álbum y lo colocó en el suelo, a su lado. Se acurrucó al sol y cerró los ojos. Le dolía todo el cuerpo. Estaba muy cansada, y estaba sola. No había forma de salir de aquella situación, pensó con tristeza. No había un final feliz. Solo había días largos y solitarios, y solo existía la posibilidad de que nunca, jamás, pudiera tener un hijo.

Tyler salió bailoteando del coche y fue hacia la entrada del hotel.

—¿Podemos comprar otro ejemplar del libro? —preguntó—. ¿Crees que Jairus se acordará de mí? ¿Puedo pedirle un autógrafo?

Nicole alzó una mano mientras entraban por la puerta de cristal.

—Sí, sí y sí —le dijo, bromeando—. Pero, primero, tenemos que enterarnos de adónde vamos.

Se acercó uno de los botones.

—¿Han venido a la firma de libros? —preguntó—. El salón está por allí —añadió, señalando un pasillo.

Nicole sacó unas entradas de su bolso.

—Hemos venido al evento previo —dijo—. Es en el Salón Blue Pacific.

—Entonces, es por allí —dijo el botones, señalando hacia

la izquierda–. Está indicado. Verá que hay una fila muy larga. Puede pasar de largo y entrar directamente.

–Gracias.

Nicole siguió las instrucciones y vio las flechas que indicaban el camino. Al torcer la siguiente esquina, se encontró con una cola de familias que esperaban para entrar a la firma de libros.

Tenía que haber un centenar de personas. Los niños, que eran de todas las edades, tenían libros de *Brad the Dragon* y muñecos de peluche.

–Vaya –dijo Tyler, y agarró con más fuerza su peluche de Brad–. Cuánta gente.

–Sí. Vamos, cariño. Tenemos que entrar a una fiesta.

Tal y como le había prometido, Jairus le había enviado entradas VIP. La fiesta empezaba una hora antes de la firma, y Nicole sentía curiosidad por saber qué iba a ocurrir. ¿Hablaría Jairus en ambos eventos? ¿Circularía entre la gente? Bueno, lo segundo, no. No con cien personas ya esperando la cola.

Tyler y ella encontraron el Salón Blue Pacific. Había dos empleados del hotel en la entrada.

–Sus entradas, por favor –le dijo una joven sonriente.

Nicole se las entregó.

El hombre le guiñó un ojo a Tyler.

–¿Emocionado por conocer a Jairus?

–Ya lo conozco. Vino a mi campamento de verano y me firmó un libro.

–Eres un niño con suerte.

–Sí, ya lo sé.

La mujer le devolvió las entradas a Nicole.

–Que se diviertan –dijo, y abrió la puerta.

Nicole tomó a Tyler de la mano nuevamente. Entraron en una sala enorme y totalmente decorada con cosas de Brad the Dragon. Había globos, pilas de libros y todo tipo de productos de *merchandising*. Debía de haber unas cuarenta personas paseándose por allí, unos veinte adultos y veinte niños. Algunos de los pequeños iban en silla de ruedas. Había una niña con muletas.

Se les acercó una voluntaria con una camiseta en la que se leía *I Love Brad*, y le entregó una bolsa grande a Tyler.

—Puedes tomar una cosa de cada —le dijo con una sonrisa—. Y allí hay un bufé, y una fuente de refresco al lado de la pared del fondo. Jairus saldrá dentro de quince minutos.

—Gracias —murmuró Nicole, un poco asombrada de la profusión de regalos para los niños.

Tyler y ella fueron de mesa en mesa, recogiendo los regalos del niño. Una de las madres se acercó y la saludó.

—Tienes cara de asombro —le dijo, riéndose—. ¿Es la primera vez que vienes?

—Sí. No sabíamos nada.

—Sí, me lo imagino. Jairus y su editor dan una fiesta como esta cada vez que sale un libro. Es increíble. Me llamo Veronica.

—Yo, Nicole —dijo ella, y señaló a su hijo—. Y él es Tyler.

Veronica señaló hacia el otro extremo de la sala.

—Mi marido está allí con nuestro hijo. Mason no lleva bien lo de las multitudes. Tiene autismo. Pero no sabes cómo le gusta Brad. Este es el tercer año que venimos.

—¿Y cómo os enterasteis?

—Uno de los terapeutas de Mason se puso en contacto con la agencia de publicidad que tiene contratada la editorial y dio sus datos. Jairus siempre ha apoyado a los niños con necesidades especiales. Su fundación es muy generosa en términos financieros, pero esto lo hace personalmente. He oído decir que él tenía un miembro de la familia con discapacidad, pero no habla mucho de eso —le explicó Veronica. Miró a Tyler, y preguntó–: ¿A tu hijo no lo ha traído su médico?

Nicole no se esperaba aquella pregunta.

–Eh... no. Tyler ganó un concurso de su campamento de verano hace unas semanas. Jairus fue a verlo a su clase. A todos les encantó.

Aunque todo aquello era cierto, ella no se sentía cómoda añadiendo que tenía una relación personal con él. Todo era muy nuevo, y no habían hablado de lo que estaban haciendo, exactamente.

–Sí, Jairus sabe organizar muy bien los eventos y concursos –dijo Veronica–. Y es genial con los niños. A Mason no le gusta estar con extraños. Jairus lo nota, y nunca lo presiona. Deja que los niños sean quienes acudan a él. No le asusta que griten en el momento más inoportuno, ni que estén en silla de ruedas. Eso es muy loable.

–Sí, es cierto.

Veronica se excusó. Nicole fue con Tyler al bufé. Allí había comida pensada para los niños, desde perritos calientes hasta magdalenas decoradas con los colores de Brad the Dragon, por supuesto.

Sin embargo, en aquella ocasión, no se sentía tan molesta con el universo del dragón, porque parecía que, después de todo, Jairus no era tan mal tipo. A ella le estaba gustando conocerlo, aunque se trataba del hombre, y todavía no estaba segura de cómo era en su faceta de rey del imperio de Brad the Dragon. Por lo que había visto, tampoco era malo en ese campo y, por ese motivo, cada vez iba a resultarle más y más difícil resistirse a sus encantos.

–Mamá, ¿puedo invitar a Jairus a una barbacoa? –preguntó Tyler–. Tú siempre dices que es importante corresponder a las invitaciones. Él nos ha invitado aquí, y nosotros deberíamos invitarlo a nuestra casa.

Aquello sería un gran paso, pensó Nicole, pero tal vez

ya hubiera llegado el momento de aventurarse en el lado salvaje de la vida. O, por lo menos, pasearse muy lentamente por allí.

–Me parece que sería muy agradable. Pero creo que ahora tendrá la gira para la presentación del libro nuevo, así que no creo que pueda ser pronto.

–Sí, ya sé que está ocupado, porque tiene que hacer felices a muchos niños –dijo Tyler con una sonrisa–. Este es el mejor día de mi vida.

Ella se echó a reír.

–¿Sabes qué? Que sí, que es un gran día.

Hayley sacó la hoja de la impresora y se la dio a su jefe. Steven cabeceó.

–¿Cómo lo haces?

Ella sonrió.

–No es difícil, pero me niego a enseñártelo. Mi habilidad para gestionar tus horarios es mi principal seguridad en el trabajo.

–Eso es cierto –dijo él, observando la lista de compromisos que tenía aquel día–. Tengo una videoconferencia dentro de diez minutos.

–Sí, en efecto.

Por lo general, Hayley le daba a Steven la hoja del horario todas las noches, pero él había perdido la de aquel día. Era un gran director para su empresa, pero no sería capaz de aprenderse la programación diaria ni aunque su vida dependiera de ello.

Ella señaló su teléfono.

–Tengo el número de teléfono aquí. Te avisaré cuando empiece.

–Gracias, Hayley –dijo su jefe.

Steven era alto y guapo, como su padre. El año anterior, cuando se había hecho cargo de la empresa, todos se habían preguntado cómo iban a ir las cosas. Pero John había enseñado bien a su hijo, como Pam. Steven era un jefe justo, honesto y comprensivo. Para ella, el suelo era bueno, el horario era razonable y, cuando había necesitado libranzas, él lo había organizado con ella.

Pensó en comentarle lo de su viaje a Suiza, pero no tenía la energía necesaria. Rob seguía sin volver, así que no tenía mucho sentido pensar en quedarse embarazada. No quería tener un hijo por sí sola. Quería formar una familia.

Pero Rob y ella no habían vuelto a hablar desde su encuentro en la cafetería. Ella quería llamarlo, pero no sabía qué decirle. Sabía que, hasta que no estuviera dispuesta a decirle que había renunciado a su sueño, él no iba a volver.

Ella se concentró de nuevo en su jefe.

—Vas a necesitar la información sobre el contrato —le dijo—. Voy a sacarlas.

Se levantó para ir a la sala de archivos, que estaba justo al lado de su despacho. Al instante, todo empezó a dar vueltas. Era extraño, pensó, más confusa que asustada. No era un mareo, sino algo distinto, como un movimiento a cámara lenta. Como si estuviera montada en el tiovivo del parque.

Notó algo caliente y húmedo entre las piernas, y la sensación le causó sorpresa; se tocó el muslo con la mano y se miró los dedos. Sangre. Qué raro. Qué cosa tan rara.

—¡Hayley!

El grito frenético llegó desde muy lejos. Era Steven, pensó, mientras se caía al suelo. Parecía que estaba preocupado. Tenía que decirle que no pasaba nada, que ella estaba bien...

Capítulo 16

Con cuidado, Gabby subió la cremallera de los pantalones negros de Akris que se había comprado. Eran muy caros, incluso de rebajas, pero eran tan preciosos, que no había podido resistir la tentación. Además, eran de una talla menor que la que tenía el mes pasado, así que el hecho de comprárselos con su brillante tarjeta regalo había sido muy emocionante.

–Bien por mí –susurró, mirándose al espejo. Todavía tenía que perder más peso, pero, teniendo en cuenta todo lo que estaba ocurriendo en su vida, lo estaba haciendo muy bien.

Andrew entró en el vestidor. A aquellas horas, normalmente, estaba en el trabajo, pero aquel día tenía que tomar un vuelo a última hora de la mañana, y había decidido no ir a la oficina primero.

Las niñas ya estaban en el campamento, así que habían podido pasarse un par de horas tomando café y hablando de la semana que se avecinaba.

Ahora, él la miró, y ella se giró hacia él delante del espejo.

–Muy sexy –le dijo.

Ella sonrió.

–Son unos pantalones negros. No pueden ser sexis.

–Si te los pones tú, sí.

–Qué majísimo eres –dijo ella, y volvió a mirarse al espejo–. Solo faltan cuatro semanas. No me lo puedo creer. Dentro de cuatro semanas, entraré a mi nueva oficina. Va a ser muy emocionante.

Se quitó los pantalones y los colgó cuidadosamente en una percha. Después, volvió a ponerse los pantalones vaqueros. Andrew la observó. Tenía una mirada comprensiva. ¿O era de pesar?

–¿Qué te pasa? –le preguntó.

–Que lo siento.

–¿El qué?

Él la abrazó.

–Que tengas que renunciar a tantas cosas. Me encanta que estés deseando volver a trabajar. Tienes que disfrutar de esta temporada todo lo que puedas. Sabes que, si hubiera otro modo de hacer las cosas, lo encontraríamos. No te imaginas lo mucho que te agradezco esto, y lo mal que me siento.

Ella se zafó de su abrazo. Pasó del vestidor al baño, y lo miró.

–No entiendo de qué estás hablando.

Él ladeó la cabeza.

–De tu trabajo.

–Sí. Empiezo dentro de cuatro semanas.

–Lo que digo es que siento mucho que solo vayas a poder trabajar unos meses. Y que te agradezco todo lo que estás sacrificando por la familia, y que haré todo lo posible por resarcirte.

Ella experimentó una sensación de calor por todo el cuerpo. Era demasiado joven para tener sofocos y, además, aquel calor se transformó de repente en frío. Nada tenía sentido y, menos, lo que le estaba diciendo Andrew.

–¿Por qué voy a trabajar solo unos meses?

Él también se quedó desconcertado.

—Pues porque te vas a quedar en casa con el bebé de Makayla cuando nazca.

Gabby tuvo que agarrarse a la encimera del lavabo que había detrás de ella. ¿Quedarse en casa?

—No, no voy a hacer eso. ¿Por qué crees que voy a hacerlo? No me voy a quedar en casa. Aunque yo no quisiera volver a trabajar, cosa que sí quiero hacer, por cierto, Makayla va a dar a su bebé en adopción.

Andrew negó con la cabeza.

—No, no va a hacer eso. Se va a quedar con el niño. No lo entiendo. Hemos hablado de esto más de una vez. Aunque Boyd y ella no estén juntos, ella se va a quedar con el bebé, y necesitará que la ayudemos.

—No –dijo Gabby–. No es eso de lo que hemos hablado. Hemos hablado de que Boyd y ella son demasiado jóvenes como para hacerse cargo de un bebé. Tú lo dijiste, y yo lo dije.

—Son demasiado jóvenes, en efecto, y por eso necesitan nuestra ayuda. Gabby, no es difícil de entender. ¿Por qué te comportas así?

—¿Yo? Esto no tiene nada que ver conmigo. Yo nunca he dicho que fuera a quedarme en casa con su hijo.

—Tienes que hacerlo. Cariño, no lo entiendo. Hemos hablado de esto. Los dos estábamos de acuerdo en que queríamos que la vida volviera a la normalidad.

—Sí, claro. Después de la adopción.

—No con el bebé. Makayla no puede hacerlo sola. Yo quiero a mi hija, pero no está preparada para ser madre. Solo tiene quince años. Tiene que tener la oportunidad de seguir siendo una niña. Necesita terminar el instituto y prepararse para la universidad.

—Entonces, ella puede tener una vida, pero yo tengo que renunciar a la mía, ¿no? Ella tiene un hijo y se sale de rositas, y yo tengo que renunciar a todo para cuidarlo.

—No entiendo tu reacción. Hablamos de esto muchas veces antes de tener a las mellizas. Hablamos de que un niño necesita tener a uno de sus padres en el hogar durante los primeros cinco años de su vida.

—Uno de sus padres. Esos son Makayla y Boyd. Yo, no. Yo no soy su madre.

—Pero ella no puede hacerlo. Tienes que entenderlo.

—Entonces, soy yo la que tiene que sacrificarse, la que tiene que dejarlo todo mientras ella sigue su vida como si nada. ¿Te parece bien eso?

—Por supuesto que ella tendrá responsabilidades —dijo él, en un tono conciliador que resultaba irritante.

—¿De verdad? Porque, en estos momentos, ni siquiera le dices que tiene que lavarse su propia ropa. No tiene ni una sola tarea asignada en la casa. Vive aquí todo el tiempo y la tratamos como si fuera una invitada de honor. Y, ahora, ¿me dices que yo tengo que criar a su hijo? ¿Que abandone definitivamente mi carrera profesional para que ella pueda seguir con su preciosa infancia?

Sin darse cuenta, había empezado a gritar. En aquel momento, sonó el teléfono de Andrew.

Se miraron el uno al otro. Ella tenía la respiración entrecortada, como si acabara de correr un kilómetro, y él todavía estaba desconcertado.

—Es evidente que todavía tenemos que hablar de esto —dijo él, y se sacó el teléfono del bolsillo de la camisa—. Ya ha llegado mi coche. Tengo que irme.

Ella asintió. Claro, tenía que irse porque tenía un viaje de trabajo, y la vida continuaba.

Tuvo ganas de tirarle un zapato a la cabeza. ¿En qué estaba pensando? Ella no iba a sacrificar su vida por el hijo de Makayla. Un bebé que iba a ser adoptado rápidamente.

Él se acercó y le dio un beso en la mejilla.

—Te llamo esta noche.

Ella asintió sin decir nada, y Andrew se marchó. Era mejor que hablaran cuando las cosas se hubieran calmado, cuando él volviera a casa. Ya tendría tiempo de hacerle comprender que ella no iba a dejar su profesión para cuidar del hijo de Makayla.

Hayley notó movimiento a su alrededor antes de abrir los ojos. Oía un pitido constante, muy molesto, y una conversación en voz baja. Tenía una sensación de calor. Era por las drogas, pensó. Alguien le estaba administrando medicamentos.

Tenía la sensación de que no debía despertar todavía. De que recuperar la conciencia y enfrentarse a lo que hubiera sucedido sería muy malo. Así pues, no se movió. No abrió los ojos hasta que ya no podía mantenerlos cerrados.

Se encontró en una habitación que no conocía. Cerró los ojos y volvió a abrirlos mientras notaba el dolor. Era un dolor que solo podía ser mitigado, pero no eliminado.

Respiró lentamente. No tenía respiración asistida, y eso era bueno. Movió el brazo y notó un dolor, porque tenía puesta una vía. El pitido eran los latidos de su corazón.

—¿Cómo estás?

Se giró y vio a la doctora Pearce a su lado. La médica la estaba observando con alivio y preocupación a la vez.

—Dolorida.

—Te están poniendo analgésicos por la vía. ¿Puedes apretar el botón tú misma, o quieres que lo haga yo?

—Yo puedo hacerlo.

Encontró el botón y lo apretó. El alivio fue casi inmediato. Las drogas, pensó. Ella nunca había tomado drogas cuando era joven, pero eran mágicas.

—¿Sabes dónde estás?

—En el hospital.
—¿Recuerdas lo que ha pasado?
Hayley recordó la sangre. Había mucha sangre.
—Monté un número en el trabajo. Manché todo el suelo.
La doctora Pearce sonrió.
—No creo que les importe mucho.
Hayley asintió suavemente.
—Tienes razón. Steven es muy bueno.
A la médica se le borró la sonrisa de la cara.
—Hayley, tuviste una hemorragia. Lo siento. Ojalá yo hubiera podido hacer algo para evitarte la...
—Para —susurró Hayley—. No lo digas.
Aunque el hecho de no oír las palabras no iba a cambiar la realidad. Ella ya sabía la verdad. Notaba la tensión por dentro, le dolían las incisiones. Pero no quería oírlo.
—Si hubiera habido otra forma...
—Lo sé.
Se le cayeron las lágrimas por las mejillas. Estaba hecho, y ya no había vuelta atrás. Cerró los ojos.
—¿He estado a punto de morir?
—Sí. Perdiste mucha sangre.
Así pues, habían tenido que tomar una decisión, y ella lo entendía. Por lo menos, su cabeza lo entendía. El corazón era diferente. Su corazón estaba gritando y sollozando por lo injusto de todo aquello.
—Voy a decirle a Rob que ya te has despertado.
Hayley abrió los ojos.
—¿Está aquí?
—Por supuesto. Acaba de ir a buscar más café. Steven lo llamó a él después de llamar a urgencias. Rob llegó a los pocos minutos de que llegara la ambulancia —le dijo la doctora Pearce, y le apretó la mano—. Hace casi cuarenta y ocho horas. Estábamos preguntándonos ya cuándo te ibas a despertar. Voy a buscarlo —dijo, y salió de la habitación.

Rob estaba allí. Hayley se aferró a aquel pensamiento, e intentó luchar contra la medicación para permanecer despierta, hasta que lo vio entrar en la habitación.

—Tienes muy mala cara —le dijo con la voz ronca.

Él tenía ojeras y barba de dos días. Tenía la ropa arrugada y las gafas sucias.

—Hayley —susurró.

Entonces, se acercó a ella y le acarició el pelo y las mejillas y le secó las lágrimas de los ojos.

—Has estado a punto de morir por la hemorragia —le dijo—. No me dejaban verte.

Ella percibió su tono de miedo. Y de acusación. Le estaba reprochando que se hubiera hecho aquello a sí misma, a ellos. Desde su punto de vista, ella debería haberse rendido.

Hayley se alegraba de verlo y, al mismo tiempo, sabía que no importaba. Era irónico. Ahora que le habían hecho la histerectomía, él volvería con ella. Sin embargo, sin un hijo, ella ya nunca estaría completa. No iba a ser ella misma. Él la querría, pero ella ya se habría marchado. Estaría vacía.

—Lo siento —dijo él—. No tenía que haberme marchado de casa. No sabía qué otra cosa podía hacer. No sabía cómo conseguir que me hicieras caso.

—No te preocupes —le dijo ella. No valía de nada que él también sufriera tanto.

—Ha venido todo el mundo —dijo Rob—. Todas tus amigas, y Steven y Pam, y la mitad de la gente del trabajo. Todos han donado sangre —le explicó—. Han tenido que hacerte una transfusión. ¿Te lo ha dicho la doctora Pearce?

Ella hizo un gesto negativo.

—¿Se ha enfadado Steven por lo de la alfombra?

—No. Se alegra de que estés bien.

Era doloroso hablar. Estaba muy cansada. Se le cerraron los ojos.

Rob se levantó de la cama y sacó una silla.

–Duérmete, Hayley. Yo voy a estar aquí. Quieren que te quedes ingresada una noche más. Yo ya me he vuelto a mudar a casa, y estaré allí para cuidarte.

Ella asintió, porque no había más que decir. Él había vuelto a su vida, porque la quería. Una pena que ya no sirviera para nada. Era demasiado tarde para los dos.

Let's Do Tea era un establecimiento precioso. El edificio era de mil novecientos veinte y antiguamente era una residencia privada. En la actualidad, el piso bajo estaba ocupado por la tienda, en la que se vendían productos de alimentación británicos, desde la cerveza de jengibre hasta *scones*, y se ofrecía comida para llevar. En el piso superior había un restaurante. La carta ofrecía comidas ligeras a base de panes, quesos y encurtidos, y almuerzos con tés.

Nicole vio que Gabby ya se había sentado, y la saludó mientras se acercaba a su mesa. Gabby se levantó y se abrazaron brevemente.

–Me siento muy mal –admitió Nicole–. Lo cual es muy triste, porque a mí no me está pasando nada de esto.

–Qué susto –le dijo Gabby–. Rob estaba aterrorizado. No me he enterado de todos los detalles, pero parece que no estaban seguros de que Hayley fuera a salvarse.

–Sí, ya lo sé –dijo Nicole–. Pam me dijo que Steven no creía que pudiera haber tanta sangre. Pensaba que iba a morirse allí mismo, en el despacho. Pobrecillo, todavía está conmocionado. Pero Hayley ha sobrevivido. ¿Has donado sangre?

Gabby asintió.

–Soy 0 negativo, así que sirvo para todo. Soy donante universal. Rob dice que la van a llevar a casa hoy, pero yo voy a esperar un poco antes de ir a verla.

—Sí, yo, también. No quiero cansarla. Ojalá pudiera hacer algo en concreto; ya sabes, cuidar a un niño, cuidar a una mascota, renovarle las juntas de los azulejos del baño...

—Eso de renovar las juntas no es un regalo muy tradicional para desearle a alguien que se recupere rápido, pero debería serlo –dijo Gabby con una sonrisa.

Nicole tomó la carta, pero volvió a dejarla en la mesa. Aunque Gabby estaba charlando afablemente, tenía cierta tensión en la voz, y parecía que tenía los hombros rígidos.

—¿Estás bien?

En aquel preciso instante, llegó la camarera que iba a atenderlas.

—Buenas tardes, señoras –dijo la mujer, una británica regordeta con una amable sonrisa–. ¿Ya saben qué van a tomar?

—Todos los hidratos de carbono que tengan –dijo Gabby. Después, suspiró–. O un té completo, por favor. Sándwiches de pollo con curry.

—Yo, lo mismo que ella –dijo Nicole.

Le entregaron las cartas a la camarera, que prometió llevarles el té y la comida rápidamente. Entonces, Nicole se volvió hacia Gabby.

—Cuéntamelo.

—En realidad, no sé si puedo hablar de ello –respondió Gabby–. Pero estoy tan estupefacta e indignada...

Nicole esperó pacientemente. Conocía a Gabby desde hacía un año, y ya sabía que su amiga era inteligente, detallista y buena y, además, poco dada al dramatismo. Veía un problema y buscaba la solución. Si estaba tan afectada, debía de ser un problema grave.

—Ya os conté que Makayla está embarazada –dijo Gabby.

Nicole asintió.

—Sí, el día que comimos en Gary's.

—Andrew y yo hemos estado hablando de lo que iba a ocurrir. Makayla y Boyd juran y perjuran que están enamorados. Quieren seguir juntos y criar al bebé.

Nicole puso los ojos en blanco.

—¿De verdad? Yo creo que ni siquiera habrá cumplido dieciséis años cuando nazca el niño, ¿no?

—No.

—Entonces, ¿cómo van a estar juntos? ¿Se irá uno a casa del otro? ¿Van a dejar el instituto y buscar trabajo? —preguntó Nicole. Entonces, apretó los labios y dijo—: Discúlpame. Te he interrumpido.

—Estás diciendo todo lo que yo he pensado ya. Andrew y yo no creemos que Boyd vaya a cumplir su palabra, y no solo porque sea un chico de dieciséis años, sino porque su madre está furiosa. Estamos bastante seguros de que va a presionarlo para que rompa con Makayla.

La camarera volvió con una tetera y una bandeja de varios pisos llena de pequeños *scones* y bollos.

Gabby esperó a que se marchara y sirvió dos tazas de té.

—Hemos hablado de ello con regularidad —continuó—. Eso es lo que me ha dejado tan anonadada. Porque pensaba que teníamos la misma idea, y no. Yo pensaba que Makayla iba a dar el bebé en adopción, y Andrew pensaba que se va a quedar con su hijo.

—Pero ¿cómo? Está en el instituto. Supongo que querrá que su hija se gradúe. ¿Cómo lo va a hacer todo?

Gabby le dio un sorbito a su taza de té.

Nicole se quedó mirándola fijamente.

—No me digas que espera que tú te quedes en casa con el bebé.

—Exacto. Me dijo que me agradecía mucho que lo dejara todo para cuidar del hijo de Makayla.

—No sé cómo es capaz de pedirte que renuncies así a tu propia vida. No es hijo tuyo.

—Gracias —dijo Gabby, y tomó un *scone*—. Eso es lo que yo le dije. ¿Por qué puede seguir Makayla con su vida como si nada, y yo tengo que renunciar a todo para criar a su hijo? No es justo.

—Debes de estar muy enfadada.

—Pues sí. Y confusa. Hemos hablado de esto todos los días. ¿Cómo es posible que yo no entendiera lo que él estaba pensando?

—Además, llevas muchos meses deseando empezar a trabajar. ¿No se había dado cuenta?

—Sí, pero, en algún momento, se ha creído que yo había cambiado de opinión.

—¿Y qué vas a hacer?

—No tengo ni idea —dijo Gabby—. Se ha ido de viaje de trabajo y no vuelve hasta dentro de varios días. Ya hablaremos cuando vuelva —añadió, y tomó un bollito—. Sé exactamente cómo iba a ser la situación. Él dice que Makayla tendrá que cuidar al bebé cuando esté en casa, pero no lo hará. Él nunca le niega nada. Habrá actividades extraescolares, partidos de fútbol, bailes... Yo seré la madre a tiempo completo de un recién nacido que no es mío.

Se le llenaron los ojos de lágrimas.

—Yo quiero a Andrew, pero no quiero hacerme cargo de esto. Quiero volver a trabajar. ¿Te parece tan horrible por mi parte?

—Pues claro que no. Tú quieres a tus hijas y quieres a Makayla. No se trata de tu capacidad de amar, sino de lo que está bien y lo que está mal. Tú no tienes por qué cargar con esto. ¿Habéis hablado de la adopción?

—Yo creía que era de eso de lo que hablábamos, pero parece que no. Makayla todavía está convencida de que todo va a ser maravilloso. Hasta que eso cambie y la niña no se ponga de mi lado, no sé qué voy a hacer con Andrew.

—Por lo menos, tienes tiempo.

—Sí. Según la médica, dará a luz a primeros de febrero. Así que sí, hay tiempo.

«Pero no mucho», pensó Gabby. No lo dijo en voz alta, pero Nicole sabía que lo estaba pensando. Seguramente, todos lo pensaban.

—¿Está nerviosa por el comienzo del curso?

—Creo que sí. No ha dicho nada, pero debe de estar nerviosa. Aunque todavía no se le nota nada el embarazo, dentro de poco empezará a notársele. Creo que le resultará difícil seguir yendo a clase cuando esté muy avanzado.

Nicole recordó su embarazo. Aunque estaba entusiasmada, al final, su propio tamaño acabó por cansarla. Y, claramente, para una niña soltera de quince años, las cosas iban a ser peor.

—He intentado llevarla a comprar ropa premamá un par de veces —dijo Gabby—, pero me ha dicho que no. Creo que está asustada, y me siento mal por ella. No sé qué hacer.

—¿Has hablado con tu madre?

—No. Tengo miedo de esa conversación.

—¿Por qué? Ella ha criado cinco hijos. Seguro que te da buenos consejos.

Gabby tomó otro *scone*.

—Nunca nos ocurrió nada parecido a esto. Me va a juzgar mal, lo sé. Y no estoy segura de que pueda aguantar lo que tenga que decirme al respecto. Sé que esto es pensar en mí y no en Makayla, pero, demonios…

—¿Cómo puedo ayudarte?

Gabby suspiró.

—Ya me estás ayudando al escucharme. En estos momentos, no hay mucho que se pueda hacer. Tengo que esperar a que Andrew vuelva a casa para aclararlo todo con él. Después, hablaremos con Makayla, pero como un equipo unido.

—Me parece un buen plan –dijo Nicole.

Sin embargo, tenía dudas. Gabby y Andrew no estaban en absoluto de acuerdo. ¿Cómo iban a acercar posiciones? Y, si Makayla y su padre formaban un frente común contra Gabby, iba a haber muchos problemas.

—Bueno, ya está bien del culebrón en que se ha convertido mi vida –le dijo Gabby–. ¿Y tú? ¿Sigues saliendo con Jairus?

Nicole trató de no ruborizarse.

—Más o menos. Hemos salido una segunda vez.

Gabby enarcó las cejas.

—¿Y qué tal?

—Nos lo pasamos muy bien. Me gusta. Pero estoy aterrorizada. Mi matrimonio fue un desastre, y yo no lo sabía hasta que se terminó. Además, es escritor, y yo ya he estado casada con un escritor.

—Oh, por favor, el problema de Eric no tenía nada que ver con ser escritor. Eso solo era un síntoma. El problema era él mismo. Mira cómo es ahora.

—¿Qué quieres decir?

Gabby suavizó su tono de voz.

—No va a ver a Tyler. Es el padre y solo se trata de una tarde cada quince días y, de todos modos, no aparece. Así que, sea por el motivo que sea, está claro que no tiene interés por nadie salvo por sí mismo.

Nicole nunca había pensado eso de Eric.

—¿Crees que a Eric le ocurre algo?

—Creo que no es como el resto de nosotros. A la gente le gusta formar parte de la sociedad. De una familia, de un grupo de amigos. Eric nunca fue así. Él está en la industria del cine y le gusta ser famoso, pero no tiene vínculos con nadie. No sé si tiene sentido lo que digo.

La camarera apareció con un plato de sándwiches y un plato de patatas fritas. Gabby tomó uno de los pequeños triángulos.

–Hace un año que se marchó de casa –continuó diciendo–. Y no está con otra mujer, ¿no?

–No, que yo sepa.

–Seguro que si estuviera con otra, se habría asegurado de que tú te enteraras. Le encanta que le fotografíe la prensa, pero nunca sale con nadie en las fotos. Lo que creo es que no soporta la intimidad con nadie. Aunque tú tuvieras parte de la culpa de tu divorcio, como sucede en todos los casos, no creo que fuera más del treinta por ciento de la culpa. Y no fue porque él fuera escritor.

Mucha información, pensó Nicole.

–De todos modos, lo de Jairus me da miedo.

–Claro. Es un tipo estupendo con éxito en su profesión, y te gusta. Además, es el primer hombre con el que sales desde que te divorciaste. ¿Cómo no ibas a estar asustada?

–Consigues que todo suene muy lógico.

–Seguro que tú también puedes convertir mi situación en algo muy lógico –respondió Gabby, y miró hacia la cocina–. ¿Crees que tendrán galletas de postre?

Capítulo 17

—No puedo creer que me haya hecho esto.

Hayley oyó aquello, pero no consiguió que le importara. No le importaban los problemas de su hermana. No había nada que le importara.

Había vuelto a casa hacía dos días, y sabía que su cuerpo había empezado a recuperarse. Ya no se cansaba tanto, y podía comer. Sin embargo, tenía un vacío en el corazón. La promesa que lo había ocupado hasta entonces, el hijo que podría haber nacido, ya no estaba allí. En su lugar había una ausencia que nunca iba a cambiar.

Morgan se sentó junto a la cama, se tapó la cara con las manos y, después, las dejó caer sobre su regazo.

—¿En qué estaba pensando? Ni siquiera me lo preguntó. ¡Fue y lo hizo!

—Tal vez, porque tú no hablaste con él sobre quedarte embarazada —le dijo Hayley, sin rodeos. Se suponía que debía ser más amable, o más diplomática, pero, sinceramente, le importaba un bledo.

—No tiene nada que ver. Él se ha hecho una vasectomía. Eso no se puede deshacer. Es permanente.

—No, no es verdad. Pueden revertirse. Pero un niño es para siempre.

Un niño era un vínculo y un pedazo de uno mismo. Un niño lo era todo.

−¿De qué estás hablando? −inquirió Morgan−. Un niño es algo que se tiene entre dos.

−Sí, y vosotros tenéis ya tres. Pero tú no le preguntaste a Brent ninguna de las tres veces. Te quedaste embarazada y él tuvo que aceptar la responsabilidad.

−No es lo mismo. ¿Cómo voy a conseguir que siga conmigo si no puedo tener otro hijo?

¿Acaso el único motivo por el que Brent seguía casado con su hermana eran los hijos? Hayley quería decirle que eso no era cierto, pero se preguntó si lo era. El único motivo por el que Rob había vuelto a casa era que ella había estado en el hospital. Había vuelto con ella, sí, pero por un motivo equivocado.

−No me estás escuchando −le espetó su hermana.

−No es verdad −respondió Hayley.

Aunque no llevara maquillaje y se hubiera puesto una camiseta y unos pantalones cortos, Morgan estaba muy guapa. Vibrante y sexy. Era una bruja horrible, pero, por algún motivo, Brent la adoraba.

−Tu marido es muy buen hombre −le dijo Hayley−. Te quiere a ti y quiere a los niños. Siempre va a casa puntualmente, hace todas las tareas domésticas que le corresponden y participa en las actividades extraescolares.

Morgan lloriqueó.

−Como si eso fuera algo del otro mundo. Estamos casados, y es lo que tiene que hacer.

−Sí, y se supone que tú deberías tratarlo como el tesoro que es, pero no lo haces. Le tratas fatal, y lo sabes.

Su hermana la fulminó con la mirada.

−¿Estás tomando alguna medicación? ¿Por qué me hablas así? ¿Qué te pasa?

−Que estoy cansada −admitió Hayley−. Y, sí, todavía estoy tomando medicación, así que supongo que me da igual decirte la verdad. Eres una bruja. Siempre lo has sido, y eso tiene consecuencias. Brent se merece a alguien mejor que tú, y lo sabes. Así que empieza a comportarte mejor. Él siempre te ha apoyado y ha sido generoso, y tú nunca se lo has agradecido. Para ti, nunca es suficiente. De verdad, no entiendo cómo no te ha dejado ya hace años.

Morgan se puso de pie y la fulminó con la mirada.

—Voy a perdonarte porque sé que no eres tú misma. Pero deja que te diga una cosa: esto no se me va a olvidar.

—Ya lo sabemos todos, cariño. A ti nunca se te olvida nada.

—¡Hayley! —gritó su hermana.

Hayley se estremeció, pero había merecido la pena decirle a su hermana lo que pensaba de verdad. Tenía que haberlo hecho hacía mucho tiempo.

—Sabía que tenías este lado oscuro —le dijo Morgan—. Lo sabía. Lo has estado disimulando, haciéndote pasar por una mujer que sufría, pero esta es tu verdadera personalidad. Eres egoísta y mala. ¿Sabes todo el trabajo extra que tengo que hacer por tu culpa? Tengo que preparar yo toda la comida. Podías haberte conformado, pero tenías que obsesionarte con tener un hijo.

Hayley miró a su hermana.

—Siento que mi operación de urgencia haya alterado tu rutina de trabajo.

—¡Eres una zorra!

—Ya está bien.

Las dos se giraron y vieron a Rob en la puerta del dormitorio.

—Morgan, te dije que Hayley todavía se está recuperando. Si no puedes controlar tu genio y venir a visitar a tu hermana como una persona normal, tienes que irte.

—¿Cómo? No ha sido culpa mía. Tenías que haber oído lo que me ha dicho. Ha empezado ella.

—No me importa —dijo él, ajustándose las gafas en la nariz—. Yo no creía que fuera buena idea que vinieras, y tenía razón. Vamos, recoge tus cosas y márchate. No vuelvas sin pedirme permiso, ¿entendido?

Hayley tuvo ganas de sacarle la lengua a su hermana, pero no lo hizo. Morgan tomó su bolso y salió airadamente.

—No voy a volver en mucho tiempo —dijo—. Tendrás que aprender a sobrevivir sin mí.

Hayley se relajó contra los almohadones de la cama. Ojalá fuera cierto, pensó. Pero Morgan volvería, porque no tenía más amigos.

Miró el reloj. Eran casi las tres de la tarde. Debería levantarse y caminar un poco por la casa. Tenía que moverse para que no se le formaran coágulos de sangre. Además, debía comer bien, beber mucha agua y hacer reposo. Una de tres, pensó. Al menos, era algo.

Rob volvió al dormitorio. Al ver que se levantaba, se acercó corriendo a ayudarla. Cuando vio que estaba en pie y que se mantenía sin problemas, dio un paso atrás.

—¿Estás mejor? —le preguntó.

Ella no sabía a qué se refería. ¿A si estaba mejor físicamente? Sí, eso no podía evitarlo. Pero, en cuanto al resto, no estaba tan segura.

Caminando despacio por la casa, salió al patio. Hacía buen tiempo y brillaba el sol, todo un contraste con sus sentimientos. La pelea con Morgan era la primera cosa de la que había disfrutado desde que había vuelto del hospital. No quería seguir en su propia piel. No quería vivir su propia vida, pero allí estaba.

Miró el jardín. Habían cortado el césped recientemente, y algunos de los arbustos muertos habían sido sustituidos por otros.

—Vaya, has estado muy ocupado —le dijo a Rob.

—No puedo estar todo el rato observándote. Tengo que hacer algo con mi tiempo.

—Deberías volver a trabajar.

—Sí. Vuelvo el lunes.

Ella todavía tenía un par de semanas de baja. Y, después, ¿qué? ¿Seguiría yendo a la oficina hasta que tuviera edad de jubilarse? ¿Iría de vacaciones cada dos años? ¿Pintaría las paredes del salón?

La profunda tristeza que sentía le resultó tan abrumadora, que tuvo que sentarse en una de las mecedoras de la terraza y contener las lágrimas.

Rob se acercó a ella.

—Lo siento.

—No es verdad.

—Siento que estés pasando por esto. Siento que hayas tenido que operarte. Siento que hayas estado a punto de morir.

—Pero no sientes que tenga que rendirme.

—No, eso no lo siento. Me alegro de no tener que preocuparme de que puedas morir por intentar tener un hijo. Te vas a recuperar, vas a estar cada día más fuerte y, después, ya veremos lo que hacemos.

—¿Los dos?

—Yo nunca he dejado de quererte, Hayley.

Tal vez no, pero la había abandonado. Había abandonado su matrimonio.

—¿Y cómo voy a confiar en ti? —le preguntó—. ¿Cómo voy a poder creer en ti?

—Estoy aquí.

—Hasta que haga algo que tú no apruebes.

—No ha sido así, y lo sabes. Ibas a morirte.

—Pero no me he muerto. Te marchaste porque yo no iba a hacer lo que tú querías. No sé qué hacer con eso.

—Hablar conmigo.

Ella miró las plantas nuevas.

—¿Qué hay que decir?
—Entonces, después de todo esto, ¿te he perdido de nuevo?
—No lo sé.
—No eras razonable. Nadie podía hacerte entender las cosas. No se podía llegar a ti.
—¿Quieres decir que, pase lo que pase, no volverás a dejarme? ¿Que puedo confiar en ti?
—Me estás pidiendo fe ciega.
—Y tú a mí. Se supone que tengo que superar lo que ha pasado y, al mismo tiempo, aceptarte de nuevo, aunque sepa que puedes dejarme en cualquier momento. Me han hecho una histerectomía, Rob. Ya no puedo tener hijos. Mi sueño ha acabado, ha muerto, y aquí estamos. Tú has conseguido lo que querías, pero ¿y yo? ¿Qué hay de diferente para mí? Nada.
—¿Crees que yo no quería tener hijos?
—No tanto como yo.
—No, tienes razón. Yo no quería tener hijos a costa de que tú murieras. Si eso me convierte en el malo de la película, no me importa.

Una de las características de un buen matrimonio era el juego limpio. Todos los artículos y libros sobre las relaciones decían lo mismo. Gabby sabía que era cierto, y que era importante. Ambas partes tenían que guardarse respeto. La gente tenía que poder hablar y ser escuchada. Las voces tenían que ser calmadas, había que compartir hechos y opiniones, había que llegar a un consenso. Así había que hacer las cosas.

Sin embargo, ella no quería hacer las cosas de un modo correcto. Quería gritar y patalear. Quería pinchar a Andrew en el pecho con un palo. No tanto como para matarlo; se conformaba con hacerle una herida.

Como no iba a hacer nada de eso, empezó a preparar sus argumentos. Los escribió. Después, hizo respiraciones para relajarse y mantener la calma.

Andrew había llegado el día anterior de su viaje, y habían decidido dejar la conversación para la mañana siguiente, cuando los dos estuvieran descansados y las niñas estuvieran en el campamento.

Ambos entraron en el despacho y se sentaron. Ella se dijo que lo iban a solucionar todo, pero no sabía cómo.

—Andrew, creía que entendías que es muy importante para mí volver a trabajar —dijo, empezando la conversación con un tono suave—. Tú siempre me has apoyado en eso.

—Me alegra que lo pienses. Sé que quieres a las mellizas y que querías estar en casa con ellas, pero también te gusta tu profesión. Estar en casa sola todo el tiempo con niñas pequeñas, no ha sido fácil. Eres una buena madre.

—Gracias —dijo ella, y sonrió—. Andrew, necesito trabajar. Quiero a nuestras hijas, pero no puedo quedarme para siempre en casa. Necesito utilizar el cerebro. Necesito desafíos intelectuales, más allá de enseñarles los colores a las mellizas. Quiero algo más que eso.

Él asintió lentamente.

—Ya lo sé, Gabby. He pensado mucho en todo esto. Tú vas a renunciar a todo. Ojalá fuera distinto. Si yo pudiera quedarme en casa con el niño de Makayla, lo haría. Me toca a mí, ¿no? Pero tú no ganas lo suficiente para mantener a la familia.

—Por supuesto que no. Cuando nos conocimos, yo trabajaba para una ONG, y llevo cinco años alejada del mercado de trabajo.

Aunque consiguiera trabajo en un gran bufete de abogados, tendría que empezar desde abajo. Andrew ya era un ejecutivo en una importante empresa, y ganaba un buen sueldo por sus conocimientos y su experiencia.

—Solo digo que yo no puedo quedarme en casa.

—Sí, ya lo sé —dijo ella, amargamente—. Tú eres el héroe, mientras que yo soy la bruja que no quiere entrar en razón.

—¡Gabby! Yo no he dicho eso.

—No, no tienes que decirlo. Es como ofrecerle tu riñón a alguien con quien sabes que no tienes compatibilidad. Quedas como alguien increíblemente generoso, pero no conlleva ningún riesgo.

—¿De verdad piensas eso de mí?

—Creo que quieres decirle a todo el mundo que has hecho lo que has podido. ¿Por qué se supone que soy la única que tiene que sufrir en todo esto? Yo no me he quedado embarazada, pero es mi vida la que va a cambiar.

—No, todas nuestras vidas van a cambiar.

—Claro, habrá un bebé nuevo en casa, y eso afectará a todo el mundo, pero, según lo que tú dices que tiene que pasar, Makayla seguirá con su vida como si no hubiera tenido un hijo.

—Eso no es lo que va a pasar.

—¿De verdad? ¿Va a ser ella la encargada del cuidado del bebé? Salvo cuando esté en el colegio, será ella la que le dé de comer y pase las noches levantándose para atenderlo. Le cambiará los pañales y lo vestirá, y yo solo tendré que supervisarlo todo.

Él frunció el ceño.

—No lo he pensado con tanto detalle. ¿Es necesario definir todo eso hoy?

—Sí, sí lo es. Quiero saber qué es lo que piensas que va a ocurrir. Quiero saber cuáles piensas que van a ser mis responsabilidades con el bebé. Cuánto tengo que hacer yo y cuánto tiene que hacer ella. ¿Tendrá que venir a casa directamente, después de clase, para cuidar a su hijo? ¿Tendrá que dejar las actividades extraescolares y renunciar a estar con sus amigas?

Él frunció el ceño.

—Estás enfadada.

—¿Acabas de darte cuenta? Por favor, respóndeme.

—No sé por qué te empeñas en convertir al bebé en un castigo para ella.

Gabby se puso de pie y se alejó de él. Caminó hacia las estanterías y le dio la espalda. Tenía los ojos llenos de lágrimas.

—No estoy empeñada en eso —dijo en voz baja—. No quiero castigar a Makayla, Andrew. Pero tampoco quiero castigarme a mí misma. Makayla ha tomado decisiones, y tiene que haber consecuencias para ella. Y, con lo que tú estás sugiriendo, esas consecuencias son solo para mí. No es justo.

—El bebé será parte de nuestra familia. Todos vamos a implicarnos. Yo ayudaré cuando esté en casa. Makayla ayudará cuando...

Allí estaba. La verdad, sin paños calientes. Una verdad desnuda, fea y real.

Gabby se dio la vuelta y salió del despacho. No podía hacerlo. No podía mantener aquella conversación en aquel momento.

Andrew la siguió hasta el pasillo.

—¿Gabby? ¿Qué ocurre?

—Ya lo has dicho. Por fin lo has dicho. Yo ya lo sabía, por supuesto. ¿Cómo no iba a saberlo?

—De verdad, no sé de qué estás hablando.

Se giró hacia él, preguntándose si su matrimonio iba a sobrevivir a aquello. Se estaba erigiendo un muro entre ellos, no tanto por el hecho de que le estuviera pidiendo tanto, sino por su incapacidad para ver su papel en aquel problema.

—Has dicho que Makayla ayudaría —le contestó, suavemente—. No que sea el bebé de Makayla y que yo voy a ayudarla a ella. Es al revés. Tú quieres que ella dé a luz y retome su vida como si nada. Para ella, las cosas no van a cambiar, pero para mí, sí. Eso no está bien, Andrew, y lo peor de todo es que no lo ves. Eso es lo que no puedo soportar. Que no lo veas en absoluto.

Capítulo 18

Nicole ya lo tenía todo preparado. La casa estaba limpia, la parrilla, lista y la comida, en el refrigerador. Se había decidido por unas chuletas porque eran fáciles de preparar, junto con su ensalada de alubias con estragón porque parecía que a todo el mundo le gustaba. Le había pedido a su amiga Shannon que le recomendara un buen vino tinto que no fuera demasiado caro. Y, por si acaso Jairus prefería tomar cerveza, había comprado un paquete de seis. Además, la noche anterior se había quedado levantada hasta tarde, haciendo *brownies* para el postre.

En realidad, había llegado a la conclusión de que vivir la vida sin citas era mucho más fácil que lidiar con aquel nerviosismo. ¿Cómo se las arreglaba la gente para permanecer en calma cuando salía con alguien? ¿Acaso fingían todos, o ella era un fenómeno extraño?

Mientras se hacía todas aquellas preguntas sin respuesta, fue a la habitación de Tyler. Aunque tuviera sus problemas, lo primero era asegurarse de que él estaba bien.

Lo encontró sentado en la cama con las piernas cruzadas y todos los libros de Brad the Dragon puestos a su alrededor. Su hijo la miró y sonrió.

—¡Estoy muy nervioso!
—Yo, también —dijo ella, mientras se sentaba a su lado—. Jairus es muy agradable.
—Sí.
—Ya sabes que está muy ocupado con la gira de su nuevo libro.

De hecho, había estado fuera durante un par de semanas, y acababa de volver a Los Ángeles. Lo sabía porque él la había llamado por teléfono un par de veces desde distintas ciudades. Las conversaciones habían sido relativamente cortas e informales, pero, aun así, la había llamado. Eso tenía que significar algo.

El problema era que no sabía qué podía ser, y no sabía qué quería que significara. Pero no iba a hablar de nada de aquello con su hijo.

—Jairus es un amigo —le dijo con cuidado—. Un amigo como Adam o Rob.
—Ya lo sé —dijo Tyler, sin apartar los ojos marrones de su cara—. Me alegro de que venga. Puede que nos cuente algo sobre su próximo libro de Brad.
—Eso sería estupendo —le dijo. Le dio un beso en la coronilla y lo dejó con sus libros.

Jairus llegó puntualmente. Nicole abrió la puerta y se encontró con aquel hombre guapo en su porche delantero. Tenía un ramo de flores en una mano y un pequeño maletín azul de plástico en la otra.

Ella le había dicho que era una cena informal, y él le había hecho caso. Se había puesto unos pantalones vaqueros desgastados y un polo, y la ropa le quedaba como un guante. Era una combinación muy agradable.

—Hola —dijo Jairus con una sonrisa—. Gracias por invitarme.
—Gracias por venir.

Él le entregó las flores y le dio un beso en la mejilla.
—Esto —dijo, mostrándole el maletín— es para Tyler.

—¿Debería ponerme nerviosa por lo que hay dentro?
—No, en absoluto.

Tyler salió corriendo de su habitación.

—¡Jairus! ¡Ya has llegado! —exclamó el niño, y se abrazó a su cintura—. Te estaba esperando.

Nicole contuvo un suspiro. Y ella que había tratado de convencer a su hijo de que aquella visita no tenía nada de especial. Jairus era su héroe o, por lo menos, el autor de su personaje favorito, lo cual, seguramente, era lo mismo.

—Yo también estaba esperando con impaciencia la visita —le dijo Jairus mientras lo abrazaba—. Te he traído una cosa.

Tyler retrocedió y sonrió con timidez.

—¿Qué es?

—Ven a verlo —dijo Jairus, y señaló la mesa de la cocina—. ¿Puedo?

Ella asintió. No sabía qué esperar. Jairus ayudó a Tyler a sentarse, acercó otra silla y se sentó a su lado. Después, puso el maletín en la mesa y lo abrió.

Estaba lleno de lapiceros de colores, ceras y rotuladores ordenados por colores. También había hojas de papel. Jairus sacó una y se la puso delante a Tyler.

—¿Te gustaría aprender a dibujar a Brad?

Tyler se quedó mirándolo con los ojos muy abiertos y los labios separados.

—¿De verdad? —susurró.

—Sí, de verdad. No es difícil. Se empieza con una forma básica.

Jairus sacó dos lapiceros negros y le dio uno a Tyler. Entonces, Nicole se dio cuenta de que eran más gruesos de lo normal, perfectos para la pequeña mano de Tyler.

Jairus tomó una hoja de papel y le enseñó a hacer la forma del dragón.

—A mí me gusta empezar con cuatro círculos —le explicó–. Uno, para la cabeza, y los otros tres, para el cuerpo. Así.

Le hizo una demostración, y Tyler dibujó cuatro círculos iguales en su papel.

–Estupendo. Después le añadiremos la cola. Ahora, vamos a empezar la cabeza. Lo mejor es que le pongas los ojos y las orejas, así.

Quince minutos después, Tyler tenía un Brad bastante decente. Se puso de pie de un bote y corrió hacia ella.

–¡Mamá, mira! ¿Has visto lo que he dibujado?

–Es fantástico. ¿Podemos ponerlo en la puerta de la nevera?

Había otros dibujos en la nevera; normalmente, había una discusión cada vez que había que retirar algo para hacer sitio. En aquella ocasión, Tyler se acercó a la puerta y empezó a quitar todos sus dibujos. Puso el de Brad en el centro y se giró hacia Jairus.

–¿Podemos dibujarlo otra vez?

–Claro que sí. Mientras practicas, voy a enseñarte otra vez los pasos que hay que dar. Voy a dibujar a Brad por partes. Así no se te olvidará.

Nicole notó que el muro de protección que había erigido tan cuidadosamente a su alrededor iba desmoronándose. ¿Cómo iba a resistirse a un hombre que era tan bueno con su hijo, tan paciente y tan bueno con todos los niños?

Volvieron a sentarse en la mesa. Tyler frunció el ceño al concentrarse en dibujar bien los círculos.

–¿Así es como tú aprendiste a dibujar a Brad? –le preguntó a Jairus, sin apartar la vista del papel.

–Sí. Saqué de la biblioteca un libro para aprender a hacer dibujos y practiqué mucho. Quería dibujarlo para mi hermana.

Tyler se giró hacia él.

–¿Tienes una hermana?

—La tenía. Ya no está.

Tyler asintió con una expresión sabia.

—Como mi papá.

Nicole estaba junto a la encimera. Tuvo la tentación de abrazar a su hijo, pero se contuvo. Sabía que Jairus se refería a que su hermana había muerto, mientras que Tyler quería decir que... En realidad, no sabía lo que pensaba el niño sobre su padre. Eric nunca estaba allí.

Cuando estuvieran a solas, iba a hablar de aquello con Tyler. Por un lado, no quería que su hijo echara de menos a su padre, pero, por otro, detestaba que Tyler no tuviera relación con Eric. Al principio, Eric había sido un buen padre, pero, desde que había decidido escribir aquel maldito guion, eso había cambiado.

Jairus y Tyler siguieron dibujando una media hora. Ella se fue al salón a leer para dejarles algo de espacio.

—Voy a hablar con tu madre —le dijo Jairus, suavemente—, pero estoy ahí mismo, si tienes alguna pregunta.

—De acuerdo.

Jairus se levantó y se acercó a ella.

—Espero que te haya parecido bien —le dijo en voz baja.

—¿Lo dices en broma? Es el mejor día de su vida.

Jairus sonrió lentamente, de una manera sexy. Nicole sintió un cosquilleo en el estómago. De repente, se acordó de que hacía mucho tiempo que un hombre no la abrazaba de verdad. Eric y ella no habían tenido relaciones sexuales durante el último año de su matrimonio.

Sin embargo, no iba a haber sexo, se dijo con firmeza. Por lo menos, en mucho tiempo. Ella tenía que preocuparse por su hijo y, además, sus sentimientos eran contradictorios. Y, además, Jairus no se lo estaba pidiendo.

Pero tal vez lo hiciera, le susurró una vocecita en la

mente. Y, si se lo pedía, tal vez, solo tal vez, pudiera decirle que sí...

Dos horas después, Tyler seguía dibujando. Había empezado a utilizar los rotuladores y a darle color a su adorado dragón. Jairus estaba al lado de la parrilla mientras se cocinaban las chuletas. Tenía una cerveza en la mano. Nicole se había servido una copa de vino.

—Podría hacerle un mural —comentó él, mientras observaba la carne que se estaba asando—. En su cuarto.

Nicole miró hacia la casa.

—¿De verdad? ¿Un mural de Brad the Dragon?

Él se echó a reír.

—Claro. Pero si no te gusta la idea solo tienes que decírmelo.

—¡Pues claro que me gusta la idea! A Tyler le encantaría.

—Sería dibujar en la pared. A algunas personas no les gusta eso.

—Puedo vivir con ello. Cuando Tyler se haga demasiado mayor para Brad, podemos pintar encima.

Jairus se puso una mano sobre el corazón.

—Oh, el frío pragmatismo de los no creyentes.

Ella sonrió.

—¿Es que no quieres que los niños se hagan demasiado mayores para seguir con Brad?

—Nunca.

—Podrías continuar la serie hasta que acabe el instituto.

—¿Brad, saliendo con chicas? No, no lo veo claro. Sería raro hasta para mí —dijo, y se puso serio—. Te he echado de menos mientras estaba de gira.

Aquellas palabras tan inesperadas consiguieron que Nicole se ruborizara.

—Bueno, seguro que estabas tan ocupado que casi no has podido pensar en mí.

Él la observó.

—¿Dices eso porque no te crees lo que te he dicho, o porque te lo crees y hace que te sientas incómoda?

—Las dos cosas.

—¿Por qué?

Ella le dio un sorbito a su vino.

—Eric no ha muerto.

—¿Disculpa?

—Eric, el padre de Tyler. Tú mencionaste que tu hermana ya no está, y Tyler dijo que lo mismo pasaba con su padre. Eric nunca viene a verlo. Es frustrante. No entiendo qué ocurre. No es que esté siempre saliendo con mujeres. Ni siquiera sé si sale con alguna. Pero siempre está muy ocupado con asuntos de la industria del cine. Reuniones. Escritura. Lo que sea. Es como si Tyler ya no le importara nada.

—Tal vez se haya enamorado de Hollywood. A la gente le ocurre. Es muy absorbente.

—¿A ti nunca te ha tentado?

—No. Yo escribo y dibujo un personaje para niños. No es exactamente algo trepidante para una película. Me han hecho ofertas por algunos libros, pero nunca ha habido ningún proyecto serio para hacer una película. Para mí, está bien. No es lo mío. Me gusta lo que hago, pero lo que más me gusta es estar con mis fans. Los niños son geniales.

—Haces mucho por los niños con discapacidad.

Él se encogió de hombros.

—No es para tanto. Yo no me siento incómodo con los niños que son diferentes. Ellos no pueden hacer nada por ser como los demás, así que tenemos que adaptarnos.

Lo que más le llamó la atención a Nicole fue la parte de «tenemos que». Jairus no tenía por qué adaptarse. Él podría escribir los libros, ir a las firmas y gastarse todo su dinero sin implicarse en nada, pero prefería que su trabajo tuviera más significado.

—Te he echado de menos, Nicole —repitió él.

Ella se encogió.

—Creía que te había distraído lo suficiente como para que se te olvidara de qué estábamos hablando.

—Habría funcionado si el tema fuera menos interesante. ¿Con cuántos hombres has salido desde que te divorciaste?

—Eh... ¿contándote a ti?

—Claro.

Ella se quedó mirándolo.

Él enarcó las cejas.

—Entonces, yo soy el primero. Bueno. Entonces, voy a tener que ser muy suave e ir muy despacio.

—Qué gracioso.

—No estoy de broma, Nicole. Un divorcio no es una cosa fácil. Quisiera decirte que mi exmujer tiene toda la culpa de que nuestro matrimonio saliera mal, pero no es así. Yo también tengo mi parte de responsabilidad. Y lo mismo sucede con Eric y contigo. Él se fue, pero ¿cuánto porcentaje de la ruptura puede achacarse a ti? —le preguntó, y blandió la espátula de la carne—. Es una pregunta retórica, por cierto; no espero que la contestes.

—Pues mejor, porque no sé qué contestar. Sé que yo hice mal muchas cosas. Cuando se marchó, solo se llevó unas cuantas cajas. Pero no era que me estuviera dejando todo lo demás, porque la casa era mía antes de que nos conociéramos, y creo que, después de que nos casáramos, yo nunca pensé que esta casa era nuestra, de los dos. Eso está mal. Así que, cuando se fue, aquí no quedó prácticamente nada de él. No dejó su marca en nada. Eric había dejado el matrimonio mucho antes de que terminara —prosiguió Nicole—. Yo le echo la culpa de muchas de las cosas que salieron mal, pero yo también tengo parte de esa culpa. Yo estaba dispuesta a dejar que se marchara. No luché. Creo que ya no me importaba. Creo que nunca le permití entrar del todo, así que no fue demasiado traumático que se fuera.

Jairus la observó atentamente.

—Bien —dijo, y eso la sorprendió.

—¿Qué es lo que está bien?

—Que no te hayas aferrado a la excusa fácil. Has pensado mucho para llegar a la verdad. Eso es admirable.

—No soy la heroína de la historia.

—Tampoco eres la villana —dijo él y la miró a los ojos—. Te he echado de menos —repitió.

Ella se aferró a su copa de vino y pensó que todo iba bien. Podía dar un paso más en aquel abismo que era salir con un hombre. Podía ser valiente. Si caía al vacío, bueno... había sobrevivido a cosas más difíciles. Sobreviviría a aquello.

—Yo también te he echado de menos.

Él sonrió.

—¿Ha sido tan difícil?

—Sí, pero sobreviviré.

El domingo por la tarde, Gabby estaba sentada con su marido en el patio, preguntándose por qué las cosas no podían ser más fáciles. Ojalá tuvieran un enemigo común contra el que luchar juntos. Sin embargo, aquella diferencia de expectativas entre ellos era imposible de superar. No sabía cómo hacérselo entender. En parte, pensaba que él estaba siendo tan obtuso a propósito, porque le convenía. Porque, si se pusiera en su lugar, se daría cuenta de que su petición era absolutamente injusta.

Aquella tarde era soleada y cálida. Las mellizas estaban jugando en los columpios, a la sombra de los árboles.

Boomer estaba olfateando las plantas de la valla, mientras Jasmine se acicalaba al sol y miraba los pájaros que revoloteaban en el cielo. Makayla estaba con su madre. Por el momento, había paz. Sin embargo, también sentía una distancia de miles de kilómetros entre Andrew y ella.

—¿Has sabido algo de Lisa o de Thomas? —le preguntó él.

—No. Voy a llamar mañana a Lisa. Me da la impresión de que este silencio no augura nada bueno, pero no tengo pruebas. Que yo sepa, están decorando una habitación para su nieto.

—¿Y Makayla no ha dicho nada sobre Boyd? —preguntó él.

—A mí, no.

—No me fío de Boyd —dijo Andrew—. ¿Por qué ya no viene nunca? Si le importa tanto Makayla, ¿por qué no lo vemos nunca?

—Sí, ya lo sé. Me gustaría pensar que todo va bien. Que están planeando su futuro con esa dicha que es el amor juvenil, pero tengo mis dudas.

—Lo dices con amargura.

—No. Es que estoy cansada —dijo ella con un suspiro—. No quiero pelearme contigo, Andrew, pero me lo estás poniendo muy difícil.

—Somos un equipo —le recordó él.

—Ahora estoy menos segura de eso —replicó ella—. Últimamente, yo lo estoy haciendo todo aquí mientras tú trabajas —dijo, y alzó una mano—. No estoy diciendo que tú no me apoyes. Siempre estás pensando en formas de ser un buen marido y un buen padre. Trabajas muchas horas para mantenernos. Y yo te lo agradezco todo. Pero, en el día a día, solo estoy yo. Me estás pidiendo demasiado.

—¿Y si no hay otra solución? Alguien tiene que criar al hijo de Makayla.

—Debería ser ella, o darlo en adopción.

—Eso no es una solución —dijo él con dureza—. Ya hemos hablado de esto. No está preparada para ser madre.

—Entonces, no debería tener un hijo.

—Pero lo va a tener. Tenemos que aceptar lo que está ocurriendo. Va a haber otro miembro de la familia al que hay que cuidar, Gabby. El bebé es responsabilidad nuestra, tanto como de Makayla.

Ella negó con la cabeza.

—No acepto eso. Nosotros no tuvimos nada que decir en cuanto a su decisión de tener relaciones sexuales. Lo hizo por su cuenta. No estoy diciendo que no la ayudemos. Por supuesto que sí. Pero, Andrew, piensa en lo que estás diciendo. Todo el mundo va a poder continuar con su vida, salvo yo. Quieres que renuncie a todo.

Notó que se le formaba un nudo en la garganta, y se le llenaron los ojos de lágrimas.

—Y yo no puedo —susurró—. No puedo hacerlo. No voy a hacerlo. No voy a renunciar a mi vida para quedarme otros cinco años en casa cuidando al bebé de tu hija.

Durante el silencio que siguió, a ella se le aceleró el corazón. Boomer debió de sentir la tensión, porque alzó la cabeza y la miró. Andrew frunció los labios.

—Entiendo.

Entonces, ella se dio cuenta de lo que había dicho. Había definido a Makayla como hija de Andrew. No de los dos, no de ella, sino solo de él. Con aquellas palabras, había dejado de lado la ética, la moralidad.

—Ya lo entiendo —repitió él en un tono seco.

Al instante, ella se puso furiosa consigo misma, pero también con él, porque sabía lo que iba a ocurrir. Porque Andrew iba a comportarse como un imbécil con respecto a aquello. Ella lo sabía.

Andrew carraspeó y miró su reloj.

—Tengo que llamar a Candace para saber si va a traer a mi hija o tengo que ir yo a recogerla.

Gabby asintió. Se dijo que el énfasis que había notado en las palabras «mi hija» había sido una imaginación suya, pero sabía que no era cierto.

Él entró en la casa. Jasmine dejó de mirar a los pájaros y subió de un salto al cojín, junto a Gabby. Ella acarició a la gata mientras pensaba que aquello era como una escena de *Terminator*. Se avecinaba tormenta.

Kenzie y Kennedy saltaron del columpio y se acercaron corriendo. Se tiraron sobre la hierba y extendieron los brazos. Boomer se acercó a sus chicas favoritas y las lamió.

—Mamá, ¿cuándo viene Makayla? —preguntó Kennedy.

—Pronto —dijo Andrew desde la puerta—. Voy a buscarla ahora mismo.

—¿Puedo ir? —preguntó Kennedy.

—Yo, también. Quiero ir contigo.

Andrew miró a Gabby.

—Si no es mucha molestia —le dijo—, me llevo la furgoneta.

Ella asintió sin hablar. Tal vez hiciera calor en Mischief Bay aquella tarde, pero en la casa de los Schaefer, la temperatura se había vuelto glacial.

Capítulo 19

Gabby se quedó en el piso de abajo mucho tiempo después de que Andrew dijera que iba a acostarse. Las cosas no habían mejorado durante la cena, aunque él había sido muy cuidadoso y se había mostrado amable delante de las niñas.

Estaba terminando la lista de la compra para el día siguiente. En cuanto estuviera segura de que él se había quedado dormido, subiría a la habitación.

Metió la lista en su bolso y varias bolsas de tela para meter la compra. Solo faltaban tres semanas para que empezara el colegio, y su nuevo trabajo. Necesitaba organizar las cosas. Tenía que comprar ropa y...

Oyó un ruido, y se dio la vuelta. Makayla estaba a los pies de la escalera, en pijama y con una trenza en el pelo. Parecía una niña pequeña.

—Hola —le dijo Gabby—. ¿Estás bien?

La niña se encogió de hombros.

—No podía dormir.

Gabby señaló los taburetes de la isla.

—¿Te apetece un chocolate caliente?

—Sí, gracias.

Mientras Gabby sacaba el cacao y la leche, Makayla se sentó.

—¿Qué tal ha ido el fin de semana con tu madre? —preguntó Gabby.

Makayla encogió un hombro.

—Está muy enfadada conmigo.

—¿Por el bebé?

Makayla asintió.

—Ya se acostumbrará a la idea. Aunque tarde un poco.

—También está enfadada contigo —reconoció Makayla con un hilo de voz.

Gabby se echó a reír.

—Ya me lo imaginaba. Seguro que ha dicho que todo ha sido culpa mía. Que si lo hubiera hecho mejor contigo, no habría sucedido nada de esto.

Makayla abrió unos ojos como platos.

—¿Y cómo lo sabes?

—Lo he adivinado.

—Quiere que dé al niño en adopción.

Gabby siguió removiendo la leche en la cazuela.

—Ummm —murmuró. ¿Era posible que, después de ocho años, aquella bruja y ella estuvieran de acuerdo en algo?

—Le he dicho que no iba a hacerlo. Que Boyd y yo vamos a criar juntos a nuestro hijo. Que estamos enamorados.

Gabby contuvo un suspiro.

—Supongo que no se lo tomó bien.

—No. Me gritó, y me dijo que soy una estúpida y una irresponsable. Dijo que...

Se hizo el silencio. Gabby se giró y vio que Makayla se estaba enjugando las lágrimas.

Gabby apagó el fuego y se sentó al lado de la adolescente. No estaba segura de qué podía hacer o decir, pero le puso la mano sobre el hombro.

Makayla alzó la cabeza. Tenía los ojos llenos de lágrimas.

—Me dijo que Boyd me va a dejar plantada. Que me estoy engañando a mí misma si pienso que va a durar un mes conmigo después de que nazca el bebé. Que no estamos enamorados, sino que él solo quería una cosa.

Fuera cierto o no, no era necesario ser tan brusca, pensó Gabby, y abrazó a Makayla. La muchacha se relajó contra ella y se echó a llorar.

—Boyd todavía está contigo –dijo Gabby–. No se ha ido a ninguna parte, ¿no?

—No, pero su madre me odia.

—Me parece a mí que Lisa odia a todo el mundo. No creo que tú seas nadie especial para ella, siento decirlo.

A Makayla se le escapó un sonido entre risa y sollozo. Después, alzó la cabeza de nuevo.

—¿Crees que Boyd me utilizó?

—No –dijo Gabby–. Mira cómo se puso de tu parte. Te defendió delante de su madre. Eso no pudo ser fácil.

—Tienes razón. Es un buen chico.

Gabby no creía que fuera a ser «bueno» durante mucho tiempo, pero no tenía sentido decirlo en aquel momento. Si estaban equivocados, tendrían que aceptar a Boyd y al bebé. Si tenían razón... Bien, ya habría tiempo suficiente para solucionar eso más adelante.

Lo que había sacado en claro era que Makayla no estaba interesada en la adopción. Eso la dejaba a ella en una situación difícil. Ella no quería ocuparse del bebé, y Andrew no se imaginaba nada diferente.

—Gracias –le dijo la adolescente–. Me siento mejor. Estaba muy preocupada.

—Yo no me preocuparía a no ser que ocurra. Algunas veces, en una relación, es mejor permitir que la otra persona cometa un error antes de enfadarte con él. Enfadarse con antelación no sirve de nada.

Makayla sonrió.

—Siempre das los mejores consejos del mundo, Gabby.

Gracias –dijo. Entonces, se le apagó la sonrisa–. Siento lo del bebé. Yo no quería esto.

–Ya lo sé –respondió Gabby, y le dio una palmadita en la mano–. ¿No quieres intentar dormir ahora? Mañana tienes un día ajetreado en el campamento.

–Sí. Me siento mucho mejor.

La adolescente le dio un abrazo y se fue escaleras arriba.

Gabby tiró la leche por el fregadero y subió lentamente a su habitación. Andrew ya estaba dormido, como Boomer. La combinación de un ligero ronquido con una respiración calmada hizo que lamentara mucho que Andrew y ella estuvieran enfadados. Que no pudieran ser el equipo del que él hablaba siempre. Pero lo que le estaba pidiendo era inadmisible.

Aquella noche no pudo dormir demasiado. Cuando sonó el despertador, pensó que había conseguido tres horas de sueño, como máximo. El día iba a ser muy duro.

Se levantó y se fue al baño. Después de ponerse la bata, fue hacia la puerta del dormitorio para bajar a la cocina y darles el desayuno a Boomer y Jasmine. Andrew la detuvo.

Por un segundo, ella pensó que iba a decirle algo amable. Que iba a ofrecerle una rama de olivo o, al menos, dar a entender que estaban en el mismo bando. Sin embargo, él le preguntó:

–¿Te importaría recoger a Makayla del campamento hoy? Tengo una reunión y no puedo llegar a tiempo.

–No seas idiota –le espetó ella–. No es necesario.

Él enarcó las cejas como si se hubiera quedado desconcertado.

–Mira, no tengo tiempo para tus tonterías –le dijo ella–. Han sido ocho años, Andrew. ¿Cuándo no he recogido yo a Makayla? ¿Cuándo no le he dado de comer, la he vestido, la he llevado al médico, a los deportes, al colegio y a casa de sus amigas, y cuándo no le he comprado regalos por su cumpleaños y por Navidad? Siempre he estado ahí para ella, y lo sabes.

Se ajustó el cinturón de la bata, y continuó:

—Lo único que he pedido a cambio es que tuviera responsabilidades en casa. Que contribuyera al funcionamiento de su casa. Pero tú has dicho que no, que no haga nada aquí. Yo soy la que dijo que no quería que subieran chicos a su habitación, y tú me explicaste que estaba equivocada, que tú conocías mucho mejor a tu hija. Así que, cuando tú sacas a relucir tu vínculo biológico con ella, cuando tú pones todas las reglas porque es tu hija, yo tengo que aceptarlo. Y, como yo he dicho una sola vez «tu hija», ¿ya soy la mala de la película?

Tomó aire y continuó:

—No. No lo acepto. Estás equivocado en esto, completamente equivocado. Quiero una vida. Eso no es nada malo ni mezquino por mi parte. Es algo real. Quiero un trabajo. Quiero poder tomar las decisiones sobre mi vida. No quiero quedarme en casa a criar a su bebé. No quiero. Te hago notar que no has mencionado ni una sola vez que tu exmujer participe en esto. Solo yo. No tengo ni idea de cómo va a terminar esto, pero ¿sabes una cosa? Estoy harta. No vas a imponerte en esto. Si, como tú dices, somos un equipo, entonces tenemos igualdad de voto, y yo voto que no. No voy a hacerlo, y no voy a permitir que me conviertas en la mala de la película.

Y, con esas palabras, salió de la habitación, seguida por Boomer y Jasmine.

Cuando llegó a la cocina, se echó a temblar. Era la primera vez que lo dejaba plantado en una discusión. Él siempre tenía la última palabra. Estaba segura de que había violado treinta y ocho normas del juego limpio y que una consejera matrimonial le diría que lo estaba haciendo mal, pero ya no le importaba lo más mínimo.

Hayley se paseó por la casa. Todas las ventanas estaban abiertas y la puerta trasera, también. Eran las seis de la tarde, y la brisa iba a empezar a soplar en cualquier momento. El aire fresco llegaría desde el mar y bajaría agradablemente la temperatura del interior.

Los días estaban alargándose, pero no en cuanto a la luz del sol. En realidad, en ese sentido, iban acortándose. No, lo que ocurría era que ella se daba cuenta de lo lentamente que pasaba el tiempo.

Físicamente, se sentía mejor. Su cuerpo se estaba recuperando y tenía más energía. Eso significaba que ya no podía quedarse sentada y necesitaba hacer algo.

Miró el teléfono para ver si Gabby o Nicole le habían enviado algún mensaje. Sus amigas se ponían en contacto con ella varias veces al día. Sin embargo, en aquel momento no había nada. Porque ellas tenían una vida, se dijo. Y ella iba a tener que encontrar una vida también, lo más pronto posible.

Hasta el momento, no había sucedido. El fin de semana anterior, Rob había emplastecido las paredes del dormitorio. Y, aquellos últimos días, ella había ido pintando las molduras. Solo veinte o treinta minutos seguidos. Descansaba cuando se sentía fatigada. Sin embargo, aunque no quisiera admitirlo, estaba volviendo a tener energía, y se sentía bien haciendo algo productivo. Sin embargo, todavía faltaba una semana para que volviera a trabajar.

Oyó las llaves de Rob, que abría la puerta principal. Salió a recibirlo. Él sonrió al entrar.

–Hola –le dijo mientras se aflojaba la corbata–. ¿Qué tal estás?

Todas las noches le hacía la misma pregunta, aunque la preocupación había ido disminuyendo día a día.

—Estoy bien. He terminado las molduras.

A él se le apagó la sonrisa.

—Hayley, te dije que lo haría yo este fin de semana.

—Sí, ya lo sé, pero tengo que hacer algo. No puedo pasarme todo el día viendo la tele, y voy casi a libro por día. Además, la doctora Pearce dijo que tenía que empezar a moverme un poco.

—Pero no a pintar las paredes.

—Tengo cuidado, no te preocupes.

Fueron a la cocina. Ella había preparado pollo marinado y una ensalada. Lo sacó todo de la nevera, además de una botella de vino blanco. Rob abrió la botella mientras ella sacaba las copas.

Habían empezado a tomar una copa de vino antes de la cena. Ella ya no estaba tomando medicinas, había dejado las hormonas hacía mucho tiempo. También había acabado con los analgésicos postoperatorios. Si tenía algo de dolor, con un ibuprofeno era suficiente.

Salieron con las copas al patio. Todavía no se había puesto el sol, pero los árboles y la casa del vecino les proporcionaban sombra.

Se sentó en una vieja silla de plástico y observó el jardín. No era grande, pero podía ser muy bonito. Ahora que ya no iban a tener un hijo, tenían ahorros. Podían hacer todo lo que había sugerido Rob para adecentar la casa.

Mientras pensaba aquello, esperó a que el dolor la hiciera añicos. Sin embargo, eso no ocurrió. Sintió dolor, sí, e ira, y pérdida. Estaba pasando muy rápidamente todos los estadios del luto. Estaba empezando a pensar que, tal vez, su empeño en tener un hijo había sido inútil. Que, tal vez, ese nunca hubiera sido su destino.

Se giró hacia su marido. Rob era muy guapo, pensó, mientras brindaban. Se había tomado una semana libre del trabajo para quedarse en casa con ella, y había vuelto a trabajar hacía pocos días. La llamaba cada dos horas y se cercioraba de que la nevera estuviese siempre llena. La cuidaba.

En aquel momento, se subió las mangas de la camisa. Ella observó su perfil, su mandíbula fuerte.

Todavía no dormían en la misma habitación. La mayoría de las noches, ella no paraba de dar vueltas por la cama y de despertarse, porque soñaba con un niño al que nunca iba a conocer. Sin embargo, algunas veces echaba de menos el calor de Rob. Sus abrazos y su cercanía.

Lo echaba de menos, pensó con tristeza. Echaba de menos lo que habían sido el uno para el otro. Pero estaban enfadados; ella, porque él la hubiera abandonado. Él, porque ella hubiera estado dispuesta a sacrificar su matrimonio, incluso su vida, por tener un hijo. Estaban en un callejón sin salida.

—¿Qué tal ha estado tu día?

—Bien. Ajetreado —dijo él. Tomó su copa de vino y la miró—. Como de costumbre.

Él vaciló un segundo, lo justo para que ella se diera cuenta de que ocurriría algo que él no quería mencionar. Aquellos días, él estaba siendo muy cuidadoso. Tenía mucho tacto cuando le preguntaba por su salud, y cuando le tocaba suavemente la frente para ver si tenía fiebre. Tenía mucho cuidado cuando la abrazaba, para no afectar a la recuperación de su cuerpo.

—Hay algo —le dijo—. Cuéntamelo.

Él se apoyó en el respaldo de la silla.

—Es por una clienta, la señora Turner. Es mayor. Es muy rica. Cuando trabajé por primera vez para ella, todo fue bien, pero, ahora, siempre está llamando para quejarse de su coche.

—Pero ¿le ocurre algo?

—No, eso es lo raro. El coche funciona perfectamente.

Se lo hemos revisado una docena de veces. Pero ella dice que oye ruiditos, o que no responde bien cuando aprieta el acelerador. Haga lo que haga, nunca es suficiente para ella.

–¿Y sabes si a ella le ha ocurrido algo?

–Su marido murió. Llevaba un tiempo enfermo, así que yo había estado tratando con ella durante las reparaciones del coche –explicó Rob, cabeceando–. Sé lo que me vas a decir. Que es porque él ha muerto. Pero ella ya sabía que iba a ocurrir. Además, casi no me conoce. ¿Por qué no se dedica a torturar a sus hijos?

–Seguramente, lo estará haciendo. O tal vez no pueda, y tú eres un blanco más fácil. Está asustada, Rob.

–¿De qué? Tiene una fortuna. No va a tener ninguna preocupación durante el resto de su vida.

–El hecho de que sepas que va a pasar algo no hace que sea más fácil enfrentarse a ello –murmuró Hayley–. Antes, ella era su mujer, y ahora ya no lo es. Es una viuda. Si él ha estado enfermo, seguramente ella se ocupaba de cuidarlo. Ahora ya no tiene nada. No hay nadie que dependa de ella. Es difícil sentirse inútil.

Él la miró fijamente.

–Tú no eres inútil.

–Yo me siento así.

–¿Porque no puedes tener un hijo?

Una pregunta directa, pensó ella. Le sorprendió que Rob abordara el tema.

–Algunas veces, sí. He malgastado todo ese dinero y he perdido todo ese tiempo para nada.

Se le cayeron las lágrimas, y pestañeó.

Él se movió rápidamente. Dejó el vaso en la mesa y se arrodilló delante de ella, en la hierba.

–Hayley, no –le dijo. Posó los antebrazos a ambos lados de sus muslos y la miró a los ojos–. No hemos malgastado nada. Lo hemos intentado. Hemos hecho todo lo posible, pero no funcionó para nosotros. Ya encontraremos otra forma. No te rindas.

—No vamos a tener un hijo, Rob. Nunca vamos a tener a nuestro niño en brazos. ¿Sabes lo que significa eso para mí? ¿Sabes lo que me duele el alma a todas horas del día?

—No, no tengo ni idea —le dijo él, tomándola de la mano—. Yo también quería que tuviéramos hijos. Claro que sí. Pero siempre fue un concepto. Tú estás aquí, eres real. Aunque siento lo que ha pasado, agradezco cada minuto del día que tú estás viva y estemos juntos.

Le apretó los dedos, y añadió:

—Prefiero tenerte a ti que tener un hijo, Hayley. Te quiero. Y quiero que superemos esto juntos.

—No sé si puedo. Tú me dejaste.

—Lo sé.

Ella se soltó de su mano.

—¿Y ya está? ¿No vas a disculparte?

—No. Puede que yo me equivocara al marcharme, pero tú también estabas equivocada. Estabas tomando decisiones sin hablar conmigo. Me mentiste sobre el motivo por el que querías adecentar la casa.

Ella iba a protestar, pero él alzó una mano.

—No me mentiste directamente, pero sabías lo que yo pensaba, y dejaste que siguiera pensándolo. Me engañaste, Hayley —dijo y sonrió ligeramente—. No estoy tan cegado de amor como para no ver tus defectos.

—Es una pena.

—Pero los dos sobreviviremos. Siento haberme marchado. No sabía cómo enfrentarme a lo que estabas haciendo. No quería que te murieras, y me parecía que no eras capaz de razonar.

—No lo era —confesó ella en un susurro.

Hayley tenía que admitir que había ido demasiado lejos. Y él quería saber si podía confiar en ella en el futuro.

—No te preocupes —le dijo—. Ya no puedo hacer más locuras. No puedo tener hijos. Eso se ha terminado.

—No. Ya no tenemos la posibilidad de que des a luz un hijo. Pero sí podemos tener hijos.

—No quiero adoptarlos.

—Ya lo sé. Pero hay otras opciones.

Ojalá fuera cierto. No lo era, pero Rob siempre había sido muy optimista. Era una de las cosas que más le gustaban de él.

Rob posó la cabeza en su regazo.

—Te quiero, Hayley.

Las palabras quedaron suspendidas en el aire, como expectantes. Ella puso la mano sobre su cabeza y le acarició la mejilla con los dedos. Notó el calor de su piel y la aspereza de su barba. Por dentro, la muralla que rodeaba a su corazón empezó a resquebrajarse un poco. Por la grieta escapó algo de dolor, que se desvaneció.

Todavía tenía que curarse de muchas cosas. De un sufrimiento que podría llenar cinco vidas. Pero, tal vez, debería ver el arco iris entre la lluvia, así que cerró los ojos y susurró:

—Yo también te quiero.

Capítulo 20

Gabby removió el chili. Había hecho doble cantidad para poder congelar el sobrante y aprovecharlo en otra cena. Cuando empezara a trabajar, aunque solo fuera a tiempo parcial, iba a tener poco tiempo para cocinar.

Además, había hecho una ensalada y había comprado pan de maíz, en vez de cocerlo en casa. Todavía estaban en agosto, y no quería encender el horno a no ser que tuviera que hacer unas galletas o unos *brownies* de emergencia.

Miró el reloj de la cocina y se preguntó cuándo llegaría Andrew. Cuando estaba en la ciudad, siempre la llamaba o le enviaba mensajes varias veces al día, pero, desde que habían tenido la pelea del fin de semana, no lo estaba haciendo. Tenía ganas de decirle que no fuera tan inmaduro, pero ella tampoco se estaba esforzando por arreglar la situación. En algún momento, uno de ellos tendría que ofrecer una tregua. Seguramente, sería ella, pero aún no. Aunque la cabeza le decía que era más importante su matrimonio que aquella pelea, el corazón le decía que no perdiera el terreno que había conquistado.

Se oyó un grito en la casa. Gabby se quedó helada. Después, apagó el fuego y salió corriendo. Las mellizas estaban en su cuarto, jugando a los disfraces, y Makayla estaba en el suyo, seguramente, enviándose mensajes con sus amigas. Nadie debería tener que gritar así...

Se oyó un segundo grito, y ella corrió por el pasillo. Las mellizas habían salido de su habitación, y Kenzie le señaló hacia el cuarto de Makayla con cara de angustia. Gabby abrió la puerta sin llamar, de par en par, y se encontró a Makayla junto a su cama con el teléfono en la mano. Al ver a Gabby, la muchacha empezó a sollozar y se arrojó a sus brazos.

Gabby la abrazó instintivamente.

—¿Qué te pasa? ¿Tienes dolores? ¿Estás sangrando?

Makayla negó con la cabeza y se acurrucó entre los brazos de Gabby. Su delgado cuerpo se sacudía como si se fuera a partir en dos. Las mellizas entraron en la habitación y se abrazaron a ella. Gabby supo que, en cuestión de segundos, también iban a ponerse a llorar.

Gabby se liberó de la adolescente y la llevó hacia la cama. Las dos se sentaron. Después, les dijo a las mellizas que se acercaran a ella y las rodeó con un brazo.

—Dime lo que ha pasado.

Makayla tomó aire y empezó a llorar otra vez.

—Es Bo-Boyd. Se ha ido.

—¿Cómo? ¿Adónde se ha ido?

—Se ha ido.

Ella le entregó el teléfono. Gabby lo tomó y leyó el mensaje de texto. Boyd se había cambiado a un instituto del Este. No sabía cuándo iba a volver a California, así que, seguramente, debían romper. Terminaba el mensaje con un «Espero que tengas un buen verano».

«Imbécil», pensó Gabby, mientras le devolvía el teléfono a Makayla.

—¿No lo sabías? —le preguntó—. No, claro que no. Lo siento. ¿Sabes cuándo se ha ido?

—No... —murmuró Makayla, y se secó las lágrimas,

aunque rápidamente se le cayeron otras más–. Me dijo que se iba con sus padres a visitar a su abuela, pero se suponía que solo iba a estar fuera cuatro días. La última vez que lo vi, no me dijo nada. Me dijo que me quería y que volvería pronto.

Así que era un gusano y un cobarde. Gabby lamentó no poder darle un bofetón. Entendía que él no era quien había tomado la decisión de marcharse, pero podía habérselo dicho a Makayla a la cara.

–Seguramente, tendré un correo electrónico de su madre –dijo Gabby.

Makayla se giró hacia ella.

–¿Podrías mirarlo?

Gabby asintió y se levantó. Las mellizas fueron con ella a la cocina. Su ordenador portátil estaba en un pequeño escritorio. Solo tenía unos cuantos correos, y uno de ellos era de Lisa.

Era breve y directo. Los padres de Boyd habían decidido que era mejor que su hijo cambiara de ambiente, así que lo habían enviado a una escuela de fuera del estado. No querían que Makayla intentara ponerse en contacto con él, ni que Boyd tuviera nada que ver con ella ni con el bebé. Boyd renunciaría legalmente a todos los derechos sobre el niño. A cambio, no podría exigírsele el pago de manutención alguna. Bla, bla, bla. *Que tengas un buen día.*

–¿Que tengas un buen día? Qué persona más…

Las mellizas estaban a su lado, así que no continuó la frase, pero pensó en muchos adjetivos. Ninguno de ellos era lo suficientemente malo para describir a la madre de Boyd.

Makayla entró en la cocina.

–¿Es cierto? ¿Se ha marchado?

–Sí. Lo siento, Makayla. Quiere renunciar a los derechos sobre el bebé.

La adolescente empezó a llorar otra vez. Gabby la abrazó con fuerza y las mellizas también.

Aunque aquella noticia no la había sorprendido demasiado, era horrible. El hecho de que Boyd ya no estuviera implicado tenía un lado bueno y otro malo. No sería necesario tenerlos en cuenta ni a él ni a su familia para tomar ninguna decisión, pero Makayla estaba hundida. Y con las cosas tan mal entre Andrew y ella en aquel momento, Gabby se sintió estresada y desesperada.

–Vamos a superarlo –le dijo ella, sin saber muy bien si era cierto.

–Me dijo que me quería –repitió Makayla– y que siempre íbamos a estar juntos. ¿Cómo es posible que nos haya abandonado a mí y a su bebé?

Gabby oyó que se abría la puerta del garaje. Las mellizas la soltaron y se fueron corriendo hacia la puerta.

–¡Papá! ¡Papá!

Ella pensó que Makayla iba a seguir a sus hermanas, pero se quedó donde estaba.

Gabby oyó que se abría la puerta de casa, y las mellizas saludaron a su padre.

–¡Papá! Makayla está llorando, y mamá está enfadada, y ha gritado, y nos hemos asustado.

Gabby se encogió. Tal y como lo habían contado, parecía que era ella la que había gritado, y no Makayla. Se preparó para la acusación de Andrew y esperó que él entrara en la cocina.

Primero entró Kenzie, seguida por su hermana y, al final, apareció Andrew. Él abrazó a Makayla con una expresión indescifrable.

–¿Qué ha pasado?

Gabby se quedó callada, pensando que querría contárselo Makayla, pero la niña siguió aferrada a ella con la cara escondida en su hombro.

–Se trata de Boyd –dijo ella, por fin–. Sus padres lo

han mandado a una escuela de fuera del estado. No va a volver pronto.

—¿Va a haber un bebé? —preguntó Kennedy.

Gabby se contuvo para no soltar un gruñido. Andrew y ella no les habían dicho a las niñas que su hermana estaba embarazada, pero Makayla había mencionado que Boyd los había abandonado a ella y a su bebé, lo cual quería decir que... Vaya. Estaba siendo un día infernal.

Makayla miró a su padre.

—¡No lo entiendo! Decía que me quería.

Andrew le tendió los brazos, y Makayla se dejó abrazar por él y se puso a llorar de nuevo. Gabby se llevó a las mellizas a la sala de estar y las sentó en el sofá. Las dos tenían los ojos abiertos como platos.

—El novio de vuestra hermana se ha marchado a otro estado. Ella estaba enamorada de él, así que ahora está muy triste.

—¿Y no va a volver? —preguntó Kenzie.

—No, hasta dentro de mucho.

—¿Y ella va a tener otro novio? —preguntó Kennedy.

—Por el momento, no. Se le tiene que curar el corazón.

—¿Como a mí cuando me raspo las rodillas?

—Sí, algo parecido —dijo Gabby.

Pensó en mencionar al bebé, pero decidió esperar. Si las mellizas volvían a sacar el tema, tendrían que hablar con ellas, pero con un poco de suerte, se les olvidaría. Era mucho más fácil resolver las crisis una a una.

Tres horas después, había vuelto la calma. Makayla y las mellizas estaban acostadas, la cocina recogida y la botella de vino de la cena, vacía. Gabby agradeció el suave aletargamiento que le proporcionaba el alcohol, porque, en aquel momento, no quería pensar en nada.

Se sentó a solas en la sala de estar. Andrew estaba en su despacho, respondiendo a algunos correos electrónicos. Sin embargo, a los pocos minutos entró en la salita y se sentó en una de las butacas.

—Odio a ese imbécil —gruñó—. ¿Cómo puede haber hecho algo así?

—Sabes que ha sido una decisión de sus padres.

—Puede ser, pero no creo que él haya protestado demasiado. Podía haberle dicho a Makayla que se marchaba. Ella está destrozada.

—Sí. La mayoría de los primeros amores acaban mal, pero nadie se merece esto.

—Gracias por estar con ella —dijo Andrew, y alzó una mano—. Lo digo en serio, Gabby. Estaba muy mal, y tú la has consolado. Te agradezco mucho que la apoyaras. Quería decirte que, pienses lo que pienses de mí, sé que vas a cuidarla siempre.

Una rama de olivo, pensó Gabby con sorpresa.

—Gracias por decirme eso.

Él sonrió.

—Tenemos que permanecer unidos. Vamos a tener que estar a su lado. Tal vez, incluso, las cosas sean más fáciles sin Boyd.

—Eso es lo que he pensado yo. No tenemos que escucharlo a él ni a sus padres. Solo Dios sabe qué tipo de consejos habría dado Lisa.

Él se inclinó hacia ella.

—Sí, lo sé. Pero, ahora, Makayla se siente abandonada, y tiene miedo.

Gabby no sabía si eso era malo o bueno. Ahora, tal vez Makayla optara por dar al bebé en adopción. Sin embargo, ella iba a tener que abordar aquel tema con mucho tacto.

—Necesito preguntarte una cosa —dijo Andrew.

Ella lo miró con expectación.

—¿Me vas a dejar?

Al oír aquella pregunta, Gabby se quedó boquiabierta.

—¿Qué? ¿Dejarte? ¿Separarme de ti?
—Sí.
—Por supuesto que no. ¿Por qué me preguntas algo así?
—Nunca habías estado tan enfadada conmigo.
—Es que nunca habías sido tan necio. ¿Y tú? ¿Te vas a marchar?
—No. Yo estoy totalmente comprometido contigo y con las niñas. Te quiero, Gabby. Tenemos que encontrar la forma de que esto funcione para todo el mundo.
—Estoy de acuerdo. Y creo que yo debería estar incluida en eso de que «esto funcione para todo el mundo». No puedes obligarme a hacer algo que no quiero, Andrew. No está bien. Necesito que entiendas que poner las necesidades de Makayla por delante de las mías hace que me sienta devaluada. Yo no quiero castigarla por haberse quedado embarazada, pero tampoco creo que las cosas puedan seguir siendo como hasta ahora para ella. Aún tenemos tiempo para encontrar una solución, pero espero que sea una solución en la que todos estemos de acuerdo.

Esperó que él asintiera y le dijera que lo había entendido. Sin embargo, Andrew suspiró.

—Así que sigues pensando solo en ti —dijo en voz baja—. Esperaba más.

—¿Qué?

—Estoy decepcionado, Gabby. Y un poco sorprendido.

Se levantó y salió de la habitación. Ella lanzó uno de los almohadones hacia la puerta, pero no fue lo bastante satisfactorio.

El domingo por la mañana, Eric envió un mensaje de texto. Nicole no se molestó en leerlo, porque sabía que iba a decirle que estaba muy ocupado, que tenía que hacer algo más importante que ir a ver a su hijo. Sin embargo, contestarle era una cuestión de cortesía, así que tomó el móvil y leyó el mensaje que aparecía en la pantalla. Estuvo a punto de caérsele el teléfono de las manos.

Voy a mediodía a recoger a Tyler.

¿Quién lo habría pensado? Le respondió afirmativamente al mensaje y fue a decirle a Tyler que iba a pasar la tarde con su padre.

El niño estaba sentado en la mesita de su habitación, dibujando. Ya era capaz de dibujar al Brad básico y estaba experimentando con los diferentes colores. Brad era un dragón rojo, pero a Tyler también le gustaba verde, morado y marrón.

Nicole miró la pared. Jairus había hecho los bocetos de varios Brads en grande. Uno de ellos era un Brad moviendo un bate de béisbol. Otro, Brad surfeando. El tercero, un Brad tumbado bajo una palmera, leyendo.

Jairus le había prometido que terminaría los bocetos durante su próxima visita y que empezarían a colorearlos. Tyler hablaba de ello todas las noches, y le había pedido a Nicole que hiciera muchas fotografías del proceso.

—Ha escrito tu padre —le dijo al niño—. Va a venir a buscarte para llevarte a comer fuera hoy.

Tyler no alzó la vista.

—De acuerdo.

Nicole se sentó en el suelo. Su hijo la sonrió.

—¿Qué pasa, mamá?

—¿Alguna vez piensas en tu padre? —le preguntó suavemente—. ¿En que te gustaría verlo más?

—No.

—¿Y estás triste por el divorcio?

Tyler frunció el ceño.

—No. Tú y yo somos un equipo —dijo y sonrió de nuevo—. Puede que Jairus entre en nuestro equipo. Ya sabes, cuando venga a vernos.

—¿Como miembro honorario?

—Sí. Sería estupendo.
—Sí, es verdad.
Nicole se quedó callada. No sabía qué más podía decir. Quería que Tyler supiera que podía hablar de cualquier cosa con ella. Que ella siempre iba a escucharlo. Pero el niño tenía seis años, y ella no creía que estuviera disimulando un profundo resentimiento.
—Te aviso cuando sea la hora —le dijo.
Tyler asintió.
—Cuando vuelvas, vamos a ir al POP y a dar un paseo.
—Sí, mamá, me encanta ese plan.
—A mí también.
Se fue a la cocina. Estaba inquieta, y canalizó su exceso de energía limpiando. Cuando llegó Eric, tenía la cocina impecable. Aunque estaba agotada, sentía una gran superioridad moral.
Su exmarido paró su BMW descapotable. Eric llevaba unos pantalones vaqueros oscuros que, seguramente, valían una fortuna, con una camiseta que parecía de seda. Sus gafas de sol eran de diseñador y, al sonreír, mostraba la dentadura mucho más blanca que la última vez que lo había visto.
Se dijo que no le serviría de nada juzgarlo. Eric y ella eran muy diferentes. Hubo un tiempo en que ella quería pasar el resto de su vida con él. Si ahora pensaba que era un imbécil, ¿qué decía eso de su gusto?
—Hola —le dijo cuando él entró en casa—. ¿Qué tal va todo?
—Bien. ¿Y tú, cómo estás?
—Bien.
Se miraron. No tenían nada que decirse, pensó ella con consternación. Habían estado casados y habían tenido un hijo, pero tenía la sensación de que apenas había conocido a Eric.
—Voy a buscar a Tyler —dijo por fin—. Mientras voso-

tros estáis fuera, voy a hacer unos recados, pero me llevaré el teléfono móvil por si necesitas algo.

–Gracias.

Ella acababa de llegar a Whole Foods cuando sonó su teléfono. Puso la última bolsa reciclable en el maletero del coche y respondió a la llamada.

–Eh, ya hemos terminado de comer, y Tyler quiere ir a casa. ¿Estás allí?

Nicole tuvo ganas de dar una patada en el suelo. ¿Ya? ¿Una hora? Estaban en Mischief Bay, y era verano. Había cientos de cosas que hacer. El acuario de Long Beach estaba cerca. Y había una exposición de arte infantil en el POP, y un mercado de productos de cercanía en Santa Monica. Y eso era solo lo que se le había ocurrido a bote pronto. Si se pusiera a pensarlo con detenimiento...

Sin embargo, era obvio que Eric no había planeado lo que iba a hacer con su hijo, así que ya estaba deseando zafarse de la responsabilidad.

–Nos vemos en casa dentro de diez minutos –dijo.

–Gracias.

Llegaron a casa al mismo tiempo. Tyler bajó de un salto del coche de su padre y corrió hacia ella.

–Hola, mamá. Hemos comido en McDonald's. Me he tomado una hamburguesa.

–Muy bien –dijo ella con una sonrisa, y le dio las llaves–. ¿Quieres abrir tú la puerta principal?

–Sí.

Tomó el llavero y entró en la casa. Ella pensó que iba a volver a despedirse de su padre, pero no fue así. Eric salió del coche.

–Está creciendo –dijo.

–Sí.

Eric se metió las manos en los bolsillos del pantalón y tomó aire.

–Quería hablar contigo de una cosa.

Ella sintió un gran alivio.

—Me alegro de que lo hayas dicho. Esto no puede seguir así. Tyler te necesita, Eric. Eres su padre, pero casi no te ve, y me preocupa que cada vez seas menos importante para él. No vas a poder recuperar estos momentos de su vida. Él todavía es muy pequeño y quiere estar con sus padres. Eso cambiará y, entonces, ¿qué? Tú querrás ser su amigo, y él no tendrá ningún interés.

Nicole se detuvo y tomó aire.

—Quiero que tengas una buena relación con tu hijo, y estoy dispuesta a hacer cambios en el acuerdo parental si es necesario con tal de ayudar. Pero, si quieres que las cosas sigan como hasta ahora, también está bien. Solo quería que supieras que no puedes seguir decepcionándolo así. Deberías venir a verlo cada vez que te comprometas a hacerlo.

Eric la estaba mirando fijamente.

—No me refería a Tyler. Quería hablar contigo sobre otra cosa.

Pero ¿qué podía ser más importante que su hijo?, se preguntó Nicole con enfado y decepción.

—Está bien. ¿De qué se trata?

Él se inclinó hacia el asiento trasero de su coche y sacó un sobre brillante.

—Son dos entradas para el estreno de mi película, *Disaster Road*. Me gustaría que vinieras.

Nicole se quedó asombrada.

—¿Y por qué quieres que vaya?

—Tú has sido muy importante en todo lo que me ha pasado —dijo él y sonrió—. Sé que no fui el mejor de los maridos, sobre todo cuando empecé a escribir el guion. Pero, aunque no estuvieras de acuerdo, me apoyaste y yo te estoy agradecido. Por favor, ven. La película no es para el público infantil, así que no puedes llevar a Tyler, pero tal vez puedas ir con algún amigo tuyo.

Ella tomó las entradas.

–Gracias y... eh... Enhorabuena. Debes de estar muy emocionado.

–Sí. Entonces, ¿nos vemos allí?

–Um, sí.

Entradas para el estreno de Eric. ¿Quién lo habría pensado?

Aunque estaba contenta por él, Nicole sabía que debería estar más preocupado por su hijo que por su película. Pero, por supuesto, si alguna vez hubiera sido así, no habría habido ningún problema, ¿no?

Capítulo 21

Aunque Andrew siempre ayudaba por las mañanas cuando estaba en casa, también hacía su contribución al caos. O, tal vez, solo pensara eso porque estaba furiosa, se dijo Gabby. De cualquier modo, agradecía que su marido estuviera de viaje.

—Adivinad lo que vamos a hacer después del campamento —dijo mientras servía los huevos revueltos y el beicon.

—¿Qué, mamá? —preguntó Kennedy.

Kenzie enarcó las cejas.

—Yo lo sé, mamá. Lo sé —dijo dando palmaditas—. Vamos a ir a comprar la ropa para el colegio.

—Sí, he pensado que podíamos hacer la primera ronda. El colegio empieza dentro de dos semanas, así que tenemos que prepararnos —dijo, y se le empañaron los ojos—. Estáis creciendo muy deprisa.

—Queremos vestidos —dijo Kenzie, la más interesada en la moda—. Y camisetas y jerséis.

Kennedy se concentró en el desayuno. Era obvio que no tenía mucho interés en las compras.

—Mamá, ¿le has dicho a la profesora que ya nos sabemos todas las letras?

—Sí, y que ya habéis empezado a leer. Se quedó muy impresionada.

—Y lazos para el pelo —añadió Kenzie—. Lazos brillantes.

Gabby sonrió a Makayla.

—Hay que reconocer que sabe lo que quiere. ¿Tú preferirías hacer tus compras otro día? —le preguntó, pensando que, con el avance del embarazo, comprar ropa sería complicado.

Ella se quedó aliviada.

—Sí, por favor.

—Pues eso es lo que vamos a hacer. Tú y yo iremos cuando haya vuelto tu padre. Esta tarde nos encargamos de las mellizas. Voy a recogerlas a la una, así que pasaré por ti a la una y cuarto. ¿Está bien?

La adolescente asintió.

—Puedo salir pronto del campamento. De todos modos, ya estamos terminando las actividades.

—Estupendo. Nos iremos las cuatro al centro comercial y, cuando hayamos terminado, iremos a comer al Red Robin.

Las mellizas se pusieron a gritar de alegría.

Gabby sabía que con el incentivo de ir a comer a su restaurante favorito, las mellizas elegirían la ropa más deprisa. O, por lo menos, Kenzie. Kennedy aceptaba todo lo que decía su hermana en cuestiones de moda.

Cuando volvieran a casa, todo el mundo estaría agotado y podrían sentarse a ver una película, mientras ella pensaba en todo lo que tenía que lavar antes de que pudieran estrenarlo. Ya había revisado la ropa que tenían para seleccionar lo que podían seguir llevando al colegio y lo que solo serviría para jugar. También había una pila de ropa que se les había quedado pequeña y que podía donar.

Por un segundo, se sintió culpable por querer dar en adopción al bebé de Makayla.

Agitó la cabeza. Aunque no estuviera de acuerdo con

el plan de Andrew, eso no significaba que no fuera a ocurrir. Andrew era muy persuasivo. Ella estaba decidida a no quedarse en casa cuidando del bebé, pero ¿cuánto tiempo iba a resistir? Estaba empezando a echar de menos a su marido y, tal vez, mereciera la pena el sacrificio...

Pero ¿y ella? ¿Y lo que ella quería hacer? Además, ¿qué mensaje les estaba dando a las niñas si se rendía?

Eran muchas preguntas en las que pensar antes de haber terminado la primera taza de café del día.

–Bueno –les dijo a las niñas–. Ya está bien de charla. Comed. Tenemos que irnos al campamento.

Las gemelas terminaron el desayuno y subieron corriendo al baño a lavarse los dientes. Makayla fue a supervisarlas, y Gabby se puso a envolver los bocadillos para el recreo. La adolescente bajó a la cocina unos minutos después.

–Se están poniendo los zapatos –le dijo–. Lo de las compras...

Gabby terminó de meter los platos al lavaplatos y esperó.

–Gracias por llevarme a mí en otro momento. En realidad, no quiero comprarme nada nuevo, pero necesito unas cosas.

Aquello no tenía nada que ver con la adolescente que se preocupaba hasta de la última prenda que había en su armario.

Gabby se giró hacia ella.

–¿Qué es lo que más te preocupa?

Makayla se ruborizó.

–Que todo el mundo se va a dar cuenta de que estoy embarazada. Ya se me nota –dijo y se estiró la camiseta sobre el vientre. Tenía un pequeño abultamiento–. Van a decir cosas.

Los niños podían ser muy crueles, pensó Gabby. Sobre todo las adolescentes.

—¿Se lo has dicho a alguien?
—Todavía, no. No quiero.
—¿Tus amigas no lo saben?
—No.
—Oh, cariño, tienes que decírselo. Por lo menos, a un par de ellas, en las que puedas confiar. Las amigas pueden ayudar mucho.

Makayla asintió. Tenía los ojos llenos de lágrimas.

—¿Y qué voy a decir? ¿Que tengo quince años, que estoy embarazada y que mi novio me ha dejado? –preguntó, y se echó a llorar.

Gabby la abrazó.

—Sé que esto es un asco –dijo–, pero va a mejorar.
—¿Cómo?
—No tengo ni idea, pero lo que sé es que nada es igual para siempre. Esto es un momento difícil, pero todo mejorará. Te lo prometo.

Mientras hablaba, esperaba que no fuera mentira. Que las cosas mejoraran de verdad. Para todos ellos, pero, especialmente, para Makayla.

Hayley le sirvió un vaso de té helado a su amiga.

—Gracias por venir. Me voy a volver loca si sigo metida en casa así. Steven me ha obligado a tomarme días libres hasta el Primero de Mayo.
—Qué jefe más estupendo.
—Creo que está traumatizado, para ser sincera.

Gabby alzó ambas manos.

—Es lógico. No te lo tomes a mal, pero estuviste a punto de morir en su oficina. Eso traumatizaría a cualquiera.

Estaban sentadas en la mesa de la cocina. Hacía un día cálido y soleado, así que tenían abiertas las puertas de la terraza. Dentro de poco, empezaría a hacer calor, justo lo que ella necesitaba. Algunas veces, tenía tanto frío, que pensaba que nunca iba a volver a sentir calidez. Había empezado a llevar calcetines a todas horas y había puesto una manta extra en la cama, pero estaba siempre helada. Se preguntó si aquello tendría algo que ver con el hecho de que todavía dormía sola.

—Que conste —dijo Gabby con una sonrisa— que te estás quejando de que te hayan dado demasiadas vacaciones. ¿Cómo quieres que sea comprensiva?

Hayley se echó a reír.

—Es cierto. Ya dejo de lloriquear.

—No estás lloriqueando. Todos nos preocupamos por ti, así que mira las acciones de Steven desde ese punto de vista.

—Sí, lo intentaré. Es que... quiero volver a trabajar ya. Necesito tener cosas que hacer.

—Has estado haciendo muchas cosas aquí. La pintura nueva es preciosa. Y el jardín está cada vez mejor.

—Gracias.

Hayley se había apuntado a clases en un vivero de la zona, y había aprendido algunas cosas básicas para arreglar el jardín delantero. Rob había hecho el trabajo duro, cavado durante todo el fin de semana, y ella se había pasado los dos últimos días plantando.

—Me siento mejor —reconoció—. Físicamente estoy mucho más fuerte —dijo. Anímicamente, no tanto, pero nadie quería oír eso—. Bueno, y ¿qué tal estás tú?

Gabby hizo un mohín.

—Bien, pero no hay ninguna novedad. Andrew y yo seguimos enfadados, y apenas nos hablamos.

Hayley apoyó los codos sobre la mesa y se inclinó hacia delante.

—¿Sigue empeñado en que te quedes en casa con el niño de Makayla?

—Sí.

Hayley no podía creerlo. Si Gabby quisiera ejercer

de madre y ama de casa para siempre, no habría ningún problema, pero su amiga ya llevaba dos años queriendo volver a trabajar.

—¿No consigues que te haga caso?

—No. He intentado razonar con él, pero no avanzamos. La última vez que hablamos de esto, me dijo que estaba decepcionado conmigo. No lo entiendo. ¿Es que yo no importo nada?

—Claro que sí, Gabby. Eso tienes que saberlo. Él te quiere, pero está atrapado entre su hija y tú. Yo sé lo que debería pensar, pero él tiene que darse cuenta por sí mismo.

—Es tan terco... —dijo Gabby, y le dio un sorbito a su té—. ¿Te he dicho que Boyd se ha ido?

—¿Qué? No... Pobre Makayla.

Gabby le contó que el chico había desaparecido, simple y llanamente. Hayley escuchó la historia y se quedó horrorizada al saber lo del mensaje de texto.

—¿Quién puede hacer algo así?

—Un chico de dieciséis años —dijo Gabby—. Me siento fatal por Makayla. Es otro bache más en el camino. Y, después, hablamos con Candace. Eso tampoco fue bien. Soy una persona horrible porque no pierdo la esperanza de que Makayla dé al bebé en adopción.

—No eres horrible —dijo Hayley, aunque se distanció emocionalmente de la conversación. Podía hablar de aquello, se dijo, siempre y cuando no lo pensara demasiado.

—Esa sería la solución a muchos problemas. Hay cientos de parejas maravillosas que quieren desesperadamente tener un...

Gabby se tapó la boca con la mano.

—Lo siento.

—No pasa nada.

—De veras, lo siento. Soy una insensible. Por un segundo, se me olvidó.

Hayley sonrió.

—Por muy asombroso que te parezca, no espero que estés pensando en mí cada segundo del día.

—Pero eres mi amiga. Debería estar pensando en ti.

—Y lo haces. Gabby, no pasa nada. Sé lo que es la adopción.

—Pero no quieres tomar ese camino.

—No puedo.

—Yo creía que tus padres eran gente maravillosa.

—Y lo eran —dijo Hayley, lentamente—. No se trata de eso. Más bien se trata de...

—¿Morgan? —preguntó Gabby—. Sabes que está de los nervios ahora que tú no vas a ayudarla, ¿no? Cuando estuve allí la última vez, la semana pasada, estaba como loca. No puede con todo, y los puestos no estaban preparados. Tuvimos que abrir nosotras mismas unas bolsas de verduras preparadas y dar con las especias que teníamos que utilizar.

Hayley pensó en los tres mensajes que le había enviado su hermana.

—No nos hablamos. La última vez que vino aquí se puso un poco difícil, y Rob la echó.

—Dime que no vas a volver —le rogó Gabby.

Nunca había pensado en no volver. No podía abandonar La cena está en la bolsa para siempre. Tenía que ayudar; Morgan era su única familia.

Sin embargo, la respuesta fue formándose en su mente. Ellos ya no necesitaban el dinero, y a ella nunca le había gustado demasiado aquel trabajo. Trabajar para Morgan era una pesadilla. Su hermana era autoritaria y exigente, y...

—Oh, Dios —dijo de repente—. No quiero volver.

—¡Por la victoria! —exclamó Gabby, haciendo un brindis con su té—. Bien dicho.

Hayley se dio cuenta de que estaba sintiendo un gran

alivio. Podría dormir hasta tarde los fines de semana, como una persona normal. Tendría tiempo libre para descubrir una o dos aficiones. Había muchas posibilidades.

Sin embargo, aunque estaba pensando en la alegría que sería aquello, la tristeza volvió con una fuerza que la dejó hundida. De repente, le costó respirar.

Gabby la tomó de la mano.

—Lo he visto —susurró—. Oh, Hayley, ¿cómo puedo ayudarte?

—No puedes. Tengo que superarlo yo sola.

—No, claro que no. Tus amigas te quieren. Rob te quiere. No estás sola.

Hayley sabía que eso era cierto, pero no servía de mucho.

—No lo entiendes.

—Entonces, ayúdame a entenderlo. ¿Por qué tienes que tener a toda costa un hijo biológico? ¿Es por el ADN? ¿Quieres trasmitir lo que eres? ¿O es por tener un verdadero vínculo biológico con alguien? ¿Quieres a alguien que provenga de ti porque no sabes quién eres y, si tienes un hijo, tendrás ese vínculo?

—Has pensado mucho en esto —dijo Hayley, que se había quedado sorprendida por lo bien que comprendía Gabby la situación.

—Claro que sí. Eres mi amiga. Quiero que seas feliz.

Feliz. Eso sonaba bien. No era posible, pero sonaba muy bien.

—Mi adopción quedó completamente cerrada —dijo Hayley—. He dejado mi información en varios registros, pero es obvio que mis padres biológicos no quieren saber nada de mí. Seguro que hay formas de localizarlos, pero ¿para qué? Así que eso es parte del problema.

—¿Y Morgan? ¿Ella también?

—Sí. Es tan...

—¿Bruja? ¿Mala? ¿Egoísta? —preguntó Gabby, y tomó aire—. Perdona, te he interrumpido.

Hayley sonrió.

—Sí, pero tienes razón. Es difícil. Todo tiene que girar siempre a su alrededor. Estoy empezando a preguntarme si todo ha sido siempre de ese modo.

—Pues claro que sí. Nació así. Si te preguntas por qué tus padres se comportaban de una forma diferente con ella, es porque no les quedaba más remedio. Esa actitud en una niña de siete años tiene que ser una pesadilla. Tú eras la niña buena. Hazme caso, no es que la quisieran más a ella, sino que la querían de un modo distinto.

Hayley sabía que Gabby estaba exagerando, pero había una parte de verdad en lo que decía su amiga. Si aceptaba que sus padres la habían querido tanto como a su hermana, su obsesión con tener un hijo era... absurda. Y quería creerlo, quería creer que podía querer a un niño adoptado tanto como a un hijo biológico.

Por supuesto, si no podía tener hijos, ¿qué importaba? El amor que pudiera dar tendría su propio valor, y no habría que compararlo con... ¿Con qué? ¿Con el amor verdadero? Aquello era una estupidez. Ella quería a Rob de verdad, aunque él no fuera una parte biológica de ella.

—Estoy muy confundida —admitió—. Con respecto a todo —añadió, y sonrió—. Eres una buena amiga; de eso sí estoy segura.

—No, soy una amiga corriente. Una buena amiga no se quejaría tanto.

—Tú no te quejas. Lo que pasa es que te están pasando muchas cosas. Makayla, su embarazo, la actitud de Andrew.

Gabby se echó a reír.

—Sí, todo eso —dijo. Después se puso seria—. En cuanto al bebé de Makayla...

—No —le dijo Hayley—. No podría. Aunque quisiera

adoptar a un niño, estaría demasiado cerca. Makayla estaría ahí mismo, como Andrew y tú.

–Sí, lo entiendo. Pero, si te sirve de algo, tú serías la primera opción.

Hayley sintió que se le llenaba un poco más el vacío que tenía en el corazón. Le apretó la mano a Gabby.

–Me sirve de mucho.

Gabby solo había estado una vez en casa de Candace. Era una casa de tres pisos, tan elegante y fría como su dueña. Paredes blancas, suelos de tarima clara, muebles de color blanco y marfil y alguna pincelada de naranja. Se veía el mar y todo el espacio era muy abierto. No había juguetes, ni pelos de mascotas, nada que pudiera dar una pista de que allí vivía una persona real.

Ellos habían dejado a las mellizas con Cecelia para que la conversación fuera más privada. Makayla les había rogado que la dejaran en casa a ella también, pero, como iban a hablar de su embarazo y de las consecuencias del abandono de Boyd, su presencia era necesaria.

Andrew y Gabby aún no se hablaban demasiado, así que Gabby estaba preocupada por la reunión con Candace. Sospechaba que, aunque Candace no quisiera recuperar a Andrew, sentiría un gran placer si se enteraba de que había problemas en el paraíso. Así pues, Gabby sonrió por doquier y se sentó junto a su marido. Sorprendentemente, Makayla se sentó al otro lado y se acurrucó contra ella, como si los tres formaran un frente perfectamente unido.

Candace no se molestó en ofrecerles ninguna bebida. Miró de forma elocuente su reloj de platino y brillantes y dijo:

–No sé si esto tiene alguna utilidad. Boyd se ha ido, y creo que a nadie le habrá sorprendido que salga corriendo. Makayla tiene quince años y está embarazada. Si es demasiado tarde para que aborte, tiene que dar en adopción al bebé.

Gabby no podía creer que Candace y ella pensaran lo mismo. Aunque ella, a la hora de dar su opinión, no habría sido tan brutal.

—Makayla no quiere eso —le dijo Andrew a su exmujer.

Candace miró con frialdad a su hija y dijo:

—¿De verdad? ¿Vas a ser tan tonta como para decir que quieres tener al bebé?

Makayla se ruborizó.

—Candace —le espetó Andrew—, no seas bruja.

La otra mujer se puso tensa.

—Esta es mi casa, y seré lo que quiera. Además, se trata de mi hija —añadió, y fulminó a Makayla con la mirada—. El daño ya está hecho. Vamos a sacar lo mejor de una mala situación. ¿De verdad vas a decirme que quieres tirar tu vida por la borda quedándote con ese bebé? Y ¿qué vas a hacer? ¿Buscar un trabajo en un sitio de comida basura? ¿Ir a un comedor social?

Gabby se puso en pie.

—Ya basta. Cállate ahora mismo. Todos estamos enfrentándonos a la situación. Nadie está dando saltos de alegría, pero insultando a tu hija no vas a resolver nada.

Candace la estudió unos segundos.

—Vaya —dijo lentamente—. La mosquita muerta ha rugido. Quién lo hubiera pensado —añadió, y se levantó también—. Ya estoy harta de esto. Makayla, piensa lo que vas a hacer con tu vida. Es malo que vayas a tener un hijo, pero peor aún es que pienses en quedártelo.

Entonces, caminó hacia la puerta.

—Ya es hora de que os vayáis todos.

Makayla se puso de pie. Tenía los ojos llenos de lágrimas, pero no lloró. Iba a decir algo, pero se dio la vuelta y se dirigió hacia la salida. Gabby la siguió apresuradamente.

Andrew habló con su exmujer, pero Gabby no oyó lo que le estaba diciendo, y no le importaba. Cuando estuvieron en la calle, Makayla estalló en sollozos. Gabby la abrazó y se preguntó cómo iban a salir vivos de aquello.

Gabby decidió ir al South Coast Plaza. Aunque aquel centro comercial estaba muy lejos, teniendo Del amo a quince minutos de casa, ella pensó que Makayla estaría más cómoda comprando la ropa en Orange County. Allí era muy poco probable que se encontrara a ninguno de sus amigos, y podría relajarse. Además, esperaba que eso ayudara a la adolescente a olvidar el horrible encuentro con su madre.

Gabby sacó a Makayla del campamento antes de tiempo para poder ir pronto de compras, el martes por la mañana. Llegaron al centro comercial a la hora de apertura. Así tendrían tiempo suficiente para las compras y podrían llegar puntualmente a recoger a las mellizas al campamento.

Por desgracia, lo que había empezado como un buen plan, se convirtió en algo muy parecido a un desastre. Makayla se enjugó las lágrimas cuando salían de una de las tiendas.

—No hay nada que me valga —dijo—. No me puedo abrochar los pantalones y las camisas son horribles. Odio esto.

Gabby caminaba a su lado sin saber qué decir. Makayla había llegado a aquel punto del embarazo en el que la ropa normal empezaba a quedarle pequeña, pero aún le faltaban meses para poder utilizar ropa premamá. Por no mencionar lo extraño que iba a ser para una adolescente de quince años.

Habían estado en tres tiendas y solo habían encontrado un par de mallas muy bonitas que le irían muy bien con unas camisas tipo túnica, pero eso no era suficiente para ir al instituto.

—¿Qué te parecerían unos vestidos? —le preguntó Gabby—. Venga, vamos a mirar en Nordstrom. Allí siempre tienen cosas muy bonitas. Todavía va a hacer muy bueno durante unos meses. Te quedaría muy bien un vestido con falda de vuelo. También podemos comprar un par de jerséis y un suéter. Y unas botas bajas que sean monas.

Makayla se secó las lágrimas.

—Yo nunca me pongo vestidos.

—Bueno, pero puedes probar algo nuevo. Estarías guapísima.

Makayla tenía muy buen tipo y era muy guapa. Sería imposible que tuviera mal aspecto. Incluso embarazada, era adorable.

—No había pensado en los vestidos —dijo la adolescente—. ¿Puedo probarme alguno?

—Creo que deberías.

Fueron hacia la tienda. Cuando estaban subiendo por las escaleras mecánicas, Makayla la miró.

—¿Estás enfadada conmigo?

—No. ¿Por qué iba a estarlo?

—Por todo esto. Es difícil. Mi madre...

—Oh, cariño, no tenemos por qué hablar de ella. Sí, ha sido difícil.

Makayla sonrió.

—Porque estoy embarazada.

—¿De verdad? No me había enterado.

Makayla volvió a sonreír. Después, suspiró.

—Sé que mi padre está enfadado conmigo.

—No, no está enfadado, cariño. Pero no está contento con la situación. No es lo que queríamos ninguno de nosotros. Tú, tampoco.

—Dímelo a mí —respondió Makayla, y se acarició el

vientre–. Si pudiera volver atrás en el tiempo y evitar esas dos veces, lo haría. Sobre todo ahora que Boyd se ha ido.

–¿No has sabido nada de él?

–No. Nada. Solo aquel mensaje. Un par de amigas mías se enteraron de que se ha marchado y yo les dije que rompimos hace unas semanas.

–Siento que haya sido tan imbécil.

–Yo también. Nunca más voy a tener novio.

–Sí, eso que dices durará quince minutos.

–Va a durar nueve meses. O más –dijo Makayla. Bajaron de las escaleras mecánicas–. Nadie va a querer salir con una madre soltera que todavía está en el instituto. Mi vida ha terminado.

Volvieron las lágrimas. Gabby la llevó a un lado de la entrada de la tienda y la tomó por los antebrazos.

–Ya basta –le dijo con firmeza–. Es cierto que hay que encargarse de muchas cosas, que enfrentarse a muchas cosas, pero no tiene sentido preocuparse de todo a la vez en este momento. Boyd se ha ido. Ha resultado ser un mal novio, y siento que te haya hecho daño. Pero, ahora, vamos a buscar vestidos para ti porque el colegio empieza muy pronto. En cuanto hayas elegido los vestidos, nos vamos a gastar mucho dinero en zapatos porque creo que eso ayudará mucho. ¿Me equivoco?

Makayla la sorprendió abrazándola con fuerza.

–Gracias –susurró–. Eres la única con la que puedo contar, Gabby. Eres muy buena.

Aquello la sorprendió también.

–Te quiero, Makayla. A veces eres muy irritante, pero, incluso en esos momentos, te quiero. Lo sabes, ¿no?

Aquellas palabras le salieron automáticamente de los labios. Gabby tardó unos segundos en darse cuenta de que lo que había dicho era cierto. No estaba segura de cuándo había sucedido, pero había sucedido. De algún modo aquel embarazo las había unido.

Makayla estaba llorando otra vez, pero Gabby se imaginó que no importaba, porque ella también estaba conteniendo las lágrimas.

—Estamos hechas un desastre —dijo—. Las dos.

—Sí, pero muy pronto vamos a ser unos desastres con zapatos nuevos.

Capítulo 22

Nicole tuvo que contenerse para no preguntarle otra vez a su amiga qué tal se encontraba. Hayley le había dicho que estaba bien, y ella tenía que creer en su palabra.

Estaban sentadas en el jardín trasero de Nicole, disfrutando de aquella tarde soleada. Tyler estaba en el cumpleaños de un amigo. Rob estaba ayudando a un amigo con un coche, y Jairus todavía estaba en la gira de presentación de su nuevo libro.

Todos los días se ponían en contacto. Sobre todo mediante mensajes de texto, pero también se llamaban por teléfono de vez en cuando. Él le había enviado unas fotos de sus fans esperando para conocerlo y un vídeo muy gracioso de su habitación de hotel con el título «Nada de prostitutas aquí».

Aunque odiara admitirlo, echaba de menos a Jairus.

—¿Fuiste el martes? —le preguntó Hayley.

Nicole enarcó las cejas.

—¿A La cena está en la bolsa? Sí. Dependo de esas comidas. Shannon vino con nosotras. Morgan no está muy contenta que digamos.

Hayley sonrió apagadamente.

—Vaya, qué pena.

Nicole se echó a reír.

—Te echa tanto de menos... No creo que se hubiera dado cuenta de todo el trabajo que hacías. ¿De verdad no piensas volver?

—Le mandé mi renuncia la semana pasada. Hace mucho que no sé nada de ella. Nos peleamos cuando volví a casa del hospital.

—Deja que adivine por qué. Ella te dijo que te estabas comportando como una egoísta por tu operación y que necesitaba que volvieras a trabajar inmediatamente.

—Estabas espiándonos.

—Soy adivina.

Nicole observó a su amiga. Hayley tenía buen color en las mejillas y un brillo saludable en la mirada. Tenía el mejor aspecto desde hacía mucho tiempo. Años, tal vez. Seguramente, era por la combinación de reposo, de no tomar las hormonas y de no tener más hemorragias. Aunque a Hayley no le gustara el resultado, la operación había sido beneficiosa para ella.

—¿Qué tal en el trabajo? —le preguntó.

Hayley puso los ojos en blanco.

—Es ridículo, pero me han ampliado el permiso.

—Creo que debes aceptar los cuidados que te dan los demás y pensar que todo lo hacen con aprecio y preocupación.

—Ya lo intento, pero me tratan como si fuera una delicada flor.

—Lo eres, más o menos.

—No es verdad. Bueno, y ¿cómo van las cosas en el estudio?

—Muy bien. Tengo muchos clientes y he abierto un par de clases nuevas, así que estoy muy contenta.

Nicole pensó en el sobre que tenía guardado en el cajón de la cómoda.

—Vi a Eric el fin de semana pasado.

—¿Por fin fue a buscar a Tyler? Qué sorpresa.

—Sí. Se lo llevó a comer por ahí. Tyler dice que no se divirtió mucho. Ya no se conocen apenas. Es triste. Bueno, Eric me dio dos entradas para el estreno de su película.

Hayley abrió unos ojos como platos.

—¿En serio? Vaya, ¿es cosa mía o eso es muy raro?

—A mí me pareció muy raro. Dice que es porque yo fui una parte muy importante en el proceso de escritura de su guion.

Hayley soltó un resoplido.

—¿Quieres decir que le salvaste el trasero mientras tecleaba y surfeaba?

—Vaya, mira qué carácter.

—De vez en cuando tengo mi mal genio. ¿Quieres ir al estreno?

—No lo sé. Ni siquiera sé de qué va la película. No llegué a leer el guion. Eric siempre decía que no estaba acabado. Después, nos divorciamos, y me parecía raro pedírselo. Así que sé lo mismo que el resto del mundo. Creo que la historia va de un tipo normal y corriente que salva al mundo. Es un thriller con algo de comedia.

—¿Todavía sigues saliendo con Jairus?

Aquel cambio de tema hizo que Nicole se sintiera incómoda.

—Bueno, ahora está de gira presentando su nuevo libro, así que lleva unas semanas de viaje.

—Pero seguís juntos.

—No estamos juntos. Estamos… eh… um…

Hayley esperó con paciencia.

—Sí, todavía nos vemos —admitió Nicole—. Nos enviamos mensajes todos los días.

—Pues que te acompañe. He visto las fotos. Jairus es muy guapo, y no siempre tenemos la oportunidad de ir a este tipo de eventos. Ve y disfruta de la experiencia con un hombre guapo a tu lado. Quedarás como una exmujer impresionante y podrás satisfacer tu curiosidad. ¿Cómo se llama la película?

—*Disaster Road*.

—Muy apropiado. Tienes que ir. Te servirá para cerrar un ciclo.

Visto así, tenía sentido.

—Estoy un poco nerviosa —reconoció—. No sé qué esperar de un evento así.

—Pregúntale a Shannon. Seguro que ella ha estado en estrenos, o conoce a alguien que ha ido. Y puede que Jairus, también. Él es una celebridad.

Aunque solo para los niños de menos de diez años, pensó Nicole. Era curioso pensar que, aunque Eric y él eran escritores, pudieran ser tan distintos. Eric era distante y reservado. Le interesaba mucho cómo funcionaba Hollywood y quería entrar en su círculo más cerrado. Jairus, por el contrario, solo se interesaba en sus lectores.

—De acuerdo, se lo diré —respondió—. Aunque puede que ese día todavía esté de gira.

—Me parece que, si puede, estará aquí. Bueno, y ¿te gusta de verdad?

Nicole estuvo a punto de moverse de la incomodidad.

—Es agradable.

—¿Y?

—Es muy bueno con Tyler. Es divertido y paciente. Me sorprende que no tenga hijos. Sería un gran padre. Ojalá pudiera decir lo mismo de mi exmarido —añadió—. No consigo entender por qué se comporta así con Tyler. Para mí, el niño lo es todo —dijo, y suspiró—. Es como lo de la casa. Ahora, me siento como si él nunca hubiera estado allí. Él se instaló allí y, cuando llegó el momento de marcharse, se fue. Pero no había cambiado nada. No dejó su marca en nada. ¿Es él o soy yo?

—Los dos. Creo que Eric es de esas personas que no pueden conectar íntimamente con nadie. No es que sea mala persona. Es así.

—Sí, Gabby me dijo lo mismo. Eric no quiere el éxito por el sexo. Había muchas mujeres jóvenes y guapas a su alrededor, y creo que a él no le importaba.

—Tú y yo no entendemos que alguien no consiga conectar con los demás, que no se implique hasta el final con su familia y sus amigos. Por mucho que me moleste cómo es Morgan, la voy a llamar dentro de unos días, porque es mi hermana. Las personas no somos islas, pero creo que Eric sí lo es. No solo no necesita mantener una relación estrecha con su hijo, sino que no sabe lo que se está perdiendo en la vida. Es como si a nosotras nos pidieran que nos imagináramos cómo es la vida en el planeta Zenon.

—¿El planeta Zenon? ¿Es un planeta de la Guerra de las Galaxias?

Hayley se echó a reír.

—Sabes que no. Tú eres tan friki de la Guerra de las Galaxias como yo. Lo que quiero decir es que tal vez no seas tú. Tal vez sea él.

—Entonces, ¿yo no tengo ninguna responsabilidad?

—Sabes que sí. Hiciste muchas cosas mal en tu matrimonio.

—Vaya, gracias por el voto de confianza.

—Lo siento, pero es así. Todos metemos la pata. Está en la naturaleza del ser humano. La diferencia es que tú estás pensando en lo que ocurrió y estás buscando respuestas. Yo creo que Eric, simplemente, ha pasado al siguiente capítulo de su vida.

—Te has hecho muy sabia, Obi Wan.

—Ojalá fuera cierto —dijo Hayley, y le dio un sorbito a su limonada—. Lo que pasa es que he tenido mucho tiempo para pensar. No ha sido divertido, pero ha sido positivo para mí. He podido asimilar que no voy a tener un hijo.

–¿Y eso te duele mucho?

–Sí, mucho. Pero cada vez menos. Ahora tengo que pensar qué es lo que voy a hacer. Rob y yo tenemos que reparar las grietas de nuestro matrimonio –dijo Hayley con un suspiro–. No se puede pasar por todo lo que hemos pasado nosotros sin que quede alguna cicatriz.

–Rob es un hombre maravilloso, y te adora.

–Sí, lo sé. Tengo suerte –dijo ella y sonrió–. Puede que tú también tengas suerte muy pronto. Y, cuando suceda, quiero los detalles. El sexo con un hombre nuevo es un concepto muy lejano para mí. Voy a tener que enterarme por las demás.

Nicole se echó a reír.

–Si me emborrachas, te lo contaré todo.

–Trato hecho.

––––

–Hola, mamá –dijo Gabby al entrar en la cocina de casa de sus padres.

Iba a ver a toda la familia dentro de una hora, en casa de su amiga Pam, porque celebraban allí el Día del Trabajo. Sin embargo, había ido a ver a su madre para contarle algo que no era precisamente sobre una fiesta.

Lo había pospuesto todo lo posible. Makayla todavía podía disimular el embarazo con camisas vaporosas y amplias, pero, al final, la verdad iba a salir a la luz y, cuanto más tardara en contárselo a su madre, peor sería después.

–¡Gabby!

Marie entró en la cocina y sonrió. Llevaba unos pantalones blancos y una camisa de encaje sobre una camiseta de tirantes. Se había puesto unos pendientes de oro que brillaban, y varias pulseras.

Su madre la abrazó y se sentó en uno de los taburetes de la isla. Gabby ya le había dicho que quería hablar con ella, y todas las conversaciones importantes se mantenían en la cocina.

—Me tienes preocupada —dijo Marie—. Me has dicho que nadie está enfermo y que todo va bien entre Andrew y tú, ¿no? Entonces... ¿Es que has decidido tener otro hijo?

—No, no exactamente. Mamá... mi vida es un desastre en este momento, y no sé cómo arreglarla.

Marie le tomó una mano y le apretó los dedos.

—Dime lo que está ocurriendo, y haremos un plan entre las dos. Podemos arreglarlo, sea lo que sea. Ya lo verás.

Gabby tomó aire.

—Makayla está embarazada.

Marie se quedó boquiabierta.

—No. Si no es más que una niña.

—Quince años. Nosotros nos quedamos igual de espantados que tú. Ni siquiera sabíamos que Boyd era su novio.

—¿El nombre del padre es Boyd? ¿Quién pone a su hijo un nombre así?

—Mamá, eso no es lo importante.

Gabby le explicó cómo lo habían averiguado, y que Boyd y Makayla querían estar juntos. Le contó cómo había sido la conversación con los padres de Boyd, y que, después, habían enviado al chico fuera del estado. Y que Makayla estaba muy preocupada por lo que pudiera pasar en el instituto.

—No quiere ni oír hablar de la adopción —continuó Gabby—. Me vuelve loca. Andrew está totalmente de su lado.

—Por supuesto —dijo su madre con una sonrisa triste—. Cariño, es un hombre, y se trata de su primer nieto. No solo continúa su dinastía, sino que no tiene ni idea de lo que es quedarse en casa a cuidar de un niño. Seguro que espera que eso lo hagas tú, ¿verdad?

Entonces, fue Gabby la que se quedó boquiabierta.

–¿Cómo lo sabes?

–Es un hombre tradicional. Los dos le disteis mucha importancia al hecho de que tú te quedaras en casa con las mellizas. Por supuesto, tomaste la decisión correcta, pero es algo generacional. En mis tiempos, las mujeres siempre se quedaban en casa a cuidar de los hijos. Ahora todo el mundo quiere tener su carrera profesional y ¿qué sucede con los niños? –preguntó Marie. Después apretó los labios–. Lo cual no te ayuda para nada. Porque seguro que tú no quieres lo mismo que él.

–No. Yo quiero trabajar. Sé que es diferente a lo que hiciste tú, mamá, pero yo estoy deseando salir de casa.

–Lógicamente. ¿Acaso piensas que yo no he deseado algo más que ser la madre de todo el mundo? ¿Que no soñé con un trabajo en el que se me respetara por lo que era, en vez de ser siempre la madre de Gabby o la mujer de tu padre?

No, pensó Gabby con desconcierto. Ella no lo sabía.

–Pero... tú siempre estabas feliz.

–Mi familia es una bendición. Yo doy gracias todos los días por la vida que tengo, pero, algunas veces, me he preguntado cómo me habría sentido si hubiera sido de otra forma. Entonces, Andrew quiere que dejes tu trabajo definitivamente y te quedes en casa con el hijo de Makayla.

Gabby asintió.

–Me ha prometido que Makayla y él me ayudarían.

Su madre chasqueó la lengua.

–¿Que te ayudarían? Es su hijo. Ella debería hacer algo más que ayudar.

–Eso es lo que le dije yo, pero él quiere que tenga la oportunidad de ser una adolescente. Tiene que ir al colegio, y yo no quiero que el bebé se convierta en un castigo para ella, pero... ¿y su responsabilidad? ¿Y las consecuencias de las cosas?

—Entonces vosotros dos os estáis peleando.

Gabby bajó la cabeza.

—Un poco.

Su madre se le acercó y la tomó por los antebrazos.

—Gabby, escúchame. Sé de lo que estoy hablando. Los niños vienen y, al final, se van, pero el matrimonio debería ser para siempre. Aunque Andrew sea difícil, es un buen hombre. Habla con él. Si no lo entiende, vuelve a intentarlo. No te rindas. Tú lo quieres. Sé que lo quieres.

—Últimamente no hablamos mucho.

—Habla con él —repitió su madre—. Arréglalo. Merece la pena salvar tu matrimonio.

—Sí, ya lo sé.

—Yo no se lo voy a contar a tu padre hasta después de la fiesta. Ya lo conoces. Dirá algo al respecto, y nadie querría eso.

Marie se puso de pie y tiró de Gabby para que se levantara del taburete. Después, le dio un abrazo.

—Mi niña. Dime lo que puedo hacer para ayudar.

—Sí, mamá. Te lo prometo.

—Buena chica.

—Pam nunca me invita a sus fiestas —gimoteó Morgan—. ¿Por qué?

—Porque no te conoce —dijo Hayley, sonriendo a su hermana—. Yo trabajo para su hijo y, antes, trabajaba para su marido. Tú no tienes nada que ver con ella.

—Pero tú dices que da unas fiestas estupendas.

—Sí.

—Entonces, yo debería poder ir también.

Morgan había aparecido en casa quince minutos antes, sin explicaciones, sin aviso. Había llamado a la puerta sin más. Rob estaba en el supermercado, comprando el vino que iban a llevar a la fiesta. A Hayley se le había pasado por la cabeza no dejar entrar a su hermana, pero, al final, no quería amedrentarse ni echarse atrás. Ya, no.

Estaban en la cocina. Hayley tuvo que reprimir el impulso de invitar a su hermana a sentarse por cortesía. Rob y ella se marcharían en cuanto él volviera, y se suponía que aquella era una visita corta.

—No vas a volver a La cena está en la bolsa, ¿verdad? —le preguntó Morgan.

—No. Por eso te envié la carta de renuncia.

—Pero es que yo te necesito. El negocio es un asco. Lo odio. Tú hacías el peor trabajo, y ahora tengo que hacerlo yo. O contratar a alguien para que lo haga. No es justo.

Hayley se dio cuenta de que, con aquel gran dolor, también había llegado la libertad. Ya no necesitaba el trabajo, así que no tenía que aguantar nada que no quisiera. Pensó en la palabra «víctima», pero ella nunca había sido una víctima de su hermana. Había permitido que las cosas ocurrieran.

—Podrías vender la empresa —le sugirió con voz calmada—. Y conseguir un trabajo por cuenta ajena.

—¿Cómo iba a hacer eso?

Morgan estaba muy guapa, como siempre, si uno ignoraba su expresión de petulancia. A causa del gesto perpetuo de mal humor, estaban empezando a salirle arrugas alrededor de la boca. Eso sí que era triste.

¿No estaba siendo un poco mezquina? Sí. Recordó que su madre decía que no estaba mal ser un poco mala de vez en cuando, siempre y cuando tuvieras remordimientos después y no dejaras que se convirtiera en una costumbre.

—Echo de menos a mamá —dijo Hayley, pensando en que su madre habría tenido consejos muy sabios sobre muchas cosas—. ¿Tú conservas los álbumes que nos hizo?

—¿Qué? No. Tengo tres hijos y un marido. Casi no tengo sitio para otro par de calcetines en casa. Y ¿quién tiene tiempo para eso? —preguntó. Con ambas manos se ahuecó los rizos del pelo negro, y volvió a dejar que cayeran sobre sus hombros—. Ya no puedo seguir así. Tengo demasiado estrés. Necesito salir de aquí. ¿Podrías quedarte con los niños durante un fin de semana largo?

—Claro.

—¿Así de fácil?

—Yo me lo paso muy bien con mi sobrina y mis sobrinos, y últimamente no los he visto mucho. Por supuesto que pueden quedarse con Rob y conmigo mientras tú estás fuera.

—Bien.

—¿Vas a llevarte a Brent?

—Dios, no. Él es otra de las cosas de las que necesito alejarme. Caramba.

Hayley se lo tomó con humor.

—No eres la persona más agradable del mundo, ¿verdad?

—No tengo tiempo para eso. Mi mejor empleada acaba de irse. Te enviaré un mensaje con los detalles.

—Estoy deseando tener noticias tuyas.

Morgan la miró con asombro.

—¿Qué mosca te ha picado? Estás diferente. Creía que estarías triste y llorosa, pero, no. ¿Es que ya no te importa lo de tener hijos? ¿Solo fue un juego?

Hayley se sintió como si se abriera el suelo a sus pies. Podía reaccionar con dolor, o con poder. La elección era suya. Morgan nunca iba a cambiar. Sin embargo, ella todavía podía elegir su camino.

Se acercó a la puerta y la abrió de par en par.

—Voy a cuidar de tus hijos encantada porque los quiero y porque son de mi familia. Pero tú no puedes hablarme así en mi propia casa.

—¿Qué te pasa? No quería decir nada —dijo Morgan. Tomó su bolso y dio un bufido—. Muy bien, lo siento. ¿Contenta?

—Todavía no, pero me estoy acercando.

Capítulo 23

Gabby fue avanzando en la larga fila de coches que estaban dejando a los niños en el colegio. Makayla iba sentada a su lado, retorciéndose las manos en el regazo. Irradiaba tensión.

—¿Estás bien? —le preguntó Gabby en voz baja.

Makayla asintió.

—Hoy es el primer día, pero, después, cuando tomes de nuevo el hábito, todo irá mejor.

—Pero... es que me va a crecer la tripa. Y la gente se va a dar cuenta.

Que ella supiera, Makayla todavía no le había dicho a ninguna de sus amigas que estaba embarazada. Tampoco había querido que Andrew y ella avisaran en el instituto. Gabby se había empeñado en contárselo a su tutora para que estuvieran al tanto de su condición, por si ocurría algún percance. Makayla también estaba exenta de la clase de gimnasia, así que no tendría que cambiarse delante de las otras chicas ni ponerse un traje de deporte que mostrara su embarazo. Sinceramente, no sabía qué decirle. El resultado era inevitable. Makayla iba a engordar. Seguramente, dentro de dos meses ya no podría ocultar su estado.

—Tienes el teléfono móvil —le dijo—. Yo voy a estar pendiente. Llámame si necesitas cualquier cosa.

Makayla asintió. Cuando llegaron, empezó a salir del coche, pero, en el último momento, se giró y abrazó a Gabby.

—Gracias —susurró con los ojos llenos de lágrimas. Después, se marchó.

Gabby tomó aire, se giró con una sonrisa forzada y miró a las mellizas.

—¿Preparadas?

Las dos niñas le devolvieron la sonrisa.

—Sí, mamá. Nos lo vamos a pasar muy bien —dijo Kennedy con seguridad, como si en el jardín de infancia no hubiera otra opción que pasárselo bien.

—Claro que sí —les dijo Gabby.

Salió del aparcamiento del instituto y se dirigió hacia la escuela elemental, que estaba a poca distancia de allí. La hora de entrada de las mellizas le permitió llegar con unos minutos de sobra y, después de aparcar, acompañó a las niñas a su nueva clase.

Había niños por todas partes, desde los cinco a los once años. La diferencia de estaturas entre ellos, y de su forma de hablar, era asombrosa. Parecía que los niños de sexto curso tenían veinte años, y todos iban vestidos a la moda. Algunas niñas iban maquilladas, incluso.

Kenzie había elegido la ropa que iban a ponerse su hermana y ella aquel día. Eran dos vestidos de verano de la misma tela, pero de distinto color. Gabby ya les había hecho mil fotografías, pero sacó el teléfono móvil para sacar unas cuantas más cuando se detuvieron junto a su clase.

Kennedy la abrazó.

—Mamá, vamos a estar muy bien.

—Ya lo sé. Las dos lo vais a hacer estupendamente bien —dijo Gabby. Se agachó junto a ellas y las tomó a las dos entre sus brazos—. Sois muy listas, y os lleváis muy bien con los otros niños. Os quiero y estoy orgullosa de vosotras.

Después, se puso de pie y miró a las niñas mientras entraban en la clase. Saludaron a su profesora y se fueron a su sitio.

La semana anterior habían tenido una sesión de orientación, y habían hecho una práctica para que todo el mundo se conociera y supiera llegar a su pupitre. Las niñas empezaron a hablar con los otros alumnos mientras empezaba la clase.

Gabby se quedó fuera con un grupo de padres. Todos estaban anonadados, como si no pudieran creerse que estaba pasando aquello.

Andrew se acercó corriendo a ella. Había tenido que quedarse en casa porque tenía que atender una videoconferencia.

–¿Me lo he perdido?

Gabby se enjugó las lágrimas y señaló a través del cristal de la puerta.

–Están muy bien. Les va a ir muy bien.

Él la rodeó con un brazo y la estrechó contra sí.

–Nuestras niñas –dijo en voz baja–. Has hecho un trabajo increíble con ellas.

–Hemos sido los dos –dijo Gabby.

Pronunció aquellas palabras automáticamente, pero lo decía de verdad. Hasta hacía bien poco, Andrew y ella habían formado un buen equipo. En aquel momento, apoyada en él, se preguntó si alguna vez volverían a serlo.

Recordó el consejo de su madre. Para arreglar las cosas iba a tener que ser madura.

–¿Te apetece tomar una taza de café antes de ir al trabajo?

–Sí, me gustaría.

Fueron a Latte-Da y se sentaron en una de las mesas de la terraza con un par de cafés. A aquella hora de la mañana todavía hacía fresco, y no había mucha gente por la calle. Parecía que tenían Mischief Bay para ellos solos.

Gabby observó a su marido. Lo quería, incluso cuando la enfadaba tanto. Así pues, tenía que reestablecer la comunicación entre ellos.

–Lo siento.

Ella también había estado pensando en decir eso, pero Andrew se le había adelantado.

Se quedó mirándolo con asombro.

–¿Disculpa?

–Que lo siento, Gabby. No quería hacerte daño. Estaba tan concentrado en Makayla y en cómo íbamos a solucionar el asunto de su bebé, que no me di cuenta de que asumiendo que tú ibas a cuidar de él te hacía sentir menos importante. No me di cuenta de que no te estaba respetando como persona, como compañera. Como a la mujer a la que quiero. Tenemos que ponernos de acuerdo. Tenemos que ir juntos en esto. Somos una pareja y una familia. La solución no puede pasar por que uno de los dos se sienta traicionado.

Ella se quedó asombrada. Tuvo ganas de tocarle la frente a Andrew para ver si tenía fiebre. ¿Cómo era posible que…?

–Mi madre –dijo, lentamente.

–Marie me acorraló ayer en la fiesta de Pam. Me engatusó para que creyera que estaba de mi parte y, después, saltó sobre mí –dijo Andrew con una sonrisa de arrepentimiento–. Pero lo que me dijo me ha hecho pensar –añadió, y tomó la mano de Gabby por encima de la mesa–. Gabby, no quiero que seas infeliz ni que te enfades conmigo. No quiero que lo sacrifiques todo por el bebé de Makayla. Tiene que haber una forma de que las cosas funcionen sin que todo recaiga sobre ti.

A ella se le llenaron los ojos de lágrimas.

–Eso me gustaría –susurró–. Yo tampoco quiero estar enfadada. Y no quiero que Makayla sufra ni vea todo esto como un castigo. Pero no puedo llegar al límite.

—Estoy de acuerdo. Tenemos que solucionar esto.

—Lo conseguiremos si seguimos hablando. Y si no damos nada por sentado —dijo Gabby—. Yo estoy preocupada por Makayla.

—¿En qué sentido?

Gabby le explicó lo que había sucedido cuando habían ido de compras.

—Todavía no les ha contado nada a sus amigas, pero ellas lo van a ver en cualquier momento, y no creo que vaya a ir bien.

—¿Crees que va a sufrir acoso?

—No lo sé. Me preocupa que se haya retraído tanto. A ella le encanta socializar, pero, desde que supo que estaba embarazada, no ha traído a nadie a casa. Y ahora que se ha ido Boyd está sola. Eso no es bueno. Necesita a sus amigas —dijo Gabby, y tomó su café de la mesa—. Esto no es nada fácil.

—Yo no podría hacerlo sin ti. Candace, por supuesto, no ayuda en nada. Es como si quisiera poner las cosas más difíciles adrede.

—Tal vez debieras hablar con ella. En estos momentos, Makayla necesita apoyo, más que nunca. No estoy diciendo que tengamos que arrullarla, pero este no es el mejor momento para que su madre se ponga a despotricar.

—La llamaré —dijo Andrew, e hizo un gesto de desagrado—. Me imagino que la conversación no va a ir bien.

Entonces, Gabby abordó un tema que llevaba pensando un tiempo.

—Hay clases de maternidad para adolescentes. Creo que Makayla debería asistir a una de ellas. No quiero tener que enseñarle todo. Creo que aprendería más si estuviera en un entorno estructurado. Además, le enseñarían a compaginar el instituto con el bebé.

—Es una idea fantástica —le dijo él—. Tienes razón. Tiene mucho que aprender. Me acuerdo de lo asustado que estaba yo cuando ella nació, y tenía mucha más preparación que ella. Vamos a apuntarla.

Vaya... Había sido inesperadamente fácil.

—He encontrado un par de sitios por nuestra zona. Podemos hablar de ello esta noche.

—Bien —dijo él y sonrió—. Bueno, vamos a hablar de un tema más alegre. ¿Estás contenta de empezar mañana el trabajo?

—Sí. Y también nerviosa.

—Lo vas a hacer muy bien.

—Eso espero —dijo Gabby.

El embarazo de Makayla le había ocupado tanto tiempo mental que no había podido obsesionarse tanto como había pensado. Seguramente, eso era muy positivo.

—Estoy orgulloso de ti, Gabby, y soy muy afortunado de tenerte a mi lado.

—Gracias. Yo me siento igual.

Eso era lo que ella quería. Una buena relación con su marido. Su madre tenía razón al decirle que hablara siempre con su marido.

—¿Qué tal tienes la mañana? —le preguntó—. ¿Tienes que irte a la oficina ahora mismo?

Él enarcó una ceja.

—¿Qué se te ha ocurrido?

Ella sonrió.

—Un poco de sexo de reconciliación. Hace mucho que no...

—Sí —dijo él. Se levantó, la tomó de la mano y tiró el vaso a la papelera—. Estoy totalmente de acuerdo.

Ella sonrió.

—Muy bien. Así me gusta.

Hayley metió las sábanas en la lavadora. Su primer día de trabajo desde la operación la había dejado fatigada, pero se sentía bien. Por lo menos, había hecho algo diferente a estar en casa todo el día, sentada, compadeciéndose de sí misma.

Puso la lavadora y fue a la cocina para preparar la cena. Ahora que ya no trabajaba en La cena está en la bolsa, tenía que hacer las comidas desde cero, pero no tenía importancia. A Rob y a ella les gustaba hacer parrillas, y tenía una Crock-Pot que nunca había utilizado demasiado. Aquel podía ser un comienzo.

Sacó el pollo marinado de la nevera y lo sirvió en un plato. En aquel momento, le llegó un mensaje de texto.

He reservado el hotel del fin de semana. Te llevaré a los niños el viernes a las tres de la tarde.

Hayley se quedó mirando el mensaje y soltó un juramento en voz baja. Como se sentía tan orgullosa de haberle plantado cara a su hermana, se le había olvidado por completo que había accedido a quedarse con sus sobrinos durante el fin de semana, y no se lo había dicho a Rob.

Antes de escribir cualquier contestación, oyó el ruido del coche de Rob. Un minuto después, él entró en casa.

–Hola –dijo él, saludándola con una sonrisa. Entonces, se quedó inmóvil–. ¿Qué te pasa? ¿Estás sangrando? –preguntó. Se había quedado pálido, y se acercó a ella rápidamente–. ¿Hayley?

En aquel momento, ella comprendió lo que le había hecho pasar. Cuánto había sufrido. Por supuesto, querer tener niños no estaba mal, pero el precio que había tenido que pagar todo el mundo no era justo.

–Estoy bien –le dijo rápidamente–. De verdad, estoy muy bien. No te preocupes.

Él se relajó.

–Entonces, ¿qué pasa?

–He hecho una tontería. Morgan quiere irse fuera durante el fin de semana, y yo le dije que le cuidaría a los niños. Lo siento, se me olvidó por completo preguntártelo. Ahora, ella ya ha hecho sus planes y va a traerlos el viernes. ¿Te parece bien o le digo que lo programe para otro momento?

Rob se subió las gafas por la nariz. Le tomó la cara entre las manos y la besó en los labios.

—Yo quiero a los niños. Claro que pueden quedarse aquí. Nos lo vamos a pasar muy bien.

Ella sonrió.

—Gracias.

—De nada. ¿Es este fin de semana?

—Sí. Vamos a tener que sacar las camas supletorias para los chicos. Y... bueno, Amy va a necesitar la cama de la habitación de invitados.

La habitación donde todavía estaba durmiendo Rob.

—¿Y a ti te parece bien?

Ella asintió.

—Te echo de menos.

—Yo también.

Ella quería preguntarle si las cosas ya se habían arreglado entre ellos, porque, desde la operación, Rob no había vuelto a tocarla. Aunque no pudieran mantener relaciones sexuales, porque aún le faltaban unas semanas de recuperación, había otras cosas que podían hacer. Sin embargo, aún quedaban asuntos por resolver. Los dos tenían que responder por su comportamiento.

Rob sonrió.

—Voy a cambiarme y enciendo la parrilla. Mientras se calienta, quiero que me cuentes qué tal el primer día de trabajo.

Porque aquello era lo normal, pensó ella con melancolía. Era su cotidianeidad, lo que ya sabían. Sin embargo, ¿era suficiente? Ella no sabía cuánto habían perdido. Y, peor todavía, no sabía cómo iba a ser el primer paso, ni quién iba a darlo. Y, sin eso... ¿cómo iban a dejar atrás el pasado?

Las leyes de inmigración, como gran parte del mundo jurídico, giraban en torno a los detalles. Hechos, precedentes, fallos, excepciones, exenciones, ampliaciones.

Gabby se apuraba en su nuevo trabajo, como si no tuviera la preparación adecuada. Le habían asignado varios casos y había pasado los primeros días tratando de ponerse al día. Ella había hecho antes aquel tipo de trabajo, así que esperaba estar a la altura de inmediato. Pero no se había dado cuenta de que su cerebro había cambiado. Ya no estaba acostumbrada a escanear, literalmente, cientos de páginas impresas o digitales y retener todos los puntos destacados. Después de leer ocho párrafos, se dio cuenta de que había perdido la concentración, así que tuvo que volver atrás y leerlos varias veces.

Mientras estaba en casa con las niñas, había tratado de mantenerse informada de los cambios de las leyes. Se había suscrito a algunas revistas jurídicas por internet y las había leído... o eso creía ella. Lo que realmente había hecho había sido hojearlas ligeramente. Y parecía que no había memorizado nada.

Era viernes, y estaba agotada. No solo por el cambio que suponía estar en un trabajo, aunque solo fuera cuatro horas al día, mientras hacía malabarismos con su familia, sino también, por las noches. Después de que todos hubieran cenado y estuvieran acostados, ella bajaba las escaleras para leer los casos y a estudiarlos con las leyes correspondientes. Las noches cortas, los días largos y los galimatías legales no eran una mezcla estimulante, precisamente.

Miró el reloj y vio que eran poco más de las once. Solo llevaba dos horas en la oficina y ya estaba tomando su tercera taza de café. Eso no podía ser bueno. Además, tenía reuniones tres de los cinco días de la semana siguiente, lo que significaba que tendría que hacer el resto del trabajo en casa.

Si estuviera a tiempo completo en un gran bufete de abogados, trabajaría muchas horas al mes. Aquella idea la intimidó. ¿Cómo lo hacía la gente? Ella echaba de menos a sus hijas. Curiosamente, cuando llegaba a casa estaba bien. Sabía que las mellizas estaban muy contentas con su profesora y sus nuevos amigos. Sin embargo, en la oficina, se preocupaba por ellas. Y también se preguntaba qué tal estaba Makayla. La adolescente apenas había hablado del instituto en toda la semana, y estaba durmiendo mucho. A Gabby le preocupaba que estuviera deprimida.

Pero lo más sorprendente del trabajo era más personal y más triste. Poder ir al baño a solas no era tan emocionante como había pensado. Sinceramente, echaba de menos ver la patita de Jasmine asomando por debajo de la puerta y oír lloriquear a Boomer al otro lado.

Gabby se levantó para tomar otra taza de café. Mientras caminaba por el pasillo, sonrió a sus nuevos compañeros de trabajo y se dijo que las cosas iban a mejorar. Que ella había discutido porque necesitaba volver al trabajo. Que no podía seguir quedándose en casa.

Solo que había pensado que sería más divertido. O, al menos, más interesante. ¿El trabajo de un abogado siempre había sido tan árido?

«Un problema del primer mundo», murmuró, mientras regresaba a su pequeño despacho. Estaba haciendo algo útil, ayudando a la gente. Recuperaría la capacidad de concentrarse durante más de treinta segundos y haría nuevos amigos. Eso era todo lo que ella quería, e iba a aprender a disfrutar de ello.

Capítulo 24

La casa de Jairus no estaba lejos de la de Nicole. Ella hizo un trayecto más difícil y largo para que Tyler no se diera cuenta de que su héroe vivía a poco más de un kilómetro de ellos. El amor que sentía Tyler por todo lo relacionado con Brad the Dragon había aumentado exponencialmente desde que había conocido a su autor, y Nicole no quería que su hijo acosara a Jairus durante los próximos años.

Jairus había vuelto ya de su gira y había invitado a Nicole y a Tyler a comer a su casa. Nicole trataba de convencerse de que era una cortesía lógica, puesto que ella también lo había invitado a él. Sin embargo, ni toda la lógica del mundo evitaba que le sudaran las palmas de las manos mientras conducía. Dio dos vueltas más antes de subir la Pacific Coast Highway y dirigirse al norte durante tres manzanas. Después, volvió hacia el mar.

–¿Crees que Jairus ha vendido muchos libros? –le preguntó Tyler.

–Estoy segura de que sí.

–Yo iría a las firmas todos los días.

–No sé… Cuando haces una cosa todos los días, deja de ser especial.

Tyler sonrió.

—Pero tener regalos todos los días sería muy especial.

—Tu habitación no es tan grande como para eso. ¿Dónde ibas a dormir? ¿En el tejado? ¿En el coche?

—¡En el tejado!

Entró en la calle de Jairus y encontró la dirección. Aparcó delante de la calle de entrada a la parcela.

La casa no era muy diferente de la suya, pensó con asombro. Era un bungalow antiguo de estilo español. Muchas de las casas antiguas de aquel barrio habían sido derribadas y, en su lugar, se habían construido chalés enormes cuya planta ocupaba toda la parcela. Sin embargo, la casa de Jairus no destacaba en absoluto. Tal vez hubiera renovado las ventanas, y el jardín estaba bien cuidado, pero no tenía nada que la distinguiera de las demás viviendas, ningún letrero que dijera *Aquí vive un autor superventas del New York Times*.

Tyler se estaba desabrochando el cinturón de seguridad. Su hijo abrió la puerta del coche y salió hacia la casa. Nicole tomó su bolso y la tarta que había hecho de postre y lo siguió.

Jairus abrió la puerta antes de que Tyler llegara. Se arrodilló y abrazó al niño.

—Hola, colega. ¿Cómo estás?

—Bien. ¿Te lo has pasado bien en la gira? ¿Has firmado muchos libros? ¿Todo el mundo quería hablar de Brad contigo?

Jairus se echó a reír.

—Sí, todo el mundo. Vamos, pasa —dijo. Se levantó y sonrió a Nicole antes de tomar la tarta que ella le ofrecía—. Tú también puedes pasar.

—Gracias.

Entró en la casa. El salón era grande y abierto, con ventanas en forma de arco y un mobiliario grande y cómodo en tonos tierra. Las mesas y el suelo eran de madera. Había una chimenea en el otro extremo de la estancia. Seguramente, como estaban en el sur de California, la usaría rara vez, pero era muy bonita. La casa debía de ser más grande que la suya, pero había sido construida en la misma época.

—He pensado que pasemos el rato en el jardín trasero —dijo él, señalándole el camino.

Atravesaron la cocina. Allí, él dejó la tarta sobre la encimera. La cocina era grande y, obviamente, estaba remodelada. Nicole miró con envidia las encimeras de granito y los electrodomésticos de acero inoxidable.

—¿Dónde duerme Brad? —preguntó Tyler.

Nicole se volvió hacia él y sonrió.

—Cariño, tú sabes que Brad no es de verdad.

—Sí, ya lo sé, pero fue Jairus quien se lo inventó. Brad tiene que vivir aquí.

Jairus le revolvió el pelo a Tyler.

—Eres un niño muy listo, ¿lo sabías?

Tyler sonrió.

—A veces sí soy listo.

—Brad tiene una habitación. ¿Te gustaría verla?

Tyler asintió tan rápidamente, y con tanto ímpetu, que Nicole pensó que se le iba a romper el cuello. Jairus los guio por un pasillo corto. Pasaron por delante de una puerta abierta que daba a un baño bastante grande. Entonces, él abrió la primera puerta a la izquierda. Era una habitación pequeña, y dos de sus paredes estaban totalmente cubiertas por estanterías llenas de libros. En la tercera había módulos de almacenamiento, y la cuarta pared estaba ocupada por un enorme ventanal rodeado por un mural del mundo de Brad.

Ella no sabía adónde mirar primero. Tyler empezó a reírse, entró en la habitación y se sentó en el suelo. Empezó a sacar diferentes libros de Brad the Dragon de una de las estanterías.

—Tyler —le dijo Nicole, pero Jairus le puso una mano en el hombro.

—No pasa nada —le dijo en voz baja—. No puede estropear nada.

Había cientos de libros, la mayoría en inglés, pero también en varios idiomas extranjeros. Había peluches de Brad, camisetas, bolígrafos, linternas, adornos para fiestas, bolsas de globos. En un rincón había un montón de toallas de Brad y una papelera de Brad. Seguramente, de una colección para baño cuya existencia ella no conocía.

—Reconócelo —le murmuró él al oído—. Estás asustada.
—No. Estoy aterrorizada. ¿Cómo puedes dormir por las noches?
—Brad es muy buen compañero.

Ella lo dudaba, pero tenía que admitir que sentía admiración por todo lo que había conseguido Jairus. Había empezado a dibujar para su hermana y, ahora, tenía un imperio basado en Brad the Dragon.

Después de un rato consiguieron sacar a Tyler de allí con la promesa de que iba a ver el despacho de Jairus. Nicole también tenía ganas de conocer su proceso de escritura.

Jairus se dirigió hacia otro de los dormitorios y abrió la puerta. Pero aquello no era un dormitorio. Era una habitación enorme. Debía de tratarse de una ampliación, pero tenía un estilo que concordaba con el resto de la vivienda. El techo, sin embargo, era mucho más alto que los demás; tal vez tuviera cuatro metros de altura. Había ventanas por todas partes. Del techo colgaban varios ventiladores que movían el aire suavemente.

Las paredes estaban pintadas de beige y servían de fondo para multitud de bocetos. Había una especie de moldura que rodeaba la habitación. Nicole se acercó a mirarla, y vio que se trataba de un listón de corcho instalado justo por encima del nivel de los ojos, y que había chinchetas cada cinco centímetros, esto permitía a Jairus colgar sus dibujos. Vio el comienzo de un libro de dibujos; eran bocetos de Brad con una camisa hawaiana y una tabla de surf debajo del brazo.

Jairus señaló la mesa de dibujo que había al final de la habitación.

–Ahí es donde hago casi todo mi trabajo –dijo, y les enseñó los enormes cuadernos que utilizaba, además de los lapiceros y los rotuladores.

–¿No utilizas el ordenador? –preguntó ella.

–Para esto, no. Yo aprendí a dibujar así. A estas alturas no puedo cambiar. Pero los textos los escribo allí –dijo, y señaló un ordenador al otro extremo del despacho–. Para hacer los manuscritos, escaneo el dibujo, para que todo el mundo pueda ver cómo va a quedar.

Tyler se acercó a mirar la historia que estaba elaborando.

–¿Brad va a aprender a hacer surf?

–Sí.

Nicole había leído suficientes libros de Brad the Dragon como para saber que, seguramente, la aventura no iba a ser fácil, y que el joven dragón aprendería alguna lección por el camino.

–¿Cuándo hiciste la obra de la casa? –le preguntó a Jairus.

–Poco después de comprarla. Pensé que a mi hermana Alice le encantarían las enormes ventanas con vistas al jardín.

Nicole vio las ventanas orientadas al este, que daban a un enorme jardín. Había árboles y un columpio, además de una barbacoa de obra y una zona para sentarse.

–¿No te apetecía estar más cerca del mar? –le preguntó ella.

–No habría sido seguro –dijo él.

Para su hermana, pensó Nicole. Porque Jairus sabía que Alice iba a ir a vivir con él. Al comprar aquella casa y remodelarla, estaba pensando en ella; porque estaban en el sur de California, y la mejor luz era la del sur, no la del este. Pero, si los ventanales hubieran estado al sur, él no habría podido vigilar a su hermana cuando estaba en el patio.

Nicole no sabía exactamente adónde iba su relación. Se habían dado un solo beso, muy breve, se habían enviado muchos mensajes de texto y habían salido algunas veces, la mayoría con Tyler. Así que, aunque pensaba que estaban saliendo juntos, en realidad, la relación no estaba definida. Sin embargo, no pudo evitar tomarle de la mano y entrelazar sus dedos con los de él.

Jairus le apretó la mano y la atrajo hacia él.

—Es precioso —dijo Nicole—. Todo.

—Me alegro de que te guste.

Salieron al jardín por las puertas de su despacho. Tyler salió corriendo hacia el columpio y subió de un salto. Nicole se tragó aquel automático «ten cuidado» y se sentó en un lugar desde donde podía verlo bien.

—Cuéntame qué tal ha ido la gira —le dijo a Jairus—. Me hablaste de la logística y de que tienes que hacer muchísimas entrevistas. Has estado fuera mucho tiempo. ¿Te gusta hacerlo?

—Sí, la mayoría del tiempo, sí. Me gusta conocer a mis lectores. Los niños son estupendos. Podría pasar sin las entrevistas y la televisión. Al final, siempre son las mismas preguntas, estés donde estés. Yo tengo que recordarme a mí mismo que, aunque yo esté contestando por décima vez a lo mismo, para ellos es la primera vez.

—¿Brad tiene admiradoras?

—Más que yo.

Ella sonrió.

—Lo dudo. Me parece que hay muchas mamás solteras que son muy simpáticas.

Él se puso muy serio.

—No he salido con nadie, Nicole. Y mucho menos me he acostado con nadie.

Ella se quedó boquiabierta. Miró a su alrededor para asegurarse de que Tyler no oía nada.

—No te estaba preguntando eso.

—Aunque no me lo hayas preguntado, yo te lo digo.

Su tono de voz era intenso, como si quisiera asegurarse de que ella lo entendía. No estaba de broma.

—Te lo agradezco —murmuró Nicole—. Yo tampoco me he acostado con nadie —añadió en un tono más ligero.

Él la miró con atención.

—Siempre haces eso. Es interesante. Cuando empezamos a hablar de algo íntimo, intentas cambiar de tema.

Nicole iba a quejarse de que no era cierto, pero sabía que Jairus tenía razón.

—Me asusto —dijo. Después se arrepintió. ¿Por qué tenían que hablar de eso?

—¿Y sabes por qué?

—No.

—A lo mejor yo puedo ayudarte a averiguarlo —respondió él. Miró a Tyler y después a ella—. Me gustas, Nicole. Espero gustarte yo también a ti, y que podamos conocernos mejor. Si hay algún desnudo de por medio, entonces, eh, miel sobre hojuelas.

Ella tuvo ganas de salir corriendo en busca de un lugar seguro, porque Jairus tenía algo que le daba miedo. O quizá no fuera él. Quizá solo fuera lo que ella sentía cuando estaba con él.

Con Eric nunca se había sentido asustada; por lo menos, hasta que su matrimonio había empezado a desmoronarse. Pero había sido un miedo a lo desconocido, no al hombre en sí.

—Esto es difícil para mí —dijo—. Me refiero a estar con un hombre. A confiar en un hombre.

—¿En cualquier hombre o en mí?

—Las dos cosas. Salir con alguien ya sería algo difícil, pero tú aportas un elemento especial que me desconcierta —dijo Nicole. Tragó saliva y se obligó a pronunciar las palabras—: Porque… Um… Me gustas.

—A mí también me gustas tú —repitió él con un suspiro—. Pero admitámoslo. Sobre todo, es por la fama, ¿no? Brad y yo. La fama es un asco.

Ella se echó a reír. Él le tocó la punta de la nariz.

—Ten un poco de fe. Soy un buen tipo.

—Esa parte ya me la sé —dijo ella. Miró a Tyler y luego a él—. Oye, tengo una invitación un poco extraña.

—¿Es una fiesta de disfraces? Porque me encantan.

—Seguro que siempre vas de Brad the Dragon. No, es el estreno de una película. La película de mi ex.

—¿Eric te ha invitado?

—Sí. Creo que quiero ir. No sé mucho sobre la historia, así que será una sorpresa para los dos. Si estás interesado, claro.

—Sí, sí estoy interesado.

Ella apoyó la mano en su hombro.

—Yo también —le dijo—. En todo.

El sonido de los niños felices se oía por todo el patio trasero. Hayley sonrió mientras observaba el elaborado juego de policías y ladrones que estaba haciéndoles reír a todos. El sol estaba en lo alto del cielo y hacía calor. Dentro de una hora, Rob instalaría el tobogán acuático hinchable en el césped. Iban a comer perritos calientes hechos en la parrilla.

Además de a los hijos de su hermana, Hayley había invitado a Tyler, a Kenzie y a Kennedy a pasar el día; en realidad, cuidar de seis niños no era tan diferente a cuidar de tres. Después de la comida, cuando todos estuvieran cansados de jugar fuera, iban a hacer un proyecto de manualidades. Había encontrado un par de actividades en internet y había comprado los materiales en la papelería. Y, más tarde, volverían a jugar fuera, y terminarían la tarde viendo una película.

La visita iba bien. Morgan había dejado a sus sobrinos en casa después de la escuela, el día anterior. Hayley había conseguido que los tres se instalaran en la misma habitación y, después, habían ido al POP un par de horas, hasta que Rob había salido del trabajo. Habían ido a cenar a The Slice Is Right.

Hayley tenía que reconocer que, aunque su hermana fuera una bruja, sabía enseñarles buenos modales a sus hijos. Los tres se habían portado muy bien. Habían terminado la noche jugando a algunos juegos de mesa. A cualquier edad, una partida de Candyland siempre era divertida.

Hayley vio a su marido salir de la casa. Rob era tan guapo, pensó, mientras disfrutaba de la visión de sus hombros anchos y su sonrisa. Él le guiñó un ojo al mirarla.

—¿Han encontrado alguno? —preguntó.

Había escondido un par de docenas de huevos de Pascua antiguos por el patio aquella mañana. Dentro había tonterías, como anillos de plástico, pegatinas y canicas. Solo premios divertidos de los que les gustaban a los niños.

—No todavía no. Pronto voy a darles alguna pista.

Los niños seguían persiguiéndose por el patio.

Él se acercó y la rodeó con un brazo.

—Se me había olvidado darte las gracias.

—¿Por qué?

—Seguí tu consejo con la clienta a la que se le murió

el marido. Dijiste que tal vez estuviera buscando atención, y no tratando de hacerme la vida imposible. Así que empecé a llamarla después de cada visita al taller para asegurarme de que todo fuera bien –le explicó Rob, y sonrió–. Desde entonces, ha sido encantadora y no ha vuelto a inventarse ningún problema.

–Me alegro de que mi consejo te sirviera.

Lo dijo automáticamente, porque tenía la cabeza en otra cosa. Seguramente, su marido le había puesto el brazo sobre los hombros miles de veces, pero aquella vez era especial. En aquella ocasión, sentía con intensidad la cercanía de su cuerpo, su calor. Recordó que habían dormido juntos la noche anterior.

No había pasado nada, pero ella se había deleitado con el sonido de su respiración.

Se dio cuenta de que se estaba curando.

Rob la soltó.

–Bueno, vamos a decirles a los salvajes dónde están los premios.

Dio una palmada para llamar la atención de los niños y les dijo lo de los huevos de Pascua. Inmediatamente, dejaron de jugar a policías y ladrones y comenzaron a buscar.

Rob ayudó a las mellizas a encontrar huevos. Se le daban bien todos los niños, pensó Nicole. Era paciente y cariñoso. Un gran marido. Había sido muy afortunada al conocerlo y enamorarse de él, y al ser correspondida.

Kennedy corrió hacia ella con varias pegatinas en la mano.

–Mira lo que he encontrado.

–Son preciosas –le dijo Hayley.

–Sí, ya lo sé –dijo la niña–. Tía Hayley, eres la mejor. Te quiero.

Hayley le dio un abrazo.

—Yo también te quiero.

Y era cierto. Quería a las mellizas, a los niños de Morgan, a sus amigas y, sobre todo, a Rob. Y eso significaba que su corazón no había quedado dañado para siempre. Había esperanza. Y, si tenía buena suerte, había un futuro feliz esperándola.

Gabby esperó pacientemente en el aparcamiento. Los adolescentes fueron saliendo del edificio. Pocos minutos después, vio a Makayla.

La chica fue directamente hacia el coche con la cabeza ligeramente agachada y los hombros hundidos. Gabby tomó aire y se preguntó si podía decir algo que mejorara la desastrosa situación.

—¿Qué tal tu clase de maternidad? —le preguntó cuando Makayla entró en el coche y se puso el cinturón de seguridad.

—Bien. Hemos aprendido a distinguir si nuestro bebé está enfermo.

—Vaya. Ha debido de ser un poco angustioso.

—Sí —dijo Makayla y se encogió de hombros—. El novio de Heather la ha dejado. Se ha alistado en el ejército, o algo así. Estaban comprometidos. Él le ha pedido que le devuelva el anillo y le ha dicho que se lo va a dar a alguien mejor —dijo con lágrimas en los ojos—. Él la deja embarazada y después se comporta como si todo fuera culpa suya, ¿sabes? No es justo.

Gabby le apretó el brazo.

—Lo siento. Los chicos son muy idiotas.

—Sí —respondió Makayla, enjugándose las lágrimas—. Yo no voy a llorar por Boyd, ¿sabes? No merece la pena. Es un imbécil, y lo odio. Lo voy a odiar siempre.

—Yo también lo odio —reconoció Gabby—. Por haberte hecho daño.

Makayla le dio una sorpresa, porque sonrió.

—Entonces, está en un buen lío, porque tú eres muy fuerte.

Un cumplido inesperado, pensó Gabby, mientras ponía el intermitente para salir del aparcamiento.

Durante el trayecto de vuelta a casa, no hablaron. Gabby prestó atención con la esperanza de oír el sonido del teléfono de Makayla que indicaba que tenía un mensaje. Últimamente, su móvil estaba muy silencioso. Gabby no hacía demasiadas preguntas para que no pareciera que se entrometía, pero, por lo que había observado, la mayoría de las amigas de Makayla se habían alejado de ella. Ya no quedaba con su pandilla después del colegio, ni hacía planes para los fines de semana. No la llamaban, no había conversaciones ni risitas.

Cecelia y las mellizas estaban coloreando cuando llegaron a casa. Boomer salió corriendo a saludarlas, gimiendo como si hubieran estado fuera cinco años, y no dos horas. Gabby tenía la sensación de que su entusiasmo se debía más a la cena que a otra cosa.

—¿Qué tal? —preguntó mientras se inclinaba para besar a las niñas.

—Muy bien —dijo Cecelia—. Tienes las mellizas más buenas que conozco.

Gabby sonrió, porque sabía que las únicas mellizas a las que cuidaba Cecelia eran ellas.

—Gracias. Estamos trabajando en ello.

Makayla saludó apagadamente, pero las niñas no se lo permitieron. Se levantaron, fueron corriendo hacia ella y la abrazaron.

—Te hemos echado de menos —le dijo Kennedy—. Todos los minutos.

—Yo también os he echado de menos, monstruitos.

Mientras las tres se abrazaban, Gabby vio que la tela de la camisa de la adolescente se ponía tirante sobre su vientre. Cada día tenía más volumen, pensó. Dentro de ella estaba creciendo un niño.

Aquello ya no le resultaba tan asombroso como al principio. Ya no le producía tanto disgusto. Andrew y ella todavía tenían una tregua. Se llevaban bien, hablaban, hacían el amor, pero no habían llegado a un acuerdo sobre lo que iban a hacer cuando naciera el bebé.

Gabby pagó a Cecelia y, después, miró el reloj. Tenía que terminar de preparar la cena de aquel día y hacer unas galletas para que las mellizas las llevaran a clase al día siguiente. Después, tendría que hacer la colada, y le quedaban varias horas de trabajo. Se había levantado a las cinco y, si conseguía acostarse antes de medianoche, tendría suerte. ¿Dormir? Sí, claro. Eso era para los demás.

—Bueno —dijo—, necesitamos un plan. Voy a empezar a poner las lavadoras. Después, tengo que cerciorarme de que hay todo lo necesario para hacer las galletas y, después, hacer la cena —dijo, y se giró hacia el horno—. ¿Qué os parece?

—Yo puedo separar la ropa para meterla en la lavadora —dijo Makayla—. He hecho todos los deberes a la hora de comer y no tengo que estudiar para ningún examen.

Había mucha información en aquellas tres frases. En primer lugar, que Makayla ya no comía con ninguna de sus amigas. Gabby se lo había imaginado, pero sintió una punzada de dolor en el corazón al oír la confirmación de sus sospechas. En segundo lugar, el ofrecimiento de ayuda de Makayla era una sorpresa. Iba a preguntarle si sabía separar la ropa, pero decidió que eso no tenía importancia.

—Sería estupendo —le dijo—. Gracias.

—Nosotras también ayudamos —añadió Kennedy.

Kenzie asintió.

Eso significaba que habría un caos, pero no iba a quejarse. Gabby señaló el cuarto de la lavadora. Tomó los comederos de las mascotas y abrió las latas. Jasmine apareció de la nada y empezó a frotarse contra sus piernas.

Cuando hubiera dado de comer a las mascotas, se pondría a preparar las galletas. Tenía harina, azúcar y...

Se oyó un grito en medio de la relativa calma. Era Makayla. Gabby salió corriendo de la cocina hacia el cuarto de la lavadora. Kennedy salió a recibirla.

—¡Mamá, mamá, es Makayla!

Gabby tuvo el horrible pensamiento de que la adolescente estaba sufriendo un aborto, y se preparó para ver la sangre. Sin embargo, al entrar, vio a Makayla en el suelo, acurrucada. Tenía el teléfono a su lado y Kenzie le estaba acariciando el pelo.

—¿Qué ha pasado? —le preguntó Gabby—. ¿Estás sangrando? ¿Tienes calambres?

Makayla la miró entre las lágrimas. Negó lentamente con la cabeza y señaló su teléfono.

Gabby lo recogió y vio que tenía un mensaje de texto. Era de Candace.

He estado pensando mucho en esto, y he llegado a la conclusión de que no quiero verte en estos momentos. Eres una completa decepción para mí y no tengo tiempo de encargarme del drama que has creado. No voy a ir a recogerte este fin de semana.

Aquellas palabras crueles eran cortantes como un cuchillo. Gabby se imaginaba el daño que le había hecho Candace a su hija. Makayla no tenía a Boyd, no tenía amigas y no tenía a su madre. No serviría de nada tratar de consolarla y, además, ¿qué iba a decirle? ¿Que su madre era una bruja?

Sin saber qué hacer, se sentó en el suelo y abrazó a

Makayla. La adolescente se aferró a ella como si no fuera a soltarla nunca. Las mellizas también abrazaron a su hermana mientras Makayla se estremecía con los sollozos. Gabby la meció suavemente, pero no se molestó en decirle que todo se iba a arreglar. No tenía sentido, porque las dos sabían que eso no iba a ocurrir.

Capítulo 25

Andrew se paseó por su despacho a grandes zancadas.

—Cuánto odio y desprecio a esa mujer. Makayla es su hija. Nadie quiere que esté embarazada, pero lo está. Tenemos que cuidar de ella, y abandonarla de ese modo...

Se movía con una furia contenida. Con cualquier otro hombre, Gabby habría tenido miedo de que arrojara algo, pero Andrew no era así.

—Sé lo que estás pensando, y no puedes hacer que la detenga la policía —le dijo.

—Ya lo sé.

—Lo digo en serio, Andrew. Esto la convierte en una persona despreciable, pero no es ilegal.

—Está incumpliendo las medidas parentales. Podría llevarla a los tribunales por ello.

—Sí, y después, ¿qué? Le ordenarían que pasara más tiempo con Makayla. ¿Y eso de qué serviría? El problema no es el tiempo, sino que Candace no quiere saber nada de esto. Se ha liberado a sí misma de cualquier responsabilidad. Y, lo que es peor, le ha hecho mucho daño a su hija. ¿Acaso crees que yo no tengo ganas de partirle la cara? Claro que sí. Solo se preocupa por sí misma. Lo siento, Andrew, pero hiciste una elección lamentable con ella.

Su marido la observó unos instantes. Después la abrazó.

—Sí, es cierto —dijo, y le besó la coronilla—. Pero me redimí con la segunda elección. Para que lo sepas, jamás voy a permitir que te alejes de mí. Eres increíble.

Gabby se empapó de su amor y de su fuerza. Iban a conseguir una solución para aquello, se dijo. Lo iban a superar.

—Me siento tan mal por ella —dijo—. No deja de recibir golpes. Y el de Candace, además de inoportuno, ha sido el peor.

—Sí, es incapaz de preocuparse por nadie salvo por sí misma. Maldita mujer.

Ella se quedó entre sus brazos un minuto más. Después, se retiró.

—Lo siento, pero tengo que irme a trabajar.

Andrew frunció el ceño.

—Llevas trayéndote trabajo a casa todos los días de esta semana.

—Sí, ya lo sé. Es que hay muchísimo trabajo y, con solo veinte horas a la semana, no puedo hacerlo todo.

—Gabby, te han contratado a media jornada, pero estás haciendo jornadas completas.

—Sí, ya lo sé, y yo también estoy preocupada. Pero todavía no sé hasta qué punto se debe a que me están asignando trabajo de más o a que voy muy lenta porque llevo tanto tiempo sin trabajar y he perdido capacidad. Hasta que no lo tenga claro, no me voy a quejar.

—Se están aprovechando de ti.

—Puede ser.

En aquel momento, aquel era el menor de sus problemas. Era más grave para ella el hecho de que no le gustara el trabajo, más duro de aceptar, puesto que llevaba mucho tiempo queriendo volver a la oficina. Lo había deseado con todas sus fuerzas y, ahora que lo tenía, lo detestaba.

Sin embargo, no le parecía bien quejarse. Tenía suerte, porque, si no quería, no estaba obligada a trabajar. Ella podía hacer lo que quisiera y, por desgracia, no tenía ni idea de qué era lo que quería.

—No me esperes despierto —le dijo a Andrew—. Voy a tardar unas horas. Y voy a pasar por el cuarto de Makayla para ver qué tal está antes de acostarme, por si no puede dormir.

Él la besó de nuevo, y ella se marchó de mala gana a la pequeña oficina que había improvisado en un rincón de la salita de estar. Le dolía la espalda y estaba agotada, pero aquella documentación no se iba a leer sola.

Nicole se dijo que estaba muy bien, que tenía un acompañante muy guapo y que todo iba a salir perfectamente. Sin embargo, al pensar en que estaba yendo al estreno de la película de su exmarido, se le ponían los nervios de punta.

—Estoy asustada —le dijo a Jairus cuando el coche se detuvo delante del botones. El joven abrió la puerta y ella salió, sobre todo, porque no le parecía razonable quedarse escondida en el coche.

Jairus llevaba un traje gris oscuro y estaba muy sexy. Rodeó el coche y se puso a su lado.

—Vamos a pasarlo bien —le dijo con ánimo—. Tenemos las entradas y los dos tenemos acompañante, aunque la mía está mucho más guapa que el tuyo. ¿Te he dicho ya que estás impresionante con ese vestido?

—Sí, y te lo agradezco.

Aquel vestido era la prenda de ropa más cara que poseía. Era un diseño de Alexander McQueen, de tela de crepe con escote cuadrado y una falda plisada que se le ceñía a las caderas y acababa por encima de la rodilla.

Jairus sonrió.

—Vamos a pasarlo muy bien —repitió—. Después de ver la película, vamos a hablar de ella. Podemos pasarnos un par de horas poniendo verde a Eric. O podemos ir a mi casa, donde intentaré seducirte desesperadamente.

A pesar de los nervios, sus palabras consiguieron que se relajara. Le sonrió.

—A ti te pasa algo.

—Eso ya me lo han dicho antes. Me pregunto si es cierto.

Nicole lo miró a los ojos. Era muy dulce. No solo con ella, sino con Tyler, también. Era divertido, bueno y digno de confianza. La entendía. Y eso sí que era una ventaja.

Él le tendió la mano, y ella entrelazó sus dedos con los de él. Caminaron hacia la entrada. Había unos pocos fotógrafos esperando, y grupos de fans que estaban esperando a las estrellas de cine. Nicole se preguntó cuánta gente habría ya dentro y si vería a Eric. En realidad, no quería verlo, pero estar en el estreno de su película era tan surrealista, que quería estar preparada.

Se pusieron a la cola que esperaba para entrar al cine. Los fotógrafos los miraron. Después, dirigieron su atención a otra cosa. Ellos no eran nadie, pensó Nicole con humor.

En las paredes de la entrada había colgados enormes carteles de *Disaster Road*. Había sofás y sillas cómodas, y los camareros circulaban entre la gente con bandejas de aperitivos y copas de champán. Habría un centenar de personas de pie, charlando.

Nicole se preguntó cuántos serían del equipo de producción y cuántos serían invitados.

—¿Has leído algo sobre la película? —le preguntó Jairus.

—No. Pensé en hacerlo, pero como íbamos a verla, lo dejé. ¿Y tú?

—No, yo quería sorprenderme.

—Esperemos que sea buena. No me importa que a Eric le vaya bien. No le deseo nada malo.

—No hay muchas exparejas que sean tan generosas.

—Yo no soy vengativa. Tengo defectos, pero ese no es uno de ellos.

Por los altavoces les indicaron que fueran a ocupar sus asientos. La sala se llenó rápidamente, y Nicole vio a los actores, al director y a Eric en los asientos delanteros. El productor salió al escenario y se presentó; después, presentó a los actores y prometió que respondería a las preguntas del público después de la proyección. Se apagaron las luces y la película comenzó.

Ella no sabía lo que iba a ver. Conociendo a Eric, se preguntó si oiría su voz en los diálogos o lo vería en algunas escenas. Sentía curiosidad por ver si había fragmentos de su vida reflejados en el argumento. Lo que no esperaba era que la esposa del héroe fuera una caricatura de sí misma.

La mujer era rubia. Era una bruja que estaba obsesionada con su cuerpo. Había sido bailarina y solo se preocupaba de hacer régimen y ejercicio. Era tan mezquina e irritante que se convertía en el elemento humorístico en medio de una película de acción.

Nicole se ruborizó a medida que avanzaba la película. Estaba claro que Eric había tomado sus peores rasgos y los había exagerado exponencialmente para dar el toque de humor a la historia.

Era lógico que no la hubiera dejado leer el guion. Ella había sido su musa en el peor de los sentidos.

Hacia el final de la película, los malos secuestraban a la esposa y el público aplaudía. Cuando el héroe besaba a su nuevo amor, se oyeron suspiros. Al final, el héroe cambiaba a su mujer por una nueva pareja.

Nicole no sabía qué hacer ni qué decir. Por supuesto,

aquel personaje no era ella. Ella no estaba obsesionada con su cuerpo. Se preocupaba por estar sana y en forma, pero eso era porque tenía un gimnasio, y no era ningún crimen.

Eric tenía una visión distorsionada de ella. ¿Era así como la veía realmente? ¿Hasta qué punto era una licencia poética, y hasta qué punto era su versión de la realidad?

Se encendieron las luces. Ella trató de relajarse. Se giró hacia Jairus y preguntó:

—¿Qué te ha parecido?

—Es mejor de lo que pensaba —respondió él—. No me ha gustado demasiado el protagonista, pero no está nada mal.

¿Eso era todo?

—La esposa está basada en mí.

—¿Qué? No, Nicole. Ni hablar. Tú no te pareces en nada a ese personaje.

Jairus se equivocaba. Tal vez él no lo hubiera visto, pero ella, sí. Lo que no sabía era en qué estaba pensando Eric. ¿Acaso nunca había significado nada para él? ¿Solo había sido un instrumento necesario para conseguir su objetivo? Ella siempre había pensado que se habían casado por amor, pero, en aquel momento, ya no estaba segura. Tal vez su plan siempre había sido que ella lo mantuviera mientras escribía el guion.

Jairus se puso de pie y, juntos, salieron de la sala. Cuando estaban en el vestíbulo, él la llevó a un rincón y le acarició la mejilla.

—No eras tú —le dijo con firmeza.

—Sí. Creo que es así como me ve. Por eso necesitaba romper el matrimonio. Nunca lo he entendido, y ahora me siento más confusa que nunca —dijo ella, y se apretó el estómago con una mano—. No me siento muy bien. ¿Podrías llevarme a casa?

Por un segundo, ella creyó que él iba a negarse, pero Jairus asintió.

–Claro. Vamos al coche.

Algunas veces las heridas solo se curaban con una hamburguesa, unas patatas fritas y un batido. Y, claramente, aquel era uno de aquellos días.

Hayley se sentó en el reservado de Gary's Café, y Gabby se sentó frente a ella. Aquella comida improvisada se había fraguado después de una serie de mensajes de texto. Un saludo había dado lugar a una conversación que había terminado con un «Necesito estar con amigas». Así que allí estaban.

Se dio cuenta de que no había vuelto a salir con ellas desde la operación, aunque habían ido a visitarla. En aquel momento, Hayley miró a su alrededor y se dio cuenta de que había echado de menos el mundo.

–¿Cómo estáis? –preguntó.

–Bien –dijo Gabby, aunque la sonrisa no le llegó a los ojos.

Nicole se encogió de hombros.

–Como siempre.

Hayley las observó. Gabby estaba tensa y Nicole tenía una mirada dolida.

–Bueno –dijo, y dejó la carta sobre la mesa–. ¿Qué os pasa? Hay algo que no estáis diciendo.

Sus amigas se miraron. Hayley se inclinó hacia delante.

–No me voy a morir, ni nada por el estilo. Estoy muy bien. No me ocultéis las cosas. ¿Qué ocurre?

Nicole dio un gruñido.

–La otra noche fui al estreno de la película de Eric.

–¿De veras? Yo creía que era la semana que viene. Lo siento… Debería haberte llamado para preguntarte qué tal.

—Me alegro de que no lo hayas hecho, porque necesitaba tiempo para procesar lo que vi.

—¿Qué tal la peli? —preguntó Gabby.

—No lo sé. Parece que al público le gustó. Claro que todo eran amigos y familia, así que, ¿qué iban a decir? Ha tenido buenas críticas. Las he leído todas.

Hayley sabía que había un problema, pero no sabía de qué se trataba.

—Pero... a ti no te importa que Eric tenga éxito, ¿no? —le preguntó Gabby.

—No, no. Es que... —Nicole suspiró—. No lo conozco, definitivamente. No sé por qué llegamos a casarnos. Y esa película...

En aquel momento, la camarera llegó para tomar la nota, pero ellas le dijeron que necesitaban unos minutos más para elegir.

—Vuelvo dentro de un momento —dijo la camarera con una sonrisa y se marchó.

Gabby miró la carta.

—Yo me voy a tomar algo suculento, y no me importan las calorías. Acepto que está mal y voy a hacerlo.

—No está mal —le dijo Hayley.

—Espero que tengas razón —dijo Gabby y miró a Nicole.

—¿Qué pasa con la película?

—Pues que la mala soy yo. La esposa del protagonista, que es el héroe de la película, es terrible. Está todo el tiempo lloriqueando y es una egocéntrica. Reconocí unas cuantas cosas, y fue muy duro para mí. Estoy avergonzada.

Hayley miró a su amiga.

—Tú no eres nada de eso y no sé por qué dices que estás reflejada en la película.

—Claro que sí. Hazme caso. Ahora entiendo por qué Eric nunca me dejaba leer el guion. Creo que ha concentrado toda la frustración de nuestro matrimonio en ese personaje. Al final, a ella la secuestran los malos, y la humillan por completo. Todo el mundo empezó a vitorear.

—Tú eres una persona fantástica —le dijo Gabby—. Nosotras te queremos mucho. Eres una buena madre y tus clases son muy apreciadas por la gente. No eres tú.

Nicole no estaba convencida.

—En realidad, no se trata de que me preocupe que la gente me identifique con ese personaje. Es que... Eric me ve de una forma muy distinta a como me veo yo. Además, aunque estemos divorciados, yo no creía que fuéramos enemigos.

—Puede que se dejara llevar —dijo Hayley—. Que estuviera oyendo voces. Todos tenemos nuestras historias particulares. Como yo con Morgan; siempre he dicho que ellos querían más a mi hermana, pero, últimamente, me he estado preguntando si era cierto. Hace unos meses me dijo algo; que ellos me habían elegido. Todo este tiempo, yo he estado pensando que ella era especial porque era suya. ¿Y si las cosas no eran así en absoluto? ¿Y si, durante toda la vida, ella me ha tenido envidia?

—¿Cómo no iba a tenerte envidia? —preguntó Gabby—. La que le caes bien a todo el mundo eres tú.

Hayley pensó en el comportamiento de Morgan.

—La verdad es que mi hermana es una bruja.

Nicole se echó a reír.

—¿Y ahora te das cuenta?

—En serio —dijo Gabby—, todos tenemos una camiseta de *Odio a Morgan*. ¿Quieres una?

—Tal vez —respondió Hayley, agitando la cabeza—. No, no. Lo retiro. Yo no la odio. Sé que es difícil y egoísta, y que se aprovecha de la gente. Toda la vida he estado viéndola acaparar la atención. Creía que nuestros padres la querían más a ella porque siempre se salía con la suya. Sin embargo, últimamente he estado pensando que, a lo mejor, ellos actuaban de esa forma en defensa propia.

—¿Para impedir que la niña quemara la casa? —preguntó Gabby.

—Sí, algo parecido.

—A mí siempre me ha parecido muy interesante que seáis tan distintas —comentó Nicole—. Sé que tú eres adoptada, pero es algo más que eso. Tenéis personalidades opuestas. Tú eres buena y amable, y Morgan es horrible. Todo tiene que girar en torno a ella.

Hayley asintió.

—Sí, siempre gritaba más que yo. Que cualquiera. Así que mis padres le hacían caso porque no les quedaba más remedio. Morgan dice que su favorita era yo. Y, ahora, me pregunto si, al estar viendo siempre la situación desde mi perspectiva, se me olvidó que la gente podía tener otra. A lo mejor, a ti te ha pasado lo mismo con Eric. Te has quedado encajada en tu punto de vista.

—¿Y cuál sería otro distinto? —preguntó Nicole.

Volvió la camarera. Hayley abrió la carta y eligió:

—Un batido de galletas y nata —dijo—, y la hamburguesa de guacamole.

—Vaya —susurró Gabby—. Estoy impresionada. Para mí, un batido de vainilla y la hamburguesa con beicon.

—Yo, el batido de menta y chocolate —dijo Nicole— y la hamburguesa de guacamole con patatas fritas.

—Qué desenfreno —dijo Gabby en broma.

—Ya me conoces.

Hayley esperó a que se fuera la camarera para seguir con su conversación.

—Eric abandonó a su mujer y a su hijo. Yo puedo aceptar que un matrimonio se termine. Sucede muchas veces. Pero no hay excusa para lo que le ha hecho a Tyler. Creo que, en el fondo, sabe que es un desgraciado, pero la mayoría de la gente no soporta eso, así que se cuentan otra historia a sí mismos. Lo que vieras en la pantalla no eres tú, Nicole. Todos tenemos nuestra verdad personal, pero no creo que tenga mucho que ver con la realidad.

Sus amigas la miraron con asombro.

—Vaya —dijo Nicole, lentamente—. Qué sabia. No se me había ocurrido pensar que Eric tuviera que justificarse, pero lo necesita, ¿verdad?

—Está claro. Él es quien rompió el matrimonio, y él es el que ahora no ve a su hijo. Seguro que tú también has hecho cosas mal, pero la mayoría de la culpa es suya. Y tiene que asimilar eso. Puede que el personaje de la película sea eso, nada más.

Nicole se relajó un poco.

—No lo había visto así. Me sentí muy humillada, como si todo el mundo me estuviera señalando y mirándome.

—¿Qué dijo Jairus? —preguntó Gabby.

—Que no creía que fuera yo.

—Entonces, nadie más lo va a pensar. La gente es muy egocéntrica y estúpida.

Nicole la miró.

—¿Te refieres a alguien en concreto?

—A Candace.

—¿La exmujer de Andrew? —preguntó Hayley.

—Sí. Ahora que estamos con el tema de un padre que se merece una buena bofetada, os diré que Candace ha decidido que no quiere ver más a Makayla.

Gabby les contó lo que estaba ocurriendo en su familia.

—Makayla debe de estar destrozada —dijo Hayley.

—Sí —respondió Gabby con un suspiro—. Yo no sé qué decirle. Sé que no puedo hacer nada para mejorar esa parte de la situación, pero cuánto me gustaría. Detesto sentirme tan inútil.

La camarera les llevó los batidos. Hayley dio un sorbo y saboreó la dulzura fresca del líquido. Empezó a sentir el efecto del azúcar, y el mundo le pareció mucho mejor.

—Esto no puede ser malo —susurró.

—Claro que no, hermana —respondió Gabby con una sonrisa.

Nicole se echó a reír.

—Es curioso —dijo Hayley—. Makayla y tú estáis ahora mucho más unidas que antes. Nunca hubiera pensado que las cosas iban a ser así.

—Yo tampoco. Andrew y yo todavía estamos evitando hablar de lo que va a pasar cuando nazca el niño. Bueno, esto os va a parecer una locura, pero estoy pensando en quedarme en casa a cuidarlo.

Hayley abrió unos ojos como platos y Nicole se quedó boquiabierta.

—¿En serio?

—Puede ser. No estoy segura —dijo Gabby—. No estoy disfrutando del trabajo. Es muy aburrido, y estoy trabajando muchas más horas de las que me pagan. La primera semana pensé que era porque estaba desentrenada, pero ahora creo que me están explotando. Sé que es una ONG, pero se supone que yo trabajo veinte horas a la semana. Y estoy trabajando unas cuarenta.

Hayley se estremeció.

—¿Cuándo? Tienes tres hijas, una casa, un marido.

—Dímelo a mí. Me quedo despierta hasta muy tarde y me levanto muy pronto. Es muy duro. Sobre todo cuando pienso en lo poco que me pagan. No sé. Luego, pienso en las mujeres que tienen que luchar por dar de comer a su familia y me siento culpable por quejarme.

—Tienes derecho a quejarte —dijo Nicole—. Todos nos quejamos. Cada uno tiene sus circunstancias.

—Sí, eso es completamente lógico —respondió Gabby—. Ojalá pudiera creérmelo.

Hayley lo entendía. El sentimiento de culpabilidad era

algo muy poderoso. Podía quitarle el aire a una persona y ahogarla.

–¿Y qué opina Andrew de tu cambio de opinión? –le preguntó Nicole.

–No se lo he dicho. Todavía me lo estoy pensando. Quiero estar segura de que no me estoy planteando cuidar al bebé de Makayla solo para huir de un trabajo que no me gusta. Es un compromiso demasiado grande.

–¿Y solo cuidarías al bebé? –le preguntó Hayley.

–No. Estaba pensando en volver a la universidad. Ya no quiero seguir trabajando de abogada. Aunque no sé qué otra cosa podría hacer.

–Eso es un paso muy grande –dijo Nicole.

Hayley asintió. Ella no había ido a la universidad. Solo un par de semestres, hasta que había conocido a Rob. ¿Qué haría ella si terminara su educación?

–Yo estudiaría Enfermería –dijo, y se quedó sorprendida–. Si volviera a los estudios.

Nicole sonrió.

–Lógico –dijo–. No me sorprende. Es por tu carácter bondadoso. A ti te gusta cuidar de la gente.

–Ojalá fuera cierto –dijo Hayley–. Últimamente solo he pensado en mí misma. Pobre Rob. Estamos consiguiendo recuperar lo que teníamos, pero he estado a punto de perderlo. Me alegro tanto de que no haya sucedido…

–Nosotras también –le dijo Gabby–. ¿Y tú, Nicole? ¿Qué cambiarías tú?

–No sé –dijo Nicole–. A mí me encanta mi negocio. Y no puedo decir que no me casaría con Eric, porque entonces no tendría a Tyler. Voy a aceptar el lugar en el que estoy y a ser feliz.

–Entonces, ¿vas a olvidarte de lo de la película? –preguntó Hayley.

–Lo voy a intentar con todas mis fuerzas.

Nicole alzó su vaso. Sus amigas correspondieron al brindis.

–Por intentar las cosas con todas nuestras fuerzas –dijo Hayley.

–Todos los días –dijo Gabby–. Aunque sea a costa de levantarnos a las cuatro de la mañana.

Capítulo 26

—Te lo agradezco muchísimo —dijo Nicole con preocupación—. Kristie no falla nunca, y yo no me siento bien cancelando una clase en el último momento.

Jairus la rodeó con un brazo y la acompañó hacia la puerta.

—Vete —le dijo—. Nosotros vamos a estar bien. ¿Verdad, Tyler?

Su hijo sonrió de oreja a oreja.

—Mamá, ¡vamos a pintar! —exclamó con entusiasmo.

—Estoy deseando ver lo que vais a hacer —dijo ella. Vaciló, sin saber qué instrucciones debería darle.

Cuando la había llamado Kristie para decirle que había sufrido una intoxicación alimentaria, ella no se había preocupado demasiado, porque podía sustituir a la profesora en las clases de la tarde. Sin embargo, ninguna de sus niñeras habituales estaba disponible. Cecelia estaba trabajando en otra casa. Pam estaba de viaje. Ni Gabby, ni Hayley ni Shannon respondían al teléfono. Como no sabía qué hacer, había llamado a Jairus, que, al instante, le había dicho que estaba dispuesto a cuidar de Tyler.

—Vete —le dijo él con una sonrisa—. Vamos a estar muy bien. Puedes llamar cada quince minutos, si te sientes mejor. No nos vamos a mover de aquí, te lo prometo.

—Muchas gracias —dijo ella y salió corriendo hacia el coche—. Tyler, sé bueno.

—Sí, mamá.

Tres clases después, ella había vuelto. A pesar de que Jairus le había ofrecido la posibilidad de llamar cada quince minutos, ella se había reprimido para no hacerlo. Tyler tenía su número y, si hubiera habido algún problema, la habría llamado.

Al entrar en el salón, vio a Tyler dormido en el sofá, acurrucado contra Jairus. Su hijo llevaba el pijama puesto, y estaba increíblemente cómodo con aquel hombre, como si confiara plenamente en él. Jairus y Tyler estaban muy bien juntos. Daba la sensación de que había un vínculo entre ellos, como si tuvieran una relación que les hacía feliz a los dos.

Cuando Jairus la miró a los ojos, ella sintió algo sexy, líquido, caliente, por dentro. Hacía tanto tiempo que no lo sentía, que tardó unos instantes en reconocerlo.

Era el deseo.

Se quedó asombrada. Por supuesto, Jairus y ella ya se habían besado, y había sido agradable, pero ella siempre había mantenido la distancia. Aunque él había hecho bromas diciendo que la deseaba, ella se había imaginado que solo era eso, una broma. Pero ¿y si era cierto?

Se le pasó por la cabeza una imagen de brazos y piernas entrelazados, de cuerpos unidos. Se le cortó la respiración y apartó la mirada para controlarse. Entonces, se fijó en la imagen en pausa que había en la televisión.

Tuvo ganas de salir corriendo. Se sintió mortificada y soltó un gruñido.

—No ha podido hacerlo.

Jairus sonrió.

—Sí. Tyler me dijo que eras una preciosa bailarina, y me ofreció la prueba.

Aquel DVD que estaban viendo era una compilación

de varias audiciones y actuaciones suyas. Tenía muchos años, y era muy tonto. Sin embargo, en aquellos tiempos, ella pensaba que podía tener una carrera en la danza. Otra cosa más en la que se había equivocado.

—Podías haberlo dejado cuando se ha quedado dormido —dijo ella.

—Me lo estaba pasando muy bien. ¿Qué tal las clases?

—Bien.

Jairus se movió, y Tyler se estiró sobre el sofá. Él tomó al niño en brazos y lo llevó hacia los dormitorios.

—Ya se ha lavado los dientes. Habíamos acordado que solo se quedaba un minuto más, pero se quedó dormido en el sofá.

—En cuanto le entra sueño, se duerme —murmuró ella, y lo siguió hacia la habitación de Tyler. Se adelantó para abrir el edredón de Brad the Dragon.

Jairus dejó a Tyler en el colchón y se apartó para que ella pudiera darle un beso. Cuando se giró para salir de la habitación, Nicole vio los progresos del mural del dragón.

Casi toda la escena estaba ya dibujada con pintura negra. Algunas partes de Brad ya estaban coloreadas de rojo y, a juzgar por las desiguales pinceladas, debía de haberlo pintado Tyler.

—Le has dejado que te ayudara —dijo al cerrar la puerta.

—Sí. Lo ha hecho muy bien.

Cuando volvieron al salón, Jairus apagó la televisión.

—Bailas muy bien —le dijo mirándola a la cara—. Tienes mucho talento.

—No, en realidad, no, pero gracias por decírmelo.

—¿Por qué te cuesta tanto aceptar los cumplidos?

—No es verdad.

Él se le acercó.

—Sí es verdad. Los esquivas.

Tal vez, pero si era cierto no estaba dispuesta a hablar de ello.

–Intenté abrirme paso como bailarina, pero no lo conseguí. Estuve a punto de morirme de hambre un invierno, en Nueva York. Lo que hago ahora es mejor.

–Pues yo creo que, en el fondo, sigues siendo bailarina –dijo él y sonrió–. Bailarina de tango. Eso es lo que pensé yo después de nuestro primer encuentro.

–Porque el disfraz te dejó marcado.

–Dímelo a mí –dijo él. Le acarició la mejilla–. ¿Sigues asustada?

Nicole sabía que no estaba hablando de su carrera de bailarina. El tema de conversación había cambiado y era mucho más íntimo.

–No estoy asustada.

–Claro que sí. No pasa nada. Yo también estoy nervioso. Hace mucho tiempo, así que, ¿y si se me ha olvidado? Además, está la parte de «eres tú».

Sexo, pensó ella con nerviosismo. Estaban hablando de sexo. ¿Porque iban a hacerlo? ¿Estaba preparada? ¿Saldría bien? ¿Qué ropa interior se había puesto aquella mañana?

–¿Yo?

Él le puso las manos sobre los hombros.

–Sí, tú. Me vuelves loco. Eres sexy, divertida, una madre estupenda, y esas piernas... No puedo dormirme por las noches pensando en ti, pensando en todas las posibilidades.

–Jairus, yo... –murmuró ella, y tragó saliva.

Sabía que podía decir que no. Él no iba a presionarla. Era un hombre que escuchaba, respetaba y pintaba murales en la pared del cuarto de su hijo.

Estaba asustada, sí, y nerviosa. Sentía aprensión. Sin embargo, Jairus le gustaba mucho y, quizá, solo quizá, confiaba en él.

—¿Vas a dar el paso?

—No, hasta que no termines de pensártelo. Quiero que todo vaya bien. Quiero que los dos estemos seguros.

Miró su cara, su pelo largo, sus ojos grandes y su boca carnosa. Pensó en sus manos, siempre tan suaves y seguras. Pensó en lo mucho que lo echaba de menos cuando no estaban juntos. Entonces, se puso de puntillas y lo besó.

Se apoyó en él. Jairus pasó las manos por sus costados y se detuvo en sus caderas. Ella notó su boca cálida y el roce de su lengua en el labio inferior.

Con aquel beso, el deseo se desbocó, y todo se convirtió en una necesidad que había que satisfacer.

Entonces, Nicole lo tomó de la mano y lo llevó a su dormitorio. Allí cerró la puerta y encendió una lamparita. Al mirarlo de nuevo, se dio cuenta de que no sentía miedo ni inseguridad. Sabía que lo que iban a hacer estaba bien.

A Jairus le ardían los ojos de pasión.

—Antes de que empecemos —le preguntó él con la voz quebrada y suave—: ¿Tienes condones?

Nicole recordó la caja que le había dado Pam hacía varios meses, junto a la recomendación de buscar a alguien que se los pusiera. Sonrió, y dijo:

—Sí.

—Buena chica.

Fue la última vez que hablaron en mucho tiempo. Jairus la desnudó cuidadosamente, acariciándola y besándola, explorando hasta el último centímetro de ella. Entonces, se desnudó también, y se tendió con ella sobre la cama. Tenía un cuerpo largo y delgado, un poco musculoso, interesante.

Nicole se abandonó a las sensaciones que le producían sus manos y su boca, sobre su pecho, su sexo. Tardó segundos en llegar al orgasmo. Fue algo casi desconocido, casi oxidado a causa de la inactividad. Sin embargo, cuando él entró en su cuerpo, tuvo otro orgasmo y, en aquella ocasión, fue mejor, nuevo y placentero.

Más tarde, cuando terminaron y estaban entrelazados en la cama, tal y como ella había imaginado, él le besó la cabeza.

—Duérmete, bailarina de tango.

—¿Te quedas?

—Me gustaría.

Ella se relajó contra él. Le pesaban los párpados.

—A mí también.

—Me habré ido antes de que se despierte Tyler.

Ella asintió. Sabía que podía confiar en él. Jairus se movió y la estrechó contra su cuerpo.

—Voy a decirte una cosa —le dijo él—. Tú solo tienes que escuchar. No me respondas nada, ¿me lo prometes?

Ella estaba un poco dormida, pero, de repente, se despertó por completo. ¿Qué iba a decirle? ¿Algo horrible? ¿Que no quería verla más? ¿Que todavía no estaba divorciado legalmente? ¿Acababa de hacer el amor con un hombre casado?

—Te quiero.

Nicole se giró para poder verlo. Antes de que pudiera decir una palabra, él le puso un dedo en los labios.

—No digas ni una palabra. Me lo has prometido. No quiero que me digas nada a cambio, Nicole. Solo quería que lo supieras.

Hayley sabía que estaba soñando, pero la experiencia le parecía real. Estaba sola en la casa. Todo era conocido para ella: las formas, las ventanas, la madera del suelo. Sin embargo, ahí terminaban los parecidos. Todos los muebles habían desaparecido y la casa estaba vacía. Ella estaba completamente sola.

–¿Rob?
Siguió llamándolo, pero él no estaba allí. Había desaparecido. El miedo se apoderó de ella y la obligó a moverse. Si se detenía, recordaría, y recordar sería demasiado para ella.
–¿Rob?
Gritó cada vez más fuerte, pero no había ningún sonido. Solo existía su frenética búsqueda. Rob tenía que estar allí. ¡Tenía que estar! Sin él...
–¿Hayley?
Se despertó de un sobresalto. Rob estaba inclinado sobre ella, en el sofá.
–Cariño, ¿qué te pasa?
Hayley se incorporó y miró a su alrededor. Todo estaba en su sitio, incluyendo su marido. Se arrojó a sus brazos y se aferró a él.
–He tenido una pesadilla –susurró–. Habías desaparecido.
Dijo eso porque le resultaba mucho más fácil que decir lo que realmente pensaba en el sueño: que él había muerto. Eso no podía soportarlo; si lo perdiera, lo perdería todo.
Él la acarició.
–Estoy aquí, cariño. Siento que la reunión se alargara tanto.
Ella contuvo las lágrimas, porque él no las entendería.
–Estaba leyendo, y he debido de quedarme dormida –susurró.
Poco a poco, se le calmaron los latidos del corazón, y el miedo fue desapareciendo. Él retrocedió y la miró.
–¿Estás mejor?
Hayley asintió.
–Tendrás hambre.
–Muchísima.

Fueron a la cocina, y ella calentó un poco de estofado. Rob se aflojó la corbata y puso la chaqueta en el respaldo de la silla.

—Los informes del taller son muy buenos —dijo con satisfacción—. La satisfacción del cliente ha aumentado en un veintitrés por ciento desde el año pasado por estas fechas.

Ella aplaudió.

—Eso es fantástico, y ha sido por ti, ¿no?

Él asintió.

—Sí. Están contentos conmigo —dijo él, sonriendo—. Me van a subir el sueldo. Mucho. Y me van a dar un plus. ¿Quieres ir a Fidji?

Ella se acercó y lo abrazó.

—Estoy muy orgullosa de ti. No sorprendida, sino orgullosa.

—Gracias, Hayley.

Él la besó.

—Lo del viaje lo he dicho en serio. ¿Quieres ir a algún sitio?

Hacía mucho tiempo que no se iban de vacaciones, porque todo el dinero se lo habían gastado en los tratamientos de fertilidad.

—Tal vez, a Fidji no —respondió—, pero, sí, vamos a tomarnos unos días libres —añadió, y ladeó la cabeza—. Después, podríamos pedir un presupuesto para arreglar la cocina. Yo todavía quiero adecentar la casa, si a ti te apetece.

—Claro. La cocina y, después, los baños.

Sonó el microondas. Ella sacó la comida y, después de comprobar que aún no estaba caliente del todo, la metió un par de minutos más. Al darse la vuelta, vio que él ya no estaba sonriendo.

—¿Qué te pasa?

—Estaba pensando. En los niños.

A ella se le cayó el alma a los pies. Puso las manos detrás de la espalda para agarrarse a la encimera.

−¿Qué estabas pensando?

−¿Sigues estando en contra de la adopción?

−No lo sé. Me asusta por lo que ocurrió en mi familia −dijo ella. Y tuvo que alzar una mano para acallar sus protestas−. Sé que mis padres me querían. Sé que Morgan es horrible y que por eso conseguía toda la atención.

Él enarcó las cejas.

−¿Estás segura?

−Sí. He estado pensando mucho en ello. Creo que una parte de lo que yo sentía es real, pero otra es una historia que me he contado a mí misma.

El microondas volvió a sonar, pero ambos lo ignoraron.

−Necesito más tiempo −dijo Hayley−. Hasta que pueda superar el pasado. Pero lo estoy intentando, Rob. Sé que tú quieres tener niños, y que no te importa si son tuyos o no.

Él asintió lentamente.

−Estoy intentando llegar a ese punto. Quiero llegar.

Él se relajó.

−Me alegro de oír eso. No tenemos prisa, Hayley. Va a suceder. Mientras, quiero buscar alguna forma de trabajar con niños. Tal vez, de monitor, o de guía, o algo por el estilo.

−Se te daría muy bien. Los niños te adoran.

−A mí me gusta estar con ellos.

Hayley sacó su cena del microondas y puso el plato en la mesa.

−Hay muchas organizaciones que necesitan voluntarios −dijo−. A lo mejor podríamos buscar algo juntos.

−Eso me gustaría.

No era tener un hijo. Eso ya no podría tenerlo nunca. Pero era estar con Rob y, si ella estaba ocupada, el dolor no era tan fuerte. Además, también le gustaban los niños. Si evitaba los bebés y no olvidaba que la curación, como la vida, era un viaje y no un destino, podría seguir avanzando. Y, algún día, se daría cuenta de que el vacío de su corazón se había llenado, y que podía sobrevivir.

Gabby se dijo a sí misma que estaba bien. Que el temblor se debía al cansancio, y nada más. Todavía estaba en su primer mes de trabajo. No podía llamar para decir que estaba enferma.

–Esta noche no voy a trabajar –murmuró, mientras caminaba hacia el edificio.

No iba a llevarse documentos a casa; pasaría una noche tranquila. Andrew estaba de viaje, así que solo estaría con las niñas. Tal vez pudieran ver una película de Disney y comerse una pizza.

Subió al tercer piso y acudió a la reunión sobre las próximas modificaciones de la ley de inmigración. Cuando salió, no parecía que se le hubiera calmado el mareo ni el dolor de estómago. Se acercó a la máquina de refrescos para comprar un Sprite con la esperanza de que le sentara bien. También le dolía la cabeza y estaba fatigada.

–Solo es cansancio –susurró, mientras se sentaba en su despacho. No podía estar enferma. Andrew estaba en Chicago, y ella estaba sola. Todo iba a ir bien; solo tenía que concentrarse.

Treinta minutos más tarde, después de haberse tomado el Sprite, estaba un poco más animada. Terminó el último informe que necesitaba para el día siguiente, y eso significaba que, por primera vez desde que había empezado a trabajar, no iba retrasada. Aquella noche tranquila cada vez le parecía una posibilidad más real. Estaba sonriendo cuando sonó el teléfono.

–¿Diga?

—¿Señora Schaefer?

—Sí, soy yo.

—Buenos días, soy Matilda Dennison, y la llamo del colegio. Kenzie ha vomitado dos veces durante la última hora. Me temo que se ha puesto mala. Tiene que venir a recogerla.

—Ahora mismo voy.

Gabby metió el trabajo en su bolso y fue a ver a su jefe antes de marcharse. A los quince minutos estaba en el colegio. Encontró a Kenzie muy pálida, acurrucada en una cuna de la enfermería.

—¿Cómo estás? –le preguntó Gabby, tocándole la frente.

—Mal. He devuelto.

—Sí, ya me lo han dicho. Te llevo a casa.

Kenzie se incorporó, y Gabby la abrazó. En momentos como aquel, sus niñas le parecían muy pequeñas.

—Voy a buscar también a Kennedy –le dijo a la enfermera–. Si lo tiene una de ellas, la otra, también. Es solo cuestión de tiempo.

Matilda, una mujer amable de unos sesenta años, asintió.

—Bien pensado. Esta semana se han puesto malos unos cuantos niños. Gripe. Sospecho que empeora antes de mejorar. ¿Y usted? ¿Cómo se encuentra?

Gabby pensó en su estómago revuelto. Pero eso no importaba; ella era la madre, así que no podía contagiarse de la gripe.

—Muy bien –dijo alegremente.

La enfermera fue a buscar a la otra niña y con solo ver su carita pálida, Gabby supo que iban a tener problemas.

—Mamá –dijo Kennedy y empezó a llorar–. Me duele la cabeza.

—Bueno, cariño, no te preocupes. Nos vamos a casa.

Llevó a las niñas hasta el coche y les puso el cinturón de seguridad. Cerró la puerta. Dos segundos después, Kennedy vomitó sobre sí misma y sobre el asiento.

Gabby abrió la puerta trasera y tuvo una náusea.

—No pasa nada —le dijo a la niña, que estaba sollozando—. No pasa nada.

Kenzie tuvo una arcada y vomitó también. El olor llenó todo el coche. Gabby pensó que con el paquete de pañuelos de papel que tenía en la guantera no iba a poder recoger tanto vómito. Notó el sabor de la bilis.

—Son solo cinco minutos —les dijo a las niñas, después de limpiarlas lo mejor que pudo—. Aguantad, y arreglaremos todo esto cuando lleguemos a casa.

Kennedy empezó a llorar.

—¡Mamá, no! Mamá, por favor. Ayúdame.

—Cinco minutos —repitió Gabby con lágrimas en los ojos y cerró la puerta trasera.

El viaje le pareció eterno. Las dos niñas iban llorando, y Kennedy volvió a vomitar. Cuando llegaron a casa, Gabby creía que se iba a desmayar del olor.

Aparcó, salió del coche y les abrió la puerta a las niñas.

—Id directamente a vuestro baño —les dijo.

Una vez dentro, Boomer las recibió con intención de investigar lo que ocurría, pero ella lo apartó y llevó a las niñas al baño. Ambas estaban temblando y llorando, y Boomer se puso a aullar al otro lado de la puerta. En el pasillo, en algún lugar, su teléfono móvil empezó a sonar.

Gabby lo ignoró, pero empezó a preguntarse si Makayla no estaría enferma también. Miró la pantalla y vio que era Nicole. Pidiéndole perdón mentalmente, apretó el botón de Rechazar.

Cuando las niñas estuvieron limpias y secas, dejaron de llorar. Gabby las metió en una de las camas. Era mejor que la compartieran, porque iban a vomitar de nuevo, y no tenía tantos juegos de sábanas. Después, les dio un Sprite con un poco de hielo y les dijo que iba a estar en el pasillo.

Aclaró la ropa y puso una lavadora.

—¡Mamá!

Volvió al dormitorio justo cuando las dos niñas empezaban a vomitar de nuevo. Kenzie consiguió hacerlo en la papelera que ella había dejado junto a la cama.

Un rato después, a las doce aproximadamente, Gabby consiguió bajar al coche para limpiarlo. El olor era insoportable. Cuando terminó, ella también estaba temblando y a punto de vomitar. Intentando convencerse de que era por el mal olor del vómito, volvió a entrar en casa. La primera lavadora había terminado, así que puso una segunda y le añadió lejía.

Sonó el teléfono fijo.

—¿Diga?

—¿Señora Schaefer? Llamo de la enfermería del instituto. Me temo que su hija está enferma.

Gabby se dejó caer al suelo.

—De acuerdo —dijo débilmente—. Ahora mismo voy. Es que mis otras dos hijas también tienen la gripe, y... —tuvo una náusea—. Dios...

Sintió pánico. Ella no podía ponerse enferma. Andrew. Necesitaba a Andrew, pero él estaba a miles de kilómetros de distancia, en Chicago. No podía contar con él.

Gabby le dijo a la enfermera que un miembro de la familia iría enseguida a buscar a Makayla. Después, llamó a su madre.

—Estaba pensando en ti —le dijo Marie alegremente—. ¿Cómo estás, Gabby?

—No muy bien —respondió ella con los ojos llenos de lágrimas—. Mamá, necesito que me ayudes.

—¿Qué pasa?

–Las mellizas tienen gripe. Han vomitado por todo el coche. Yo tampoco me encuentro muy bien, y me han llamado del instituto para decirme que Makayla está enferma y tiene que venir a casa. Andrew está en Chicago, y yo no puedo ir.

–Yo voy a buscar a Makayla. Tú llama a Andrew y dile que venga inmediatamente. Lo digo en serio, Gabby. O lo llamas tú, o lo llamo yo.

Aunque las náuseas eran cada vez más frecuentes, Gabby sintió menos tensión.

–Gracias, mamá. Lo llamo ahora mismo.

Capítulo 27

—¿Cómo estáis? —preguntó Nicole, sujetando el teléfono con una mano, y sacando unos filetes de pollo de la nevera con la otra—. Tienes una voz muy apagada.

—No estoy muerta —dijo Gabby—. Han sido tres días bastante malos. Todos estamos enfermos. Mi madre se quedó hasta que llegó Andrew y, entonces, él se hizo cargo de todo. Menos mal que tengo ayuda, porque, de lo contrario, no habríamos sobrevivido.

—Pero parece que todavía no estás curada del todo.

—Me faltan un par de días, pero, por lo menos, ya no lo vomito todo.

—¿Quieres que te lleve algo?

—Estamos bien, pero, si necesito algo del supermercado, te llamo.

—Por favor, hazlo. Que os mejoréis.

—Muchas gracias, Nicole.

Se despidieron y colgaron. Nicole se estremeció al pensar en que todos los miembros de una casa podían ponerse enfermos a la vez Eso sí que era una pesadilla.

—Voy a recoger las cartas —le dijo a Tyler

Él, que estaba ocupado con un libro de colorear, alzó la vista y asintió.

—De acuerdo, mamá.

Era jueves por la tarde, y hacía un día soleado y espléndido. Estaba muy feliz, y supuso que era por el cosquilleo que sentía por dentro. Aunque habían pasado varios días, todavía tenía deliciosos *flashbacks* de su noche con Jairus.

Él había sido muy dulce después de que hicieran el amor. Se había marchado mucho antes de que Tyler se despertara. Al día siguiente, la había llamado. Y le había enviado mensajes. Y flores. Y le había dicho que aquello no era cuestión de sexo. Que la quería de verdad.

Amor, pensó, mientras sacaba un par de facturas del buzón. No sabía lo que sentía ella; por supuesto, Jairus le gustaba mucho. Era un tipo estupendo, divertido y bueno. Pero el amor era algo que a ella le causaba terror. Antes había estado enamorada, y solo había que ver cómo habían terminado las cosas. No quería cometer otro error.

Mientras volvía a la casa, miró los sobres, y se dio cuenta de que uno de ellos no era una factura de suministros, sino una carta de Eric. Entró en la cocina y empezó a leerla. Cuando terminó, tuvo que empezar de nuevo, porque no podía creerlo.

He pensado mucho en lo que me dijiste sobre formar parte de la vida de Tyler. Tienes razón. Él necesita estabilidad. Necesita saber lo que va a ocurrir en su vida. Por eso, yo me voy a retirar. Voy a apartarme de él. No quiero que se pregunte si voy a aparecer. Los dos sabemos que no va a ser así.

Había más. Decía que lo mejor para él era renunciar a la responsabilidad sobre el niño. Quería pagar una cantidad de dinero total para su educación y manutención, y dejar de pagar mensualmente. Que, por supuesto, ella podía demandarlo y exigir que el juez le obligara a ver a Tyler, pero que eso no sería bueno para ninguno de ellos dos.

Nicole se sentó en la silla de la cocina. Tenía el corazón encogido, y le dolía todo el cuerpo. ¿Cómo podía Eric hacer algo así? Tyler era su hijo. ¿Cómo era posible que no le importara nada?

Tomó su bolso y sacó el teléfono móvil para llamar a Cecelia.

—Hola, Nicole, ¿qué tal?

—¿Podrías venir a cuidar de Tyler una hora, más o menos? Sé que te llamo con muy poca antelación, pero... es que...

Se quedó callada. ¿Qué podía decir?

—Ahora mismo voy —dijo Cecelia—. En quince minutos estoy ahí.

—Gra-gracias.

Cuando llegó la niñera, Nicole había conseguido recuperar la compostura. Se había lavado la cara un par de veces y había intentado sonreír delante del espejo. Todavía estaba muy nerviosa, pero creía que podía salir de casa sin romper nada delante de Tyler.

Al ver a Cecelia, el niño se puso a saltar de alegría. Le enseñó el libro de dibujos de Brad the Dragon que estaba coloreando, y cómo se ponían las pegatinas sobre las ilustraciones.

Cecelia miró a Nicole.

—Tómate el tiempo que necesites.

—Gracias —dijo Nicole, y se agachó para abrazar a su hijo—. No voy a tardar mucho. Tú, sé bueno, ¿de acuerdo? Ah, y enséñale a Cece tu mural. Es muy guay.

—Sí, mamá.

Tyler abrazó a Nicole y se llevó a Cecelia, de la mano, a su habitación.

Nicole entró en el coche y llamó a Jairus.

—Eh, no me lo esperaba —dijo él.

Al oír su voz grave y tranquila, ella empezó a llorar otra vez. Agarró el teléfono con fuerza y le preguntó:

—¿Puedo ir a hablar contigo?
—Claro. ¿En qué puedo ayudarte?
—Sinceramente, no lo sé.

Nicole intentó tomar un poco de infusión, pero tenía la garganta demasiado atenazada. No sabía si alguna vez iba a poder dejar de llorar.

—No lo entiendo —susurró—. A mí no me importa que me haga daño, pero... ¿a su hijo? Dios, ¿cómo puede abandonarlo así?

Estaba sentada en el sofá del salón de Jairus. Él estaba delante de ella, sentado en la mesa de centro, y le acarició la mano.

—Lo siento —murmuró—. Yo tampoco lo entiendo. Tyler es un niño genial. Es muy divertido, muy fácil estar con él. Eric es un idiota.

Sí, posiblemente eso era cierto, pero no era una explicación.

—Entonces, tú tampoco lo sabes.

—No, lo siento. Ojalá pudiera decirte algo, pero no puedo. Por mucho que me enfade, casi puedo entender por qué mi exmujer no quería tratar con mi hermana. Pero esto es diferente, porque Tyler es de su sangre.

—¿Crees que debería demandarlo para obligarlo a que vea a Tyler?

—¿Y de qué iba a servir eso?

—Un niño necesita a su padre. Eso es lo que dice todo el mundo.

—¿Tyler echa de menos a Eric?

—No. Casi no habla de él. ¿No te acuerdas de que te dijo que su padre no estaba, como si se hubiera muerto, o algo así? Yo he hablado con él sobre su padre. Para mí, está claro que Tyler dejó de echarlo de menos antes de que nos separáramos. Nunca han tenido nada que ver el uno con el otro.

Jairus asintió, pero no dijo nada. Nicole sabía que no iba a darle su opinión en un asunto tan importante. Ella era la que tenía que decidir, porque era la madre de Tyler.

—No sé si debería hablar con un psicólogo infantil, para asegurarme de que no le estoy haciendo daño ni estoy cometiendo un error.

—Tú lo quieres. Siempre vas a tomar la decisión más correcta.

Aquello estuvo a punto de conseguir que Nicole sonriera.

—Ojalá fuera cierto, pero no lo es. Puedo hacerle daño con mucha facilidad.

—No se lo vas a hacer.

—Te agradezco que tengas fe en mí.

Él se inclinó y la besó con ligereza. Le estaba ofreciendo consuelo, no insinuándose. Aunque no lo conociera desde hacía mucho tiempo, ya estaba segura de muchas cosas.

—Te quiero —dijo Nicole, inesperadamente. Las palabras habían salido de ninguna parte, pero, después de pronunciarlas, Nicole se dio cuenta de que no quería retirarlas.

Él sonrió.

—Yo también te quiero.

—Lo digo en serio.

—Ya lo sé.

Nicole sonrió.

—Y, ahora que ya me has ganado, ¿qué vas a hacer conmigo?

Él se puso serio mientras le tomaba ambas manos.

—Lo que tú quieras.

Oh, estar sana de nuevo, pensó Gabby mientras entraba en la cocina para hacer la comida. Las mellizas habían vuelto al colegio después de dos días, porque se habían recuperado de la noche a la mañana. Ella las había tenido en casa un día más por seguridad, pero, aquella mañana, le habían rogado que las llevara a clase.

Por el contrario, Makayla le había pedido que le permitiera quedarse un día más, y Gabby había accedido. Al día siguiente, retomarían su horario normal. Gabby se preguntó si la adolescente lo temía tanto como ella.

Aunque también se había recuperado, no quería volver a trabajar. La fea realidad era que odiaba su trabajo. No era como se había imaginado. Echaba de menos estar en casa, no le gustaba tener que trabajar tantas horas cuando el sueldo era tan ínfimo y el trabajo en sí era tedioso.

Sabía lo que iba a decirle Andrew: que dejara ese puesto y buscara algo con lo que sentirse realizada. Y eso era lo que le gustaría hacer, si supiera qué era ese algo.

Entró en internet y volvió a visitar una página de escolarización en casa. Se le había ocurrido aquella idea entre dos crisis de vómito durante su enfermedad. Había programas online que proporcionaban todo el material necesario. Solo sería hasta que Makayla tuviera el bebé, como mucho, hasta junio. La niña volvería al instituto en el otoño siguiente.

¿Sería capaz de hacerlo? ¿Quería hacerlo? ¿Querría Makayla? Tenía la sensación de que ya conocía la respuesta de la última pregunta. Estar embarazada no era tan emocionante como había pensado, y el hecho de haber perdido a Boyd solo había empeorado las cosas.

Salió de la página web y encontró a Makayla en la sala de estar. La televisión estaba apagada, y ella no estaba leyendo. Simplemente, estaba mirando por la ventana.

–¿Estás bien? –le preguntó Gabby.

Makayla negó con la cabeza.

–No.

—¿Qué te ocurre? ¿Tienes náuseas otra vez? ¿Tienes fiebre?

Se sentó en el sofá y le puso la palma de la mano sobre la frente. Estaba fría. Makayla estaba un poco pálida, pero no tenía aspecto de enferma.

—Estoy bien —le dijo la adolescente a Gabby—. Me encuentro bien —añadió, pero se le llenaron los ojos de lágrimas—. No puedo hacerlo. No puedo tener al bebé.

—¿Te refieres a quedarte con él? ¿Quieres darlo en adopción?

—No. Quiero abortar.

Aquellas palabras fueron como una bofetada. Gabby se echó hacia atrás. No sabía qué decir.

—No puedo —dijo Makayla—. Yo no puedo ser como tú. He visto lo que ha pasado cuando todas nos hemos puesto enferma y tú has tenido que hacerlo todo aunque también estabas vomitando. Tú te ocupas de todo el mundo. Siempre estás corriendo de un lado a otro y haciendo cosas. Yo no quiero ser así. Quiero divertirme con mis amigas. Quiero caerles bien otra vez.

Gabby respiró profundamente antes de volver a hablar.

—Te estás recuperando de la enfermedad —le dijo, lentamente—, y estás muy disgustada.

Makayla se puso en pie y la fulminó con la mirada.

—Sé lo que estoy diciendo. Quiero abortar. Hoy. Quiero librarme del bebé. Lo odio. Odio estar embarazada. Es horrible. ¡Quiero librarme de él!

Gabby se levantó.

—Deja de gritar. Te estás comportando como un niño con una rabieta. Siéntate para que podamos hablar como personas adultas. Si eres lo suficientemente mayor como para mantener relaciones sexuales, también lo eres como para mantener una conversación razonable.

No sabía si su tono firme iba a servir para algo, pero

Makayla se enjugó las lágrimas y volvió a sentarse en el sofá. Gabby se sentó enfrente de ella, en una de las butacas.

Dios Santo, ¿qué iba a decirle?

—Ya no puedes abortar —le dijo con toda la calma que pudo—. El embarazo está demasiado avanzado.

—Todavía puedo. En algunos sitios.

Así que había estado investigando.

—Tú no tienes esa opción.

—¿Por qué no? Yo creo en el derecho de las mujeres a elegir.

—Tú no estás eligiendo nada. Estás reaccionando a una serie de circunstancias. Estás enferma, odias ir al instituto y echas de menos a Boyd. Yo también creo que una mujer debe tener control sobre su cuerpo, pero un aborto no es una decisión que deba tomarse a la ligera, y no por los motivos que tú tienes. Nosotros estamos en posición de que lleves el embarazo a término, y es lo que vas a hacer. Si quieres hablar de la adopción, me parece bien, pero no vas a abortar.

Makayla se puso de pie otra vez.

—No puedes obligarme. Voy a hablar con mi padre. Él estará de acuerdo. Ya lo verás.

—Puede que esté de acuerdo, pero, en ese caso, se equivocará.

—Voy a contarle que has dicho eso.

—Yo, también.

La tarde más larga de la historia se convirtió en la noche más larga de la historia, porque Andrew llamó para avisar de que tenía que ir a una cena de negocios. Gabby recogió a las mellizas y las entretuvo con juegos. Hicieron galletas. Makayla se encerró en su habitación. Después de haber tenido una buena relación con su hijastra durante varias semanas, Gabby se quedó asombrada al ver lo fácilmente que podía desaparecer la buena voluntad.

Andrew llegó poco después de las ocho.

—Ya estoy en casa —anunció.

Las mellizas fueron corriendo a su encuentro, y Makayla apareció en lo alto de las escaleras.

—Déjame acostar a las niñas antes de que abordes el tema, por favor —le pidió Gabby—. Ellas no tienen por qué escuchar esa conversación.

Se preguntó si la adolescente iba a protestar, pero Makayla asintió y volvió a su cuarto.

La hora del baño pasó rápidamente. Andrew y Gabby acostaron a las mellizas y les leyeron varios cuentos. Cuando se quedaron dormidas y salieron al pasillo, Andrew se giró hacia ella.

—¿Qué ocurre? —le preguntó—. Estás nerviosa. Me he dado cuenta de que querías acostar a las mellizas antes de que habláramos. ¿Estás bien?

—Estoy agotada, y tú tienes que hablar con tu hija mayor.

Andrew la tomó de la mano.

—Solo si lo hacemos juntos.

—Eso no va a salir bien.

—Makayla va a tener que superarlo.

Fueron a la habitación de Makayla. Ella abrió la puerta y les dejó pasar. Cuando cerró la puerta, se puso las manos en las caderas.

—Papá, quiero abortar. No quiero estar embarazada y no podéis obligarme.

Andrew se quedó mirándola fijamente.

—¿Y qué pasó con lo de quedarte al bebé? Querías criarlo.

—¿Qué? No, no quiero. Soy una niña, y no quiero tener un hijo. Tengo quince años. Quiero abortar. Tenéis que dejarme. Gabby ha dicho que no, pero tú tienes que decir que sí.

Andrew las miró alternativamente.

—¿Habéis estado hablando de esto?

Gabby pensó en los gritos de unas horas antes.

—Makayla me lo ha dicho esta tarde. El embarazo está muy avanzado. Además, no es una decisión que se pueda tomar a la ligera. Sus motivos para querer abortar son equivocados. Le he dicho que debe dar a luz y, después, si quiere, dar al niño en adopción.

Makayla dio una patada en el suelo.

—No. No quiero. Quiero quitármelo ya. ¡Papá, díselo tú!

Gabby se preparó para lo inevitable: que Makayla consiguiera exactamente lo que quería. Porque eso era lo que ocurría siempre.

—No —dijo Andrew con calma.

Las dos se quedaron mirándolo con la boca abierta.

—¿Cómo? —preguntó Gabby.

—Papá, tú nunca me dices que no.

—Eso no es verdad.

—Sí es verdad —intervino Gabby, sin poder contenerse—. Makayla siempre se sale con la suya.

Si hubiera un espectador en la sala, aquella escena le resultaría cómica, pensó Gabby, mientras veía abrir mucho los ojos a Andrew. Se suponía que aquel era uno de esos momentos decisivos que podían cambiar la vida de una persona, y debería intentar recordar hasta el más mínimo detalle. Sin embargo, estaba agotada y solo quería que acabara.

—¡Quiero abortar! —gritó Makayla.

—Y yo quiero una hija que esté embarazada —replicó Andrew—. Así que los dos estamos decepcionados.

Makayla estalló en sollozos. Andrew se quedó consternado, y Gabby dio un gruñido. Se acercó a la adolescente y la abrazó.

—Makayla, cálmate. Al final, todo se resolverá.

—No es verdad. Odio mi vida, y odio a este bebé. No tengo amigas, el instituto es horrible y no puedo abortar.

Gabby señaló la puerta.

—Vete abajo —le dijo a Andrew—. Yo me encargo de esto.

Él vaciló.

Ella negó con la cabeza.

—No te preocupes. Confía en mí. Aquí hay hormonas muy poderosas en funcionamiento. Vamos a solucionarlo.

Él escapó antes de que ella pudiera decir algo más.

Makayla empezó a llorar otra vez.

—Si pudiéramos recoger todas nuestras lágrimas —murmuró Gabby—, se acabaría la escasez de agua en California.

—¿Te parece divertido todo esto? —le preguntó la adolescente.

—No me parece una tragedia. Es difícil e incómodo, y lo que vas a experimentar va a cambiarte, pero no es el fin del mundo.

—Para mí, sí.

—No, claro que no. Vas a tener el bebé. Vamos a encontrar a una pareja de buenas personas para que lo adopten. El año que viene, a estas alturas, estarás en el colegio otra vez.

Su hijastra suspiró.

—¿De verdad no me vas a dejar librarme de él?

—No, de verdad que no.

Makayla se secó las lágrimas.

—¿Hay helado?

—No lo sé. Vamos a averiguarlo.

Capítulo 28

Hayley estaba sentada en la sala de reuniones de la iglesia del barrio, escuchando a las mujeres que hablaban. Su amiga Shannon le había contado que había un grupo de apoyo para mujeres que estaban intentando adoptar un niño. Aquella era su segunda reunión, y estaba resultando tan deprimente como la primera.

Por el momento, solo había oído historias de adopciones fallidas en muchos países. De vientres de alquiler que no conseguían un embarazo o causaban problemas legales. De la fecundación in vitro o de la acogida.

Antes de asistir a las reuniones del grupo, había pasado dos semanas investigando todo lo que podía en internet. Sabía que todo el mundo quería un niño y que, si Rob y ella intentaban adoptar uno por medio de los servicios sociales, podían tardar años. Que la adopción privada era una cuestión de conocer a la gente adecuada, y no estaba segura de que Rob y ella la conocieran.

Terminó la reunión, y Hayley se marchó sin hablar con nadie. Era jueves y, sin saber por qué, fue a La cena está en la bolsa. Tal vez necesitara una buena dosis de Morgan para que el mundo volviera a estar en su sitio.

El local no iba a abrir hasta dentro de una hora, pero vio el coche de Morgan aparcado fuera. Llamó a la puerta y esperó. Morgan apareció unos segundos después y le abrió.

—¿Qué haces aquí? —le preguntó su hermana, a modo de saludo.

—He venido a saludar.

—¿Puedes hablar mientras corto? Porque voy con retraso.

—Claro.

—Supongo que no quieres recuperar tu viejo trabajo.

—No.

—Ya me lo imaginaba. No podía tener tanta suerte.

Morgan cerró la puerta y volvió a las mesas donde preparaban las verduras. Hayley se lavó las manos, se puso unos guantes y empezó a ayudar a su hermana.

—¿Qué tal van las cosas con Brent?

Morgan arrugó la nariz.

—Bien. Me molesta. Es hombre, y sé que no puede evitarlo. Los niños me agotan. Necesito irme de vacaciones.

—Acabas de estar fuera.

—Solo tres días.

—¿Cuánto tiempo quieres irte?

—No lo sé. Un año.

Hayley miró a su hermana.

—Eres idiota.

Morgan la fulminó con la mirada.

—No me insultes. Tú eres la que has venido aquí. Yo no te lo he pedido.

Siguió despotricando, pero Hayley no la estaba escuchando. Conocía aquel truco psicológico: retirarse y atacar. Era lo que estaba haciendo su hermana, cambiar de tema e ignorar la pregunta. Era inteligente, aunque no sirviera de nada, porque, aunque terminaran sin hablar de Morgan, al final del día su hermana seguiría siendo infeliz. O, por lo menos, seguiría quejándose.

—¿Todas estas quejas son una cuestión de hábitos o

estás verdaderamente harta de tu vida? –le preguntó, interrumpiéndola.

–¿Cómo?

–Ya has oído la pregunta. No estás sorda.

Morgan abrió unos ojos como platos.

–¿Qué mosca te ha picado?

–Estoy harta de estos juegos. Eres mi familia y quiero que estemos unidas, pero no voy a soportar más tus tonterías. O eres agradable o hemos terminado.

–Tú no puedes elegir eso.

–Claro que puedo. Al menos, por mi parte, habríamos terminado –dijo Hayley, y respiró profundamente–. Brent no puede ser más bueno contigo. ¿Por qué no le das más valor a eso?

–Yo le doy valor –murmuró Morgan, y volvió a concentrarse en las verduras–. ¿Por qué tienes que darle tanta importancia a todo esto? Últimamente lo haces siempre, y es agotador. ¿Es por la operación? ¿Todavía estás tomando la medicación?

–Otra vez esquivando la pregunta. Tú sí que lo haces siempre. Siempre eludes las conversaciones difíciles. ¿Es por eso por lo que nunca has llegado a madurar completamente?

Morgan le señaló la puerta.

–Sal.

Hayley negó con la cabeza.

–No. No eres mi jefa. Vamos a hablar de esto sin que te pongas a gritar como una bruja. Respóndeme.

–¿A cuál de las preguntas? –inquirió Morgan con rabia.

–¿Eres feliz con tu marido y tus hijos?

–¡Sí!

Aunque su hermana respondió en voz muy alta, con sequedad, Hayley percibió la verdad, y sonrió.

–Me alegro. Eres afortunada. Lo tienes todo.

Makayla abrió la boca y, después, la cerró.
—Te odio.
—No, claro que no. Me quieres, a tu extraña manera.
—Eres irritante.
—Y tú.
Morgan tomó una bolsa de brécol.
—No me siento afortunada. Siempre estoy corriendo de un lado a otro. No tengo ni un segundo para mí. ¿Sabes cuántas lavadoras pongo semanalmente?
—Deberías apreciar más lo que tienes.
Su hermana asintió, sorprendentemente.
—Ya lo sé. Lo siento. Todavía estás disgustada por la histerectomía, ¿verdad?

«Disgustada» no servía para describir lo que estaba sintiendo, pensó Hayley. Pero se acercaba bastante para aquella conversación.

—Sí. Todos los días. Intento no pensar en ello, pero siempre está ahí.
—¿Vais a adoptar Rob y tú?
—Lo estoy pensando. La adopción no es fácil si queremos un bebé. Hay listas de espera.
—¿Y el niño de la hijastra de Gabby? Está embarazada. ¿No va a dar al bebé en adopción? —preguntó Morgan—. Bueno, no importa. Eso sería demasiado duro, porque viven en el mismo barrio. Nunca te sentirías como si el niño fuera tuyo de verdad, porque habría demasiada conexión.
—Eso que has dicho es muy perspicaz.
—Yo no soy perspicaz.
—No, solo eres egoísta y bruja.
Morgan enarcó las cejas.
—Pues eso es mejor que ser moralista y petulante.
—Yo no soy petulante.
—Claro que sí. Constantemente. Con tu matrimonio perfecto, tu marido perfecto y tus amigas perfectas. Pero te quiero de todos modos.

Hayley nunca había oído eso de labios de su hermana.
—Yo también te quiero.
Morgan le lanzó una mirada torva.
—No me interesa formar parte de esas familias ridículas que se dicen todo el tiempo que se quieren. Para que quede claro.
Hayley sonrió.
—No importa, siempre y cuando no se nos olvide que tú lo has dicho antes.
—Eres muy molesta.
—Lo mismo digo. Dame ese apio para que lo pique.

Nicole le dio a Jairus uno de los *cupcakes* y él lo colocó junto a los demás. Tyler había invitado a sus amigos a casa al día siguiente, y ella quería terminar de preparar la merienda. Jairus se había ofrecido a ayudarla.
Observó las magdalenas ya terminadas.
—Preciosas. Somos un buen equipo.
—Si limpiaras ventanas —dijo ella en broma—, serías perfecto.
—Tengo el nombre de una empresa de limpiacristales. ¿Eso cuenta?
—Ni lo más mínimo.
Nicole llevó el cuenco vacío de cobertura de azúcar al fregadero y lo llenó de agua. Había doce magdalenas; ocho para el día siguiente y cuatro para ellos. Bueno, tres para ellos y una que pensaba darle a Jairus para que se la llevara a casa.
A pesar de que eran amantes desde hacía varias semanas, él no se quedaba a dormir allí. Por mucho que ella disfrutara de la compañía de Jairus, no quería que Tyler se aferrara demasiado a él, por si la relación no funcionaba.
Cada vez que pensaba que podía ser una buena opor-

tunidad, que aquello era especial, recordaba lo que había pasado con Eric.

Había estado en un despacho de abogados y había hablado con sus amigas, pero aún no tenía una respuesta. Obligar a Eric a que fuera un padre para Tyler si no quería serlo no iba a servir de nada, pero dejar que desapareciera sin más... ¿Acaso eso era mejor?

—¿En qué estás pensando? —le preguntó Jairus.

—En lo de Eric. No sé qué hacer. Nadie tiene una respuesta.

—Estás esperando a que alguien te diga lo que tienes que decir para conseguir que cambie. Crees que existen las palabras que pueden convertirle en alguien que quiere pasar con su hijo todo el tiempo que pueda —dijo él, y le pasó un brazo por los hombros—. Pero no va a suceder. Eric es como es.

—¿Un egoísta y un imbécil?

—Sí, más o menos.

Sabía que Jairus tenía razón, que no había ninguna solución mágica. Y ella tenía que encontrar la solución que fuera mejor para Tyler.

—Hablando de mi hijo, lleva mucho tiempo callado —dijo, y se encaminó hacia su habitación.

Jairus la acompañó.

—Me ha dicho que quería hacer unos cuantos dibujos.

—Gracias a ti, está empezando a dibujar muy bien a Brad the Dragon.

—Puede que se convierta en un gran dibujante de cómics.

—No sé si quiero que mi hijo se convierta en aprendiz tuyo en el ámbito de Brad —dijo ella, riéndose—. Ya me siento como si el dragón lo hubiera invadido todo.

—Es un buen tipo, y tú puedes aguantarlo.

Tyler estaba sentado en su mesita, rodeado de pinturas. El mural de la pared estaba terminado, y tenía colores brillantes y luminosos. Era una obra de arte impresionante, pensó. Un regalo muy especial de un hombre a quien le gustaban de verdad los niños. Jairus nunca se alejaría de su hijo. Se entregaría por completo a él.

—¿En qué estás trabajando? —le preguntó Nicole al niño.

Tyler sonrió.

—He hecho un dibujo de nosotros —respondió, y le mostró con orgullo la hoja.

El dibujo hablaba con claridad. En él aparecían Tyler, Nicole, Jairus y Brad, todos tomados de la mano.

—Precioso —le dijo Nicole—. Me encantan los colores.

Brad era rojo, como de costumbre, y el resto llevaba ropa.

—Cada vez dibujas mejor —le dijo Jairus—. Los árboles del fondo están fenomenal.

—Gracias —dijo Tyler, y señaló la hoja—. ¿Has visto que somos una familia, mamá? Tú y yo, y Jairus y Brad. Brad es como mi hermano.

Nicole asintió y siguió sonriendo. Le resultó fácil porque no podía mover ni un músculo, y ya estaba sonriendo cuando él había empezado a hablar. De repente, tenía tanto miedo y tanto frío, que se había convertido en una estatua. Solo le funcionaba la mente.

Había tenido mucho cuidado para que Tyler no supiera que Jairus y ella se habían enamorado, pero su hijo lo había dado por sentado. Y había empezado a querer a Jairus. Lo único que había necesitado era pasar tiempo con un buen hombre. Porque, aunque Tyler no echara de menos a su padre biológico, sí necesitaba tener una figura paterna en su vida.

Nicole intentó convencerse de que no iba a pasar nada, porque Jairus no le haría daño al niño. Pero ¿y si su relación se terminaba? Tyler se quedaría destrozado. Ella había querido ahorrarle aquel posible sufrimiento, pero no lo había conseguido. Había puesto en peligro al niño. Y todo, porque Jairus le parecía sexy.

Jairus le tocó el brazo.

—Tenemos *cupcakes* —dijo con una expresión tensa, pero en un tono agradable—. ¿Quieres que te traiga uno?

Tyler asintió.

—Sí, por favor.

Jairus se llevó a Nicole a la cocina.

—No digas nada —le pidió en un susurro—. Las cosas no han cambiado. No le des más importancia de la que tiene. Yo te quiero, Nicole, y no me voy a ir a ningún sitio —le aseguró. La agarró por los antebrazos y la miró a los ojos—. No hagas nada. Te quiero.

Ella asintió.

—Sí, lo sé. Yo también te quiero.

—Pues deja que sea suficiente con eso.

Ella no dijo nada. Aquel no era el lugar ni el momento para mantener aquella conversación. Sin embargo, lo sabía. Sabía que querer a alguien no era suficiente. Ni por asomo.

El viernes por la tarde, las mellizas habían ido a jugar a casa de una amiga hasta las cinco, así que Gabby se quedó a trabajar horas extra en la oficina. La gripe había dado al traste con sus avances, y había calculado que, si seguía llevándose el trabajo a casa, se pondría al día en dos semanas.

Sin embargo, solo dormía cuatro o cinco horas al día, y estaba agotada. Su jefe le había dicho que estaba muy satisfecho con ella y le había insinuado que quería contratarla a tiempo completo, pero la idea de tener más responsabilidad le daba ganas de llorar.

Si tenía que trabajar cuarenta horas para que le pagaran el sueldo correspondiente a la mitad de la jornada,

¿cuánto tendría que trabajar para que le pagaran por la jornada completa? ¿Ochenta horas a la semana? Eso no le habría importado si le gustara lo que estaba haciendo, pero no era así. Ella quería sentir pasión por lo que hacía, y quería que le pagaran de manera justa las horas que trabajaba.

Al entrar en casa, disfrutó de un bendito silencio durante unos cinco segundos. El salón estaba vacío, y solo oía su propia respiración. Entonces, Boomer ladró en algún lugar de la casa, y las mellizas salieron corriendo a recibirla. Ella las abrazó automáticamente.

—Pero bueno... ¿cuándo habéis llegado a casa? —les preguntó—. Creía que tenía que recogeros a las cinco.

—Papá mandó a Cece a recogernos —le dijo Kennedy—. Ella se va a quedar con nosotras esta noche.

¿Cómo? ¿Cecelia? Eso significaba que Andrew y ella tenían que salir. ¿Acaso había olvidado algún evento importante al que tenían que asistir? Tuvo ganas de tirarse sobre la alfombra y echarse a llorar.

—¿Dónde está vuestro padre? —les preguntó a las niñas.

—En su despacho.

Gabby dejó el bolso en el sofá y recorrió el pasillo. Todo el mundo la siguió, incluida Jasmine, que se puso en cabeza del pelotón y maulló para que la tomara en brazos.

Gabby obedeció. Acariciar el pelaje suave de su gata siempre hacía que se sintiera mejor. Oír su ronroneo calmaba su tensión.

Entró en el despacho de Andrew, y él alzó la vista.

—Ya estás aquí. ¿Qué tal el día?

—Bien. ¿Por qué va a venir Cecelia?

Él sonrió y se levantó.

—Vamos a salir a cenar. Sé que has estado trabajando mucho, y he pensado que te vendría bien salir una noche

—dijo, y les guiñó el ojo a las mellizas—. Era una sorpresa. Gracias por no decírselo a mamá, niñas.

—Sí, gracias, niñas —dijo ella—. Por favor, ¿podéis ir a ver qué tal está Makayla? Mañana vamos a hacer *brownies* y galletas. ¿Sabéis si todavía quiere ayudar en eso?

Las mellizas sonrieron al oír que iban a dedicarse a una de sus actividades favoritas, y salieron corriendo por el pasillo, seguidas por Boomer. Gabby se quedó con Jasmine en brazos mientras cerraba con cuidado la puerta del despacho.

—Hola —dijo con tirantez—. No quiero más sorpresas. No te lo digo de malas maneras, Andrew. Es que no puedo con una cosa más.

Pensó en aquella oferta de jornada completa, pero supo que no era el mejor momento para hablar de ese tema.

—¿No te apetece salir a cenar? —le preguntó él—. Lo siento. Pensaba que estaba ayudando.

—Sí, ya lo sé. Eres muy bueno y te agradezco el esfuerzo, pero tengo una pregunta. ¿Por qué seguimos llamando a Cecelia?

—Porque las mellizas son muy pequeñas y no pueden... No me estás preguntando eso, ¿verdad? Quieres saber por qué no las puede cuidar Makayla de vez en cuando.

—Sí. Tiene quince años. Es su hermana mayor. Tiene que convertirse en parte de esta familia. Tiene que ayudar. Las cosas van mucho mejor. No me estoy quejando, solo digo que ella debería hacer más.

Gabby dejó a la gata en el suelo.

—Andrew, no estoy bien en este momento. Entre las mellizas, el bebé, mi trabajo y tus viajes, es como si tiraran de mí en siete direcciones a la vez. Necesito un descanso. Necesito ayuda. No puedo hacerlo todo.

—Entonces, cancelo lo de Cecelia.

—No. Que venga. Pide pizza para todo el mundo.
—No lo entiendo. ¿Vamos a salir?
—No. Me voy a dormir. Cecelia y tú cuidad a las gemelas. Mañana hablamos de todo esto. ¿Sabes darles de comer a Boomer y a Jasmine?
—Um...

No era culpa suya, pensó Gabby. Ella tenía la culpa, por liberarlo de todas las responsabilidades. Pero eso iba a cambiar.

—Makayla sí sabe. Pregúntaselo.
—Gabby, ¿estás bien?
—Voy a estar bien. Solo concédeme esta noche —le dijo ella—. Por favor. Dentro de doce horas estaré recuperada.

Se marchó antes de que él pudiera decir algo más. Después de ponerse el pijama, cerró las contraventanas de la habitación y se acostó. Cuando abrió los ojos otra vez, eran las dos de la mañana y necesitaba ir al baño. Volvió a la cama y se acostó de nuevo. A los pocos segundos, o eso le pareció a ella, eran las siete y media y la luz se colaba por las rendijas de las contraventanas.

Rodó por la cama y se estiró. Se sentía mejor. No estaba recuperada del todo, pero iba por buen camino. Las cosas ya no le causaban tanto dolor. Tenía la cabeza más clara.

El lado de la cama de Andrew estaba vacío, y Jasmine estaba acurrucada en su almohada. Gabby sabía que había dormido allí aquella noche, y no en el sofá, así que no se preocupó. Sin embargo, no era muy habitual que se levantara el primero.

Se puso la bata, se lavó los dientes y bajó las escaleras. Las mellizas estaban viendo la televisión y riéndose. Entró en la cocina y vio que las niñas ya estaban vestidas y preparadas. Andrew también se había vestido, aunque no se había duchado. Había una caja de donuts abierta sobre la mesa, y varios vasos de café y chocolate.

—Buenos días —le dijo él al verla—. ¿Cómo te encuentras?

—¡Mamá!

Las mellizas corrieron hacia su madre y ella las abrazó y se deleitó con el contacto de sus cuerpecitos. Eran sus bebés, pensó con emoción. Lo único que tenía importancia. Sus hijas y su marido.

Se acercó a él y le dio un beso.

—Mucho mejor. Gracias por dejarme dormir. Lo necesitaba.

—Ya me he dado cuenta. No te has movido en toda la noche. He tenido que comprobar varias veces que seguías respirando.

—¿Tenías miedo de que te dejara solo con todo esto? —le preguntó en un tono de broma.

Andrew no sonrió.

—No. Estaba preocupado por ti. Te quiero.

Aquella respuesta tan intensa la sorprendió. Se movió para abrir más un brazo y que él pudiera unirse al grupo.

Después de desayunar, Andrew fue a ducharse y se llevó a las mellizas al parque. Makayla bajó las escaleras a las nueve. Gabby estaba sentada en la mesa de la cocina, planificando los menús de la semana. Alzó la vista al oír entrar a la adolescente.

—Hola —dijo—. ¿Qué tal estás?

Makayla se acercó a ella y se sentó a su lado.

—Lo siento —dijo—. Siento no haber ayudado más. Papá habló conmigo anoche —le explicó. Apartó la vista un momento, y volvió a mirar a Gabby—. No lo he hecho a propósito. Quiero a Kenzie y a Kennedy. Son muy buenas y muy divertidas. Pero, aunque no lo fueran, yo sí quiero ayudar —añadió, y levantó la barbilla—. Yo también soy parte de esta familia.

Gabby pensó mil cosas a la vez. Se dio cuenta de que, en parte, Makayla no sabía cuál era su sitio. El abandono de su madre había sido brutal y, entre el bebé, el rechazo de sus amigas y la ausencia de Boyd, se había quedado sola.

Gabby le tomó las manos y le apretó los dedos.

—Yo soy la que lo siente. Te quiero, Makayla. Espero que sepas que siento no habértelo dicho más veces —o nunca, pensó Gabby con arrepentimiento—. Makayla, tú y yo hemos pasado juntas por muchas cosas. Yo aprendí a ser madre contigo. Sé que he cometido muchos errores —dijo, y sonrió—. Tienes razón. Somos una familia y, a veces, eso es un lío, es molesto e irritante, pero es para siempre. Tu padre y yo siempre vamos a estar ahí cuando nos necesites.

A Makayla se le llenaron los ojos de lágrimas.

—Lo sé. Pero todo esto es tan horrible... Gabby, por favor, no me obligues a tener al bebé.

Gabby la abrazó.

—Lo siento, tienes que hacerlo. Pero no vas a estar sola.

Makayla empezó a llorar con más fuerza.

—Es que no quiero...

—Ya lo sé. Pero vamos a conseguirlo. Entre todos.

Makayla se irguió y se enjugó las lágrimas.

—Esto es muy duro.

—Sí, lo es —dijo Gabby. Después, vaciló—: ¿Dices en serio que no quieres quedarte al bebé?

Makayla asintió.

—Quiero darlo en adopción.

—Tienes que estar muy segura de eso. No puedes llevar a cabo todo el proceso, dejar que una pareja se haga todas las ilusiones del mundo y, después, quedarte con el niño en el último minuto.

—Tengo quince años. Quiero volver a ser normal. Quiero ir a clase, salir con mis amigas y hacer los deberes. No voy a poder hacer nada de eso con un bebé. No puedo hacerlo ahora.

—¿Se lo has dicho a tu padre?

Makayla agachó la cabeza.

—He pensado que a lo mejor podías hablar tú con él.

—Sí, voy a hablar con él de todo esto. Después, iremos a ver a un abogado. Tú misma puedes elegir a la familia, si quieres. A los padres del bebé.

—No, no quiero saber nada. Quiero hacer como si esto no hubiera ocurrido.

—Está bien. Yo hablaré con tu padre cuando llegue a casa.

Makayla asintió. Tomó un donut de la caja y subió de nuevo a su habitación. Gabby la observó. Entendía lo que la niña esperaba que ocurriera después del parto, pero la vida no era tan fácil como eso. Habría complicaciones. Debería hablar también de eso con Andrew. Tendrían que cambiar las clases de preparación maternal por sesiones de psicólogo. Tal vez para todos ellos.

Un rato después, cuando Makayla estaba fuera jugando con las mellizas, Gabby fue al despacho de Andrew.

Él se levantó y se sentó con ella en el sofá.

—¿Qué tal estás?

—Bien. Estaba agotada. Ahora me encuentro más descansada.

Él no se quedó muy convencido.

—Estoy asustado, Gabby. Pase lo que pase, no quiero perderte.

—No pienses más en eso, por favor. Yo no me voy a ir a ninguna parte. Vamos a superar todo esto.

Él se pasó la mano por el pelo.

—He sido tan idiota... He querido compensar a Makayla por el rechazo de Candace cediendo en todo ante la niña. Eso no ha ayudado a nadie. Le he dado un mensaje equivocado y te he hecho sentir frustración a ti. He sido completamente irracional con su embarazo. Tú no puedes renunciar a tu vida.

—Vaya, tiene gracia que lo digas precisamente ahora —respondió ella.

—¿Porque quiere dar al bebé en adopción?

Gabby se quedó mirándolo.

—¿Cómo lo has adivinado? Ella me ha pedido que hablara contigo, pero todavía no había tenido tiempo de hacerlo.

—¿Ella quiere que me lo digas tú, en vez de decírmelo ella misma? —preguntó Andrew, y soltó una palabrota—. Es lógico. Tiene miedo de decepcionarme. En cuanto a la adopción, no ha sido difícil imaginármelo. Está triste en el instituto y no tiene amigas. No sé cómo lo vamos a solucionar.

—Dame unos días para averiguarlo —dijo Gabby, y miró atentamente a su marido—. Andrew, yo también he hecho mal las cosas. Debería haberte explicado mejor las cosas, haber hablado más contigo, pero siempre te he dejado ganar por defecto.

—Como con los elevadores de asiento de las mellizas. Pensaba que estaba ayudando, pero estaba minando tu autoridad. Lo siento, Gabby. No quería que las cosas fueran así.

Entonces, ella se inclinó hacia él y lo abrazó. Su calor y su contacto la reconfortaron. Andrew tenía sus defectos, pero era posible vivir con ellos. En el fondo, era un buen hombre y un padre que adoraba a sus hijas.

—Vamos a hablar más —le prometió él—. Yo voy a esforzarme por no pensar siempre que tengo la razón.

Ella se echó a reír.

—Eso sí que sería magnífico.

Él la besó con intensidad.

—¿Esta noche? —le preguntó.

Gabby sonrió.

—Siempre.

Capítulo 29

—Esto es increíble —dijo Hayley. Estaba maravillada—. Sé que no eres precisamente fan de Brad the Dragon, pero... ¡Vaya!

Nicole arrugó la nariz.

—Últimamente odio menos a Brad. Aunque Jairus me tiene muy confundida.

Estaban en la habitación de Tyler. Era sábado por la tarde y su hijo estaba en la fiesta de cumpleaños de un amigo. Nicole había invitado a Hayley para pasar un rato juntas y habían terminado allí, admirando el mural, que estaba casi terminado.

—Seguro que a Tyler le encanta —dijo Hayley. Se acercó al mural y trazó la cabeza de Brad con un dedo—. Es enorme, lleno de color, y es su personaje favorito. Entonces, ¿por qué estás angustiada? —le preguntó a su amiga—. Umm... Ya lo adivino yo. Eric vivió aquí varios años y, cuando se marchó, se llevó unas pocas cajas y no dejó su marca en nada. A Jairus lo conoces solo desde hace cuatro o cinco meses y mira cómo ha dejado su marca en tu casa.

—Ay —murmuró Nicole—. Por favor, ¿no podríamos al menos fingir que mi problema es sutil y que merece una metáfora elegante?

—Lo siento. Pero creo que he dado en el blanco, ¿no?

Nicole volvió hacia el salón, y Hayley la siguió.

—Ojalá no hubieras acertado, pero sí.

—¿Te mueres de ganas de pintar encima?

—Todos los días. Los botes de pintura están en el armario del pasillo.

Se sentaron en el sofá con un vaso de té helado.

—Bueno, y ¿cuál es el problema? –preguntó Hayley.

—Jairus me incomoda.

—¿En qué sentido?

—Está enamorado de mí.

—¡Qué desgraciado!

—Ya sabes lo que quiero decir. Es buena persona. Es afectuoso. Viene siempre puntualmente cuando quedamos, y es muy bueno con Tyler. Le ha pintado un mural de Brad the Dragon. Y es muy bueno en la cama.

Hayley enarcó las cejas.

—Quiero saber más detalles de eso último, pero no ahora –dijo–. No podemos distraernos de lo principal.

—No quiero pensar en lo principal.

—Y ese es el problema, ¿no? –dijo Hayley, y suspiró–. Entonces, voy a decir lo que pienso. ¿Preparada?

Nicole se cruzó de brazos y respiró profundamente. Después, asintió.

—Adelante.

—Estás asustada –afirmó su amiga, y se encogió de hombros–. Elegiste a Eric y resultó ser un idiota, así que ahora no te fías de nadie. Es difícil enamorarse y entregarle el corazón a otra persona. Ahora eres mayor, tienes un hijo y una vida. Jairus es demasiado bueno para ser real. ¿Y si te rompe el corazón? ¿Y si le hace daño a Tyler?

—Lo sé. Eso es lo que me preocupa.

—Por eso quieres salir corriendo. Pero, Nicole, el verdadero problema no es lo que podría pasar. El verdadero problema está en ti. No crees que te lo merezcas. No sé cuál es el motivo, pero no crees que seas lo suficientemente buena.

Nicole se apoyó en el respaldo del sofá. Le ardía la cara, y no sabía dónde mirar.

—¡No es verdad!

—Sí es verdad —dijo Hayley con suavidad—. No sé si es por tu madre, o porque no seguiste con tu carrera de bailarina, pero no crees en ti misma. Tienes un negocio próspero, un hijo maravilloso y una casa propia. Eres increíble, pero no te das cuenta. Tardaste casi seis meses en reunir valor para comprarte un coche, aunque lo necesitabas y tenías el dinero. Siempre tienes miedo a equivocarte, y prefieres retroceder antes que avanzar. No lo intentas y, por lo tanto, no lo consigues. Es como cuando necesitas ropa. Prefieres comprártela usada que nueva. Lo cual está muy bien, pero, en tu caso, es un síntoma.

Hayley se inclinó hacia delante.

—No se trata de que tengas que empezar a comprarte ropa carísima de diseñador, pero date algún capricho. Confía en ti misma. Yo estoy de acuerdo en que no se deben correr riesgos a la ligera, pero los hombres como Jairus no aparecen así como así. ¿No te parece que sería horrible perderlo solo por estar asustada?

Nicole se mordió el labio inferior.

—Estoy hecha un lío. Oh, Dios. ¿Y si tienes razón? Soy una desequilibrada.

—Claro que no. Ya está bien. No puedes escuchar solo lo malo de lo que se te dice. Tienes que asimilar también lo bueno. Mira todo lo que has conseguido. Ten un poco de fe en ti misma, Nicole. Piensa una cosa. Si Jairus se marchara hoy mismo, ¿qué harías?

—No lo sé. Lo echaría de menos. Intentaría ayudar a Tyler a comprender lo que ha pasado. Me enfadaría y sufriría.

—¿Venderías tu gimnasio?
—¿Qué? Por supuesto que no. Eso no tiene nada que ver con él.
—¿Y la casa? ¿Te la quedarías?
Nicole entendió adónde quería llegar Hayley.
—Quieres decir que sobreviviría. Que seguiría con mi vida. Que Jairus es maravilloso, pero que no es el centro de mi vida.
—Algo así.
Tenía muchas cosas en las que pensar. Demasiadas cosas que entender. Todo era muy confuso.
—Él te quiere —le recordó Hayley—. Eso lo sé con seguridad. Y el amor no llega todos los días. Tienes que tomar tus propias decisiones, pero, si yo estuviera en tu lugar, me aferraría a él con las dos manos.
Hayley tenía razón. A Nicole le daba miedo aferrarse a él, pero se dio cuenta de que perderlo sería mucho peor.

—¡Gracias a Dios que estás aquí! —gritó Morgan, y se abrazó a Hayley con una fuerza sorprendente—. Ha sido horrible. Se ha roto la pierna y se le ha salido el hueso.
Hayley tragó saliva para que no se le revolviese el estómago. Aun sin los detalles, aquella imagen era aterradora.
—¿Qué ha pasado?
—Christopher estaba jugando en el colegio, colgado de un columpio, intentando imitar un truco que vio en un videojuego —dijo Morgan. Apartó a Hayley y la miró con fiereza—. ¡Un videojuego! Ni siquiera son gente. No están vivos. Pero mi hijo no lo entiende. ¿Dónde está Brent? Ha dicho que venía ahora mismo.
—Respira. Hay tráfico. Llegará enseguida. ¿Qué ha dicho el médico?
Morgan se tapó la cara con las manos.

—Que hay que operarlo. Tiene que recolocarle la pierna y va a ingresarlo por lo menos una noche. No puedo pensar.

—¿Y sus hermanos?

—Con la madre de Brent. Seguro que está aprovechando para ponerlos en contra de mí.

Hayley tuvo que reprimir una sonrisa. Incluso en mitad de aquella crisis, su hermana mantenía su idea de lo que era importante en el mundo.

—Eres horrible, ¿lo sabías?

—Sí, pero no te queda más remedio que aguantarme.

Hayley asintió mientras admitía que podía vivir con ello. Su hermana no era perfecta, pero era su familia, pasara lo que pasara.

Se sentaron en la sala de espera. Morgan le agarró la mano y, de vez en cuando, se la apretaba con fuerza. La había llamado frenética hacía una hora. Hayley había salido del trabajo y había ido directamente al hospital. Pensó en llamar también a Rob, pero él estaba muy ocupado en el trabajo. Brent llegaría pronto y se encargaría de todo.

Por supuesto, diez minutos más tarde, Brent llegó corriendo a la sala de espera. Fue directamente hacia Morgan, y la abrazó.

—Cuéntamelo todo —le ordenó.

Mientras Morgan le explicaba lo que le había ocurrido a su hijo mayor, Hayley observó a la pareja. La tensión y la inquietud de Morgan habían desaparecido. A pesar de todas sus quejas, adoraba a su familia. Tal vez aquella crisis los uniera más. Hayley esperaba que así fuera.

Después de la operación, trasladaron a Christopher a una habitación de la planta de pediatría. Morgan y Brent habían discutido sobre quién se iba a quedar con él. Al final, decidieron quedarse los dos. Hayley les dio un abrazo y fue hacia los ascensores.

Había muchos niños en el hospital. Pasó por delante de habitaciones con luz tenue, donde los padres esperaban junto a cunas o camitas. Algunas de las habitaciones estaban llenas de globos y peluches. Otras tenían dibujos en las paredes, como si el ingreso fuera largo. Vio que, un poco más allá de los ascensores, había una puerta abierta de la que salía una luz, y tuvo curiosidad.

Se asomó y vio a un niño sentado en una cama. Debía de tener nueve o diez años y tenía la cabeza calva. Llevaba una bata de hospital. Su habitación estaba vacía, salvo por el equipo médico. Pero no había globos ni peluches.

Estaba muy delgado y tenía los ojos marrones y grandes. Al notar su presencia, alzó la vista del libro que estaba leyendo y sonrió.

—Trabajas hasta muy tarde, ¿no?

—¿Cómo?

—Eres de los servicios sociales, ¿no? Algunas veces me visitan tarde, pero no tan tarde. Puedo ahorrarte tiempo. Sí, el tratamiento va bien. Sí, entiendo lo que me están haciendo. La comida está bien. Algunas veces, las enfermeras me dan helado, y no lo vomito. Voy al día con los deberes del colegio. Mi asignatura favorita son las matemáticas, que es muy raro, así que no se lo digas a nadie.

Hayley entró en la habitación.

—Yo no soy trabajadora social.

El niño se echó a reír.

—Vaya, pues ahora sabes muchas cosas de mí. ¿Cómo te llamas?

—Hayley. ¿Y tú?

—Noah. ¿Por qué estás aquí?

—Mi sobrino se ha caído y se ha roto la pierna. Han tenido que operarlo. Yo he venido a verlo y, al salir, he visto esta luz encendida.

—Lo siento por él. Le va a doler —dijo Noah, y frunció los labios—. Pero volverá pronto a casa, ¿no?

Hayley asintió.

—¿Puedo sentarme un minuto?

—Claro —dijo el niño, y señaló una silla de plástico—. No tengo muchas visitas.

—¿Y eso?

—No tengo familia. Soy huérfano y vivo en una familia de acogida.

Lo dijo en un tono ligero, como si no tuviera importancia. Pero, para Hayley, aquellas palabras fueron como una puñalada.

—Lo siento.

Él alzó un hombro.

—No puedo hacer nada con eso.

—¿Cuánto tiempo llevas en el hospital?

—Una temporada. Todavía me quedan unas semanas. Tengo cáncer. Linfoma. No me importa hablar de ello. Mis padres de acogida siempre lo dicen en voz baja, como si fuera contagioso. Pero no lo es. Es de un tipo que se puede curar. La quimioterapia es un asco, pero es mejor que la alternativa.

—¿Cuántos años tienes?

—Once.

Hablaba como una persona mucho mayor. Y muy sabia. Había pasado por mucho.

—¿Y tus padres de acogida no vienen a verte?

—No. Están muy ocupados. Hay otros niños, y yo sé cuidarme solo.

Ella sintió una enorme tristeza, aunque se cuidó de disimularlo.

—¿Qué te gusta leer? —le preguntó.

—Todo. Mis preferidos son los libros de aventuras. Pero cualquier cosa me vale. Y leo rápido. Me gustan los libros de Harry Potter, aunque sean para niños.

—Tú eres un niño.

Noah sonrió.

—Algunas veces. ¿Sabías que en el nuevo parque temático tiene una réplica del tren? Y, si lo tomas en el andén número nueve...

—No, no lo sabía. He leído los libros, pero no he ido al parque.

—Yo voy a ir —dijo Noah—. Algún día. Ya sabes, cuando crezca.

Porque, ahora, no lo iba a llevar nadie. Si sus padres de acogida ni siquiera se molestaban en visitarlo, seguro que no lo iban a llevar de vacaciones.

—¿Qué estás leyendo ahora? —le preguntó.

Él le mostró el libro.

—*Los juegos del hambre*. Ya me lo había leído. Es muy bueno. Es violento. Me parece raro que haya tantos libros escritos sobre lo que pasa en este país después de una catástrofe. ¿Por qué será? Lo lógico sería que, si hay una guerra o algo así, aprendiéramos la lección y corrigiéramos nuestro comportamiento.

—Eso no sería muy interesante para una historia.

—Supongo que no.

Hayley observó al niño.

—Bueno, creo que esto te va a sonar muy extraño y puedes decirme que no, pero ¿te gustaría que te leyera un rato?

Noah se quedó mirándola un instante, atentamente. Después, le entregó el libro.

—Estaría bien.

A pesar de la charla que había tenido con Hayley, a pesar de que le había prometido que iba a ser fuerte, Nicole había llegado a la conclusión de que solo había una solución para el problema de Jairus. Y era no volver a verlo.

Estaba con él en una mesita de Latte-Da, y sus cafés, intactos, estaban entre los dos.

—Tengo el mal presentimiento de que sé de qué quieres hablar conmigo —dijo él—. Nicole, no lo hagas, por favor.

—No tienes ni idea de lo que voy a decir.

—Pero lo noto. Estás asustada, eso lo entiendo. Yo, también. Hacía mucho tiempo que no me enamoraba, y nunca había sentido nada así por nadie. Te quiero y quiero a Tyler. No me castigues por ello.

Si quería hacerle daño, había dado con las palabras exactas para conseguirlo.

—Jairus, hay muchas cosas que tengo que considerar.

—No, no es verdad. Sé que Eric te hizo daño, y que estás preocupada por no cometer otro error. Sé que tienes que pensar en Tyler. Pero no eches lo nuestro por la borda. No huyas —le rogó él. Le tendió los brazos y añadió—: Nicole, quiero casarme contigo. Quiero tener hijos contigo y envejecer contigo. Quiero darte todo lo que tengo, y estar ahí para ti.

Aquellas palabras la dejaron anonadada. Eran palabras maravillosas y dolorosas a la vez y, aunque ella quería decir que sí y mil veces sí, otra parte muy importante quería salir corriendo. Escapar mientras pudiera, cuando todavía no había posibilidad de que ni Tyler ni ella sufrieran.

—No puedo —susurró.

Él bajó las manos y las posó en su regazo.

—¿Me quieres?

Ella bajó la cabeza.

—No lo sé.

—Dijiste que sí. Antes. Y creo que eso es lo que más te asusta. Quererme. Saber que no me voy a ir. Porque, para que esto funcione, tienes que entregarte por completo, y no estás cómoda con eso. Quieres conservar una parte de ti misma para ti sola.

Se levantó y rodeó la mesa hacia ella.

—Eso no puedo aceptarlo. Quiero todo lo que tienes, Nicole. Nada de excusas. Solo tu corazón —dijo, y le puso una mano en el hombro—. No me voy a ir a ninguna parte. Tómate tu tiempo. Te quiero, y eso no va a cambiar.

Después, se marchó.

Ella se quedó allí sentada, delante del café frío, tratando de no echarse a llorar. Era lo mejor, se dijo. La decisión más sensata. Tyler y ella estaban bien solos. Si seguían solos, podría protegerlo. Su mundo iba a ser siempre más pequeño, sí, pero merecía la pena.

Al otro lado de la mesa ya no había nadie que sonriera, que la tomara de la mano, que se echara a reír. Que dijera siempre algo agradable. Notó que se debilitaba. Jairus no era Eric.

Pero tampoco era una garantía absoluta. Eric también le había prometido amor eterno. Ella podía aceptar el divorcio, pero no el abandono de su propio hijo. No podía aceptar que hubiera enviado unos papeles de su abogado para no tener que verlo más.

Quería la seguridad absoluta, y Jairus solo podía ofrecerle promesas. Y, para ella, las promesas ya no contaban.

—Si quieres, puedes entrevistar a las familias —dijo Amanda, una atractiva mujer de unos cuarenta años—. Tenemos los expedientes de varias docenas de ellas. Puedes elegir tus dos o tres preferidas, y empezaremos a trabajar desde ahí.

Gabby estaba sentada junto a Makayla, y tenía la mano posada en su espalda. Su hijastra estaba muy tensa. Le costaba mirar a la cara a la psicóloga encargada del proceso de adopción.

—No quiero a nadie cercano —dijo Makayla en un susurro—. Quiero a una pareja que viva al otro lado del país.

—Por supuesto. Eso no es ningún problema. ¿Algún otro criterio?

Makayla negó con la cabeza.

—Solo, que vayan a ser buenos con el bebé —dijo medio llorosa—. Gabby y yo fuimos al médico ayer. Es un niño. ¿Eso tiene importancia?

—No —respondió Amanda con una sonrisa amable—. La mayoría de nuestros padres candidatos no se preocupan por el sexo del niño. Pero está muy bien que ya lo sepas.

Amanda les explicó todo el proceso. Hablaron sobre cómo se elegía a los padres.

—Lo que funciona mejor, según la experiencia, es que haya una o dos reuniones en cuanto tengas a tus finalistas, y elijas a partir de ahí. Y, si quieres, puedes seguir en contacto con ellos durante todo el embarazo.

—¿Ellos estarán aquí cuando nazca el bebé? —preguntó Makayla.

—Pueden estar.

—Quiero que estén aquí, y entregárselo en cuanto haya nacido.

Gabby movió la mano hasta el regazo de Makayla. La niña se agarró con fuerza a sus dedos.

—No quiero verlo.

Amanda asintió.

—Lo entiendo. Ahora, tenemos que hablar de su padre biológico. Mencionaste que ha renunciado legalmente a los derechos sobre el niño, ¿no?

—Yo tengo los documentos —dijo Gabby—. No tiene ningún problema en que el niño sea dado en adopción.

Se había encargado de llamar a la madre de Boyd para asegurarse de ello.

—Si hay más papeleo, yo me encargaré de hacerlo.

—Bien. Entonces, todo debería ir bien. Vamos a hablar un poco de las parejas que cumplen tus requisitos.

Gabby y Makayla miraron los expedientes de los candidatos. Aunque Gabby trataba de no dar su opinión, Makayla siempre le preguntaba qué pensaba. Después de un par de horas, habían seleccionado a tres parejas. Una era de Carolina del Norte, otra de Florida y, la última, de Maine.

—Esos son los que más me convencen —dijo Makayla, cuando Gabby y ella iban hacia el coche—. Los dos trabajan en el servicio forestal, así que podrá salir mucho al aire libre. Y me gustaron sus cartas.

Gabby asintió.

—La de ella, sobre todo.

La mujer había tenido que someterse a una cirugía cuando todavía era una adolescente, y por eso no podía tener hijos.

—Además, los dos son de familias muy grandes, así que tendrá muchos primos para jugar.

—Es una decisión muy importante —dijo Makayla. Estaba muy cansada—. No quiero cometer un error.

—No lo vas a cometer. Todos han sido perfectamente cribados por la agencia. Cualquiera de estos tres matrimonios sería una gran elección. Si empiezas con esa base, solo será cuestión de que elijas a la pareja que mejor te parezca durante las entrevistas.

Gabby abrió el coche.

—Esta noche hablamos con tu padre, y que nos dé su opinión. Tú eres quien debe elegir, pero, a lo mejor, nosotros podemos ayudarte.

—Me gustaría —dijo Makayla con un suspiro—. Creo que deberías llevarme al colegio. Todavía puedo ir a todas las clases de la tarde.

Al notar la evidente incomodidad de la niña, Gabby tuvo el impulso de protegerla del mundo. No podía imaginarse cómo sería recorrer embarazada los pasillos del instituto. Debía de ser una pesadilla.

—¿Por qué no te tomas la tarde libre? –le sugirió–. Puedes mirar en internet qué deberes te han puesto y hacerlos en casa.

—¿De verdad? –preguntó Makayla con alivio–. Sí, genial. Muchas gracias.

—De nada.

Gabby subió al coche y arrancó el motor. Mientras salía del aparcamiento, pensó que estaba en el momento de la verdad. Tenía que comprometerse, o abandonar la idea. ¿Estaba realmente dispuesta a hacerlo? Porque, una vez que se hubiera comprometido, ya no podría echarse atrás.

Pensándolo bien, solo sentía amor por la adolescente que estaba a su lado. En cuanto a su trabajo, había sido un error. Solo había estado intentando recuperar a la persona que era cuando lo había dejado, y esa mujer había cambiado mucho, hacía mucho tiempo. Tenía que pensar en quién era ahora, y en lo que de verdad quería.

Y eso iba a ser el tema de una conversación muy interesante con Andrew al final del día.

Capítulo 30

Hayley vaciló junto a la puerta de la habitación del hospital. Estaba nerviosa, lo cual era absurdo. Le llevaba la comida a un niño enfermo, nada más. Bueno, no era cierto; además de la hamburguesa, las patatas fritas y el batido que él le había pedido, también le llevaba un cargamento de libros. Pero... ¿y si Noah no quería hablar con ella?

Tomó aire, se irguió de hombros y entró en su habitación.

–Hola, Noah.

El niño alzó la vista y sonrió al verla.

–Hayley. No sabía si ibas a volver.

–Dije que volvería, ¿no? Además, ¿qué iba a hacer con todo esto? –le preguntó, mostrándole la bolsa de Gary's Café–. Como me pediste, te he traído una hamburguesa con queso, unas patatas fritas y un batido de chocolate.

Noah se incorporó en la cama.

–Qué rico. Muchas gracias. Pero no sé cuánto voy a poder comer. He tenido una mala noche.

Hayley acercó una silla y se sentó al lado de la cama.

–No tienes que comer nada si no puedes. A mí no me importa en absoluto. Y puedo tirarlo todo si te molesta el olor.

—No, no. Quiero intentarlo —dijo él con una sonrisa—. Hace mucho tiempo que no me como una hamburguesa.

Ella acercó la mesita auxiliar y le puso la bolsa delante. Mientras él sacaba la hamburguesa, ella trató de no mirarle la cabeza calva. Tenía un aspecto muy vulnerable. De indefensión. Enfrentarse a un cáncer ya era horrible, pero, siendo un niño y estando solo... No podía ni imaginárselo. Si hubiera sido ella, sus padres habrían acampado frente al hospital. Y se habrían llevado a Morgan. Su hermana se habría quejado amargamente, pero todos habrían estado allí con ella. Porque eran su familia, con todos sus defectos.

Noah le dio un mordisquito a la hamburguesa y abrió mucho los ojos de placer.

—Vaya —dijo con la boca llena, y se la tapó con una mano.

—Sí, me conozco los mejores sitios para comer una hamburguesa —bromeó ella—. No me pierdas de vista, chaval.

Él sonrió y dio otro mordisco. Después, le ofreció patatas fritas a Hayley.

Ella tomó una. Todavía estaba caliente, y estaba salada y muy rica.

—¿Cómo está tu sobrino? —le preguntó Noah.

—Mejor. La operación salió muy bien, y le dan el alta por la mañana. Va a tener que faltar dos semanas al colegio, y eso le tiene emocionado.

Noah puso los ojos en blanco.

—A muchos niños no les gusta el colegio, pero a mí, sí. Es mejor que estar enfermo en casa.

—¿Cuánto tiempo vas a estar tú en el hospital?

—Un par de semanas más. Esta es mi segunda fase de quimioterapia, y piensan que será la última —le explicó Noah. Dejó la hamburguesa en la bolsa, y añadió—. Lo siento, pero no puedo comer más.

Solo le había dado dos mordiscos.

—Pero está buenísima.

Hayley cabeceó.

—Ah, entonces, eso de que podías comerte una hamburguesa entera con sus patatas fritas era un farol, ¿eh?

Él sonrió.

—Sí. Pero creo que puedo tomarme el batido.

—No, no te preocupes si no puedes.

En aquel momento entró una enfermera.

—Hola, Noah.

—Hola, Minerva. Esta es Hayley.

Minerva se quedó sorprendida.

—Me alegro de conocerte. ¿Eres la madre de acogida de Noah?

—Es una amiga —dijo Noah—. Su sobrino se ha roto una pierna y ha venido a verlo.

—Ah, siento lo del accidente —dijo Minerva, y miró a Noah—. Necesito sacarte sangre.

Noah suspiró.

—Minerva es un poco vampira, pero me cae bien de todos modos.

—No puedo evitarlo. Tu sangre es muy tentadora.

Hayley se puso en pie.

—Voy a quitarme de en medio.

Minerva le indicó que volviera a su silla.

—No, no me molestas. Tengo una vía que puedo utilizar.

—Es más fácil —dijo Noah—. Pueden sacarme sangre cuando necesitan darme las medicinas. Es un poco asqueroso, pero yo ya me he acostumbrado. Y no duele.

La enfermera apartó la bata de hospital de Noah y descubrió una vía que tenía en el pecho. Minerva sacó una aguja de su funda protectora. Hayley le tomó la mano a Noah, instintivamente. Él le apretó los dedos.

—No pasa nada —le prometió el niño.

–Soy yo la que está intentando darte ánimos, y no al revés.

Él sonrió.

–Bueno, si te empeñas.

–Sí.

Cuando Minerva se marchó, Hayley se quedó unos minutos más. Después, miró el reloj.

–Tengo que volver al trabajo. ¿Quieres que venga a verte esta noche?

–Claro, si tú quieres –dijo él–. Pero no tienes que hacerlo, ¿eh? Yo estoy acostumbrado a cuidar de mí mismo.

–Seguro que sí, pero a mí me gustaría venir. ¿Hay otra cosa que te apetezca comer?

Él se rio.

–Galletas con pepitas de chocolate.

–Hecho.

Gabby no se molestó en cerrar la puerta del baño. No servía de nada. Era casi la hora de la cena, y Boomer y Jasmine la seguían a todas partes. Así que hizo pis con Boomer sentado pacientemente junto a la bañera y Jasmine frotándose contra sus piernas. Cuando volvió al caos que había en la cocina, Makayla estaba en la mesa, ayudando a las mellizas a colorear.

Olía a ajo y a romero del aderezo que había hecho. Los *brownies* recién horneados se estaban enfriando en una rejilla. Había una ensalada en la nevera, y verduras marinadas que iban a cocinar en la parrilla junto a las chuletas de cerdo. Andrew le había prometido que iba a llegar a casa a las cinco y media. Si lo conseguía, él se encargaría de cocinar. Si no, ella empezaría a hacerlo.

Se acercó a la mesa y le puso la mano en el hombro a Makayla. La adolescente le sonrió y le dio otra cera a Kenzie.

Eso era lo que ella quería, pensó Gabby. Estar con su familia. No aquella locura y aquel estrés que le causaba su trabajo. No quería leer informes y analizar nuevas leyes. Quería trabajar con gente de verdad, con niños y adultos. Quería ayudar de un modo que tuviera sentido para ella.

Varias horas después, cuando las mellizas estaban en la cama, Gabby, Andrew y Makayla se sentaron en la mesa de la cocina. Ya habían hablado de las tres parejas que había seleccionado Makayla. Andrew les había hecho buenas preguntas sobre ellos y, después, había dicho lo mismo que Gabby.

—No hay una elección mala. Tienes que hacer lo que creas que está mejor.

Makayla asintió.

—Los que más me gustan son la pareja de Maine. Quiero que sean ellos.

—Pero... ¿por qué no te tomas un par de días? —le preguntó Andrew.

Makayla respondió rápidamente.

—Papá, no voy a cambiar de opinión. Sé que he sido inmadura en muchas cosas, sobre todo, al pensar en que Boyd y yo podíamos criar a un niño los dos juntos, con quince y dieciséis años. Esto es mejor. Yo no quiero criar al bebé, y él necesita ir a un buen hogar donde los padres estén preparados para criarlo.

Gabby la abrazó.

—Lo estás haciendo muy bien.

—Gracias.

Gabby se irguió.

—Muy bien, ahora me toca a mí —dijo, y miró a su marido—. He estado pensando mucho en esto. Makayla no está cómoda en el instituto, y yo no creo que deba seguir yendo.

Él la miró con cautela.

—¿Y dónde va a estudiar?

—Solo es una sugerencia, pero yo podría darle clases en casa el resto del curso escolar. He investigado en internet, y hay programas estupendos, muy avanzados. Cuando Makayla vuelva a clase en septiembre del curso que viene, estará por delante de sus compañeros.

—¡Sí! —exclamó la adolescente—. Yo quiero eso. Haré todo lo que me digas. Haré los deberes y estudiaré, y seré la alumna perfecta. Sí. ¡Sí!

—¿Estás segura, Gabby? —le preguntó Andrew.

—Llevo un tiempo pensándolo.

—Tendrías que dejar el trabajo.

—Sí, ya lo sé. Para ser sincera, no quiero seguir trabajando allí. Lo odio. Ya no soy abogada. No sé cuándo ha cambiado eso, pero ha cambiado. Quiero escolarizar a Makayla en casa y, cuando ella vuelva al instituto, yo volveré a la universidad y me sacaré el máster en Gestión Educativa.

Andrew se echó a reír.

—¿Quieres ser directora de un colegio?

—Pues, en algún momento, sí. He aprendido mucho con Makayla y su embarazo. Creo que podría ayudar.

—Vaya, eres una sorpresa constante para mí. Bien dicho —dijo Andrew, y miró a su hija—. De acuerdo. Entonces, lo haremos así. Gabby te dará clases en casa hasta junio.

Makayla les dio un abrazo.

—Sí. Va a ser genial, ya lo veréis.

—Bueno, como mínimo, será interesante —dijo Gabby, sin soltarse de ella—. Tengo muchas ideas de las diferentes cosas que podemos hacer.

—Estoy deseando saber cuáles son —dijo Makayla—. Ahora voy a mi habitación a escribirle una carta a la pareja de Maine. Ah, y, cuando le diga a Amanda que los he elegido a ellos, ¿creéis que podré saber cómo se llaman?

—Seguro que sí.

—Genial.

Makayla se marchó. Andrew se puso de pie y levantó a Gabby de la silla. La besó.

—No sé cómo darte las gracias por todo esto —le dijo.

—No tienes por qué. Yo quiero ayudar —respondió ella, y posó las palmas de las manos en su pecho—. Es raro. Cuando me enteré de que estaba embarazada, me sentí atrapada y furiosa. Pero, al final, el hecho de que esté embarazada nos ha unido. Para mí, Makayla también es muy importante, y quiero que sea feliz. La próxima vez que se quede embarazada, va a ser nuestro nieto, y no solo tuyo.

Él volvió a besarla.

—Gracias, Gabby.

—Gracias a ti. Si no nos hubiéramos enamorado, yo no tendría nada de esto. Tú eres mi príncipe azul, Andrew. Incluso cuando me pones furiosa.

—Entonces, mi trabajo ya está hecho —dijo él, y se inclinó para susurrarle algo al oído—. Bueno, y ¿qué vamos a hacer durante el resto de la noche?

—¿Qué te parece si hacemos algo apasionado?

Nicole se limpió las manos en la toalla y retrocedió para observar el mural. Había estado trabajando en él casi cada día. La pintura había avanzado lentamente, porque ella no tenía ni el talento ni la paciencia de Jairus. Pero era importante para Tyler y, si su hijo no podía tener al amigo a quien adoraba, al menos debía tener su mural.

Hacía casi una semana desde la última vez que Jairus y ella habían hablado, y a ella le costaba dormir por las noches. Habían sido unos días muy tristes. Y Tyler le había preguntado a menudo cuándo iba a volver Jairus.

Porque, por primera vez en la vida, ella le había mentido a su hijo. Le había dicho que Jairus se había ido de gira. Se prometía una y otra vez que le iba a explicar lo ocurrido en cuanto supiera qué decir. Porque lo que había hecho era muy feo... y culpa suya. Tendría que decirle a su hijo que no podían volver a ver a Jairus porque tenía miedo.

Tenía miedo de amar y de sufrir. De confiar. Era una cobarde. Y, en vez de enfrentarse a sus miedos, había huido. Al hacerlo, les había hecho daño a Jairus y a Tyler, y se había hecho daño a sí misma.

Observó el alegre mural de un dragón y un niño.

Alguien llamó a la puerta, y fue a abrir. En el umbral había una mujer de reparto con un paquete pequeño.

—Si no le importa firmar aquí, señora —le dijo, mostrándole una tableta.

Nicole garabateó su nombre y tomó el sobre. Ella no había pedido nada, y no tenía remite.

Entró en casa y abrió el sobre. Eran unas hojas grapadas a modo de álbum. En la portada había un dragón rojo que le era muy familiar, y un título: *Brad the Dragon y la Bailarina de Tango*.

Nicole se sentó en el suelo. Empezó a llorar antes de pasar la primera página.

La historia era muy sencilla. Brad conocía a Bailarina de Tango, una dragona rubia y bonita que bailaba. Brad y Bailarina de Tango salían a cenar e iban a la playa. Brad se enamoraba de ella y le pedía que se casara con él. Sin embargo, Bailarina de Tango le decía que no. En la anteúltima página, aparecía Brad, derramando unas gruesas lágrimas. La última página estaba en blanco. En ella solo había un Post-it que decía: *Espero que tenga un final feliz.*

No había nada más.

Nicole cerró los ojos y se dijo que no era para tanto. Sí, era un gesto precioso, pero no tenía por qué significar nada a menos que ella quisiera. Había tomado una decisión, y no iba a dejarse influir por...

¿Por un libro? No, la historia no era el problema. El problema estaba en ella. Siempre se había enorgullecido de ser autosuficiente. De llevar un negocio. De ser un buen ejemplo para su hijo. Entonces, ¿ahora iba a enseñarle que era mejor mentir y tener miedo que decir la verdad? ¿Qué decía eso de ella? ¿Qué prefería estar sola y segura que intentar vivir con un hombre maravilloso que la quería?

Se levantó y entró en la habitación de Tyler. El mural presidía el espacio e irradiaba positividad y felicidad. Jairus solo había estado unos meses presente en sus vidas, pero ya había dejado su marca. ¿Se iba a permitir ella el lujo de perderlo por algo que quizá él no iba a hacer nunca?

El miedo se midió contra el amor y la esperanza. Ella sabía lo que quería, y lo que estaba bien. Y, por una vez, eran la misma cosa.

Volvió rápidamente a la cocina, tomó su bolso y el teléfono móvil y salió con el libro de Brad en la mano.

Solo tardó diez minutos en llegar a casa de Jairus en coche. Fue corriendo hacia la puerta principal, que se abrió antes de que ella llegara.

Él se quedó en mitad del hueco y sonrió.

—Tenía la esperanza de que Brad pudiera conseguir lo que yo no conseguí.

Ella se lanzó a sus brazos. El bolso y el libro se le cayeron al suelo mientras metía la cabeza entre su hombro y su cuello.

—Lo siento —dijo—. Tenía mucho miedo. Te quiero, Jairus. Siento no haber podido asimilarlo antes.

Él retiró la cabeza para poder besarla.

—No pasa nada, Bailarina de Tango. Ha merecido la pena esperar.

—Sé que hay otro.

Hayley se quedó mirando a su marido. Estaba en mitad de la cocina, muy pálido, y tenía una expresión de dolor.

—He intentado ignorarlo, pero has estado tomándote descansos muy largos para comer todos los días, y desapareciendo por las tardes. Ni siquiera has intentado disimularlo.

—¿Cómo sabes lo de los descansos para comer? —preguntó ella. Era una pregunta ridícula, pero solo se le había ocurrido eso.

—Pasé a verte un día, y Steven me lo dijo.

—Pues no hay nadie más, Rob. No del modo que tú piensas.

Él no se dejó convencer.

—Te quiero, Hayley. Pensaba que lo habíamos superado todo. Sé que todavía estás sufriendo, y que el dolor por lo que se ha perdido nunca desaparecerá del todo, pero esperaba que hiciéramos más progresos.

—Y estamos progresando —dijo ella—. Rob, yo te quiero muchísimo. Eres el único hombre al que he querido, y eso no ha cambiado, te lo prometo.

—Entonces, ¿qué has estado haciendo?

—Ir al hospital.

Él se quedó blanco.

—¿Estás enferma?

—No, estoy bien. Perdona, tenía que habértelo dicho de otra forma. A mí no me pasa nada.

—Dime qué está pasando.

—Conocí a un niño en el hospital. Se llama Noah, y tiene once años. No conoció a su padre, y su madre murió en un accidente de tráfico hace tres años. No tenía más familia, así que lo pusieron en una familia de acogida. ¿Qué sabes acerca del linfoma?

Una hora después, Rob estaba más relajado. Había recuperado el color y seguía haciendo preguntas.

—¿Y un bebé?

—He estado yendo a un grupo de apoyo —admitió ella—. Tú siempre habías hablado de niños más mayores, pero yo no entendía por qué íbamos a querer eso. La verdad es que las listas de espera para adoptar un bebé son larguísimas. Si empezamos por el final, puede costarnos mucho dinero, y no hay garantías. Eso me resultó frustrante. Quiero que tengamos una familia. Sé que quieres ser padre, y serías muy bueno. Y yo quiero ser madre. Pero, hasta que no he conocido a Noah, no sabía cómo iba a suceder eso.

Rob sonrió.

—¿Y por qué él?

—No lo sé. Vi la luz de su habitación y entré. Empezamos a hablar. Me cae bien. Tiene una sabiduría de adulto, y es dulce y fuerte, pero sigue siendo un niño. Nos necesita, Rob. Por lo que he leído en internet, tendrían que darnos la aprobación para ser padres de acogida. Cuando la tengamos, podemos traerlo aquí y ver cómo funciona todo. Si va bien, el siguiente paso sería adoptarlo.

Hayley se agarró las manos.

—Sé que estoy adelantándome mucho, pero no puedo evitarlo. ¿Qué piensas tú? ¿Quieres conocerlo, por lo menos?

Rob la miró un largo instante, y volvió a sonreír.

—¿Podemos ir ahora?

Eran casi las siete cuando llegaron al hospital. La mayoría de las habitaciones de la planta de pediatría estaban llenas de familias. Se oían conversaciones y risas en los pasillos. También había algún llanto, pero casi todos parecían felices.

Hayley llevó a Rob a la habitación de Noah. En la entrada, se detuvo y tomó a su marido de la mano. Noah levantó la cabeza y sonrió.

–Hola, Hayley.

–Hola, Noah. Mira, este es mi marido, Rob. Rob, te presento a Noah.

–Encantado de conocerte, Noah.

Los dos se dieron la mano. Hayley acercó unas sillas.

–Tienes mejor aspecto –le dijo al niño, fijándose en el color de sus mejillas–. ¿Ha sido un buen día?

–Sí. No he vomitado ni una vez.

Rob se quedó asombrado.

–Bueno, si te contentas con eso, tienes que subir el listón.

Noah echó hacia atrás la cabeza y se rio.

–Es verdad. Contentarse con no vomitar es tener el listón muy bajo.

–Podría ser peor –le dijo Rob–. Como no encontrarte caca de rata en la comida.

Noah sonrió.

–O cucarachas en la cama.

–O...

–Er... –murmuró Hayley para interrumpirlos–. A lo mejor podíamos hablar de otra cosa.

–Bah, chicas –dijo Rob en un tono afectuoso–. Qué delicadas son.

–Sí, dímelo a mí –respondió Noah, mirando a Hayley–. Minerva me dijo que, si me apetecía, podía bajar a la cafetería a tomar un helado. ¿Queréis llevarme?

–Por supuesto.

–Yo me encargo de la silla de ruedas –dijo Rob–. Y vamos a ir rápido.

Noah apretó el botón para llamar a la enfermera. Cuando llegó con la silla de ruedas, Rob tomó al niño en brazos para sentarlo, mientras Hayley procuraba que la vía del suero no se enredase. Llegaron a los ascensores y, mientras esperaban, Rob la miró y le hizo un gesto de aprobación con los dos pulgares hacia arriba.

Hayley notó que se le curaba otra parte del corazón. Nunca tendría un bebé propio en sus brazos, pero sí tendría una familia. El amor y la alegría no dependían del ADN. Eran un don. Y ella iba a agradecerlo todos los días de su vida.

Epílogo

El viernes anterior a la Navidad fue cálido y soleado. Tal vez en el resto del país estuviera nevando, pero en la costa del sur de California nunca iban a tener unas Navidades blancas, y así era como les gustaba a sus habitantes.

Gabby miró el lazo verde brillante que le había puesto Kenzie a Boomer en el cuello, y pensó que iban a pasar cinco segundos hasta que el perro averiguara cómo librarse de él. Jasmine, que había notado que iba a haber compañía inminente, se había escondido debajo de la cama de su habitación.

—Date prisa —dijo Andrew—. Necesito fotos de mis niñas.

Las mellizas llevaban unos vestidos escoceses para la fiesta. Makayla se había puesto un sencillo vestido negro para disimular en lo posible su embarazo, aunque ya estaba tan avanzado, que era casi imposible. Para celebrar la festividad, se había puesto una coronita brillante, roja y verde, con unos lazos que le caían por la espalda.

Gabby se había puesto un suéter fino y unos pantalones negros. Había conseguido adelgazar todos los kilos que se había propuesto. Como tenía que ayudar a Makayla a comer de forma saludable, lo había hecho ella misma también y, además, había seguido yendo a las clases de Pilates de Nicole dos veces por semana.

Andrew hizo varias fotografías y dejó a todo el mundo libre cuando llamaron a la puerta. Los primeros en llegar fueron los Mason. Jill y Carson abrazaron a todo el mundo. La joven pareja de Maine había resultado ser mejor en persona que en su expediente. La primera reunión, en octubre, había ido tan bien, que habían tenido otras dos. Ellos habían querido ver a Makayla durante las vacaciones y habían ido en avión a Los Ángeles tres días antes. Al día siguiente, por la mañana, volverían a Maine. Jill iba a volver la semana del parto de Makayla y se quedaría hasta que naciera el bebé, Michael.

Andrew sacó bebidas para todo el mundo y Gabby se llevó a Boomer a su habitación con Jasmine. Para que no se quedara triste, le dio un hueso que le consolara en su soledad. Bajó de nuevo al salón y vio que habían llegado Rob, Hayley y Noah.

—Estás estupendamente bien —le dio al niño. Él se pasó la mano por el centímetro de pelo que le había crecido en la cabeza.

—Sí, creo que me van a llamar de una agencia de modelos cualquier día. Porque soy demasiado guapo.

Gabby se echó a reír y lo abrazó.

—Seguro que sí. Pero vas a tener que decirles que no, porque Rob y Hayley no van a perderte de vista.

Noah miró a sus padres de acogida.

—Sí, y eso está muy bien.

Gabby le señaló a Noah el otro extremo del salón, donde estaban Makayla, las gemelas, Jill y Carson. Noah tomó un refresco y se fue hacia allí. Hayley tomó del brazo a Gabby.

—¿A que sí tiene buen aspecto? Su última revisión salió perfecta.

—Está muy bien, sí. Y todos estáis muy felices.

—Sí. El proceso de adopción está avanzando. Va a tardar casi un año, pero no importa. Va a estar con nosotros para siempre —dijo Hayley, sonriendo.

—Eso es maravilloso.

—No es lo que esperábamos, pero no importa. Es mucho mejor.

Andrew abrió la puerta a otros invitados. Llegó Pam» Shannon y Adam. Después, Jairus, Nicole y Tyler.

Gabby fue con Hayley a saludarlos.

—¿Lo habéis hecho? —preguntó.

Nicole le mostró la mano izquierda. Junto a un anillo con un brillante había una delgada alianza de platino. Gabby dio un gritito.

—¡Lo habéis hecho! ¡Os habéis casado!

—La semana pasada —dijo Nicole—. Nos llevamos a Tyler al lago Tahoe. Fue maravilloso.

Gabby quería enterarse de todos los detalles, pero no era el momento. De todos modos, abrazó a su amiga, a Jairus y a Tyler.

Se agachó delante del niño.

—Entonces, ahora Brad es tu hermano.

Tyler sonrió de oreja a oreja.

—Sí. Tengo mucha suerte.

—¿Buenas noticias? —preguntó Andrew.

Nicole le mostró la alianza.

—Enhorabuena —dijo él. Le dio un abrazo y, después, le estrechó la mano a Jairus—. Un pajarito me había dicho que existía esa posibilidad, así que tenemos preparada una botella de champán. Voy a sacarla, y podéis hacer el anuncio.

Cuando se llenaron las copas, todo el mundo se acercó. Gabby miró a su familia y a sus amigos y supo que nunca iba a olvidar aquel año. Todos habían pasado por mucho. La tristeza se había convertido en alegría y todo lo que parecía roto había vuelto a estar unido.

Alzó su copa por la feliz pareja y miró a su marido. Andrew inclinó su copa hacia la de ella y le guiñó un ojo. Las mellizas se acercaron con Makayla. Su familia, pensó ella con gratitud. Tres preciosas hijas, un círculo de amigos y un futuro prometedor. Para todos. Sinceramente, las cosas no podían ir mejor.

ÚLTIMOS TÍTULOS PUBLICADOS EN HQN

La chica del sombrero azul vive enfrente de María Draghia

La viuda y el escocés de Julia London

El guerrero más oscuro de Gena Showalter

Spanish Lady de Claudia Velasco

Enamorarse: clases prácticas de Olga Salar

El viaje más largo de Sherryl Woods

Fuera de combate de Anna Garcia

A las puertas de Numancia de África Ruh

Ese beso... de Jill Shalvis

Hasta que me ames de Brenda Novak

La institutriz y el escocés de Julia London

Conquistar la luna de Marisa Ayesta

Irlanda, Luchando por una pasión de Claudia Velasco

Atracción en Nueva York de Sarah Morgan

Todo lo que siempre quiso de Kristan Higgins

Martina de Carmela Trujillo

www.ingramcontent.com/pod-product-compliance
Lightning Source LLC
LaVergne TN
LVHW040132080526
838202LV00042B/2876